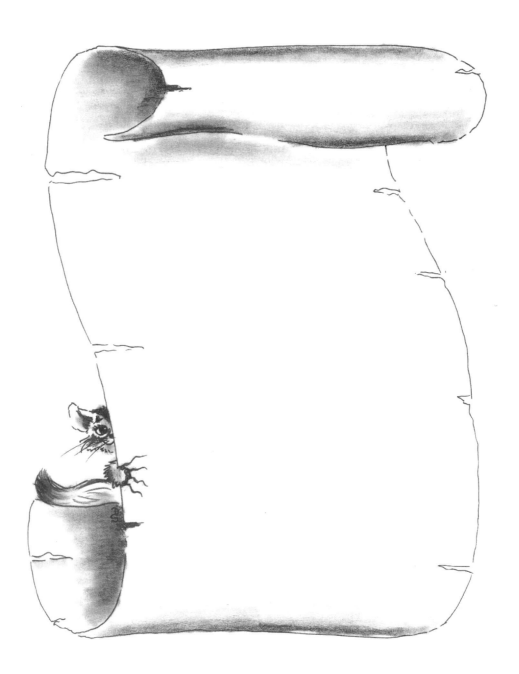

Unternehmen Annastasia

**Gino
der Pascha**

Unternehmen Annastasia

Gerda Ludwig-Hinrichsen

Annastasia
das Prinzeßchen

Impressum

Herausgeber/Redaktion:	Jutta Ehlermann
Grafik/Zeichnungen:	Dirk Scheerle
Fotos zum Tagebuch:	Jutta Ehlermann
Design/Anzeigengestaltung:	Manfred Schumacher, Jutta Ehlermann
PR-Beratung:	Sabine Michaelis
Ideen, Anregungen und unterstützende Mitarbeit:	Doris Heidenreich, Sabine Kuchenbuch, Barbara & Bianca Ramthun, Reinhard Apel und Adolf
Druck, Satz und Layout:	Druckerei Stephansstift Kirchröder Straße 44, 30625 Hannover

Annastasia-Verlag
© Deutsche Ausgabe 1994 Annastasia-Verlag Hannover
Alle Rechte vorbehalten
Umschlaggestaltung nach einer Idee von Rainer Wöllbrink

ISBN 3-930948-00-1

6

Inhalt

Vorwort .... Seite   9

Dankeschön .... Seite 11

Widmung .... Seite 13

Tagebuch .... Seite 15

Katzenkinderstube .... Seite 237

Rassekatzen stellen sich vor .... Seite 251

Tierschutzverbände .... Seite 303

Tierschutzvereine/Tierheime .... Seite 304

Tierschutzorganisationen .... Seite 337

Portrait der Autorin .... Seite 343

Herzlich willkommen, lieber Leser!
Herzlich willkommen im Kreise der Katzenfreunde.

Dieses Buch ist mehr, als nur die Geschichte eines roten Katers. Sein Schicksal bewegte die Herzen und Gemüter aller, die ihn kennen. Ebenso Annastasia, das kleine Somalimädchen. Wie eine Sternschnuppe fiel sie hinein in des Katers Dasein. Und hier beginnt die Geschichte. Das Leben der Tiere und der Autorin des Buches setzt bunte Farbtupfer in den Alltag. Einen Alltag, wie auch Sie ihn kennen, ihn täglich erleben. Mit Nachbarschaft, Beruf, Haushalt. Mit Begegnungen am Zeitungskiosk, beim Gemüsemann und in der Kneipe an der Ecke. Lebendig beschrieben und mit engagierten Gedanken gewürzt. Wie ein Fächer aufgeht, so entfaltet sich Seite für Seite der Fortgang dessen, was wir Leben nennen. Mit Höhen und Tiefen. Nachdenklichkeit und Lebensfreude.
Nicht abgehoben, sondern wirklich.
Immer jedoch werden die geliebten Samtpfoten zum Dreh- und Angelpunkt aller Turbulenzen.
Vielleicht finden Sie sich ja wieder. In der Herzenswärme zwischen Mensch und Tier. In Ihrer Stadt, in Ihrer Nachbarschaft, in ihrem Zuhause.

Jutta Ehlermann

Dankeschön, liebe Freunde!
Mit großer Freude darf ich als Autorin das zu Euch sagen.

Ein Buch ist gedruckt, ein Verlag gegründet. Wo gibt es das so schnell! Menschen, die sich begeistern lassen von einer Idee! Ihre Freizeit und ganzes Engagement hineingeben. Anregen, unterstützen, sammeln, zusammenstellen, Korrektur anmelden, Heiterkeit verschenken. Durch Euch behielten Jutta und ich den Kopf oben! Zwei Anfängerinnen, die eines abends den absonderlichen Entschluß faßten, einfach anzufangen. Ohne zu ahnen, daß so viele gute Kräfte mitwirken würden. Ein Team entstand. Verbunden auf ein Ziel hin: Freude zu vermehren. Freude an unseren Lieblingen auf vier Pfoten. Aber auch Sachkenntnis. Für erfahrene Katzenbesitzer und Katzenzüchter. Und solche, die es werden wollen.
Wir sind stolz auf unseren Anhang. Auf die „Katzenkinderstube", die Dank eifriger Zusendung von Fotos möglich wurde.
Gern auch geben wir weiter: Rassebeschreibungen und das Verzeichnis aller Tierschutzvereine bundesweit, die nach unserer Kenntnis gleichzeitig ein Tierheim anbieten können. Denn unser Herz schlägt nicht nur für Rassekatzen. Sondern für alle Felidaes dieser Welt!
Besonderen Dank möchte ich Rainer Wöllbrink und Manfred Schumacher aussprechen. Für Rat und Tat zu jeder Stunde.
Zum Schluß meine ich, was viele meinen: Wir Menschen sind hineingestellt in eine herrliche Schöpfung. Und haben Augen dafür, sie zu lieben und zu erhalten. Uns allen wünsche ich dazu eine lebendige Hoffnung und ein mutiges Herz.
Und was ist mit der Geschichte? Sie geht natürlich weiter.
Denn ein wahre Erzählung hat kein wirkliches Ende. Sie hört ganz einfach irgendwann und irgendwo auf. Um heimlich neue Erlebnisse zu ranken.
Irgendwo und irgendwann.

Hannover, 15. September 1994   Gerda Ludwig-Hinrichsen

Dieses Buch widme ich zwei Frauen, die es verstehen,
ihre Patienten aufzurichten mit echter Wärme und Fröhlichkeit:

Ulrike Pletke und Heike Vogt.

Unternehmen Annastasia

Ein Kater, zwei Frauen und ein mutiges Herz

Erzählt von Gerda Ludwig-Hinrichsen

Samstag 25. Dezember

Heute ist es nun so weit. Es klingt wie der Anfang eines Kitschromanes, aber: „Annastasia-Vienna" vom Marien-Fuchsbau befindet sich sozusagen im Anmarsch. Vorhin hat Jutta angerufen, daß sie kommt.

Ich warte auf das Taxi, stehe am Fenster. Draußen schneit es wieder. Kater Gino schaut gleichfalls interessiert auf das Fallen und Stieben der Flocken. Was er wohl denkt? Schließlich ist er ein Wohnungstier und kein freilebender Hauskater. Auch wenn der Balkon einiges bietet, kennt er die Natur doch nicht. Er wäre bestimmt dominant in seinem Revier und nicht so oft von Langeweile geplagt. So ein großer Bursche wie er sollte mehr jagen als nur eine Spielzeugmaus. Deshalb habe ich ja nun das kleine Katzenmädchen für ihn ausgesucht. Annastasia ist eine Somali, und der edle Name viel zu lang für ein so zierliches Geschöpf. „Tibby" paßt sicher besser zu ihr. Und so soll sie denn auch heißen.

Ob sie es schaffen wird, das Herz meines Katers zu erobern?

Als hätte Gino meine Sorge erraten, reibt der Dicke seinen Kopf an meiner Wange, schnurrt leise und zärtlich. Ich drücke ihn leicht, plötzlich kommt mir das ganze Unternehmen wie Verrat vor. Gino hat ja eine Erfahrung mit Katzengemeinschaft hinter sich, und das war keine gute gewesen. Er wurde weggegeben, als ungenießbar und nicht mehr auszuhalten in der Gruppe. Beeindruckend in seiner Größe und getigerten Schönheit, landete er bei mir. Ein sanftmütiger Querschädel, der seine innewohnende Sanftmut erst noch finden mußte.

Anderthalb Jahre leben wir jetzt miteinander, und ich denke, wahrhaft gut. Nur mein Job hat sich als problematisch erwiesen. Der Getigerte ist einfach zu viel allein. Wenn ich in Konferenzen saß, und diese sich endlos hinzogen, dann gedachte ich schweren Herzens an das zu Hause wartende Tier. Auf Dauer geht das so nicht, sagte ich mir. Tibby soll nun diesen Zustand beenden, und heute ist es soweit, daß sie mit ihren 12 Wochen groß genug ist, um ohne Katzenmutter auszukommen. Mulmige Gefühle hin oder her.

Als habe dieser Gedankenschluß den Zeitpunkt bestimmt, schrillt unschön die Klingel. Viel zu laut. Ich habe es immer noch nicht geschafft, sie gegen einen Gong auszutauschen. So zucken wir beide, der Dicke und ich, schreckhaft zusammen. Eilig läuft Gino an die Tür. Ich lasse sie auf und renne die drei Stockwerke hinunter. Jutta steht vor mir mit der laut jammernden Tibby im Körbchen. Ich nehme ihr das Zeug ab, das ein Katzenbaby noch braucht, dann gehen wir hoch. Tibby miaut kläglich. Gino schaut aus der Tür, hört die Töne, ist entsetzt. Einmal drinnen, stellen wir den Korb ab. Tibby kauert, ist plötzlich stumm. Gino stehen die Haare zu Berge, er äugt in den Korb. Faucht.

Wir lassen die Kleine raus. Sie ist entzückend. Ein kluges Fuchsgesicht, ausdrucksvolle Augen- und Gesichtszeichnung, übergroße Luchsohren; ihre Bartspitzen beben jetzt erregt, sie weiß um den mächtigen Kater. Der sitzt wie erstarrt in anderthalb Meter Entfernung. Jutta und mich packt die Angst bei seinem Anblick.

„Warst du von allen guten Geistern verlassen?", schießt es mir durch den Kopf. Wie nun, wenn der Kater durchdreht? Oder die Erinnerung an vergangenes Leid seine Instinkte fehlsteuert?

Katzen haben ein gutes Gedächtnis! Was, wenn er die Kleine umbringt? Es gibt für das neue Tier ja kein Entweichen, wie das draußen in der Freiheit möglich ist.

Ich erkenne, daß ich mich auf gemachte Erfahrungen dieser Art gar nicht stützen kann. Gino hockt da, ein geballtes Muskelpaket auf Abruf. Total konzentriert bereitet er eine gezielte Attacke vor. Blitzschnell folgen zwei Sprünge, dann schlägt er kraftvoll mit gespreizten Pfoten vor Tibby auf den Boden. Zum erstenmal erlebe ich meinen Kater in einer Phase höchsten Zornes. Oder ist es Angst? Sein Ausdruck ist unbeschreiblich. Er stößt einen durchdringenden Klagelaut aus, rennt aus dem Zimmer, stoppt, macht wieder kehrt. Mir graut. Jutta zerreißt es, ihr Prinzeßchen – das ist sie ohne Zweifel – in diesen Kampf zu schicken. Wir sehen uns an. Eine scheußliche Angst beschleicht uns.

Gino bereitet die zweite Attacke vor, die Augen schwarz vor Erregung, wild peitscht der Schwanz, Ohren flach, Rückenfell aufgestellt wie eine Bürste, so bietet er ein Bild des Schreckens.

Auch Tibby knurrt jetzt, hoch wölbt sich der Buckel, mit geplustertem Fell zeigt sie ihre ganze Breitseite.

Wie mutig sie ist, die Kleine! Gino prescht los.

Da begehe ich den ersten Fehler! Ich brülle dazwischen und verhindere Ginos Ausfall.

Tibby rettet sich zu Jutta auf den Sessel.

Empört faucht Gino mich an. Ich drohe zurück. Mein zweiter Fehler! Er hat doch so recht, jetzt zu rebellieren, ich kenne ihn doch! Aber meine Angst läßt alle Katzenpsychologie untergehen. Was nun?

Nach zwei Stunden Ratlosigkeit muß Jutta nach Hause. Zögernd, aber dann doch, beschließen wir, daß Tibby bleiben soll.

„Du, laß mich schnell gehen", sagt Jutta.

Ich verstehe. Plötzlich allein, ist mir die Stille unheimlich. Ich fürchte mich vor meinem eigenen Kater.

Ich stopfe Tibby unter meine weite Jacke, da ist sie erstmal sicher. Baue für sie das Klo auf und die Futterstelle. Mir zittern die Hände. Die Kleine noch immer unter der Jacke, gehe ich über den Flur zur Küche. Gino kommt mir entgegen, droht, setzt an zum Sprung.

Ich hebe den Fuß. Das tat ich noch nie! Böse fauchend schießt er unter einen Stuhl. Meine Vorstellung von harmonischer Dreisamkeit sinkt auf den Nullpunkt. Am Ende sitze ich mit Tibby wieder im Wohnzimmer, die Kleine spielt unbekümmert auf meinem Schoß. Gino bewacht die Türschwelle zum Flur. Ich mache den Fernseher an, starre hinein. So vergeht die Zeit wenigstens besser.

Gino hält mit zäher Ausdauer den Belagerungszustand aufrecht. Ich harre aus, wie festgeklebt. Es wird Mitternacht, aber mir fehlt noch immer der rettende Einfall. Ich packe die Kleine wieder unter meine Jacke und gehe vorsichtig an Gino vorbei, hinüber ins Schlafzimmer. Der Dicke folgt mir auf dem Fuße. Ich setze Tibby aufs Bett. Sie nimmt aufgerichtet Haltung ein, schaut sich um, athärisch schön. Mein Kater dagegen wirkt auf mich inzwischen wie ein Riese, angefüllt mit bösen Absichten. Mich beseelt nur noch ein Wunsch: schlafen.

Kaum liege ich, rollt sich Tibby wohlig schnurrend in meinen Arm. Ginos Platz! Er tobt heran, haut zu. Ich wehre ab und nutze die Gelegenheit seiner Flucht, um die Schlafzimmertür zu schließen. Ihn auszusperren, ist bestimmt das Letzte, aber ich zu hundemüde für eine gerechte Lösung.

JOURNAL
FÜR ABESSINIER -
UND SOMALIKATZEN- FREUNDE
FILGRAEBE, KASSEL
0561 / 44 60 3

Sonntag 26. Dezember

Ich wache auf aus nervösem Schlaf. Gino ruft an der Tür. Der Wecker geht auf sieben Uhr morgens. Tibby schnurrt begeistert, ein einziges Bündel an Zärtlichkeit. Verspielt knabbert sie an meinem Ohr.

Ginos Rufe werden dringlicher. Ich hin, Tür auf.

Voller Freude, den Schwanz erhoben, stolziert er herein, so, als sei nichts gewesen. Vielleicht denkt er, daß alles nur ein schlechter Traum war? Da entdeckt er die Kleine. Aus . . .

Schimpfend und fauchend zieht er sich zurück. Ich folge ihm in die Küche und fülle seinen Napf mit Futter. Dabei sehe ich den Gram und Kummer in seinen Augen. Ganz zerknittert wirkt sein sonst so pausbackiges Katergesicht. Der Spiegel im Bad macht deutlich, daß ich nicht besser aussehe. Elend und zerknittert. Mir ist zum Heulen, daß ich meinen stolzen Dicken in seinem Vertrauen so verletzt habe. Gino will nichts mehr von mir wissen. Gott sei Dank fällt mir Liana ein. Sie arbeitet bei der Katzenhilfe, kennt sich aus. Sowie es die Uhrzeit erlaubt, rufe ich an. Sie hört schweigend zu. Stille in der Leitung.

„Sind sie noch da?", frage ich.

Lapidar kommt die Antwort:

„Sie haben aber auch alles falsch gemacht, was sie nur falsch machen konnten."

Ich weiß das nur zu gut.

„Was soll ich tun?", frage ich ziemlich kleinlaut.

Vor lauter Selbstmitleid versagt mir die Stimme. Der Liebesverlust meines Katers, aber auch sein Elend gehen mir gewaltig an die Nieren.

Liana klingt tröstlich in ihrer Sachlichkeit:

„Sie werden ab sofort gar nichts tun."

Und dann fährt sie fort:

„Egal, was passiert, sie beachten es nicht. Ignorieren sie beide Tiere. Erledigen sie ihren Haushalt oder tun sie sonstwas. Gino muß und soll verteidigen, was ihm gehört. Bestärken sie seine Sicherheit. Wenn er kommt, seien sie freundlich, fassen ihn aber nicht an. Es sei denn, er fordert sie auf. Wenn er Tibby toleriert, loben sie ihn, ansonsten null Kommentar für sein Fauchen oder Prügeln. Wenn er die Katze von ihnen wegscheucht, stehen sie ruhig auf und gehen auch weg. Er soll keinen Gewinn dadurch haben. Aber er ist der Kater, er hat das Sagen".

Während Liana redet, merke ich eine riesige Erleichterung. Ich habe zu viele Stunden in großer Anspannung allein verbracht. Mein Rücken schmerzt.

„Glauben sie, Gino wird meine Fehler verzeihen?"

„Ist er nachtragend?"

„Nein, eigentlich überhaupt nicht."

„Ich denke, sie haben die Auseinandersetzung nur verzögert. Nehmen sie Ohrenstöpsel, wenn es zu schlimm wird." Liana lacht. Und ich lache endlich auch. Und beginne, meine Pflanzen auf der Fensterbank zu gießen. Sie haben es wirklich nötig! Draußen schneit es noch immer. Das Radio plappert seine Nachrichten. Es scheint, als stünde halb Deutschland unter Wasser. Jedenfalls große Städte und Landschaften. „Meine Güte, und ich mache mich verrückt wegen zweier Katzen", denke ich. Irritiert schaue ich auf Tibby, die mir wie ein Schatten folgt. Gino pirscht näher, alles deutet auf Angriff. Ich gehe zum Schreibtisch, schiebe die Post hin und her. Gino beobachtet mich aus den Augenwinkeln. Ich gucke harmlos über ihn hinweg, fixiere ein Bild an der Wand. Das Radio spielt jetzt Mozart. Gut für mein angeschlagenes Gemüt.
Auf dem Boden faucht es, knurrt es, ein wechselseitiger Singsang gewinnt an Volumen. Ich begebe mich gemessenen Schrittes in die Küche. Abrupte Stille, dann ein Tumult. Und wieder Stille. Plötzlich erscheint Gino, maunzt ein wenig, geht mir um die Beine. Im Wohnzimmer ist nichts zu hören.
„Brav, Gino", sage ich.
„Bist ein guter Kater", sage ich.
Gino springt auf seine Katzentonne, putzt sich sorgfältig. Nachdenklich sieht er zu, wie ich Kartoffeln schäle, hüpft unvermittelt auf die Spüle.
„Du magst doch keine Kartoffeln", sage ich.
Versonnen beschnuppert er die Schalen. Dann richtet er seine goldgelben Augen voll auf mein Gesicht, taucht seinen Blick geradewegs in meinen, lang und intensiv. Und dann blinzelt er, einmal, zweimal.
„Na, das hat wohl gerappelt", sage ich und werfe die Schalen in den Mülleimer.
Anschließend beginne ich, im Flur nicht vorhandene Krümel aufzuheben, werfe, wie nebenbei, ein Auge ins Wohnschreibzimmer. Tibby sitzt, unverändert in ihrer Schönheit, auf dem Teppich. Ich seufze erleichtert, gehe hinein, betrachte sie genauer, hocke mich zu ihr.
„Tibbymäuschen", murmele ich sanft. Graziös springt sie auf meine Schulter, legt ihr Köpfchen in meine Hand. Sie ist so leicht wie eine Elfe. Ganz zart knete ich ihre Luchsöhrchen, tröste sie und stecke ihr einen Leckerbissen ins rosa Mäulchen. Eifrig kaut sie es weg, schnurrt laut.
Bevor Gino unser Schmusen bemerken kann, setze ich sie ab, denn ich weiß, der Kampf hat erst begonnen.
Wie zur Bestätigung erscheint mein Getigerter. Selbstbewußt, den Schwanz hochgereckt, schreitet er majestätisch über den Teppich, würdigt die Kleine mit verächtlichem Schnauben. Tibby macht einen Buckel, knurrt böse. Ich staune über so viel Beherztheit. Auch Gino bleibt verwundert stehen, hustet mehrmals einen undefinierbaren Laut und beschäftigt sich dann intensiv mit Nagelpflege. Die Wichtigkeit dieser Handlung gibt ihm wohl Zeit, die nächste Aktion zu erwägen.
Wie aus heiterem Himmel folgt ein Sprung, und ein Hieb rollt die Kleine auf den Rükken. Sie faucht entsetzt. In voller Mächtigkeit verharrt der Kater vor ihr. Aber ich sehe, wie seine drohende Pfote keine Krallen zeigt. Er behandelt das Katzenkind sozusagen mit weichem Handschuh. Urplötzlich wendet er sich ab, zerknautscht ein ärgerliches Miauen zwischen den Zähnen. Es klingt wie der Kommentar eines älteren

Herren, der feststellt, daß die Welt auch nicht mehr das ist, was sie mal war. Verblüfft höre ich diese ganz neu modulierte Katzensprache. Unwillkürlich bin ich froh, daß er mir eine derartige Entwertung meiner Person nie hat zukommen lassen.

„Du alter Muffelheini", sage ich zärtlich. Ich könnte ihn erwürgen. Er schaut mich an, schüttelt sich und stolziert zur Türschwelle. Tibbys Energie scheint ungetrübt, sie beginnt zu spielen. Gino bekommt runde Augen. Es ist unglaublich, aber die kleine Somali spielt dem Kater etwas vor!

Sie entfaltet ihren ganzen Charme, gurrt, turnt in bezaubernder Anmut, hält inne, prüft kurz die Wirkung ihrer Darbietung, dreht sich elegant, hüpft quergestellt ein bißchen näher, wirft ihr Spielzeug hoch in die Luft, fängt es mühelos wieder auf. Gino ist wie gebannt, bernsteinwarm wird der Blick. Plötzlich hat er ein Kindergesicht, seine Pfoten zucken verräterisch. Aber nein! Er reißt sich zusammen, verschwindet im Schlafzimmer. Ich grinse vor mich hin. Es ist schon was, wenn man der höchsten Kunst der Verführung zuschaut! Tibby, ganz Lady, ist sehr zufrieden. Ich kann es ihr ansehen.

Im Laufe des Tages erweist sich die Wohnung aufgeteilt in zwei Bereiche. Gino freut sich, wenn ich in seinem Refugium zu tun habe, das ist Schlafzimmer, Flur und Küche. Tibby hält sich im Wohn- und Schreibzimmer auf. Ich habe keine Ahnung, wie es weitergehen soll, wenn es so getrennt bleibt. Ich erfahre an den Tieren, was Koexistenz bedeutet. Es ist einfach keine Lösung. In meinem Lexikon wird Koexistenz als „das friedliche Nebeneinanderbestehen von Staaten mit unterschiedlicher Gesellschaftsordnung" definiert. Welch ein Irrtum! In Wahrheit ist es die Verschleierung von Realität! Die innere Verneinung, die verborgene Abwehr von Andersartigkeit schafft eine hochexplosive Atmosphäre, unberechenbar und lähmend zugleich. Man sollte Politikern die Haltung von Katzen empfehlen. Es wäre einer weisen Beratung zuträglich. Aber wer dieser Herren ist wohl bereit, seinen Stolz dahinzugeben, um von einer Katze zu lernen? Resigniert schaue ich aus dem Fenster. Der Schnee taut von den Dächern, ein bißchen Sonnenlicht ist zu ahnen.

Ich muß hier langsam mal raus und frische Luft tanken.

Aber noch wage ich es nicht. Der Tag geht dahin mit belanglosem Tun. Ich denke darüber nach, wie ich die kommende Nacht verbringen soll. Ob die Kleine alleine bleiben kann? Ich bringe das nicht fertig. Sie ist doch das warme Knäuel der schlafenden Gruppe gewohnt!

Ungeschützte Verlassenheit in einer noch fremden Umgebung – unmöglich. Ich baue mir ein Nachtlager vor dem Schreibtisch auf, nicht weit entfernt von Ginos Schlafbaum. Diese Entscheidung erweist sich als richtig. Ich genieße es, endlich lang zu liegen und spüre, wie mein Rücken sich angenehm dehnt. Gino erklettert seinen Hochsitz. Auf Schleichwegen findet Tibby den Weg unter meine Decke. Gino blinzelt, läßt aber zu, daß sie bleiben darf. Ich knipse die Lampe aus. Ruhe kehrt ein, erlösender Schlaf. Und das brauchen wir auch. Alle drei.

Montag 27. Dezember

Mit halbem Wachbewußtsein höre ich einen schweren Plumps.
Ich muß nicht auf das Zifferblatt gucken, um zu wissen, daß es fünf Uhr morgens ist. Ginos Erwachen erfolgt pünktlich um diese Zeit. Seit anderthalb Jahren kenne ich diesen Plumps, mit dem ganze sieben Kilo vom Schlafbaum auf dem Boden landen. Eigentlich sollte jetzt sein Katerruf folgen, mit dem er sich zur morgendlichen Begrüßung auf meinem Bett ankündigt.
Langsam kommt er näher, stemmt eine Pfote auf das Lager. Er fixiert mich, im beginnenden Dämmerlicht eine große und dunkle Gestalt. Auch Tibby ist aufgewacht und schnurrt jetzt laut.
Der Kater setzt wie in Zeitlupe die zweite Pfote neben meine Schulter, zieht die Hinterbeine nach. Er steht nun genau über mir, macht einen langen Hals und atmet heftig dorthin, wo Tibbys Körper sich unter der Decke abzeichnet.
„Du lieber Himmel", denke ich „wenn es jetzt losgeht, kommst du ohne Schrammen nicht weg." Trotzdem bleibe ich regungslos liegen. Ich bin sicher, daß schon die winzigste Bewegung eine Prügelei auslöst. Ich wage es auch nicht, irgendetwas Beruhigendes zu sagen.
Meine kleine Somali ist schlagartig verstummt. Sie spürt die starke Anspannung, muckst und rührt sich nicht. Tief in Ginos Kehle schwillt ein Grollen an. Und dann, als sei das alles nicht der Mühe wert, gähnt er herzhaft. Spontan mache ich mit, gähne hörbar und lang. Gino streckt sich, ich tue desgleichen. Recke die Arme weit in die Luft und gähne nochmals laut. Gino betrachtet mich mit wissendem Blick. Dann latscht er wie üblich über meinen Brustkorb hinweg und steuert die Küche an. Ein langgezogener Maunzer verkündet seinen Hunger. Ich drücke einen Kuß auf Tibbys zartes Köpfchen und beeile mich, Ginos Frühstückswunsch zu erfüllen. Er sitzt schon erwartungsvoll am Napf. Ich greife mir meinen Dicken, beutele ihn zärtlich. Er läßt es geschehen, weicht nicht zurück. Da höre ich Tibby dicht hinter mir. Sie huscht unter meinen Morgenmantel. Zum erstenmal hat sie die Schwelle zum Flur und zur Küche überschritten! Ob das gut geht?
Gino spielt den Ahnungslosen, dabei weiß er genau, daß die Kleine da ist. Ich öffne mit einem Plopp die Dose, lasse Gino den Inhalt prüfen. Er schnuppert, scheint einverstanden. Kaum ist der Napf gefüllt, stürzt Tibby hervor und beginnt, laut schmatzend, hastig zu fressen. Der Getigerte ist überrumpelt. Und das Wunder geschieht! Sein mächtiger Katerkopf drückt ihre Winzigkeit etwas zur Seite, und dann schlagen sich beide den Bauch voll, einträchtig nebeneinander. Ich hocke daneben und kann das Bild kaum fassen.
„Oh, Gino!", sage ich und ein wunderliches Glücksgefühl überwältigt mich. Das war wohl des Guten zuviel. Als merke er so eben gerade, was er da macht, hält Gino inne,

starrt die Kleine an, die so eifrig frißt, als bekäme sie nie wieder im Leben etwas. Ihr Schmatzen ist wirklich unüberhörbar! Gino mißbilligt ihre Freßmanieren zutiefst, das kann ich sehen. Also angelt er sich mit der Pfote seine Bissen heraus und so, Abstand wahrend, ist ihm die Inkonsequenz seiner Handlung vermutlich erträglicher. Ich aber befinde mich in einem Rausch neuer Hoffnung und aufsteigendem Optimismus. In mir jubelt es, ach, ich könnte tanzen! Und das tue ich auch. Gino registriert meinen euphorischen Ausbruch und verpaßt ihm auf der Stelle einen Dämpfer. Faucht gewaltig los, stellt seine Rückenbürste auf und haut der Kleinen einmal kurz zwischen die Ohren. Die drückt sich flach gegen den Küchenschrank, wird noch winziger, als sie sowieso schon ist. Befriedigt kehrt uns Gino sein Hinterteil zu und verläßt mit zuckendem Schwanz den Schauplatz.

„Armes Töffelchen", seufze ich und nehme das zierliche Fellbündel hoch. Tibby aber hat nur Augen für den Kater, strampelt sich frei und tänzelt Gino hinterher. Ich kann das nicht verstehen. Beide Tiere landen im Schlafzimmer. Ich halte mich zurück und koche mir erstmal einen Kaffee. Da ich weiter nichts höre, frühstücke ich mit Genuß. Und mache Pläne für den Tag. Ich muß unbedingt einkaufen und überhaupt ganz einfach mal auf die Straße. Diese durchlebte Klausur ist nicht gut für meine Nerven. Kurz entschlossen nehme ich die Wiederherstellung meiner äußeren Person in Angriff. Nach einer immer gleichen Gammelbekleidung Tag und Nacht, tut es mir gut, mit Sorgfalt etwas zum Anziehen aus dem Schrank zu holen. Die Wohnung sieht aus wie ein Schlachtfeld. Ich habe in allen Räumen sogenannte Spielinseln geschaffen, damit genug Anregung da sei. Papierhaufen für Gino, Kisten zum Verstekken, Wurzelstöckchen, Mauseangeln, Bälle, Glöckchenspiele und anderen Krimskrams.

Egal, aufräumen kann ich später. Ich schnappe mir die Tasche und schließe die Wohnung hinter mir zu.

Draußen empfängt mich ein herrlicher Windhauch frischer Regenluft. Ich atme tief und befreiend auf. Mir wird klar, daß meine Wohnung wahrscheinlich wie eine ganze Zoohandlung riecht. Denn ich habe mich nicht getraut, die Fenster zu öffnen, ich wollte nicht riskieren, daß die Kleine in ihrer Unerfahrenheit drei Stockwerke tief abstürzt.

Am Kiosk lese ich die Schlagzeilen des Tages, plaudere mit der Zeitungsfrau.

„Wo haben sie denn gesteckt?", fragt sie.

Ich mag noch nicht erzählen. So sage ich etwas Belangloses und kommentiere das Wetter.

„Nichts für den Kreislauf", sagt sie „gestern diese Wärme, heute so naßkalt."

„Ja wirlich", sage ich, „aber die Leute erst in den Überschwemmungsgebieten, das war wohl keine Weihnacht."

Die Frau ist auch voller Mitgefühl, erzählt von ihrem Enkelkind. Ich genieße dieses doch nie verabredete Ritual unserer Unterhaltung. Mit kleinen Abweichungen praktizieren wir das jeden Morgen. Ich mag diese Frau. Bewundere, wie sie für jeden Kunden, jede Kundin das richtige Wort hat, tagaus, tagein. Ich liebe ihren gesunden, lebensbejahenden Humor, der sie Dinge sagen läßt, die jedem Journalisten zur Ehre gereichen könnten.

Seltsam, daß der Sinn für menschliche Realität, für den kleinen Alltag in den sogenannten denkenden Köpfen immer dünner wird. Und seltsam auch, daß das Volksempfinden fast nur noch abwertend erwähnt wird. Man traut diesem Volk irgendwie keine Lebenserfahrung zu, so kommt es mir vor. Vom Volk bitte nur die Wählerstimme, aber bitte nicht auch noch eine Meinung. Schon gar keine „Stammtischmeinung"! Auf welche höheren Wesen hören eigentlich diese Diener eigener Größe und Arroganz?

„Der ihre Sparbüchse ist der Bauch", sagt meine Zeitungsfrau.

„Stimmt", sage ich und zahle, was zu zahlen ist.

Hannovers Kröpcke ist noch ganz weihnachtlich, jede Menge Leute unterwegs. Mir wird erst heute so ganz bewußt, daß ich Urlaub habe. Die letzten Arbeitswochen haben mich so strapaziert und ausgelaugt, daß selbst die Kraft zur Erholung fehlt. Seit einem halben Jahr wehre ich mich, einzusehen, daß ich es nicht mehr packe. Ich weiß, daß ich vor der Tatsache stehe, über längere Zeit nicht mehr arbeiten zu können. Der Körper streikt. Er ist weiser als ich. Ich verdränge die aufsteigende Grübelei, die Arztpraxis ist sowieso geschlossen, also steht die Sache noch ein paar Tage aus. Ich beschließe, so richtig schön herumzubummeln, irgendwo ein wenig essen, dann Einkauf von Lebensmitteln. Ich lasse die Katzen ganze vier Stunden allein.

Als ich die Wohnungstür aufschließe, steht Gino wie üblich dicht dahinter. Tibby guckt ums Eck, hüpft mir entgegen.

Ich lobe und streichele den Dicken, dann auch die Kleine.

Gino schaut ungut, unternimmt aber nichts. Beide Tiere untersuchen die auf dem Boden deponierten Tragetaschen, Gino bedächtig und gründlich, Tibby mit nervöser Neugier. In ihrem Übermut springt sie Gino direkt vor die Nase. Ich mache die Augen zu, erwarte eine Katastrophe. Nichts. Ich mache die Augen wieder auf und erlebe, daß mein Dicker interessiert Tibbys Po beschnuppert. Wie brav die Kleine still hält! Ganz Katzenbaby, wendet sie sich ihm zu und streckt ihm ihr Näschen entgegen. Für einen flüchtigen Moment berühren sich die Tiere, ich vergesse fast zu atmen. Gino dreht sich weg, putzt heftig seine Schwanzspitze. Ich packe einiges in den Kühlschrank, einiges in die Speisekammer. Beide Katzen verfolgen jede Bewegung, die ich mache. Zu dritt gehen wir in den Wohnbereich, Gino hüpft auf den Schreibtisch, lauert auf Tibby hinunter. Sein Schwanz fängt wieder an kräftig zu peitschen. Die kleine Somali verharrt aufmerksam. Ich bestaune aufs neue ihre Vollkommenheit und Anmut.

„Lieber Gott", sage ich „lieber Gott, du hast diesen Tieren den Instinkt gegeben, bitte mache du auch, daß er funktioniert!"

Mein kindliches Gebet muß den Himmel augenblicklich erreicht haben, denn Gino springt mit Absicht haarscharf daneben. Tibby hopst aufgeregt und spielbereit um ihn herum. Aber so weit ist es noch nicht, daß der Große sich dazu verleiten ließe, ihrer Einladung zu folgen. Er zieht es vor, uns beide aus der luftigen Höhe seines Schlafbaumes zu beobachten.

„Töffelchen", sage ich.

„Töffelchen, gib bloß nicht auf. Mach weiter, du Fröhliche. Ginos Herz muß doch einmal schmelzen!"

Vielleicht ist es Einbildung, aber Tibby schaut mit überraschend klugen Augen zu mir auf, als hätte sie verstanden, um was es geht: Daß da eine Katerseele langsam heil werden muß. Zärtlich beißt sie in meine Hand, umschließt diese fest mit warmen, weichen Katzenkindpfoten.

Ich bin froh, daß sie keine Erschöpfung oder Entmutigung zeigt. Und so bin ich es, die von ihrer Winzigkeit neue Kraft auftankt.

Ich bin erstaunt darüber, so lange geschlafen zu haben.

Das Tageslicht dringt bereits durch die Gardine, tatsächlich, es ist zehn Uhr vormittags. Noch schlummernd, liegt Tibby dicht an mich geschmiegt auf dem Kopfkissen. Ihr Bäuchlein ist ungeschützt nach oben gedreht, ein Pfötchen bedeckt die Augen. Nur bei Zuchttieren habe ich diese Haltung festgestellt. Keine freilebende Katze würde so leichtsinnig handeln. Auch Gino, ein Mischling aus Kartäuser und Perser, liegt beim tiefsten Schlaf auf dem Rücken, lang ausgestreckt, die Hinterpfoten ragen in die Luft, der Schwanz hängt lässig über den Sesselrand, die Vordertatzen ruhen über Kreuz auf dem Brustkorb. Den Kopf hat er meist vergraben in der Decke. Da ich vorher nie ein Zuchttier besaß, war ich total verblüfft, meinen Kater so zu erleben, so vertrauensvoll hingegossen. Nun kenne ich das bereits, aber schmunzeln muß ich immer noch.

Als ich Gino ein paar Tage hatte, meinte ich, diese Schlafstellung sei eine persönliche Note meines Tieres, und erzählte es stolz Jutta.

Die lachte und klärte mich auf. Etwas enttäuscht mußte ich das Gesagte akzeptieren, sie ist halt Züchterin und weiß mehr als ich. Und es stimmt. Die Katzen und Kater in ihrem „Fuchsbau" tun desgleichen. Trotzdem: Mein Gino besitzt hierin seine ureigenste Art, es ist und bleibt seine persönliche Besonderheit, so hingeräkelt dazuliegen. Jeder Katzenliebhaber wird mich verstehen. Denn die persönliche Besonderheit des Katzenhalters liegt ja wiederum darin, seinen Liebling für besonders einzigartig zu erklären.

Aber zurück nun zu meiner schlummernden Tibby. Vorsichtig rutsche ich seitwärts aus dem Bett, schiebe die Decke zu einem Wall um sie herum. Sie reagiert mit feinem Stimmchen, läßt sich aber nicht stören. Auf dem Boden am Fußende liegt Ginos Kissen. Es ist leer. Wo steckt der Bursche?

Leise gehe ich in die Küche. Nichts regt sich. Trotz Geschirrklappern taucht er nicht auf. Soll ich ihn rufen? Aber ich will die Kleine nicht wecken. Ich frühstücke also ohne Kater und rätsele vor mich hin. Es nützt nichts, irgendwann muß ja doch Leben in die Bude.

„Gino, wo steckst du? Laß dich blicken, großer Puma!" Suchend inspiziere ich seine Verstecke.

Es ist erstaunlich, wie er es immer wieder fertig bringt, sich in der Wohnung zu verkrümeln. Buchstäblich unsichtbar zu werden, ist eines seiner Lieblingsspiele. Ich glaube, mein dümmliches Herumstöbern amüsiert ihn jedesmal sehr. Behaglich hingekuschelt, neugierigen Auges verfolgt er dann mein Bemühen, erhebt sich unvermittelt vor meiner Nase, raunzt freundlich und schmust. Als wolle er mich trösten darüber, daß ich aus seiner Sicht mit Blindheit geschlagen bin.

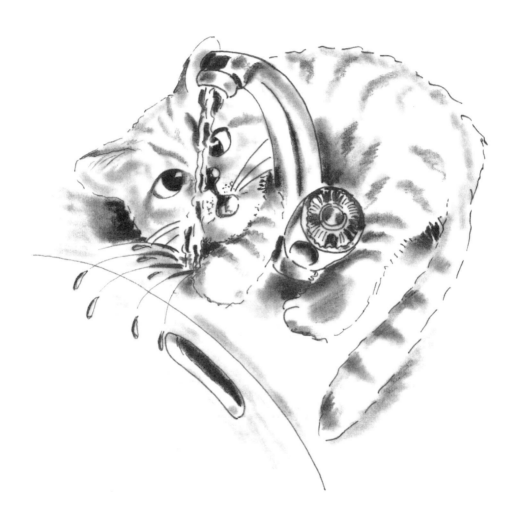

Auch jetzt suche ich erfolglos. Plötzlich saust Tibby zwischen meine Füße, wuselt um mich herum. Unvermittelt sitzt Gino mitten im Flur. Wie eine lautlose Erscheinung. „Döskopp!" sage ich.

Er marschiert vorneweg, dirigiert mich ins Badezimmer, springt hoch und balanciert auf dem Rand des Waschbeckens. Ich drehe den Wasserhahn auf, Gino prüft mit der Pfote die Stärke des Fließens, spritzt ein bißchen herum. Anschließend legt er den Kopf schräg, kneift ein Auge zu und säuft andächtig direkt vom Wasserstrahl. Seine eifrige Zunge verteilt winzige Tröpfchen auf die gefächerten Schnurrhaare. Ich habe, wie jeden Tag, großen Spaß an dieser Marotte. Wo er das nur gelernt hat? Vielleicht hält er es für eine herausragend maskuline Note? Wer weiß schon, was sich abspielt in so einem Katerkopf? Jedenfalls mehr, als wir Menschen für möglich halten, da bin ich gewiß.

Ich mache mich daran, die Katzenklos zu leeren. Gino ist ein Pedant und haßt es, beim Graben auf Rückstände zu stoßen. Ich bin überzeugt, daß Prinzeßchen Annastasia ebenfalls hohe Sauberkeitsansprüche hegt. Das ist sie ihrem edlen Stammbaum schuldig! Während ich schürfele, helfen beide Tiere durch rege Anteilnahme. Die Kleine kann es nicht erwarten und sitzt im Katzenstreu, bevor ich fertig bin. Ihr Blick verschleiert sich, guckt träumerisch ins Nichts. Dann erfüllt die Wolke ihres Duftes das ganze Badezimmer. Ich reiße das Fenster auf. Donnerwetter, wie kann so ein winziges Geschöpf so eine Ladung enthalten?

Gino nähert sich, kontrolliert fachmännisch das Ergebnis, zerfurcht das Fell auf der Stirn bis zwischen die Ohren, guckt vernichtend auf Tibby, die jetzt häufelt und scharrt, zwar noch etwas ungeschickt, dafür aber mit großem Einsatz. Die Kleine hat Durchfall. Und Gino seit ihrer Ankunft überhaupt keine Verdauung. Es ist überzeugend folgerichtig: Seelischer Schiß und seelische Blockade finden ihre körperliche Entsprechung. Katzen reagieren geradezu seismographisch auf Störungen ihrer Atmosphäre. Nur Kinder zeitigen meines Wissens mit gleicher Körpersprache das Ungleichgewicht negativer und positiver Begebenheiten.

Schade, daß wir Erwachsenen meist verlernt haben, diese gesunden Warnsignale an uns zuzulassen. Oder soll ich lieber sagen, verlernen mußten? „Schmeiß eine Tablette ein", heißt es kurz. Ist es nicht so, daß wir uns scheuen, unser inneres Nichtmehrkönnen auf dem Arbeitsplatz zuzugeben? Erleben und fürchten wir nicht fast alle, deshalb als Störfaktor im Funktionsablauf der Firma zu gelten? Bringt es uns nicht in Not, wenn wir für unseren Arbeitsausfall keine als normal eingestufte Organschwäche angeben können? Wir haben es uns abgewöhnt, das Gesicht des Mitarbeiters wirklich anzuschauen.

„Guten Morgen" sagen wir, und lassen schon das „guten" vom Morgen weg. Aus Zeitgründen! Ist es da verwunderlich, wenn das Gute des Tages, unerwähnt, uns dann eben auch fernbleibt, obwohl wir es alle doch so sehr brauchen?

Die Töne des Herzens, wie leise sind sie geworden in unserem Arbeitsleben.

Ich wehre der Trauer, die mich überkommen will. Eigenartig still sitzen beide Tiere neben mir, teilen regungslos meine plötzliche Versunkenheit. Ich stelle fest, daß wir noch immer vor dem Katzenklo hocken.

„Nun aber los!", sage ich und packe den Kot in Zeitungspapier.

Gegen Mittag stehen Dieter und Monika vor der Tür. Sie wohnen im gleichen Haus. „Wo ist die Miniaturausgabe?" Dieter spricht es und will sofort ins Wohnzimmer. Ich halte den Mann zurück.

„Nichts da!", sage ich.

„Tut mir einen Gefallen und haltet die Rangordnung ein", bitte ich sie.

Monika, die Ginos Eifersucht versteht und geradezu verinnerlicht, begrüßt zuerst den Dicken. Auch Dieter muß sich der Reihenfolge beugen. Gino ist es zufrieden. Ich grinse in mich hinein. Wenn Dieter eintritt, ist die Wohnung voll. Es gibt so Menschen, und er ist einer davon.

Monika stellt das krasse Gegenteil dar.

Und das ist auch gut so.

Innerlich wie äußerlich starke Gegensätze, bleibt es beider Geheimnis, in ihrer ehelichen Gemeinsamkeit auszukommen.

Eigentlich ist es eine Dreisamkeit, denn ein Yorkshireweibchen wird als anerkanntes Familienmitglied respektiert und geliebt. Biggy heißt das Energiebündel. Ich nenne sie „bellende Teppichfluse", denn sie ist eine Zwergausgabe.

Jeder Urlaub beginnt mit einer Tragödie, nämlich der, das Hundchen an die Pflegeleute abzugeben. Aber Dieter ist nun mal ein begeisterter Weltenbummler, und seine Monika muß eben mit.

Ohne sie läuft nichts. Aber der Mann wird sich eher die Zunge abbeißen, bevor er das zugibt.

Jetzt haben beide Tibby entdeckt. Dieter schmilzt dahin, Monika sucht nach Worten. „Ooooh, welch zauberhafte Handvoll!", haucht sie dann.

Die Kleine sitzt wie auf einer Insel, gebildet durch ihr rundumgelegtes Schwänzchen. Ganz zerbrechlich wirkt sie in ihrer Anmut, macht einen langen Hals und wackelt mit dem Köpfchen. Dieters Lautstärke ist zu gewaltig für sie. Ich nehme mein Wunderwerk und setze es auf das Sofa.

Gino biegt um die Ecke, miaut klagend, fühlt sich übersehen. O Schreck!

„Laßt uns in die Küche gehen", sage ich.

Meine Freunde verstehen, und so verlagern wir unseren Aufenthaltsort dorthin.

Natürlich müssen wir die Kleine begießen.

„Mensch", sagt Dieter und verkostet genüßlich den Wein. „Mensch, ich habe die größte Lust, mir auch so eine zu holen."

„Bloß nicht!" sagt Monika.

Und fügt hinzu: „Du hattest doch nie was für Katzen übrig."

Dieter protestiert: „Seit Gino ist das anders, er ist ein Prachtkerl. Außerdem bin ich der Urheber der ganzen Sache." Stolz haut er sich auf die Schenkel.

Ich lache. Aber er hat recht. Dieter war es, der in seiner typischen Zielstrebigkeit die Vermittlung des Katers zustandebrachte. Ja, er zahlte sogar die geforderte Auflage, das war eine Spende an den Tierschutz. Und er war es dann auch, der mit seinem Auto den Transport in meine Wohnung übernahm. Mehr noch, hat er am nächsten Tag den Dicken betreut, da ich zur Arbeit mußte.

„Man kann ihn doch nicht so alleine lassen", sagte er damals und sah mich streng an dabei. Monika konnte sich nur wundern.

„Na ja", sagt sie jetzt„ ich habe auch nicht gedacht, daß ein Kater so eine enge Beziehung eingeht mit dem Menschen. Die Katze, die ich kenne, die kratzt immer nur."
Ich gebe zu bedenken, daß sie vielleicht die Katzensprache nicht versteht.
„Wenn Du die Signale übersiehst, passiert es, daß sie deutlicher wird", sage ich.
„Und ob!", ruft Moni.
„Willst Du mal sehen wie deutlich?" Sie hält mir ihre Hand hin, auf der ein langer Kratzer zu sehen ist.
„Was glaubst du, wie das geblutet hat. Ich war stocksauer", klagt sie. Ich nicke zustimmend.
„Trotzdem", sage ich, „entweder ist die Katze verunsichert, oder du hast ihren Wunsch auf Distanz übersehen. Ich meine, du greifst ja wildfremden Leuten auch nicht so einfach an den Bauch."
Monika muß lachen.
„Du nun wieder", prustet sie. „Ich stelle mir gerade vor, wie ich . . .", sie hält plötzlich inne, sieht Dieter an.
„Deine Phantasie, nur los! Überhaupt ihr Frauen..." Dieter ergeht sich in würdevollem Gebrumm.
„Du machst Gino echte Konkurrenz", sage ich und bringe die beiden zur Tür.
Der Getigerte beteiligt sich an der Verabschiedung, lauscht auf die sich im Treppenhaus entferndenden Schritte. Nachfolgend bearbeitet er sein Kratzbrett, springt albern in die Luft. Ich freue mich, daß er sein einsiedlerisches Gehabe aufgegeben hat.
„Bist ja mein Bester", lobe ich ihn. Gnädig nimmt er mein Schmeicheln zur Kenntnis, ist unschlüssig, ob er gehen oder sitzenbleiben soll.
Ich höre Tibby im Papier rascheln. Unglaublich, wie die kleine Somali immer neue Spiele mit sich selbst erfindet. Jeder Gegenstand ist geeignet, damit irgendeinen lustigen Unsinn zu veranstalten.
Neugierig bewegt sich Gino auf den Papierhaufen zu. Wie ein Kobold taucht Tibby im Gewühle auf, gefährlich nah am Kater. Der wirft sich auf die Seite, rollt die Augen, starrt zur Zimmerdecke hoch. Tibby umschleicht ihn, nimmt seine Schwanzspitze auf's Korn. Ganz zart tippt sie mehrmals an. Gino starrt weiter nach oben. Ein langgezogenes Miauen entringt sich seiner Kehle, es klingt wie ein Schrei vollkommener Hilflosigkeit. Dann flüchtet er auf seinen Baum, schmeißt sich in das Hängenest, verbirgt den Kopf und legt seine große, runde Tatze fest über die Augen.
Ich bin erschüttert. Wie kann ich ihm nur helfen?
„Sei nicht so blöd sentimental", reiße ich mich zusammen.
„Du vermenschlichst die Sache." Aber ich bin mir nicht sicher. Zu deutlich sind Ausdruck und Handlung meines Tieres.
„Töffelchen", murmele ich. „Töffelchen, der Dicke hat ein weiches Herz, glaube mir das."
Obwohl noch früh am Tage, haue ich mich in den Sessel und schalte den Fernseher ein. Ich fühle mich seltsam schwach heute. Aber was erwarte ich denn? Der Zusammenbruch von Kreislauf und Seele liegt erst acht Tage zurück. Noch jetzt erinnere ich mich beklommen an diese Stunden. Es war, als würde eine gewaltige Hand alle Kräfte wegziehen, ein Verlust jeglicher Körperkontrolle setzte ein, nicht einzudäm-

mendes Rauschen und Hämmern übertönte alles. Ich meinte, sterben zu müssen. Dank sei den Nachbarn, die mir halfen. Und Dank auch den Ärzten. Am Montag nach Sylvester werde ich nun erfahren, wie es weitergehen soll.

Ich fixiere die Bilder auf der Mattscheibe des Fernsehers, sehe aber nichts wirklich. Ein lebhaftes Kratzen holt mich aus meiner gedanklichen Weltenferne zurück ins Wohnzimmer. Es ist Tibby, die an Ginos Schlafbaum ihre Krallen bearbeitet. Der Kater schaut zu ihr hinunter.

Tibby beginnt hochzuklettern. Mir sträuben sich die Haare. Der Baum ist Ginos erklärtes Eigentum. Selbst ich respektiere diesen Rückzugsort und berühre ihn dort oben nur mit großer Behutsamkeit. Ich weiß, wenn er tagsuber hinaufsteigt, macht er sozusagen die Tür von innen zu.

Tibby hängt jetzt direkt unter ihm. Gino kann sie hören, aber nicht sehen. Er drückt sich flach in sein Nest. Ja, und dann erscheint ein braunes Pfötchen am oberen Rand, ein zweites greift zu, und mit einem leichten Schwung folgt das ganze Körperchen nach. Wie ein Eichhorn sitzt Tibby, bildlich gesprochen, mitten im Kater!

Aus allerengster Nähe tauchen die Blicke beider Tiere ineinander. Ich spüre meine nassen Handflächen, die sich unbewußt gegeneinandergepreßt haben.

Gedankenschnell packt Gino zu.

Tibbys Winzigkeit verschwindet in der Umklammerung.

„Sie ist verloren!" durchzuckt es mich. Aber bevor ich das überhaupt zu Ende denken kann, putzt Gino mit hastigen und kurzen Bewegungen den Kopf der Kleinen, erwischt ihre Nase, die Ohren, ungestüm schlappt seine Zunge über Stirn und Augenpartie. Ich meine zu träumen. Und genauso schnell wie dieses Geschehen, wirft er sie plötzlich raus. Sitzt mit hohem Buckel, sein ganzes Fell durchläuft ein Zittern und Zucken.

Es ist, als könne er selbst nicht fassen, was da eben passiert ist.

Von dem derben Fall verwirrt, hockt Tibby auf dem Boden, schüttelt sich und rast dann hüpfend wie ein Hase aus dem Zimmer.

Ich löse langsam meine ineinander verkrampften Hände. Oh! Ich könnte den Dicken jetzt herzen und vor Wonne plattdrücken!

Aber intuitiv bleibe ich, wo ich bin, schaue stumm zu ihm hinüber. Gino erwidert den Blick, dreht sich umständlich und rollt sich neu zusammen. Ganz tief hinein in seine Hängematte. Ich sehe nur noch den Schwanz, der sich schlangengleich bewegt, langsam beruhigt und endlich innehält.

Wo immer Tibby auch hingeflüchtet ist, ich bleibe in meinem Sessel und rühre mich nicht. Gucke weiter fern und sehe nichts. Erst der nervtötende Rhythmus einer ausgeflippten Band bringt mich dazu, aufzustehen und nachzuforschen, wo mein Töffelchen denn abgeblieben ist. Fast scheu streckt sie sich mir entgegen, ein piepsiges Miauen wird zu einer ganzen Erzählung. Sie schüttet wohl ihr Herz aus, verarbeitet den Schrecken.

Dann krabbelt sie zu meiner Nase hoch, schnuppert und bohrt sich, ganz Katzenbaby, unter mein Kinn. Ich genieße ihre warme, pulsierende Lebendigkeit.

„Du warst großartig, einfach grandios", sage ich und bedaure, nicht ebenso schnurren zu können wie sie.

38

Das ist Gino

Eva Leißl, 7 Jahre

Gino hockt auf dem Kleiderschrank, drei Meter hoch, unerreichbar für den Rest der Welt. Ich weiß nicht, welche der vier Pfoten sein linkes Bein ist, aber ich weiß um diese merkwürdige Laune seiner Natur.

Heute ist nicht sein Tag. Mein Kater hat einen Kater!

„Sieh dich vor, Tibby, es ist nicht gut Kirschen essen mit Gino", sage ich.

Beide schauen wir hinauf zu seiner entrückten Höhe. Gino mit entsagungsvollem Blick zu uns hinunter.

„Dicker", sage ich werbend, „es ist doch alles nicht so schlimm."

Gino guckt schmerzlich in weite Ferne, der echte Katzenjammer in Person. Ob daher dieses Wort geprägt wurde? Vielleicht leiden alle Felidae unter dieser seltsamen Stimmung, die ohne Vorwarnung wie ein seelischer Einbruch über sie kommt?

Ich betrachte meinen Kater, der sich anscheinend in Selbstmitleid ertränkt. Es wirkt geradezu menschlich und er hat mein volles Mitgefühl. Vielleicht haben die Tiere einfach nur Kopfweh? Sie teilen ja auch sonst mit uns so allerlei Krankheiten.

„Ich würde dir ja gerne eine Aspirin geben", biete ich an.

Gino reagiert nicht, schaut unbeweglich geradeaus in seine graugetönte Leere. Tibby beißt in meinen Hausschuh, schlägt einen Purzelbaum über meine Füße hinweg, fern aller Nachdenklichkeit. Ich schließe mich ihrem Beispiel an und verlasse den Ort des Trübsinnes. Ein lautes Klagen ist die Folge. Der Bursche wünscht eindeutig Publikum für seinen Weltschmerz! Das kenne ich schon. Allein leidet es sich eben nicht so gut.

Oh, wie können Tiere uns Menschen durch ähnliches Verhalten entlarven!

Ich unterdrücke mein Lachen, denn das würde Ginos Bedarf nach einer angemessenen Würdigung seines Elends zu sehr kränken.

Ich habe da so meine Erfahrungen.

Also kehre ich um und halte eine tröstende Ansprache.

Selbstverständlich sieht er durch mich hindurch, aber seine Ohren genießen die Rede, denn lauschend hält er sie mir zugewandt. Sein dicker, runder Kopf hängt apathisch vom Rand des Kleiderschrankes herunter, dann legt er ihn, bleischwer, auf seine eingesammelten Vorderpfoten.

„Ach ja, das Leben ist einem manchmal zuviel", sage ich mit gedämpfter Stimme. Und schreie laut auf! Annastasia hängt festgeklettet an meinem Morgenmantel und benutzt mich als Hangelgerüst. Ehe ich es verhindern kann, turnt sie mit blitzschnellen Klimmzügen bis hinauf zu meiner Schulter. Ihre nadelscharfen Babykrallen finden zwischendurch mein nacktes Fleisch und hinterlassen kleine, rote Punkte.

„Bist du wahnsinnig!", brülle ich und vollführe einen Indianertanz. Tibby, eingehakt am Kragen und im Nacken, ist begeistert von dem neuen Spiel. Und Gino entsetzt. Wie kann ich nur in derartiger Lautstärke seine vernebelten Kreise stören!

Er richtet sich auf, wirft einen strafenden Blick auf alles, was sich Welt nennt, und zeigt ihr dann den Rücken. Und damit auch mir. Rollt sich zusammen, Kopf gegen die Wand.

Hier ist nichts mehr zu machen. Betreten verlasse ich den Raum seines Schweigens. Tibby hüpft mir erwartungsfroh hinterher, ausgerichtet auf die nächste Unterhaltung. Morgens ist sie besonders in Spiellaune.

In der Küche schüttele ich die Dose Katzentaps gewollt laut, jedoch ohne Hoffnung auf Ginos Kommen. Ich weiß, daß er in heroischer Selbstverleugnung seine Entbehrungen auf allen Ebenen durchzieht. Nichts, aber auch gar nichts kann helfen, ihm eine Brücke zu bauen. Seine Wiederkunft beschließt er ganz alleine. Was genau ihn dazu bewegt, sein aktives Katerdasein irgendwann wieder aufzunehmen, werde ich wohl nie ergründen.

Tibby kostet Ginos Abwesenheit in vollen Zügen aus. Endlich kann ich ihr meine ungeteilte Aufmerksamkeit schenken. Ich habe eine Angel mit einem Federbüschel gebastelt. Es ist ihr Lieblingsspielzeug. Ich nehme es und beginne zu werfen. Die Kleine ist sofort zur Stelle. Die Äuglein sprühen. Ihre Sprünge sind ein Sinnesschmaus. Das Gesetz der Schwerkraft scheint für sie nicht zu gelten. Aus dem Stand vollführt sie mehrere Salti rückwärts, landet, schnellt wieder hoch und packt mit sicherem Griff das weiße Federbüschel. Stolz stopft sie es sich ins Mäulchen und, Lob heischend, schaut sie zu mir auf.

Was für ein Bild! Das Lied „Fuchs du hast die Gans gestohlen" trifft es genau. Wie in diesem Lied, schleppt sie ihre „Beute" ab, zieht den Angelstab auf dem Boden hinterher. So marschiert sie in den Flur, die übergroßen Fledermausohren hoch aufgestellt, das spitze Fuchsgesicht leuchtet vor Lebenslust. Fließt über von Freude an unserem Beisammensein, unbeschwert und ungestört.

Tibby wechselt auf Mäuschenfangen. Legt mir das Spielzeug hin, rast dem Wurf hinterher. Kehrt zurück, biegt ihren Schwanz zu einem drolligen Bogen, wölbt dazu passend den Rücken krumm und, mit gestreckten Beinchen, gleich einem Pingpongball, kommt sie auf mich zugehopst. Hält das Fellmäuschen im Beißfang am Genick. Anmut, Grazie und Raubtier, sie vereint es in ganzheitlicher Wesenheit. Da ist kein Widerspruch in sich selbst. Mit einem Schlenker wirft sie die Maus in die Luft und saust los. Mit flinken Tatzen schleudert sie das Spielzeug hin und her, kugelt sich darüber. Auf dem Boden liegend, verkrallen sich ihre vier Pfoten in die erhaschte Beute, sie fetzt, was das Zeug hält.

Zauselig und wirsch beendet sie ihr wildes Tun, schließt die Augen zu schmalen Schlitzen. Öffnet sie dann mandelförmig und versenkt sich in die Betrachtung meiner Person. Es fällt mir schwer, dieser Eindringlichkeit mit meinem Blick standzuhalten. Tibby hat jetzt kein Kindergesicht mehr. Auf geheimnisvolle Weise ohne Alter und Zeit, erforscht sie mich bis auf den Grund meiner Seele. So jedenfalls empfinde ich es. Wie ein Hauch ist diese innere Begegnung, und wie ein Hauch löst sie sich auf. Bevor ich nicht Greifbares wirklich erfasse, putzt Tibby schon emsig ihr Fell, sortiert jedes Haar, ganz und gar das Katzenbaby, das ich kenne.

In mir aber bleibt etwas zurück. Eine Art Schüchternheit, eine verhaltene Scheu vor dem Geheimnis eines lebendigen Wesens.

Erst in den Abendstunden wird mir bewußt, daß ich die Wohnung überhaupt nicht verlassen habe. Nun ja, es gibt so ein Datum für uns Menschen, da ist Innenlandschaft angesagt. Und das ist gut.

Gino beendet seinen Tag auf dem Kleiderschrank.

Tibby teilt mein Lager, kuschelt sich schnurrend an meinen Bauch. Halb schlafend, halb wachend genieße ich ihre wohlige Körperwärme. Seit heute weiß ich: Sie trägt ihren Namen Annastasia zurecht.

Hannovers KATZENPARADIES

Fachhandel für Tierbedarf

Sallstr. 27
Hannover
Tel. 85 33 33

Katzen-
Paradies

*Artikel für Aufzucht, Ernährung,
Fellpflege, Gesundheit, Haltung,
Hygiene, Spaß, Spiel und ...*

Lieferservice

© by **mjs**

Ein Kater

Ein Kater wollt' spazierengehn
ganz fein mit Fräulein Katze.
Hat stolz im Spiegel sich beseh'n,
hob prüfend seine Tatze.

Er sprach: Ich bin ein großes Tier,
doch um vornehm zu schreiten,
die rechten Stiefel fehlen mir.
Wer wollte das bestreiten!

Er kaufte sich ein rotes Paar,
zahlt willig auch den Preis.
Er kam sich vor ganz wunderbar,
dreht dreimal sich im Kreis.

Doch wie er auf dem Wege ist,
mit Hut und Feder auf dem Kopf,
wird er vom Regen naßgespritzt,
der Kater, dieser Tropf.

Die Katze, als sie ihn gesehn,
die machte ein Theater!
Sie wollte nicht spazierengehn
mit einem nassen Kater.

Das kommt davon, wenn man den Schirm vergißt! Und dann im Regen steht.

Ein Ziel vor Augen zu haben, ist gut.

Aber bedenke die Ausrüstung!

Das habe ich wohl weniger bedacht, als ich das „Unternehmen Annastasia" startete. Jetzt frage ich mich, ob die Ausrüstung unserer Nervenkostüme diesem täglichen Dreistellungskrieg entspricht.

Was habe ich mir in meiner ehemals ruhigen Wohnung bloß eingebrockt? Diese ständigen Wogen von Zuversicht und Zweifel beuteln ganz schön.

Aber noch ist nicht aller Tage Abend. Nein, es ist Vormittag, wenn auch ein verregneter.

Tibby untersucht gerade mein Ohr. Ihr Näschen bläst den Atem schnuppernd in den Gehörgang, dann verwurschtelt sie meine Haare, legt beide Pfoten auf meinen Kopf und beginnt, mich zu putzen. Da sie auf meiner Schulter sitzt und ihr Bäuchlein an meine Wange drängt, erhalte ich einen bemerkenswert musikalischen Eindruck ihrer verdaulichen Befindlichkeit.

Es gluckert und blubbert in lustigen Tönen, winzige Luftblasen kullern murmelnd lange Darmtreppchen hinunter, ein dünnes Pfeifen schließt sich an und endet in einem tiefen Sausebaß.

Diese Zierlichkeit auf vier Pfoten hat ein melodisches Verarbeiten einverleibter Leckerbissen in sich eingebaut!

Während ich meine Nase in ihr Fell stecke, versucht Tibby, mein Haupt zu erklimmen. Ihre Zuwendung ist mal wieder überwältigend intensiv.

Gino hockt auf dem Teppich und sieht uns zu.

Er ist noch in der Nacht aus seiner Schrankhöhe herabgestiegen. Und, o Staunen, heute morgen lag er auf meinem Bett, schmusewillig und zärtlich gelaunt. Ich darf ihn wieder balgen, hin und her wälzen, sogar ein wenig bürsten. Aber nur ein wenig. Sozusagen scheibchenweise, teilt er mir seine Gunst neu zu.

Ich könnte eigentlich mal Liana anrufen und ihr einen Lagebericht erstatten.

Das tue ich auch.

„Na, klingt doch vielversprechend", urteilt sie.

Es tut mir wohl, das zu hören.

„Hauptsache, die Tierchen bleiben stabil", sage ich.

„Aber klar doch", sagt Liana. Und fügt hinzu: „Sie brauchen einfach Geduld. So drei Wochen muß man den beiden schon Zeit geben. Wenn es dann noch immer hoch hergeht, ist Gino tatsächlich ein Einzelgänger. Es sieht aber nicht danach aus."

Ich atme tief durch. Drei Wochen!! Nach diesen paar Tagen ist mir bereits, als sei ein Monat verstrichen.

Liana sagt: „Das kommt davon, weil sie dauernd dabei sind. Ab jetzt sollten sie die zwei mehr alleine lassen. Die regeln das schon untereinander. Sie lenken Gino nur ab. Ständig muß er seine Position wahren. Ohne sie kann er sich mal unbeobachtet an die Kleine ranmachen." Das leuchtet mir ein.

„Jutta ist in Urlaub gefahren", teile ich ihr mit.

„Ja, aber sie hat heute schon angerufen bei mir!" Liana lacht.

„Es ist halt ihr erster Wurf Somalis, den sie weggibt."

Ich verstehe das nur zu gut. Sie wird sicher auch bei mir anrufen.

„Erzählen sie ihr nicht alles, das gibt nur Herzweh", meint Liana.

Ein kluger Rat!

„Sie sind wirlich fürsorglich", stelle ich fest.

„Katzenleute sind Nerventierchen", sagt Liana trocken.

„Bei ihnen habe ich nicht diesen Eindruck", erwidere ich.

„Ha, ha, sie haben mich noch nicht in Aktion erlebt!" Liana ist offensichtlich sehr erheitert ob meiner Bewunderung.

„Wir müssen uns unbedingt per Auge kennenlernen", meine ich.

„Kommt noch", meint Liana.

Ich höre Getöse im telefonischen Hintergrund, Protest und Geschrei von Kinderstimmen.

„Was macht ihr da? Wenn ihr nicht gleich...!!!" Mit eiligen Worten hängt mich Liana ab, legt schnell den Hörer auf.

Es stimmt. Ich habe sie noch nicht in Aktion erlebt. Aber neugierig bin ich jetzt schon auf sie.

Auf jeden Fall werde ich heute ins „Fäßchen" gehen. In der kleinen Eckkneipe ein bißchen quatschen, ein bißchen blödeln und ein gutes Bier trinken. O ja, so ein gut gezapftes, angenehmes Bier!

Mit Tibby auf der Schulter, will ich hinüber ins Wohnzimmer.

Ein wildes Knurren stoppt meinen Schritt. Gino ist aufgesprungen, alles an ihm rebelliert. Vergessen ist die freundliche Morgenstunde.

Zornigen Auges starrt er auf die Kleine, die mit aufgerecktem Schwänzchen wie eine Bachstelze auf und nieder wippt, und hoch oben auf meinem Nacken thront. Das ist zu viel für ihn da unten! Sofort erkenne ich meinen Fehler, packe das Katzenkind und setze es schleunigst ab. Habe ich jetzt den guten Anfang des Tages verspielt?

Ich hocke mich nieder vor meinen empörten Tiger, strecke ihm die Hand entgegen. Er schaut mich anklagend an, dann reißt er das Maul weit auf und faucht langanhaltend aus Leibeskräften. Ich blicke geduldig in seinen Katerrachen und stelle fest, daß sein Gebiß in bestem Zustand ist.

Langsam hebe ich meine Hand, und senke sie dann behutsam auf seinen Dickschädel. Ginos Erregung läßt nach. Er schielt zu Tibby hinüber, die andächtig seinem Ausbruch gelauscht hat.

Unwirsch erhebt sich der Getigerte, stolziert an ihr vorbei und setzt sich auf die Türschwelle. Eine Wendung des Kopfes, ein bittender Blick, ein zarter Lockruf: alles an meine Person gerichtet.

Gehorsam folge ich seiner Einladung, froh, ihn so versöhnlich zu sehen.

Er wandert ins Schlafzimmer, wirft sich dort auf sein Kissen.

Noch immer leise raunzend, dreht er sich auf den Rücken und rollt sich hin und her.

Zum erstenmal seit Tibbys Ankunft, holt er sich seine Streicheleinheit selber ab.

Und so, unten am Boden, kuschele ich mich an ihn, drücke ihn fest in den Arm und kraule seinen wolligen Hals bis hinauf zur Kinnspitze, zwirbele seine stolzen Schnurrhaare und steichele mit Koseworten seine Seele glatt.

Ich habe meinen Kater wieder!

Leichten Fußes huscht Tibby dazu, drängt sich dicht daneben und begleitet meine Rede mit lautem Schnurren. Fortgesetzt schnurrend, beugt sie sich über den großen Katerkopf und bohrt ihr Näschen in seine zusammengefalteten Ohren. Ich rede liebevoll dahin, ohne Unterbrechung reihe ich Worte zusammenhanglos aneinander. Tibby macht weiter, und mir rutscht das Herz in die Hose. Ich umschließe sanft Ginos Tatzen, um einen schlimmen Prankenhieb zu verhindern. Mit der linken Hand kraule ich. Halb liegend, halb aufgerichtet, mit verrenktem Hals und schmerzhaft verbogener Wirbelsäule, lagere ich da mit beiden Tieren auf der Erde und bete im Stillen um einen friedvollen Verlauf der nächsten Minuten. Tibby sitzt jetzt zwischen Ginos Kopf und meinem. Beugt sich weiter über den Gewaltigen, begutachtet seine Mimik und, vorsichtig aber entschlossen, bürstet sie mit ihrer kleinen, rauhen Babyzunge Ginos Nasenwurzel. Ganz fachmännisch ist sie bei der Arbeit, nimmt sich dann der Stirnpartie an, leckt energisch über die Katerbacke und knöpft sich endlich auch noch die Ohren vor.

Ich bin platt. Und Gino auch. Nur Tibby bewahrt Haltung und sitzt zum Schluß da wie eine ägyptische Sphinx. Als wolle sie sagen: „So, Leute, macht man das!"

Gino richtet sich auf, guckt verwirrt, ihm juckt das Fell und überhaupt . . . wie soll jetzt die Katerwürde zum Zuge kommen?

Ein nervöser Tick befällt sein Hinterbein mit ruckartigen Zuckungen. Heftig beißt sich Gino in die Pfote und sorgt für Stillstand. Tibby schnurrt wieder.

Ich kugele mich vor Lachen. Die Peinlichkeit meines Katers ist zu komisch.

Und Tibbys Sieg komplett! Nach all den Tagen hat sie sich den aber auch verdient. Fröhlich summend verrichte ich meinen Haushaltskrempel. Es geht mir gut heute. Ich schreibe mir eine Liste der Geschäfte, in die ich später will. Plane den günstigsten Verlauf meines Einkaufweges. Das habe ich lernen müssen, denn ich kann nicht viel und lange tragen. Zwei Taschen, gleichmäßig verteilte Last, die schwersten Dinge zuletzt holen, so geht es einigermaßen. Zum Glück habe ich alle notwendigen Geschäfte rundum. Kleine Läden, wo man sich kennt. Selbst auf der Hildesheimer Straße. Dort ist auch meine Obst- und Gemüsequelle. Fast alle hier aus meiner Ecke gehen zu „unserem" Türken. Sein Angebot ist immer frisch, immer tadellos, vor allem aber ist es zum anfassen. Man darf den Reifegrad der Früchte prüfen. Mit der Hand. Und der Besitzer, ein geschickter Geschäftsmann, sorgt mit seiner Freundlichkeit dafür, daß seine Kundschaft immer etwas mehr mitnimmt, als gedacht. Das Unternehmen des fleißigen Mannes floriert, und darauf ist er stolz. Der eng bestückte Einkaufsraum bietet ein herrliches Durcheinander von Eßbarem, Flaschen, Dosen, Bettbezügen, Spitzendecken, Gerätschaften für die Küche und Bildern.

Da hängen in dicken, verschnörkelten Goldrahmen die Koransuren neben der ebenso gewaltig gerahmten Maria und Jesus. Hoch über allem, tischplattengroß, die berühmte Schutzengeldarstellung. In rotblauem Gewand, lichtumflutet, wogend und wehend das himmlische Wesen, behütet es mit rauschenden Fittichen ein am Abgrund spielendes Geschwisterpaar.

Für mich ist das jedesmal ein Wiedersehen aus Kindheitstagen. Denn meine Schulfreundin hatte genau so ein Bild über ihrem Bett hängen. Ich habe es immer lange betrachtet.

Und verstand nicht, warum meine Mutter sich weigerte, auch für mich so ein Gemälde anzubringen.

Es half nichts, wenn ich träumen wollte, mußte ich zu meiner Freundin gehen.

Nun kann ich mein Verlangen nach Jahren nachträglich stillen. Noch immer spüre ich den Schutz und die Geborgenheit von damals. Die Anziehungskraft des Bildes ist ungebrochen. Und es macht mir Spaß, das zuzugeben. Natürlich ernte ich Gelächter. Und mein Türke ahnt nicht, daß er mir einen Wunsch erfüllt, den ich längst vergessen glaubte.

Es geht schon seltsam zu manchmal.

Auf der Straße begegnen mir eilige Menschen. Kein Wunder, morgen ist Sylvester. Vor lauter Tibby und Gino habe ich irgendwie das Zeitgefühl verbaselt. Meine Freunde würden sagen: „Du bist schon ganz verkatzt!"

Na ja, die fehlenden Kräfte haben meine Abgeschiedenheit noch gefördert. Normalerweise begreife ich meine Wohnung als gastliche Oase und weniger als Insel. So muß das auch wieder werden, denke ich mir.

Das ich heute etwas aktiver sein kann, gibt mir Mut. Wenn auch langsam, packe ich doch den ganzen Einkauf. Nun kann Jahreswechsel werden!

Die drei Stockwerke zu mir hinauf haben mich allerdings geschafft. Dankbar lege ich mich auf mein Sofa unter die Tagesdecke. Es ist angenehm zu wissen, daß alles im Hause ist, was ich über die Feiertage brauche. Trotz hilfreicher Nachbarschaft ist es mir wichtig, selbst etwas zu tun.

Tibbymaus springt auf meinen Bauch, tappelt herum und sucht sich einen gemütlichen Platz. Gino beschlagnahmt meinen Sessel.

Ich genieße es, daß heute so ein Frieden regiert. Bevor ich es richtig merke, schlafe ich fest ein.

Poltern und Scheppern holt mich jählings ins Wachsein zurück.

Gino rast in die Küche, Tibby hinterher. Etwas taumelig folge ich, um zu sehen, was los ist. Gino guckt bereits durch das Fenster der Balkontür. Tibby hüpft aufgeregt über seinen Schwanz, miaut protestierend, will ja nichts verpassen.

Draußen pfeift sich der Wind unter das Schutzdach, zerrt an dem trockenen Geranke einstiger Sommerpflanzen. Nun kann ich es auch sehen. Etliche Blumentöpfe liegen zerbrochen unten am Balkon.

Während ich schlief, hat ein Wetterumschwung stattgefunden. Wirbelnd sausen dicke Schneeflocken durcheinander, bilden auf- und niedersteigende Luftstrudel, ganz schwindelig wird mir vom hinschauen. Es ist fast dunkel, in den Häusern gegenüber brennt das Licht.

Gino und Tibby machen sich über das Futter her, fressen einträchtig aus einem Napf. So gehe ich unbesorgt ins Schlafzimmer und überlege mir, was ich für meinen Fäßchengang anziehen soll.

Kaum schiebe ich meine Kleidungsstücke auf der Bügelstange hin und her, turnt Tibby hinzu, krallt sich begeistert in eine teure Bluse und schwingt sich in den Stoffen herum. Entwischt hurtig meinem Griff und krabbelt an einem Hosenbein hoch, robbt sich über die Kleiderhaken und stürzt sich kopfüber in die nächste Blusenserie. Das ist doch mal was!

Krachend bricht ein Plastikbügel, und ein Haufen Zeugs fällt aus dem Schrank. Ich tobe. Irgendwo wühlt sich Tibby aus dem Stoffberg, ihr kleines Fuchsgesicht strahlt vor Übermut. Ich bringe es nicht fertig, ihre Freude durch erzieherisches Einwirken zu trüben. Es ist angebrachter, den ganzen Kram zu sortieren und wieder einzuräumen.

Tibby sitzt da wie ein Eichhorn und verfolgt mein Tun.

Gino biegt umd die Ecke, staunt über das ungewöhnliche Durcheinander. Schnuppert hier und schnuppert da, um sich dann, vor Wonne schnurrend, auf den Stapel Pullis zu legen, der auch heruntergefallen ist.

Kein Aufscheuchen hilft, mein Wegschieben erntet passiven Widerstand. Ich versuche, die Wollsachen unter ihm wegzuziehen. Gino reagiert mit unwilligem Gemaunze, haut seine Krallen in einen Strickärmel und hält fest.

Tibby springt aufs Bett, macht einen langen Hals und läßt sich nichts entgehen. Ohne Zweifel genießt sie die Folgen ihrer Aktion in vollen Zügen. Beide Tiere halten Blickkontakt, in kurzen Abständen schicken sie einander Augenbotschaften zu. Ich mag es fast nicht glauben: Tibby und Gino scheinen sich darin einig zu sein, mich auf Trab zu bringen!

Wenn sie das erst heraushaben, dann blüht mir aber noch einiges!

„Ihr seid mir ein schönes Team", sage ich.

Tibby streckt sich lang, läßt ihr Köpfchen von der Bettkante baumeln.

Gino widmet sich konzentrierter Maniküre.

Was soll ich machen? Hier ist nichts zu machen!

Mag es draußen ruhig stürmen und wettern. In unseren vier Wänden hat sich ein Klimawechsel ganz anderer Natur ereignet!

War es die Eremitage auf dem Schrank?

Oder hat ein Traum in der Nacht den Kummer gelöst?

Einerlei. Was auch immer für geheimnisvolle Kräfte am Werke waren, Gino hat die innere Sperre aufgebrochen und ist über die Mauer seiner Abwehr gesprungen. Mögen noch zukünftige Hindernisse warten: Wir sind auf gutem Wege!

Gestärkt von dieser Erkenntnis, finde ich in dem Chaos endlich doch zueinander Passendes und kleide mich an.

Zehn Minuten später sitze ich im „Fäßchen".

Es ist gemütlich warm, Ricardo hat heute Kerzenbeleuchtung. Schlager von Vorgestern sorgen für die übliche Untermalung der Gespräche.

Es ist noch nicht viel los. Bin in die Zwischenpause geraten. Ich gehöre zur Dämmerschoppentruppe, das sind alle die, die vor der Tagesschau wieder zu Hause sind. Dann gibt es diejenigen Feierabendgrüppchen, die so bis 22.00 Uhr bleiben, und zum Schluß kommen die Nachteulen. Während dieser „Schichtwechsel" ist ruhige Zeit. Ricardo, unser Wirt, nutzt sie um Tresen und Küche neu auf Vordermann zu bringen. So auch jetzt. Bedächtig reibt er die Gläser trocken, hält sie prüfend gegen das Licht und stellt sie sorgfältig in ordentliche Reihenfolgen. Nickt mir zu, läßt sich in seinem Ritual aber nicht stören.

Es riecht gut, ich werfe einen Blick auf die Anschlagtafel. Ricardo ist ein genialer Koch, und fast immer erliege ich seinem Angebot.

Werner und Helmut sind da, auch Brigitte hat sich eingefunden. Eine auffallend aparte Frau, spritzig und lebenserfahren. Sonntags macht sie den Frühschoppen. Ich rede gerne mit ihr, andere auch.

Auf der Bank am Fenster sitzen Christa und Horst. Sie lassen sich ihren Wurstteller schmecken. Alle hängen ein wenig ihren Gedanken nach, brauchen so ihre Anlaufzeit. Die Hektik des Tages muß erst noch von den Schultern rutschen.

In der Ecke klönen Bernd und Fred über Fußball und Finanzen. Im Hintergrund dudelt der Spielautomat.

„Hast dich lang nicht blicken lassen", sagt Bernd.

„Man muß sich zwischendurch rar machen. Dann wißt ihr mich besser zu schätzen", antworte ich.

Bernd schmunzelt. Ich kenne niemanden, der das so vielsagend kann, wie er.

Fred guckt in sein Glas, stopft nebenher seine zweite Pfeife. Hat alle Utensilien für diese Handlung zu einem praktischen Nebeneinander vor sich auf dem Tisch sortiert. Pfeife ist mehr als nur Rauchen. Wenn ich Fred so beobachte, scheint es eine ganze Lebensanschauung zu sein.

Die Tür geht auf. Mit einem Schwall eiskalter Luft kommt Krimhild herein, dahinter erscheint Ulfs lachendes Gesicht. Er hat ihr die Krücke abgenommen, lehnt sie an den Barhocker. Krimhild steckt wieder in ihrer Halskrause. Das Rheuma hat sie schlimm erwischt diesmal. Wir alle bewundern, daß sie trotz Dauerschmerzen nicht kleinzukriegen ist.

„Geht auch nicht", sagt Krimhild, „dann lauf ich ja endgültig unterm Tresen längs." Das stimmt. Sie ist inzwischen kleiner als meine Person, die ich selbst anderthalb Meter knapp überschreite.

„Germanische Zwerge" nennt uns Helmut, der ein platzeinnehmendes Gardemaß aufweisen kann.

„Alter Heide, arischer!", kontere ich jedesmal. Politisch haben wir uns schon fürchterlich in der Wolle gehabt. Aber das tut unserer Sympathie keinen Abbruch. Überhaupt, es ist interessant, daß so unterschiedliche Leutchen sich hier gegenseitig sein lassen. Es ist ein ungeschriebenes Gesetz, einander den Frieden des Abends zu gönnen. Wird es doch mal haarig, greift Ricardo ein.

„Schluß jetzt!", gebietet er dann kurz und bündig.

Das wird respektiert, die Kampfhähne murmeln sich bestätigend noch was in den Bart, aber zumeist beschließt man ein Meinungspatt und besiegelt es durch einen versöhnlichen Schluck.

„So muß das auch sein", sagt Ricardo.

Und schiebt Konrad wieder an seinen richtigen Platz zwischen den Flaschen. Konrad ist ein Frosch. Wenn man einmal genau guckt, steht dieses Tierchen überall verteilt in den Regalen, es sind bestimmt ein paar Dutzend.

Da die Sammelleidenschaft des Wirtes bekannt ist, kommen von uns Gästen immer neue Varianten des lustigen Teichbewohners dazu.

„Sei kein Frosch- komm ins Fäßchen", lautet daher auch Ricardos Wahlspruch. Seine Kneipe gehört zu den kleinen Lokalen. Fünfzehn Leute, und der Raum vorne am Bierausschank ist voll. Lieber drängelt man sich am Tresen, als die hinteren Tische aufzusuchen. Wir wollen eben hören und reden.

Nachbarschaften haben sich hier befreundet, Hausbewohner trifft man an, ab und zu schneit wer Unbekanntes herein. Wie soll man auch sonst in einer Stadt wie Hannover die Menschen aus dem direkten Umfeld kennenlernen?

Wie viele Häuser gibt es, wo die Parteien nichts voneinander wissen und täglich stumm aneinander vorbeigehen! Die Vereinsamung in den Ballungsgebieten ist doch Tatsache.

Muß es wirklich zu einer großen Not kommen, damit wir den Nebenstehenden wieder wahrnehmen? Den Menschen suchen und nicht die Mattscheibe.

Was bietet schon ein Fernseher!

Manchmal denke ich, daß die in den Sendern überhandnehmenden Gesprächsrunden in Turm und Keller die fehlende Kommunikation ersetzen wollen oder sollen. Eine Scheinbeteiligung schafft ein Gefühl von Mitdabeisein, telefonisches Einmischen wird erlaubt.

Es stimmt mich jedesmal nachdenklich, wenn ich höre, wie viele Zuschauer angerufen haben. Egal bei was.

52

Menschliche Zuwendung aus zweiter Hand. Nichts wirklich real, nichts wirlich lebendig.

Sicher, auf Distanz vermeiden wir Verletzungen. Aber auch die Wärme bleibt außerhalb verschlossener Türen.

Jammern übers Alleinsein hilft nichts.

Wer gefunden sein will, muß ein Türschild anschrauben. Und nicht hadern, wenn ungebetene Leute ebenfalls klingeln.

Wer Briefe möchte, muß seinen Namen anbringen. Und geht das Risiko ein, auch unerwünschte Post zu erhalten.

Ohne dieses Risiko wird kein Freundesgruß ins Haus kommen.

Wer Nähe will, muß sagen, wie er heißt! Durchschaut zu werden, gehört dazu. Da hilft kein Datenschutz.

Die Welt wartet nicht auf dich. Du mußt ihr mitteilen, daß es dich gibt.

Ich habe den Verdacht, daß viele das nicht mehr gelernt haben.

Es fehlt ein Mensch, der diese einfache Wahrheit wieder sagt.

„Fehlt dir was?", fragt Horst und stubst mich freundschaftlich an.

„Nein, ich habe nur nachgedacht", sage ich.

„Nichts im Glas aber viel in der Birne, was?" Ulf lacht.

Ich bemerke, das Detlef dazugekommen ist.

Jetzt finden sich auch Peter und Angelika ein. Sie kommt zu mir, schwingt sich auf den Hocker, wirft ihre rote Lockenmähne zurück. Ein Duft von Kosmetika umweht mich. Sie ist meine Frisörmeisterin, seit ich eines Abends mit ihr plauderte.

Horst und Christa holen sich ihre Mäntel.

„Ist das heute eine Kurzvorstellung?", wundert sich Ricardo und räumt die leergegessenen Teller weg.

„Weglaufen wie die Sau vom Trog, sowas gibt es nicht!" ruft Detlef.

„Tschüüüs!", sagen die beiden und schieben sich durch die Tür.

Ich bestelle noch ein zweites Glas Bier und quatsche mit Angelika und Peter.

Zufrieden mit mir und dem Tagesverlauf, tigere ich nach Hause. Straße und Bürgersteig sind weiß. Ich mag es, wenn der Schnee so knirscht unter den Füßen.

Oben in der Wohnung klopfe ich die nassen Flocken aus Jacke und Hose. Gino und Tibby informierten sich per Nase über meinen Verbleib.

Es ist genug für heute, denke ich.

Eine halbe Stunde später liege ich im Bett.

Ungewohnt beschwingt von zwei Glas Bier, halte ich meinen Tieren einen lauten Vortrag über das Leben im Allgemeinen und das unsere im Besonderen.

Tibby kauert am Fußende und tretelt unbekümmert vor sich hin.

Gino begibt sich auf den Kleiderschrank und denkt sich seinen Teil.

Ich knipse die Lampe aus.

Mein Vortrag war bestimmt gut.

Auf jeden Fall beschleunigt er unser gemeinsames Einschlafen enorm. Das Zimmer übernimmt sein nächtliches Dasein, ist Stille ohne uns.

Freitag 31. Dezember

So also sieht er aus, der letzte Tag im Jahr. Hat sich nichts Besonderes einfallen lassen, präsentiert sich nicht anders, als die Tage davor. Der Regen hat den Schnee wieder aufgeweicht, ein verwässertes Licht bemüht sich, durch die Wolkendecke durchzudringen. Zwei dunkle Gestalten führen auf dem Bürgersteig ihren Hund spazieren. Sonst ist nichts los auf der Straße. In Erwartung einer langen Nacht, schlafen die Leute auf Vorrat.

Gino zwängt sich durch die Blumentöpfe auf der Fensterbank, will wissen, wonach ich Ausschau halte. Bemerkt, daß die obere Luftklappe aufsteht und schnuppert interessiert hoch. Tibby macht sich an meinen Beinen zu schaffen, erwischt den herunterhängenden Gürtel vom Morgenmantel, hakt sich fest und vollführt einen Hopser. Da ich weiter aus dem Fenster gucke, schreit sie energisch los. Ich bin doch kein Niemand, heißt das wohl!

Gino beachtet sie überhaupt nicht, hockt beharrlich zwischen den Topfpflanzen, Blick auf die Straße. Lässig hängt sein dicker Schwanz zum Heizkörper herunter, das buschige Ende bewegt sich sanft hin und her. Das hätte er lieber lassen sollen! Tibby schleicht nämlich hinzu, eine plötzliche und schelmische Wachsamkeit gibt ihr ein allerliebstes Aussehen. So, als könne sie kein Tümpelchen trüben. Ihr Vorhaben ist mehr als deutlich. Gino verharrt in ahnungsloser Sicherheit. Vorsichtig tippt die Kleine mit zierlicher Pfote an die Schwanzspitze, hält sie ein wenig fest. Gino reagiert nicht auf ihre Vorwarnung. Soll ich Tibbys Plan vereiteln? Nein, die zwei haben ihren Unsinn untereinander auszutragen. Und so passiert, was passieren muß. Elegant springt die Somali hoch, beißt herzhaft in Ginos Stimmungsbarometer und hängt für den Bruchteil einer Sekunde am Schwanzende frei schwebend fest. Wie eine Rakete fährt der Kater kerzengerade über sich selbst hinaus, kann sich aber auf dem engen Platz nicht so schnell wenden, wie er möchte. Ein empörter Schmerzensruf geht in böses Fauchen über, dann stürzt er dem flüchtenden Katzenkind hinterher. Mit langen Sprüngen erreicht Tibby mein Nachtlager und verschwindet zwischen Wand und Bettgestell hinunter in die Kiste unter der Matratze. Wütend hascht Gino mit ausgefahrenen Krallen hinterher, zwängt den runden Kopf in den Spalt, kann aber nicht folgen. Er ist zu groß. Enttäuschtes Klagen macht sich Luft, dann hockt sich der Getigerte in Lauerstellung vor das Bett.

Ich halte mich in meiner Beobachtung etwas bedeckt, um Ginos angebissenes Selbstbewußtsein nicht obendrauf zu kränken. Außerdem habe ich am Schreibtisch genug zu tun. Heute ist gute Zeit, die versäumten Weihnachtsgrüße durch Neujahrswünsche auszugleichen. Ich nehme das Adressenheft und beginne mit dem Ausfüllen der Karten. So vertieft bin ich, daß ich gar nicht bemerke, daß Gino seine Belagerung aufgegeben hat.

Sehr unauffällig ist er zurückgekehrt und sitzt jetzt auf dem Lesesessel. Der Ärger steht ihm noch immer im Gesicht geschrieben. „Tja, mein Dicker, so ruhig und gemessen wie früher ist es nicht mehr bei uns. Du mußt dich schon auf tollkühne Überraschungen einrichten", sage ich.

Gino studiert sein Bauchfell, zupft ein paar Haarflusen weg, entdeckt einen Bindfaden und kaut und kaut. Obwohl er sich gelassen gibt, lauscht er sorgfältig in Richtung des Flures. Hoffentlich ist Annastasia klug genug, nicht allzubald wieder gegenwärtig zu sein.

Um den Tiger milder zu stimmen, unterbreche ich meine Post und kraule ihn ein bißchen. Genüßlich streckt er sich, läßt sich von meiner Hand verwöhnen.

„Du hast es gut. Und wer krault mich?" murmele ich in seinen Pelz. Als hätte der Dicke verstanden, hebt er den Kopf dicht an mein Kinn und beginnt dann, in meinen Haaren zu treteln, zieht mich am Schopf zu sich herunter. Kopfmassage ist das, ganz vorsichtig und zart kneten die Tatzen, wohliges Schnurren vibriert in seiner Kehle. So bilden wir ein Schmuseknäuel. Ich kann nur schmunzeln bei dem Gekanken, daß viele glauben, Katzentiere seien ans Haus gebunden und weniger an den Menschen. Unkenntnis schafft Vorurteil. Warum nur wollen einige Leute immer neu festhalten an ihrer Unkenntnis, egal worüber? Denn das ist wahr: Ein Vorurteil multipliziert sich gedankenschnell. Kenntnis muß anscheinend eingetrichtert werden. Katzen hängen am Menschen, wie der Hund an seinem Herrn. Unterscheidend ist allerdings Erziehung und Lebensart.

„Nicht wahr, du Kuschelbär?", sage ich.

Gino verstärkt seine Hingabe, klammert plötzlich meinen Arm und beißt in den Ellbogen. Vorsicht ist jetzt geboten, sonst bekommt er seine wilden fünf Minuten. Der Liebesanfall eines Katers kann denkwürdige Spuren hinterlassen.

Da – ein ohrenbetäubendes Krachen erschreckt uns bis ins Mark. Gino hechtet sich hinter das Sofa. Natürlich! Sylvester schickt die ersten Vorboten! Ich eile zum Fenster. Drei Kinder auf dem Bürgersteig zünden begeistert die nächste Schrapnellenserie. Knallfrösche folgen, sausen funkensprühend unter die geparkten Autos. Der Anfang kommender Stunden. Armer Gino. Ich weiß noch um seine Angst im letzten Jahr. Und unser Prinzeßchen? Wie reagiert sie? Es ist ja ihre erste Begegnung mit derartigem Gelärme. Steckt sie noch im Bettkasten? Ich finde sie auf dem Nachtregal. Hochaufgerichtet sichtet sie zur Tür, duckt sich bei meinem Auftauchen und will davon. Meint wohl, ich sei die Urheberin ihres Schreckens.

„Tibby, mein Seelchen, fürchte dich doch nicht", locke ich sie.

Und tatsächlich, mit vielen kleinen Miautönchen eilt sie mir entgegen.

Wieder knattert eine Reihenfolge Schüsse, erzeugt ein verdoppeltes Pistolenecho zwischen den Häuserfronten. Ich hasse das!

Tibby saust an mir vorbei, direkt aufs Fensterbrett und knurrt drohend zu den Kindern hinunter. Es sind nicht mehr drei, sondern mindestens ein halbes Dutzend. Das kann ja heiter werden! Tibbymaus knurrt so furchterregend wie möglich. Ich bin beeindruckt. Von wegen elfenzartes Prinzeßchen! Voller Kampfesmut erweist sie sich, während der große Kater hinter dem Sofa zittert. Da sieht man es wieder: Nervenstärke hat mit Köperbau nichts zu tun, rein gar nichts.

Ginos Panik vor dem mitternächtlichen Feuerwerk, die Unerfahrenheit des Katzenkindes und mein abgebrannter Zustand haben aus sich selbst heraus den Verlauf des Jahreswechsels bestimmt: Ich bleibe zu Hause. Kein großer Verzicht, denn der Rummel bedeutete mir noch nie besonders viel.

Ein Jahr, das läßt man hinter sich wie einen Tag. Objektiv gesehen jedenfalls. Und der Austausch einer Ziffer am Ende einer Zahl, kann das unser Leben ändern? Wohl kaum. Die Sonne wird aufgehen und untergehen wie immer, die Sterne werden von ferne herunterleuchten wie immer, die Menschen werden sich etwas wünschen wie immer. Wenn der Herrgot ein neues Kapitel aufschlägt in unserm Dasein, dann ist meist kein Sylvester. Wer kennt das nicht, die Trümmerhaufen eigener Planung und das sich Erheben aus der Asche?

Aufrichten und sich den Schutt aus den Kleidern klopfen, das ist ein gutes Sylvester, das hat echten Grund zur Freude und zur Fete. Mit Raketen, wenn es denn sein muß. Warum warten auf einen Tag, den der Kalender vorgibt?

Allerdings, wenn alle das so handhaben, wäre es schlecht bestellt um die Tradition. Und die muß schließlich auch sein. Ohne Zweifel hat sie ihr gutes Stück Kultur für uns.

Familien finden sich mal wieder an einem Tisch zusammen, Freundschaften feiern und lachen sich gesund. Vielleicht sogar wird angestauter Groll begraben, und ein neues Jahr zum neuen Anfang genutzt? Und in den Schützengräben schweigen die Waffen. Ein paar Stunden nur, aber ein paar Stunden bedeuten für einige Menschen mehr als ein ganzes vorangegangenes Leben.

Apropos Tradition: Heute spricht doch der Bundeskanzler! Überhaupt, was bietet eigentlich der Flimmerkasten? Ob die Programmgestalter bei der Planung im Auge hatten, daß eine beträchtige Anzahl so wie ich, es sich gemütlich machen wollen in den eigenen vier Wänden? Heute nachmittag schöne Filme gucken, das ist doch angebracht! Dazu ein edles Weinchen und ein leckeres Häppchen im Kreise von zwei schnurrenden Katzen. Ja, das ist eine gute Idee. Zwecks Information durchforste ich die Fernsehzeitschrift. Das Blättergeraschel lockt Tibby herbei. Im Nu sitzt sie auf der Schreibplatte. Umblättern ist eine Erfindung nach ihrem Geschmack. Da muß sie doch unbedingt mithelfen! Begeistert greifen die Pfötchen ins Papier. Hach, was versteckt sich da unter dem nächsten Blatt? Ein Kugelschreiber? Ein Mäuschen? Neckisch schiebt sie ihr Köpfchen zwischen die aufgewölbten Seiten, dann beißt sie mit Wonne hinein. Ratsch, ratsch, und schon stiebt sie davon, den Fetzen Tagesvorschau im Mäulchen.

„Willst du wohl!", rufe ich und versuche, sie zu erwischen.

Wendig wie ein Aal gleitet sie hinters Bett. Dort höre ich nur noch reißendes Rumoren. Um ihr beizukommen, muß das Gestell samt Matratze nach vorne gezogen werden. Da liegt sie, prinzeßchengleich, ein munteres prrr prrr würdigt das erfolgreiche Auffinden ihrer kleinen Person. Stolz betrachtet sie die säuberlich angefertigten Schnitzel meines Fernsehprogrammes.

„Du bist doch eine diebische Elster!" schimpfe ich. Aber wie soll man da ernst bleiben? Tibby faltet die Pinselöhrchen und blinzelt selbstzufrieden. Hat sie etwa das Zeitunglesen nicht wunderbar unterstützt? So drollig schaut sie, so einladend hebt sie sogleich ihr Popöchen steil in die Luft, buschelt den Eichhornschwanz über den Rücken und gaukelt eine Verliebtheit vor, die mich dahinschmelzen läßt wie Kerzenwachs.

„Du bist keine Somali, du bist ein Clown", sage ich. Noch kann ich mir ja eine Zeitung an der Bude holen. Es wird doch machbar sein, herauszufinden, was die Glotze am 31. Dezember präsentiert, verflixt noch mal. Und wenn ich schon unten bin, kann ich gleich frische Brötchen besorgen und ein wenig Schinken. Au ja, dazu ein weichgekochtes Ei und schwarzen Tee. Spätes Frühstück mit Zeitung liebe ich!

„Hast du aber Glück, daß dein Unsinn mir zum Besten dient", sage ich, grollend zum Schein. Wo sind nur meine Stiefel? Natürlich da, wo ich sie abstreifte, neben dem Lesesessel. Gino lagert nach wie vor auf diesem Platz. Hebt jetzt gelangweilt den Kopf, sein verträumter Panoramablick verrät totale Erschlaffung. Die rosa Nase bohrt sich wieder in die beiden Hinterkeulen, über alles legt sich abdeckend der Schwanz. Er seufzt einen tiefen Schnaufer, dann versinkt der Kater in neuerlichen Schlaf. Als ich vom Einkaufen zurückkomme, empfängt mich weder der Dicke noch die Kleine. „War was?" rufe ich in die ungewohnte Leere.

Nein, es war nichts. Der Tiger pooft noch wie vorhin, aus meinem Kipfkissen ragen Tibbys Fledermausohren, auch sie döst still. Ich erkläre uns alle drei zur faulen Bande, erteile jedem Muß und jeder Pflicht eine generelle Absage.

Zur Feier des Tages decke ich im Wohnzimmer. Richte es mir hübsch her, denn die Augen essen ja mit. Nehme dann Platz, seufze befriedigt wie Katzen das tun, beiße andächtig in das duftende Brötchen und schlage die Zeitung auf. „Bonn will fleißigen Beamten besondere Belohnung geben", lautet die Schlagzeile. Und „Keine Angst vor der Zukunft" betitelt sich der Kommentar. Dazwischen, sozusagen verbindend, die Nachricht: „Kohl kündigt fürs neue Jahr weitere Einschränkungen an." Höchst verwundert betrachte ich diese gelungene Mischung gedruckter Neuigkeiten. Links unten ein Gruß der Redaktion: „Wir wünschen unseren Lesern ein glückliches, erfolgreiches 1994."

Ob andere die Komik der Titelseite auch entdecken? Ist es ein gewollter Sylvesterscherz für Aufmerksame? Wie dem auch sei, die politische Bühne kocht weiterhin lauwarme Süppchen. Da verbittet sich Bonn Schirinowskis Beschimpfungen, statt ihm drastisch ein passendes Wort um die Löffel zu hauen. In Nordirland wird trotz Friedenserklärung ein Soldat hingemordet. Der Staatsanwalt ermittelt erfolglos gegen die Waffenhersteller Heckler & Koch. Und, mit einer Verspätung von 2000 Jahren, stellt der Vatikan die Existenz der Nation Israels nicht mehr in Frage. Das zu lesen, freut mich! Entsetzen und Traurigkeit dagegen erfassen mich bei dem Bericht der Journalisten aus dem früheren Jugoslawien. Zerschossene Städte, Kälte und Hunger, Menschen vegetieren wie die Kellerasseln, Bosnien- Herzegowina überflutet. Selbst hohe Spenden sind zuwenig für soviel Krieg.

Wissen wir hierzulande eigentlich noch, wie gut es uns geht?

Wissen wir es so, daß wir uns dessen wirklich bewußt sind?

Fühlen wir noch Dankbarkeit vor einem gut gedeckten Tisch? Und wenn ja, an wen richten wir unseren Dank? Etwa an unseren friedliebenden Charakter? Das kann es doch nicht sein.

Ich kenne Elternhäuser, da ist das Tischgebet noch Sitte. Wir sollten von den Moslems lernen, es auch im christlichen Abendland neu zu entdecken. Es ehrt nicht nur den Schöpfer. Es ehrt auch diejenigen, die dafür etwas tun.

„So, meine Liebe, die Ansprache des Bundeskanzlers kannst du dir erlassen. Hast dir selbst die Rede gehalten", stelle ich fest.

Und jetzt will ich nun wirklich erfahren, ob ein lohnender Film auf mich wartet. Vielleicht ein Karl-May-Streifen? Oder ein alter Edgar-Wallace schwarz-weiß? Für den frühen Nachmittag fände ich das eine ideale Kost. Na, mal sehen, was man uns so gönnt.

Die Ausbeute sehenswerter Verfilmungen und Reportagen fällt spärlich aus. Sauer kann man da werden, echt böse. Qualität plus Heiterkeit sind bei den Sendestationen zu Exoten seltenster Art geworden. Oder sollte die Absicht dahinterstecken, uns auf diese Weise den Bildschirm zu vermiesen, damit dann und wann noch ein Buch gelesen wird? Nun, daran fehlt es nicht in den Regalen. Und so entwickle ich überraschend persönlichen Ehrgeiz, ein Unterhaltungsmenü von Bücherlektüre zusammenzustellen, das mir schmeckt. Wahrhaftig, richtig Spaß macht die Sache!

Das Telefon klingelt. Marlies ist dran und fragt:„ Willst du mit uns essen?"

„Ich glaubte, du seiest noch krank", sage ich.

„Aber nicht mein Mann, der hat Hunger", lacht Marlies.

Und so kommt alles ganz anders, als gedacht. Harald und Marlies sind noch nicht lang in unserem Haus. Es war ein glücklicher Zufall, daß sie gerade eine Wohnung suchten, als hier etwas frei wurde. Es ist also kein weiter Weg, ich kann auf Socken zu ihnen hinunter. Harald liegt auf dem Sofa, guckt über den Zeitungsrand, winkt und verschwindet wieder hinter seiner Lektüre.

„Die Einrichtung steht" Marlies führt mich durch die Räumlichkeiten. Gemütlich und heimelig ist es bei den beiden. Haralds ganzer Stolz ist ein neues, gewaltiges Aquarium.

„Man gewöhnt sich schnell an eine größere Wohnung", schmunzelt er.

„Deine Fische auch", finde ich.

„Los, kommt, bevor es kalt wird", fordert Marlies auf und packt mir eine dampfende Portion auf den Teller.

„Nicht so viel!"

„Du mußt was auf die Rippen kriegen". Marlies läßt sich nicht beirren.

„Was machst du heute abend?" fragt sie.

„Meine Tierchen hüten, ein wenig nachdenken, Beine hochlegen, das reicht mir".

Wir sitzen wieder im Wohnzimmer, wohlige Verdauungsmüdigkeit macht uns mundfaul. Bei fehlender Kraft ist selbst das Essen anstrengend.

„Du mußt ins Bett", entscheidet Marlies. „Melde dich, wenn du was brauchst."

„Ja, ja", antworte ich, nur noch bestrebt, mich langzulegen.

Ohne besonders auf meine Tiere zu achten, haue ich mich in die Falle und schlafe sofort ein. Erst das Telefon weckt mich.

Es ist bereits dunkel, später Nachmittag.

Viele Freunde rufen an, bauen mich auf. Und auch ich rufe an. Es wird die reinste Telefonitis. Eine halbe Stunde vor Mitternacht lege ich endgültig den Hörer

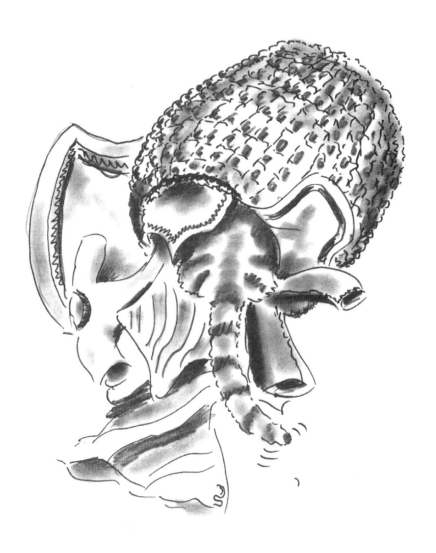

aus der Hand. Tibby hielt sich die ganze Zeit auf meinem Schoß. Aber wo ist der Dicke? „Gino", rufe ich, aber kein Kater läßt sich blicken.

„Komm Tibby, wollen sehen, wo er steckt."

Steckt ist das treffende Wort. Gino hat den vollgestopften Wäschekorb umgeworfen und sich eine Röhre gebaggert. Kopf voran, steckt er drin.

Nicht mal der Schwanz guckt raus. „Teddybär, du armes Hasenherz", sage ich. Vorsichtig nehme ich die zusammengeknüllten Kleidungsstücke heraus, bis ich sein Fell ertaste.

Ein klägliches Miauen antwortet auf meine Berührung. Tibby äugt neugierig in diese originelle Unterkunft des Katers. Sie will diese Möglichkeit auch ausprobieren und robbt sich durch die Wäscheteile. Mit gestreßtem Blick weicht Gino aus, weiß nicht, wohin. Ich hole ihm eine große und ziemlich lichtundurchlässige Zudecke, breite sie auf die Erde und bilde einen Tunnel. Der Tiger überlegt nicht lang, kriecht erleichtert hinein.„So ist das gut, da bleibe man", sage ich zärtlich und streichele den runden Hügel unter dem Wollstoff. Tibby staunt über das Manöver, tapst mit ihren braunen Pfötchen auf dem Kater herum. Unversehens taucht das Licht einer steigenden Leuchtkugel unser Schlafzimmer in ein märchenhaftes Rot. Das Katzenkind saust auf die Fensterbank. Kirchenglocken beginnen zu läuten. Es ist soweit! Überall kracht es, zischen und heulen die Feuerwerkskörper in den schwarzen Himmel. Explodieren zu einer farbigen Pracht. In heller Aufregung rast Tibby von einem Zimmer ins nächste, von einem Fenster zum anderen. Knurrt und miaut. Eilt zu mir, springt auf meinen über Ginos gebeugten Rücken, schnurrt, reibt das Köpfchen an der Schulter, um erneut loszuspurten zum nächsten Ausguck. Sie ist vollkommen aus dem Häuschen, aber bange ist ihr nicht. So kümmere ich mich nur um den angstgebeutelten Kater. Auf dem Boden hockend, ziehe ich ihn samt Zudeck an den Bauch, lege die Arme drumrum und tröste das zitternde Bündel. Nach einer Viertelstunde ist es überstanden. Ein paar Nachzügler erhellen nochmals die Nacht, dann ist Schluß.

„Das wars", sage ich und lüpfe einen Deckenzipfel um zu sehen, ob mein Herzenskrümel noch lebt. Ginos Augen glänzen wie im Fieber. Aber die Erholung folgt rasch und das Vergessen auch. Normalität kehrt wieder ein bei uns, so daß 1994 jetzt auch von mir durch einen Begrüßungsschluck gewürdigt wird. Und, getreu unserer Familiensitte, suche ich nach einem sinnigen Spruch, unter den ich das neue Jahr stellen will. Und finde auch einen:„Wo die Geduld aufhört, fängt die Langmut an". Fürwahr eine gute Anleitung. Auch für die Steuererklärung, die im Dezember behördlich angemahnt wurde, und die ich dringend erledigen muß. Sonst geht das schöne Geld flöten. Ich fasse den festen Vorsatz, unverzüglich das Sortieren aller wichtigen Unterlagen anzupacken. Wild entschlossen und unverzüglich hat das zu passieren! Aber – nicht morgen. Nein, den ersten Tag damit zu verderben, das wäre dumm. Übermorgen ist viel besser. Gute Vorsätze brauchen schließlich eine gedankliche Eingewöhnungszeit. Nicht von heute auf morgen loslegen. Nein, nein. Ein guter Vorsatz ist gut für Übermorgen, nicht wahr?

Na, denn Prost und gute Nacht, du liebe Welt.

# of Kazpirk
Somali

eigener Deckkater

Zeitweise Jungtiere abzugeben

Wildfarben & Sorrel

Renate Kripzak

Hans - Sachs -Weg 1
30519 Hannover   Tel. 0511/8436943

Die liebe Welt präsentiert sich überraschend malerisch, wenn auch nicht in meinem Sinne. Ich reiße Mund und Augen auf bei diesem Bild: Was macht die Katze in der Pfanne? Hockt wie ein braunes Eichhorn in ihrer Niedlichkeit, löst mit geschickter Pfote die angeklebten Essensreste vom Rand und verkostet sie genüßlich. Gino, ebenfalls auf dem Herd, guckt zu. Jetzt entdeckt er mich, reißt sogleich seinen rosa Rachen auf und empfängt mich mit einer lauten, aufgeregten Modulation typischer Katersprache. Spielt den Empörten, nach dem Motto: „Nun sieh dir das an, ich habe es ja geahnt, sowas gehört sich doch nicht!" Zum Beweis seiner eigenen Unschuld springt er davon in den Flur. Tibby läßt sich nicht stören, gurrt nur kurz ihre Begrüßung. Sie muß mit dem Schwanz in das restliche Fett geraten sein, denn er hängt in einem schrecklichen Zustand über dem Pfannenrand. Vor sich hin raunzend, kehrt Gino zurück. Seine Augen drücken Erwartung und Neugier aus. Er weiß, da muß doch was passieren. Und ob jetzt was passiert!

„Nein! Nein! Nein!" donnere ich, packe das Katzenkind am Genick und befördere das zappelnde Bündel in die Wanne. Schaffe es, ihr Hinterteil einzuseifen und unter der warmen Dusche zu säubern. Tibby schreit wie am Spieß. Krallt sich in mein Nachthemd und dekoriert es mit schwarzbrauner Bratensoße. Die hinteren Nagelpfoten dringen durch den Baumwollstoff in meine Bauchdecke, bohren sich schmerzhaft fest. Ungewöhnliche Kräfte entwickelt dieser Winzling, windet sich gleich einem Regenwurm aus den Händen. Tibby mit dem Handtuch abzurubbeln, gelingt nur im Ansatz. Mit kläglich nassem Rattenschwanz flüchtet sie unter den Schreibtisch und zieht es vor, die Feinarbeit selbst durchzuführen. Gino sitzt an der Tür, betrachtet das ziemlich mitgenommene Katzenkind, streckt die Vorderbeine lang und dehnt sich intensiv bis hin zum krönenden Abschluß eines Katerbuckels. Mit erhobenem Haupt legt er sich lang, die eine Vordertatze lässig auf dem Teppich ruhend, die andere stützend vor dem Brustkorb, die starken Sprungbeine nebeneinander angenehm gelagert, der kräftige Schwanz in ganzer Länge fortfolgend. Paschahaltung nenne ich das. Man hat den Eindruck, als befinde er sich auf einem unsichtbaren Kanapee. So ruht er königlich und strahlt tiefste Befriedigung aus. Ob die Kleine ihre Abreibung bekommt, ob es auch für sie Verbote gibt, das hat der Kater genau konstatiert und registriert. Da gibt es keinen Zweifel. Voller Genugtuung beobachtet er nun Tibbys Anstrengung, ihr Fellkleid wieder herzustellen. Die Arme sieht augenblicklich einer Klobürste ähnlicher als einer Somali. Emsig leckt sie ihren Popo trocken. Und ich mache mich daran, in der Küche Ordnung zu schaffen. Schimpfe über meine Nachlässigkeit, die mir zusätzliche Putzarbeit einbrockt. Aber es ist gut, daß Tibbymaus ab heute gelernt hat, daß der Herd absolut tabu ist. Eine vorbeugend strenge Konsequenz ist erträglicher als eine Verbrennung mit bösen Folgen. Die

Gefahr verschmorter Katzenpfoten ist hoffentlich geringer geworden. Ich gelobe Besserung, denn wie kann die Kleine widerstehen, wenn sie die Verführung so vor der Nase hat!

Nach diesem Auftakt beeile ich mich, um „Dinner for One" abzuspielen. Das muß sein! Kein Neujahr ohne die alte Aufzeichnung des 90.ten Geburtstages. Obwohl ich bald jede Episode auswendig weiß, lache ich mich erneut kaputt. Gino erscheint auf der Bildfläche um zu erkunden, was denn jetzt schon wieder los ist. Da er nichts für ihn Sichtbares entdecken kann, besteigt er seinen Kratzbaum. Und erstarrt auf halbem Wege. Ach du Schande! Tibby liegt im Hängenest. So klein, daß sie gar nicht zu sehen ist, wenn man vorbeigeht, ohne weiter hineinzugucken.

Gino baumelt unschlüssig und macht ein dummes Gesicht. Irgendeine Bewegung hat ihm verraten, daß der Platz belegt ist. Was nun? Der Buttler im Fernsehstück stolpert gerade wieder über den Tigerkopf; aus den Augenwinkeln behalte auch ich einen Tiger im Visier. Zögernd lockert Gino die Krallen, fällt mit einem Plumps zu Boden. Ist so verblüfft über diese Vorwitzigkeit, daß er jede Eleganz vergißt. Steifen Schrittes steuert er den Schreibtisch an, springt hinauf und lagert sich auf dem Briefpapier. „Guter Kater", lobe ich.

Tibbys Näschen schiebt sich vorsichtig über den Nestrand, dann gähnt sie ausgiebig, dreht sich mehrmals zurecht und verschwindet in der tiefen Mulde. Spielt perfekt die Ahnungslose, und hat doch genau mitbekommen, was da ablief.

„Du süßes, kleines, ausgekochtes Schlitzohr!" rufe ich belustigt.

Um Mittag herum telefoniere ich mit der Mamá.

Es ist schon eigenartig, ein Mensch mit zwei Müttern zu sein. Gegen Ende des Krieges, allein, viel zu jung, und viel zu lieblos erzogen, wußte sie keine bessere Lösung als die, mich bei einem Ehepaar zu lassen, das mir ein Elternhaus bieten konnte. Mit neunzehn Jahren erfuhr ich von meiner Adoption. Vier Jahre später fand ich sie endlich, die leibliche Mutter. Und drei Brüder dazu. Wie lang ist das schon her! Und wie lang ist der Weg gewesen, bis wir uns angenommen haben. Ihr Mann war es, der uns über das Nichtverstehen hinweghalf. Mutter und Tochter, wie wird man das? Nicht leicht, aber es hat sich gelohnt. Jetzt habe ich nur noch sie, denn Mutter Nummer Eins starb mit 84 Jahren. Eine dominante Frau, eine bemerkenswerte Frau. Schwer zu lieben. Schwer, Liebe zu lernen, ein zweitesmal. Herzenstüren gehen nur von innen auf. Wer öffnet zuerst? Das ist jedesmal die Frage. Und wenn es geschieht – reicht ein falsches Wort – und man verkriecht sich wieder. So geht das hin, so geht das her. Zwischen Müttern und Töchtern, Vätern und Söhnen, Mensch und Mensch, Mann und Frau. Es gibt keinen Unterricht in dieser Sache. Aber es gibt Vergebung und Liebe. Darum kann ich sagen, es hat sich gelohnt.

Mamá erzählt von ihrem letzten Märchenabend. Ein Hobby, das uns verbindet: Das Erzählen von Märchen. Überhaupt sind wir in vielem ähnlich gelagert. Heute bestätige ich ihr das endlich mal. „Ich finde das toll!", sagt Mutter.

„Na ja, jetzt finde ich es auch gut", antworte ich.

„Früher nicht?"

„Nein, ich wollte Ich sein", gebe ich zu.

„Und ... bist du es jetzt?" Mutter amüsiert sich, das kann ich hören.

Ich muß lachen: „Wer weiß das schon genau?"

Wahrlich, den eigenen Menschen ausfindig zu machen, das ist und bleibt ein Abenteuer. „Lerne mich kennen, und du lernst dich kennen", sagte mal eine Freund von mir. Er verriet nie, ob das eine Drohung war oder ein kluges Wort.

Draußen schneit es wieder. Ich warte auf Juttas Anruf. Wie schön, daß ich beruhigende Nachricht habe.

„Kein Grund zur Sorge", wiederhole ich mehrmals, als sie sich meldet.

„Wirklich nicht?"

„Wirklich nicht."

Ja, und so plätschert dieser erste Tag des neuen Jahres dahin. Die meisten Leutchen sind verreist, da gibt es auch keinen Besuch. Aber eine Überraschung hebt sich der Abend doch noch auf: Wir liegen vereint zu dritt im Bett! Tibby und Gino jeweils links und rechts zu meinen Füßen.

„Wenn Jutta das sehen könnte", denke ich und schlafe beglückt ein.

Sonntag 2. Januar

Immer wenn es schneit, ergreift mich ein großes Staunen. Seit Jahrmillionen fallen diese Flocken. Jede ein Kunstwerk, Sternkristalle filigraner Vollkommenheit. Und seit Jahrmillionen hat sich auch nicht ein einzige wiederholt. Lauter Unikate. Das kann ich vom Verstand her nicht fassen. Aber, so sage ich mir, es ist nicht schlimm, etwas nicht zu verstehen. Was nicht zu verstehen ist, das kann man in jedem Fall bestaunen. Und ich staune oft. Alles wissenschaftlich zerlegen zu wollen, ist der Tod des Wunders. Wer keine Wunder braucht, der leidet an verkehrtem Stolz. Die Einmaligkeit aller Wesen, ist das nicht ein herrliches Geheimnis? Ein Wunder? Merkwürdig: Der Mensch nur schafft es, Duplikate herzustellen. Und er bildet sich darauf auch noch etwas ein. Gentechnik ist nichts anderes als Nachbildung. Abklatsch. Wie gut, daß die Quelle allen Lebens ausschließlich Unikate kennt.

Wie gern erhole ich mich am Maschsee, an der Leine entlang, hinunter zu den Kiesteichen.

„Langweilt es dich nicht, immer die gleichen Wege zu gehen?" fragen die Freunde. Noch nie habe ich erlebt, daß ein neuer Tag nicht auch den Weg neu gestaltet. Und sei es, daß zu den hundert Gänseblümchen das hundertundeinste hinzugekommen ist. Ich liebe Gänseblümchen!

Auf Wanderungen wird ebenfalls mit Mehrheit entschieden, möglichst nicht auf gleichem Wege zurückzugehen. Bist du schon mal eine Strecke gelaufen und hast dich dann umgesehen? Das gibt doch stets ein anderes Bild, eine neue Sicht des Weges. Manchmal sogar anziehender als die erste Sicht. Man glaubt gar nicht, wie viele Dinge beim Hinwandern verborgen bleiben, die man bei der Umkehr nun entdeckt. Sie als Geschenkepäckchen der Natur zu begrüßen, ist Poesie für die Seele. Und die läßt sich gerne beschenken, das weiß ich.

Zur Zeit liegen zwei Geschenkepäckchen der Natur gerade als runde Fellkissen auf dem Teppich. Daß sie Unikate sind, das klären sie noch immer miteinander.

„Ach Gino, könntest du das doch freundlicher tun", seufze ich. Denn heute morgen gab es eine unschöne Rauferei, die Kleine war dem nicht gewachsen. Eine solche Heftigkeit kennt sie vermutlich gar nicht, stellt sich deshalb nicht darauf ein. Das macht mir ernstlich Sorge. Ist der Verlauf so noch normal? Wie kann ich das im Augenblick überhaupt beurteilen? Mir fehlt der Vergleich. Tibby jedenfalls hatte nicht erkannt, daß sich direkt neben ihr etwas zusammenbraute. Verpaßte die rechtzeitige Vorsicht, so daß der Überfall sie wehrlos erwischte. Was war nur der Grund? Ich rätsele vergebens. Klammere mich an das, was ich gehört habe. Nicht einmischen, auch wenn es schlimm aussieht. Aber wann ist die Auseinandersetzung schlimm, und ab wann wird es bedrohlich? Fast bereue ich das gestartete Unternehmen. Ich darf nicht mitansehen, wenn die Kleine so gebeutelt wird. Mir kräuseln sich die Magenwände.

„Die letzten Tage waren doch gut", dieser Beruhigungsversuch klappt halbwegs. Neben den Tieren Wache zu halten, hat keinen Zweck. Lieber ins Tagebuch eintragen, was noch fehlt und was mir sonst noch in den Sinn kommt. Seit Weihnachten halte ich die Ereignisse schriftlich fest. Ich nehme mir vor, das so lange zu tun, bis ich das glückliche Ende vor Augen habe: Gino und Tibby als ein Herz und eine Seele zu erleben. Heute allerdings kann man davon höchstens träumen.
Wie war nochmal das Jahresmotto? Wo die Geduld aufhört, fängt die Langmut an. Diese Sorte Mut aufrechtzuerhalten, das ist leichter gesagt als getan. Gut, daß Gitti und Achim vorbeischauen werden, dann kreisele ich nicht weiter allein vor mich hin. „Heute kommt dein Schwarm", kündige ich Gino an und kraule seine Sammetohren. Denn Gino liebt Gitti, das ist eine Tatsache. Freundlich zu jedem Besuch, hebt er sich für sie besondere Kundgebungen von Zuneigung auf. Wird zum größten Charmeur aller Zeiten, der Bursche. Natürlich sinkt Gitti jedesmal dahin, sinkt auf den Teppichboden, sozusagen auf des Katers Ebene hinunter. Gino gurrt, Gitti säuselt in verklärten Tönen. Es ist ein Spektakel katerschlauer Schmusekunst. Erst nachträglich, als aufrechter Mensch, begrüßt meine Freundin sonst noch Anwesende. Ich habe gegen diese Reihenfolge nichts einzuwenden, bin gluckenhaft stolz auf meinen Kater. Daß Achim heute mitkommt, freut mich besonders. Er hat vor Jahren das Hörvermögen verloren. Urplötzlich abgeschnitten von jeglicher Unterhaltung in der Gruppe, angewiesen auf Einzelgespräche durch Lippenlesen, das hat ihn scheu werden lassen. So ein Schicksal zu meistern und zu leben, drinzubleiben im Geschehen, sich nicht abzukapseln, das braucht Kraft. Achim hat diese Kraft. Hat sein Lachen beibehalten, trotz allem. Wenn er so dasteht, die roten Haarlocken verwildert um den Kopf, werden bei mir die 68. Jahre präsent. Er hat die Art von damals noch, finde ich.
Mit Gitti verknüpfen mich gleich zwei Neigungen: die Liebe zu den Tieren und die Liebe zu Israel. Dieses Land, seine Menschen und seine Geschichte zu erforschen, das begeistert uns. Es ist ein Grundfehler aller Schulen in Deutschland, das Judentum unterrichtlich auf die Hitlerzeit zu begrenzen. Daß die beiden Völker kulturell einst eine glückliche Verbindung eingingen, die zu künstlerischer Blüte führte, zu wissenschaftlicher Kreativität, das weiß das Ausland besser als wir. Und es wäre so wichtig, unserer Jugend nahezubringen, was davon noch zeugt, und was die Welt bewundert. Eine Sehnsucht nach Erweckung geistiger Gemeinsamkeiten bewußt fördern – wäre das nicht ein geeignetes Gegenmittel für die brutale Unkenntnis rechtsradikalen Gedankengutes?
Welches hannoversche Kind weiß denn, daß in seiner Heimatstadt eine bedeutende jüdische Gemeinde zu Hause war, und heut nur noch ein paar hundert jüdische Mitbürger bei uns wohnen? Mit den Schülern in die Moscheen gehen, ist ja gut und richtig. Aber wo bleibt der gleiche Eifer für den Besuch einer Synagoge, die es doch gibt, und die viel zu bieten hat? Weil man darüber nicht gerne redet, nicht gern gefragt wird, genau deshalb frage ich danach. Unkenntnis ist ein Leichtsinn, den kein Volk sich leisten kann. Er wird teuer bezahlt und meistens mit Blut. Ein harter Satz? Die Todesopfer, die wir beklagen müssen, hatten keinen Orangensaft in den Adern. Ein heißes Eisen läßt sich nicht unterkühlt, noch abgemildert servieren. Es gehört auf den Tisch, so glühend wie es ist.

„Die Deutschen muß man fürchten“: Solche Sätze hasse ich. Sie sind der Nährboden für Gegenwehr und Gewalt. Zu fürchten haben wir Arroganz und Dummheit. Die wachsen bekanntlich auf einem Holz. Wir sollten unseren Sprachgebrauch aktualisieren. Früher sagte man, bevor die Pferde mit einem durchgingen: „Ich sehe rot.“ Dann sahen viele nicht mehr rot, sondern grün. „Ich sehe braun“, das sollte gängiges Sprichwort sein. Ein Sinonym für berechtigten Zorn.

„Stimmt doch, mein Dicker, oder?“, bekräftige ich lautstark. Und bewundere sein rotes Fell. Rot ist er und bildschön.

Kupferhell grundierter Pelz. Rostrote Tigerstreifen zeichnen weiche Rundungen, betonen die Eleganz und geschmeidige Form der Muskeln, wandeln die geballte Kraft des Körpers zu einem ästhetischen Genuß. Oft ist Schönheit unnahbar. Ginos Schönheit ist warm. Sie berührt den Menschen. Das ist eine der Besonderheiten dieses Tieres. Nicht zu vergessen sein akrobatisches Trinken am laufenden Wasserhahn. Und Tibbys Besonderheit? Ich habe sie entdeckt! Ein Merkmal, so niedlich wie die ganze zierliche Katzenperson es ist. Zu finden im Futternapf. Dort liegt, als Zeichen ihrer Anwesenheit, eine Spielmaus drin. Nicht irgendeine, o nein! Grau muß sie sein, und angeknabbert muß sie sein. Mitten hinein in das Futter wird sie deponiert. Auch im Trinkwasser schwamm sie schon. Ob Tibby frißt oder nicht frißt, das teilt sie getreulich mit. Ihr persönliches Eigentum, klein wie eine Zwergmaus, signalisiert auf rührende Weise: „Sieh mal, ich war da.“ Töffelchens liebenswerte Visitenkarte zu finden, das zermatschte Spielzeug vor der totalen Aufweichung zu retten, es ist fester Bestand geworden im Tagesverlauf, das mag ich nicht mehr missen. Warum mich derartige Mausebotschaft mit Zärtlichkeit erfüllt, weiß ich auch nicht genau. Sie ist halt mein geliebtes Unikat, eben meine Tibbymaus. Darauf hört sie. Der Name Tibby löst nur halbes Hinhören aus.

„Aber so geht das doch nicht! Eine Katze kann unmöglich Mäuschen heißen“, argumentiere ich. Tibby lauscht aufmerksam, rührt sich nicht vom Fleck. Reibt das Fuchsgesicht an meinem Ärmel, schnurrt behaglich. Ich entferne mich in den Flur und beginne, sie zu rufen. Verlängere ihren Namen durch allerlei Silben, die mir so einfallen, ganz spontan. Tibby guckt neugierig, blinzelt leicht befremdet, putzt lieber ihre Halskrause. Auch Gino empfindet das Gerufe als außer der Reihe. Beendet sein Gedöse, bewegt sich im Latschengang zu mir und studiert nachdenklich mein Getue. Ich glaube, er findet mich kurios.

„Du doch nicht“, sage ich und teste meine Erfindungsgabe durch weitere Namenskreationen.

„Tibbidi“, werbe ich jetzt, Schmand in der Stimme.

Die Kleine unterbricht die Körperpflege und spitzt die Pinselöhrchen. Aha! Erfolg scheint in Sicht!

„Tibbidi, Tibbidi“, locke ich hoffnungsvoll.

„Komm, Tibbidi, komm!“ Und tatsächlich, sie kommt. Schwänzelt feminin, zieht winzige Kreise, dann landet sie zielstrebig auf meinen Knien.

„Na also“, lache ich. „Wenn du darauf hören willst, dann soll es auch so sein.“ Noch ein paarmal probiere ich den neuen Ruf. Einfach so, ohne Futterangebot. Tibbidi bestätigt ihren Namen und gehorcht.

Im Schlepptau einen verwunderten Gino.

Als etwas später Gitti und Achim kommen, saust der Dicke zur Tür, und die beschriebene Begrüßungszeremonie findet genau so statt, wie ich das nun schon kenne.

Trotz Kälte sind die beiden mit dem Rad gefahren. Achim vermummt wie ein Weihnachtsmann, winzige Eiszapfen im Bart.

Er wehrt sich, weil wir Frauen den Grund ausnutzen, ihn kräftig zu zupfen.

„Am besten stippst du deinen Bart in den heißen Tee", spotte ich. Auch Gitti pellt sich jetzt aus, wir packen die nassen Klamotten auf den Wannenrand. Gino und Tibbidi inspizieren die Garderobe, beschnuppern den Duft, der noch drinhängt. „Zeitung lesen" sage ich dazu, denn allerlei Nachrichten entnehmen die Tiere aus den Gerüchen, die wir von der Straße mitbringen. Gino flehmt, Augen zu, Mäulchen geöffnet, was ihm einen absolut dümmlich- komischen Gesichtsausdruck verleiht. Tibbidi kriecht in den Anorak, entdeckt einen Knopf und beginnt auf der Stelle, ihn abzunagen.

„Was ist sie für eine Süße!", ruft Gitti und versucht, die Kleine hochzuheben. Das gelingt ihr auch, allerdings samt Knopf.

„Nadel und Faden kannst du haben", bemerke ich lakonisch.

Achim ist schon dabei, mein Bett auszumessen. Ich will das Ungetüm loswerden. Ein gutes Bett mit fester Matratze, zu schade für den Sperrmüll, für mich jedoch zu groß.

„Eine herrliche Lümmelwiese!" Gitti wirft sich genüßlich drauf.

Das stimmt, aber das Beziehen ist zu mühsam geworden. Die Riesenmatratze anzuheben mit schmerzenden Gelenken, kein Vergnügen mehr. Ich bin froh, daß die Freunde es gut gebrauchen können, so entstehen für mich keine Entsorgungskosten.

„Ihr könnt das Ding aber nicht zu zweit abschleppen, es ist zu schwer" meine ich.

„Das wäre doch gelacht!" Achim läßt seine Bizeps spielen, nimmt Tarzanhaltung ein.

Oh, diese Machos!

„Gitti wird von der Matratze erschlagen. Ihr kracht die Treppenstufen runter", warne ich. Aber die beiden wollen die Sache alleine bewältigen. Wir besprechen den Abholtermin. Gitti und ich klönen noch dies und das, Achim tobt mit Gino im Flur. Plötzlich kommt Tibbidi zu mir, setzt sich unter den Stuhl. Es geht ihr wohl zu wild zu.

Als das Freundespaar sich verabschiedet, witscht Gino hinterher. Ich muß die drei Stockwerke hinunter und ihn einfangen.

„Schlingel!", mahne ich sanft. Gino blinzelt zufrieden und läßt sich auf der Schulter hochtragen. Ganz schön schwer ist der Bursche.

Nichts Weltbewegendes ereignet sich noch. Der Tag ist gelaufen. Gino jagd Tibbidi ein bißchen zwischendurch, doch diesmal mehr aus Übermut. Die Kleine blüht auf. Springt federleicht über des Katers Rücken. Sucht sich dann ihren Platz auf der Fensterbank und beschließt, dort zu bleiben.

„Werdet Freunde", bitte ich.

„Tut mir einen Gefallen und werdet Freunde."

Gino offeriert mir seinen Bauch und verdreht die Augen.

Es ist doch noch ein guter Tag geworden, heute.

Bettina Reiter, Oberfeld Str. 15, 50129 Bergheim, (02271) 56 4 83

© by *mjs* · Jungtiere aus Top Linien

ZOO KLEIN

Das freundliche Fachgeschäft

Marienstraße 43
30171 Hannover
(0511) 328646

© by *mjs*

Montag 3. Januar

Das Telefon meldet sich, und der Maler ist am Apparat. Ich kann es kaum glauben. Seit fast zwei Jahren prangt an der Decke im Schlafzimmer, genau über meinem Bett, ein riesiger Wasserfleck. Er hat während dieser Zeit die interessantesten Schattierungen angenommen. Seine Ausdehnung durchlief eigenartige Metamorphosen landschaftlicher Erhebungen aus Tapete, Kalk und Kleister. Nach jedem Regenguß fraßen sich absonderliche Wasserranken die Wand hinunter, tropischen Schlingpflanzen ähnlich. Ja, zuweilen wurde daraus ein malerisches Kunstwerk. Trotzdem verlange ich nun schon über Monate die Entfernung dessen, was als Verunstaltung meiner Räumlichkeiten gilt. Schriftlich und mit Durchschlag natürlich. Manchen Rat mußte ich mir anhören: „Der Fleck ist ja immer noch ... Per Anwalt könntest du ... Wenn das runterbricht ... Du hättest schon längst ...

„Ja, Ja", beschwichtige ich die erregten Gemüter. „Beruhigt euch doch, es ist schließlich mein Wasserfleck!" Und jetzt ist der Maler am Apparat, offiziell beauftragt, den Schaden zu beheben. So hat sich die Sache von allein historisch entwickelt. Mitte Januar soll das ganze Zimmer renoviert werden. Mir graut vor der Räumerei, vor dem Dreck. Aber was sein muß, muß sein. Wir leben in einem ordentlichen Land. Befriedigt darüber, daß ich mein Recht bekomme, mache ich mich fertig, um den Hausarzt aufzusuchen. Gino und Tibbidi haben meine Angst davor verdrängt, aber hintergründig schwelt sie doch. Herzrasen allein in der Wohnung gibt ein mulmiges Gefühl. Ich erfahre, was ich schon längst schon ahne. An Arbeit ist vorläufig nicht zu denken. Für acht Wochen aus dem Verkehr gezogen. Eine lange Strecke, angefüllt mit Untersuchungsterminen. Ich weiß nicht, ob ich Erleichterung empfinden soll oder Bedrückung. Seit meinem neunzehnten Lebensjahr stehe ich im Beruf, täglich, Jahr um Jahr. Und bin dabei fast fünfzig geworden. Unvorstellbar, plötzlich nichts mehr tun zu dürfen.

Nach eingehender Beratung und Diagnose, schlendere ich nachdenklich die Hildesheimer Straße entlang. Die Feststellung und Warnung des Arztes erlauben mir erst jetzt, mich so schwach zu fühlen, wie ich tatsächlich bin. Nicht weit von meiner Wohnung gehe ich in das kleine Südstadtcafé, das zum Glück geöffnet hat. Einige ältere Frauen und Männer sitzen an den Tischen, lesen Zeitschriften und mümmeln Kuchen. Rentner und Rentnerinnen. Ich setze mich zu einer Dame mit verhutzeltem Gesicht und freundlichen Augen. Sie stöbert in ihrer Plastiktüte, kramt in der Handtasche, sortiert kleine Zettelchen hin und her. Ich muß lächeln. Denke an Muttern, die auch ständig was suchte. Die alte Dame lächelt zurück, nestelt an der Frisur. Dann bestreicht sie ihr Brötchen mit Butter und Konfitüre. Ganz ernsthaft und sorgfältig, als sei das etwas sehr Kostbares für sie, das gut eingeteilt sein will. Nebenbei schickt sie kurze Blicke zu mir über den Tisch. Meine Sorte Mensch sitzt um diese Tageszeit hier wohl nicht herum. „Urlaub?", fragt sie und beißt in das fertig bestrichene Brötchen. Ich druckse verlegen, murmele etwas Unverständliches. Nicht so einfach, ganz schlicht die Wahrheit zu sagen, merke ich.

Wir schauen von unserem Fensterplatz auf die Straße und den Menschen hinterher. Ob im Auto oder zu Fuß, alle Gesichter spiegeln wider, daß ein gezieltes Vorhaben angestrebt wird, daß ein Auftrag erledigt sein will. Berechnete Zeit, ungeduldiges Warten an der Ampel, weiterfluten. Andere Gesichter tauchen auf, andere Menschen. Auch sie wie auf einem unsichtbaren Fließband, das nicht stillehält.

Vor kurzem auch ich auf diesem Fließband, geradeausdenkend, nicht links oder rechts abweichend. Vorübereilend an den Zuschauern am Rande des Weges. Habe ich sie überhaupt wahrgenommen, jene, die sich treiben lassen, mehr geführt als führend ? Unauffällig studiere ich mein Gegenüber, versuche in diesem Antlitz zu lesen. Es ist von energischem Ausdruck, fast trotzig. Die weißgrau gesträhnten Haare, klar im Ansatz, geben eine gezeichnete Stirne frei mit vielen senkrechten Falten. Eine Frau, die wenig gefragt hat. Die resolute Entscheidungen traf. So scheint es mir. Ihre Hände spielen mit der Serviette. Falten sie mal so und mal so. Schöne Hände. Alte Hände. Übersät mit braunen Flecken, große und kleine, einzelne und dicht beieinanderliegende.

Zwei Eheringe wirken wie festgewachsen, eingekerbt, das Metall dünn und abgeschliffen. Was mögen diese Hände alles angepackt haben! Getragen haben, getröstet, genommen, gegeben. Ihre Besitzerin weiß es vielleicht selbst nicht mehr. Unwillkürlich betrachte ich meine eigenen Hände. Genommen – gegeben – hat das immer gestimmt?

Wie dem auch sei, ich wünsche mir, wieder zupacken zu können. Es ist noch zu früh für mich, in Cafe's Servietten mal so, mal so zu falten.

Ich nicke der alten Dame zu, zahle am Verkaufstresen und gehe nach Hause. Gino hört mich bereits auf der Treppe, sein lautes Rufen dringt durch die Tür. Der Wohnungschlüssel hat sich wie üblich auf den Grund der Tasche verkrümelt. Es dauert, bis ich ihn finde. Ungeduldig scharrt Gino von innen an der Schwelle, schnüffelt durch den Spalt am Boden. Kaum aufgeschlossen, zwängt er sich an mir vorbei und huscht die Treppe hoch zum Dachgesschoß. Tibbidi lugt hinterher, traut sich aber nur auf die Fußmatte herraus. Wetzt dort ihre Krallen. Mit einem Pfiff locke ich den Ausreißer zurück. Der Dicke weiß, daß dieses Signal einen Leckerbissen ankündigt. Saust in die Küche, springt auf die Katzentonne und knetet erwartungsvoll mit den Tatzen. Auch Tibbidi springt hoch, drängt den Roten ein wenig zur Seite, ohne daß der Kater böse wird. Ich hole die Tube mit der Vitaminpaste. Sie lecken direkt vom Schraubverschluß, Nase an Nase. Tibbidi umschließt die Tube mit ihren zwei Pfötchen, hält sie wie ein Baby die Flasche und schmatzt hingebungsvoll. Gino bekommt wie immer eine unglaublich lange Zunge. Schleckt und schleckt mit zugedrückten Augen, das rechte Vorderbein festgestemmt auf meinem Handrücken. Es kostet einige Mühe, die Tube zurückzuerobern und zuzuschrauben. Sie achten genau darauf, wo ich sie hinlege, streichen um das Regal und schnuppern in das Fach. Eine zarte, braune Pfote reckt sich vorsichtig nach oben, tippt mehrmals prüfend herum. Eine behende Wendung der Katzenhand, und schon liegt die Paste unten. Mit

feuchter Nase schiebt Tibbidi das Ding auf dem Boden weiter. Jetzt beteiligt sich auch Gino. Samt der Tube hocken sie in einer Ecke der Küche und versuchen gemeinsam, das Objekt ihrer Begierde zu knacken. Da sie keinen Erfolg haben, schmusen sie um meine Beine und schnurren um Nachschlag.

Eben noch gemeinsame Eintracht, packt Gino urplötzlich die Kleine, drückt sie gegen den Kühlschrank; der Beißfang umfaßt ihre Kehle. Noch fester schiebt der Kater seinen mächtigen Kopf unter Tibbidis Kinn. Noch stärker graben sich seine Kiefern durch das Fell, verschließen fast ganz den dünnen Hals. Tibbidi ist erstarrt. Die vier Beinchen ragen in die Luft, ihre Äuglein weiten sich entsetzt, richten sich hilfesuchend auf mich. Ich knie direkt daneben, weiß nicht, was ich tun soll.

„Gino". sage ich sanft. Keine Reaktion. Halte mich also an Lianas gegebenen Rat und lasse die Tiere allein. Warte im Flur. Horche auf jedes Geräusch, da ich sie von dort aus nicht sehen kann.

Hastiges, schnelles Scharren auf den glatten Küchenfliesen, ein halb erstickter Schrei. Dann rast Tibbidi an mir vorüber ins Schlafzimmer und plumpst hinters Bett. Ich bleibe im Flur. Doch kein Gino läßt sich blicken. Als ich nachsehe, hockt er noch auf dem Kampfplatz, wirft mir einen unsicheren Blick zu und steigt dann ins Katzenklo. Gräbt und gräbt, daß die Steinchen nur so gegen die Plastikwände prasseln. Steigt

unverrichteter Dinge wieder aus, lauscht und sträubt die Rückenbürste. Ich bin sauer auf meinen Kater. „Das war unfair, absolut unfair! Am liebsten würde ich dir eins mit der Zeitung verpassen", mache ich mir Luft. Gino antwortet mit der Ansicht seines Rückens und kümmert sich wenig um meinen Schrecken. Aber er merkt, daß ein Bruch in meiner Sympathie passiert ist. Ich weiß, daß er das spürt. Und ich weiß, das ist nicht gut. Dicke Luft baut sich auf zwischen uns, fast greifbar. Aber ich kann jetzt nicht anders, ich bringe kein versöhnliches Gefühl zustande. Tibbidis angstgroße Augen vorhin, die tun mir weh. Ihr nicht geholfen zu haben, finde ich miserabel. Aber ich kenne kein Rezept für eine sanftere Auseinandersetzung. Ungewollte Zweifel nagen erneut an dem Wunschbild verträglicher Gemeinsamkeit zwischen den Tieren. Tibbidi muß heraus aus dem Bettkasten. Sie darf sich nicht unterkriegen lassen! Ich gehe ihr nach, taste mit der Hand hinunter in den Luftschacht zwischen Bett und Wand. Warm und seidig berührt etwas meine Finger. Dann bohrt sich eine kleine Nase nach oben, und Tibbidis Zunge schrubbt meinen Daumen naß. Scheue Gurrtönchen dringen aus dem Bettkasten. Aber sie selbst bleibt unsichtbar. Ich lege mich lang auf die Zudecke und hoffe, daß meine Anwesenheit sie ermutigt, wieder aufzutauchen. Gino landet mit wuchtiger Schwere auf dem Kopfkissen. Äugt in die für ihn unerreichbare Tiefe, zieht scharf die Luft an. Kosend drängt er sich an meine Schulter und plaziert sein rundes Hinterteil in die Halsbeuge. Leise tickt der Wecker. Ginos Wärme dringt verstärkt durch meinen Pulli und schafft angenehme Beruhigung und Entspannung. Wir dösen und irgendwie erwischt mich der Schlaf.
Als ich erwache, liege ich allein. Alles ist still. Auf Socken tapse ich herum. Entdecke Gino in der Mulde auf dem Baum. Und Tibbidi? Sitzt nicht weit davon auf dem Eßtisch und guckt mir aufmerksam entgegen. Entzückt darüber, daß ich mich ihr zuwende, buckelt sie erfreut, trippelt mit den Vorderbeinchen und wirft sich in meine Arme. Gutmütigen Auges verfolgt Gino die Szene, gähnt und läßt den Kopf über den Nestrand baumeln.
„Mrrau", ist sein freundlicher Kommentar.
Verstehe einer diese Katzen- und Katermentalität!
„Ihr bringt mich noch auf den Hund", sage ich. Nehme das Tagebuch und mache die letzten Eintragungen. Tibbidi versucht, mir den Bleistift aus der Hand zu schlagen. Zerrupft die Heftblätter an den Kanten. Amüsiert sich minutenlang mit dem Radiergummi. Bevor ich richtig schalte, befördert sie ihn unter den großen Bücherschrank. Bäuchlings davorliegend, stelle ich fest, daß er unerreichbar bleibt für jeden Zugriff. Gino blinzelt aus hoher Ferne, restlos erhaben über solch albernes Rumgekrieche.
„Also, dann ist eben Feierabend für heute", beschließe ich.
Tibbidi gähnt bestätigend.
Ich höre mir noch die Nachrichten an. Räume anschließend den Tisch ab.
Der Küchenabwasch lohnt sich noch nicht.
Mit einem Krimi im Bett und zwei Tieren auf dem Bett findet der Tag sein harmonisches Ende.

Als erstes gebe ich morgens gleich die Krankmeldung zur Post. Will aber auch noch anrufen. Erreiche die Chefin nicht, dafür aber eine langjährige Kollegin. Ärgere mich, daß ich losheule, unnötigerweise erkläre und entschuldige. „Nun machen sie aber einen Punkt. Kommen sie vor allem wieder auf die Beine. Sie müssen jetzt an sich denken. Wir schaffen das hier schon", beruhigt und tröstet mich zugleich die Kollegin. Das Gespräch tut mir gut. Aber ich brauche doch, um mich wieder zu fassen. Der Küchenabwasch hilft mir dabei. Die Frau hat ja recht. Jedoch kostet es Willen, den Arbeitsbereich samt allen Verpflichtungen auch gedanklich loszulassen. Jeder Mensch ist ersetzbar! Nicht austauschbar, aber zu ersetzen. Das ist normal. Die Situation zu dramatisieren, reiner Quatsch. Natürlich schaffen sie es auch ohne mich. Vielleicht gibt es sogar eine rasche Vertretung. „Also, mache dich nicht verrückt", sage ich mir und beginne, den Tag zu akzeptieren, wie er ist. Und wirklich: Befreit von dem Druck schneller Gesundung auf Befehl, gönne ich mir heute ausgedehnte Ruhestunden. Besonnenheit spielt sich zuerst im Kopf ab. Aber es dauert, bis der Verstand die Botschaft an den Körper weiterleitet. Trotzdem, die schlimmste Verspannung im Rücken ist zum Teil gewichen. Jetzt warte ich darauf, daß die Badewanne vollläuft. Ein heißes Bad in aller Ruhe, das ist die richtige Therapie. Tibbidi sitzt im Handbecken und bestaunt das rauschende und dampfende Wasser. Gino balanciert auf dem glatten Wannenrand und probiert, Seifenblasen zu fangen. Unter der regen Anteilnahme meiner vierbeinigen Mitbewohner, versinke ich langsam in den Fluten. Glukkernd schließt sich die Wasseroberfläche über meinem Körper. Weiße Schaumhügelchen wabern und wiegen hin und her. Wohlig seufzend blicke ich vom Grund der Wanne geradewegs in Ginos goldschimmernde Augen. Seine Pupillen sind kreisrund, groß und schwarz vor gespannter Aufmerksamkeit. Ich plätschere mit den Fingern, tauche sie weg und lasse sie wieder hochschnellen. Gino sieht dem Spiel zu. Seine Schwanzspitze fegt auf und ab, verteilt kleine Spritzer. Jetzt hält es Tibbidi nicht mehr aus. Sie hüpft hinter meinen Kopf, rutscht vorsichtig auf die Schulter. Ihre Pfötchen werden naß. Sie hebt eins an und leckt es ab. Igitt! Das schmeckt ihr nicht. Empört zieht sie sich zurück. Schwankt wackeligen Fußes zu Gino hinüber und wartet ab, was der Große ihr unter Umständen vormacht. Aber der sitzt nur da, bemüht um majestätische Ausstrahlung. So bemüht, daß er nicht merkt, wie sein Schwanz klatschnaß wird. Tibbidi reckt sich in die Höhe und – hast du nicht gesehen – sprintet sie in elegantem Bogen über des Katers Rücken. Benutzt ihn noch blitzschnell als Trampolin und landet auf der WC-Decke. Ginos Abwehrreaktion kommt zu spät. Er verliert das Gleichgewicht und rettet sich durch ein nun ganz und gar nicht majästetisches Rückwärtsglitschen zu Boden. Mosert laut, weil das vollgesogene Schwanzhaar ihm dabei um die Ohren klatscht. Und verläßt unter Protest den

Ort seiner Blamage. Tibbidi komponiert ein unbeschreiblich spitzbübisches Gesicht. Spielt die verkörperte Unschuld und weiß von nichts. Konzentriert sich darauf, den Hebel der Wasserspülung in Gang zu bringen. Daß dabei mein Deo runterfliegt, erhöht noch ihr Vergnügen. In der Wanne liegend, kann ich nichts unternehmen. Das hat sie sofort begriffen. Zieht langsam aber sicher das Klopapier aus dem Körbchen. Entrollt es lang und länger, raschelt damit an der Wanne vorbei, hinaus in den Flur. Was kann ich da machen? Zum Zusehen verdonnert, rufe ich streng: „Annastasia, nein!" Sinnloses Unterfangen. Wassertriefend hinterherzulaufen, dazu habe ich keine Lust. So schließe ich die Augen. Denke an die Wohltat meines Bades und versuche, nicht darauf zu achten, womit das Katzenkind im Flur hantiert. Sie rumort. Stößt helle, fröhliche Lockrufe aus, rollt irgendwas umher. Ich errate nicht, was das sein könnte. Ginos dicker Kopf guckt plötzlich wieder über den Wannenrand. Miauend erzählt er eine Story, als wolle er petzen. Hechtet seinerseits ins Waschbecken und legt sich gemütlich rund. So groß ist er, daß er es vollkommen ausfüllt. Die erhöhte Position heilt sein ramponiertes Selbstwertgefühl, denn ich höre ihn schnurren. Endlich wird das Wasser lau, daher beende ich den Genuß und steige aus.

Im Flur trifft mich der Schlag! Dort steht, nein stand, ein Glaszylinder, vollgefüllt mit abwechselnden Schichten von Sand und kleinen bunten Muscheln. Selbstgefundene natürlich. Begeistert sitzt Tibbidi mitten im verstreuten Inhalt. Sieht mich und flippt ein gesprenkeltes Schneckenhäuschen in meine Richtung. Ich soll mitspielen, ganz klar.

Ganz klar ist aber, daß ich einen Anfall bekomme, dessen Stimmstärke ungeheuer überrascht. Leicht geduckt trippelt sie von dannen, der lange Schwanz weht hinterher. Gino verharrt in der Badezimmertür. Schaut vielsagend, geht dann breitbeinig durch den Sand und beriecht mit aufreizender Gelassenheit ein gestreiftes Muschelexemplar. Nimmt so richtig Platz in der ungewollten Meereslandschaft und fixiert eine mir unbekannte Weite.

Passiert ist passiert. Ich begebe mich ins Schlafzimmer und beende mit Creme meinen Wannengang. Jezt kommt es auf eine halbe Stunde Strandgut im Flur auch nicht mehr an. Alle Muschel- und Schneckenhäuschen einzusammeln ist mühsam. Mit dem Staubsauger mache ich weiter. Aber versuche einmal, hunderttausende Sandkörnchen aus dem Teppichboden zu kriegen!

Tibbidi hält sich wohlweislich im Hintergrund. Gino jedoch begleitet mein Tun aus nächster Nähe. Findet dann und wann eine übersehene Muschelscherbe und benagt sie ausdauernd. Ich werde den Verdacht nicht los, daß er demonstrativ einen inneren Triumpf feiert.

„Das hast du nun davon. Dreisamkeit ist eben nervend", scheint sein Gehabe zu verkünden. Gönnt mir Tibbidis erstelltes Chaos und das daraus resultierende Geputze. Auch ein stolzer Kater braucht ab und an eine persönliche Satisfaktion für den Tag.

Nicht wahr?

Es gibt fliegende Fische und es gibt augenscheinlich auch fliegende Katzen. Anna
stasia hat sich vorgenommen, das heute unter Beweis zu stellen. Gino und ich sind
Zuschauer einer atemlosen Vorstellung. Vor allem Gino. Gerade eben noch auf der
Fensterbank, hat Tibbidis Bewegungsdrang bereits ein anderes Ziel anvisiert. Sie
wackelt mit erhobenem Hinterteil, postiert ihre Schenkelchen nach bemessener
Sprungkraft, hebt ab und legt in kunstvollem Freiflug eine fast zwei Meter weite
Luftlinie zurück; hakt sich fest, stemmt die Hinterbeinchen auf den gewonnenen
Halt. Ohne den geringsten Bruch im Bewegungsablauf, geht es ab in die nächste Flug-
bahn; ein fliegender Teppich hinweg über Ginos Kopf, hinein in den Sessel, mit
einem Hops auf die Nackenrolle, hinüber zum Beistelltisch, federt dort auf der Platte
ab, so gekonnt wie ein Hochspringer in seiner Bestform. Fehlt nur noch der Applaus.
Als warte sie darauf, baut sie sich in ihre Eichhornposition, wirft Gino funken-
sprühende Blicke zu. Um dann ihre Darbietung zu beenden. Mit einem Augenauf-
schlag, den unsereins Mensch wochenlang üben müßte, um ihn dermaßen filmreif
hinzukriegen.
Das geht schon den ganzen Vormittag so. Unerschöpflich ihre Energie und mehr als
einfallsreich die ausgesuchten Landepisten. Ich bin andauernd dabei, alle möglichen
Gegenstände von allen möglichen Gegenständen zu entfernen. Heute ist vor diesem
Wirbelkind nichts sicher. Habe ich der Kleinen zuviel Vitamine verpaßt, oder was?
Ich frage mich das ernsthaft. Annastasia fragt nicht, fast möchte ich behaupten, daß
sie ein jauchzendes Miauen vom Stapel läßt, wenn ihr ein neuer Sprung glückt. Gino
verschlägt es die Stimme. Er hat ausschließlich damit zu tun, die Kleine nicht aus den
Augen zu verlieren. Dreht sich um sich selbst und verfolgt das geschwinde Katzen-
junge. Naives Staunen läßt sein Katergesicht plötzlich ganz kindlich wirken.
„Wenn du so weiterstarrst, kriegst du noch einen Platten im Hirn", warne ich ihn.
Gino antwortet mit einem Gemisch aus Klage und Verwirrung. Ich bin's zufrieden.
Eines nämlich hat dieses „Unternehmen Annastasia" geschafft: Über Stunden der
Langeweile braucht Gino nicht mehr zu brüten. Plötzlich rafft der Kater sich auf, stöbert im Papierhaufen, findet die gesuchte Fellmaus (mit Glöckchen natürlich!) trabt
zu mir herüber und wirft sie vor meine Füße. Aha, sein Ehrgeiz ist erwacht. Auch er
will zeigen, was er kann. Und er kann einiges. Ist selbst ein Meister im Springen.
Allerdings von anderer Qualität als das federleichte Prinzeßchen. Gino läuft etwas
zurück, begibt sich flachgedrückt in Lauerstellung und wartet auf meinen Wurf. Ich
erziele einen hohen Bogen. Wie eine Rakete startet Ginos Körper senkrecht nach
oben. Die runde Tatze benutzt er zum Gegenschlag, trifft haargenau die Maus; das
Spielzeug prallt ab und landet hinter der großen, alten Milchkanne. Gino folgt nach
mit einem gewaltigen Satz. Es scheppert nur so! Die Tigerpranken hauen in das ver-

meintliche Versteck, graben sich Platz, bis er die Beute erreicht. Mit gebogenem Pfotengriff zieht er das Felltierchen zu sich heran, stopft es sich zwischen die Reißzähne und erledigt es unter drohendem Geknurre. Mit erhobener Standarte liefert er stolz das besiegte Fellknäuel bei mir ab, rast polternd an das andere Flurende und wartet geduckt und mit peitschender Rute auf den nächsten Wurf. O ja, auch er hat Temperament und Schwung. Eine maskuline Kraft, die sich erst im Jagdgeschehen so ganz offenbart. Tibbidi unterbricht ihr luftiges Flugprogramm und übernimmt die Rolle des zuschauenden Publikums. Gino vermerkt es genau. Sein Ehrgeiz wird dadurch noch beflügelt. Diesmal läßt er die zugeworfene Maus dicht heranfliegen, schnellt wie eine auseinanderspringende Stahlfeder rückwärts über seine Längsachse. Schwebt für Augenblicke mit dem Rücken nach unten. Mit gespreizten Krallen fängt er die noch fliegende Maus. Das Spieltier fest im Griff, landet er auf allen vier Pfoten, die so erlegte Beute unter sich begrabend. Durch die enorme Geschwindigkeit des Ablaufes, bleibt es meinem Auge jedesmal verborgen, wie er die Drehung zustande bekommt, die ihn sicher und bäuchlings wieder zu Boden bringt. Auch Tibbidi ist fasziniert, schwankt zwischen Furcht und Spieltrieb. Aus den Augenwinkeln registriert Gino ihre Präsenz, weiß um jede Bewegung der jungen Katze. Überzeugt davon, sie ebenfalls gewaltig beeindruckt zu haben, hält der Rote inne. Schaut königlich in die Runde, schnauft mehrmals hörbar und schließt dann, wie geistesabwesend, die Augen. Aber er ist ganz und gar nicht geistesabwesend. Das Spiel der Ohren verrät, daß sein Horchen auf Tibbidi ausgerichtet ist. Abwartend, so als fordere er was ein. Die kleine Somali rührt sich nicht vom Fleck; dann beginnt sie zu schnurren, leise, stärker und immer lauter. Gino blinzelt verstohlen zu ihr hin. Macht geschwind die gelben Kartäuseraugen wieder zu, als interessiere ihn einzig und allein seine geheime Innensicht der Dinge. Ich setze mich auf den Boden und verfolge neugierig die absonderliche Kommunikation meiner Tiere. Jetzt bewegt sich Töffelchen. Ihr schmaler Hals wirkt durch das Strecken noch zerbrechlicher. Sie inhaliert in Richtung des Katers, die Öhrchen vorgestellt. Die feingebogenen Barthaare bilden links und rechts vom Schnäuzchen zwei winzige, vibrierende Fächer. Gino legt sich hin, rollt die Vorderpfoten ein. Den Kopf behält er aufgerichtet, den Blick nach wie vor unter den Augenlidern verbergend. Was soll das werden? Mir wird mulmig zumute. Er hat ja so manchen verheerenden Aggressionsausbruch geboten . . . Ganz langsam setzt Tibbidi ihre Schritte, jedes Bein für einen Moment angehoben, bevor sie es wieder aufsetzt. Eine Annäherung in Zeitlupe ist das! Im Schneidersitz verharrend, schlafen mir die Füße ein, es prickelt unangenehm. Aber ich verhalte mich still, denn ich will die beiden Tiere nicht durch meine Person ablenken. Endlich erreicht Tibbidi den Kater. Ihr Näschen berührt fast seinen Pelz. Nur fast. Jetzt tippt sie ihn vorsichtig von der Seite an. So vorsichtig, daß es kaum zu einer Berührung reicht. Es ist vielmehr wie das Ertasten innerer Stimmung, ein Erahnen gewollter oder nicht gewollter Bereitschaft zur Nähe. Gino holt den Schwanz ein, legt ihn an seine Flanke. Und bedeckt dabei gleichzeitig eine von Annastasias vorgestellten Sammetpfötchen. Das Katzenkind betrachtet nachsinnend diese unverhoffte Geste. Schätzt sie richtig ein und leckt behutsam das für sie hindrapierte Fell. Nun erst rundet Gino den Blick auf die Kleine und erlaubt huldvoll die Fortsetzung der Putzaktion.

„Du bist der allerletzte Obermacho!", sage ich und wage es, mich zu räuspern. Als sei meine Anwesenheit ihm gerade überraschend eingefallen, rollt Gino sich auffordernd längsseits und streckt sich zärtlich in meine Hand. Ich rutsche dichter und kraule ihm die dargebotene Kehle, während Töffelchen seine Schwanzspitze glättet.
Es darf nicht wahr sein! Totale Verwöhnung von zwei weiblichen Wesen, das, bitteschön, ist erwünschtes Endergebnis meines Katers.
Tibbidi wirft mir einen innigen Blick zu und widmet sich wiederum ihrer Aufgabe, dem Roten durch fleißiges Zungengeschrubbe einen glänzenden Balg zu verpassen. Mein Gekraule ist mittlerweile zu des Katers Stirnpartie vorgedrungen. Sein Schnurren wird noch einen Ton dunkler und weicher, die zwei Tatzen öffnen und schließen sich, kneten rhythmisch in die Luft. So also beschafft man sich auf Katzenart dienstwilliges Personal für die Körperpflege samt Streichelbedarf! Prustend und lachend über diese Schläue, rolle ich mich meinerseits auf den Rücken, den Kater dabei mitnehmend. Bevor er sich wehren kann, stemme ich ihn hoch über meinen Brustkorb und setze ihn dann auf den Bauch. Tibbidi wühlt in meiner Frisur, miaut laut-

stark direkt in meinen Gehörgang. Patscht meine Nase platt und setzt sich versuchsweise mit ihrem niedlichen Hinterteil mitten auf mein Gesicht.

„Das reicht!" Ich werfe die Arme hoch und lache wie schon lange nicht mehr. Der Garderobenspiegel im Flur faßt unser Beisammensein wie ein Bild in seinen Rahmen, eng beieinander, daß es mir das Herz erwärmt.

Was heute noch der Tag zu bieten hat, das Allerschönste, meine ich, verschenkt er soeben: die von mir ersehnte Dreisamkeit.

Zufrieden mit mir und der Welt, kann nun erledigt werden, was erledigt werden soll. Zum Orthopäden muß ich und noch zum EKG. Und einkaufen wird nötig sein. Für mich und die Tiere. Der Kühlschrank ist leer, das Futterregal auch. Noch was? Ansonsten steht Freude auf dem Programm. Einfach Freude. An den Tieren, am Spiel, am Wetter und überhaupt. Es ist das pulsierende Leben, das ich ganz neu wieder spüre.

Trotz unsicherem Arbeitsplatz lohnt es sich, den Kopf oben zu behalten. Nach dieser Erkenntnis schreite ich zur Fütterung der Tiere. Als ich anschließend auf den Balkon ins freie gehe, fährt mir ein kalter Wind durch die Haare. Gut tut das! Und ich denke: „Warte, du Welt, ich gebe nicht auf"

Ginos Rundschädel quetscht sich durch den Türspalt. Er schaut zum Himmel und prüft die Luft. Winterwolken treiben. Seit Tagen jagen sie von Westen nach Osten über das Haus.

90

Donnerstag 6. Januar

Die Geschichte mit Lukas fällt mir ein. Vor einem halben Jahr war das. Lukas kam in meine Kindergruppe, neun Jahre alt der Junge, und zugeknöpft bis unters Kinn. Auch nach Wochen keine Änderung in Sicht.

„Sag mal, was machst du, wenn du mit deinem Freund spielen willst?", fragte ich ihn einmal unvermittelt. Etwas überrascht hob der Junge den Kopf. Sanfte, braune Augen in einem ernsten Kindergesicht.

„Ich gehe hin", meinte er.

„Gut. Und dann?"

Lukas fingerte unschlüssig an seinem Jackenknopf.

„Dann klingele ich."

„Richtig. Und dann?"

„Dann kommt er runter."

„Und wenn er nicht da ist?"

„Dann geh ich wieder."

„Und holst ihn nie wieder ab!", behaupte ich im Brustton der Überzeugung.

Lukas schüttelte den Kopf. Der Zweck meiner Fragen leuchtete ihm nicht ein.

„Nun?", forschte ich weiter. Unwillig gab er seine Antwort: „Doch. Ich kann's ja später nochmal probieren." Jetzt hakte ich ein: „Siehst du. Du probierst es nochmal. Weißt du was? So werde ich das mit dir auch machen." Lukas erschrak. Die Vorstellung, ich käme zu ihm nach Hause, war eindeutig keine angenehme.

Ich lachte. „Nein, nicht so, wie du denkst. Hier, an dir, werde ich klingeln." Wieder schüttelte Lukas den Kopf. Sanfte, braune Augen, die mich nicht ansahen, die irgendwo an mir vorbei einen Punkt suchten, sich darin zu verankern. Neun Jahre Erdendasein und schon so verschlossen. Ich hatte bei ihm ständig den Eindruck, als spräche er aus weiter Ferne. Kein Rankommen. Die anderen Kinder in der Gruppe schätzten seine intelligenten Einfälle, doch beim quirligen Spiel stand er am Rande.

„Lukas", fuhr ich fort, „du kommst hierher, aber du bist nicht wirklich da. Ich weiß nicht mal, ob du gerne kommst oder nicht. Ob du dich freust oder nicht. Ob du wen leiden kannst oder nicht. Wer bist du eigentlich?" Nachdem ich ihm etwas Zeit ließ, dieser Frage nachzuhorchen, sagte ich: „Dein Körper, Lukas, der ist hier. Aber du selbst, du bleibst zu Hause." Lukas Mundwinkel gingen in tiefster Verachtung nach unten. „Das geht ja gar nicht."

„Was geht nicht?"

„Daß mein Körper hier ist und ich zu Hause."

„Warum nicht?"

Lukas schaukelte sich auf den Fußballen hin und her. Dann sprach er: „Weil ich da reingesperrt bin." Wie recht er hatte!

„Vielleicht bist du nicht eingesperrt, Lukas. Vielleicht bist du in einem Land, das ganz weit weg ist?"

Der Junge schwieg. Plötzlich flatterten seine Wimpern, er drehte sich um. Seinen stillen Kampf mit den Tränen kannte ich. Nach einer Weile sagte ich: „Lukas, ab heute werde ich jeden Tag bei dir klingeln. Wenn du nicht da bist, bleibst du einfach still. Und ich mache es dann wie du bei deinem Spielfreund: Ich komme wieder. Und jetzt zeige ich dir, wie das geht mit dem Klingeln." Ich faßte ihn mit beiden Händen seitlich an den Schultern, neigte mich nahe an sein Ohr: „Lukas, bist du da?" stellte ich langsam meine Frage. Einen Moment wartete ich ab und ging dann zu den andern Kindern, fädelte mich hinein in das, was sie gerade machten. Lukas stand noch, dann suchte er sich eine Knobelaufgabe und einen Partner dazu.

Jeden Tag wiederholte ich das Spiel. „Lukas, bist du da?". Und Lukas schwieg. Versteifte sich unter meinen Händen, um dann mit verstecktem Grinsen hinterherzusehen, wenn ich mich entfernte.

Es wurde fast eine Gewohnheit daraus.

Eines Tages waren wir in der Gruppe sehr in Eile, denn wir wollten die Bastel- und Malarbeiten ausstellen. In all dem Hantieren stand Lukas plötzlich vor mir, eindringlich und fordernd.

„Was ist?", fragte ich ungeduldig.

„Sie haben noch nicht geklingelt heute".

„Jetzt nicht. Vielleicht später."

Lukas blieb stehen, rollte den Bund seines Pullis hoch und runter. Da begriff ich. Und wagte es, diesmal eine Handfläche auf seinen Rücken zu legen, die andere auf die Herzgegend.

„Lukas, bist du da?". Nach einem Augenblick der Stille hörte ich ein klares, entschiedenes „Nein!". Verblüfft ließ ich ihn los, schaute ihn an, dann mußte ich lachen. „Ich komme wieder. Morgen schon!", versprach ich ihm. Mit dieser neuen Variante vergingen wieder Wochen. Dann kam ein Morgen, an dem Lukas gleich auf mich zuging, mich wirklich ansah und aufgeregt folgende Mitteilung machte: „Heute werde ich da sein!" Mein Herz tat einen Freudenhopser. Und so war es dann auch. Ich „klingelte", und Lukas war da. Zum erstenmal war das Kind erfaßbar, gegenwärtig, spürbar in seiner warmen Ausstrahlung. Er schaute nicht mehr vorbei, er schaute mich an. Die Gruppe, die unser tägliches Ritual kaum noch beachtete, applaudierte begeistert. Lukas bekam einen roten Kopf. „Aber sie müssen morgen auch wieder klingeln", vergewisserte er sich und genierte sich ungeheuer. Ich nickte. Aber nach weiteren Malen meinte ich doch, daß ich das nicht mehr brauchte. „Du kommst doch jezt rundum und ganz komplett", sagte ich. Überlegend schaukelte Lukas auf den Füßen hin und her. „Man muß *immer* klingeln", behauptete er dann mit Nachdruck. Mir blieb die Spucke weg.

„Donnerwetter, Junge, du sagst eine große Wahrheit." Ich zog innerlich den Hut vor dieser einfachen Formulierung, mit der ein Kind menschlichen Umgang richtig erkannte. Wie oft trampeln wir unangemeldet durch die seelischen Rabatten anderer Leute! Oder erleiden es selbst, daß jemand durch die Tür fällt, dort, wo es uns nicht gut tut. So viele Menschen kenne ich, mich eingeschlossen, die dann ihre Mühe haben mit den Aufräumarbeiten oder sogar nicht mehr klarkommen damit. Dabei ist es so einfach: Man muß *immer* klingeln. „Wie schrieb ich doch vor Tagen: Herzenstüren gehen nur von innen auf.

Und heute fällt mir diese Geschichte mit Lukas wieder ein. Weil Tibbidi für Gino ein neues Spiel erfunden hat. Genau dieses Spiel, das ich rein intuitiv mit dem Jungen damals begann. Wahrhaftig, auch Katzen verstehen es, Wege zu finden, die einen Zugang schaffen können. Klein Annastasia will es wissen. Schleicht sich ungesehen näher, um dann mit flinken Sprüngen den Kater zu erreichen, umfaßt mit den Vorderpfötchen sein Hinterteil und klopft trommelnd auf das Fell. Bevor Gino reagieren kann, setzt das Jungtier über ihn hinweg und läuft davon. Immerzu wiederholt die Kleine dieses „Klingeln" auf Katzenart, ihr „Gino, bist du da?"- Anklopfspiel. Mal läuft sie danach weg, mal huscht sie unter ein Möbel und schickt ihm leise Rufe hinterher. Gino bewegt sich nervös, ist aus der Reserve gelockt, stakst in Schrägstellung alberne Hüpfer und versucht, sich selbst zu fangen. Während ich das Tagesallerlei erledige, beobachte ich gespannt, wozu das führen wird.

Nachmittags lasse ich die beiden alleine, unternehme einen Spaziergang zum Maschsee. Der Sturm hat sich gelegt, dann und wann zeigen sich blaue Himmelsfelder, und ein diffuses Licht breitet sich auf dem Wasser aus. Enten und Schwäne stehen am Ufer und hoffen auf Fütterung. Ich habe nichts dabei. Aber mehrere junge Mütter mit Kindern werfen altes Brot zwischen das Federvolk. Ich stelle mich dazu, schiebe die Hände noch tiefer in die Manteltaschen, denn die Luft ist kalt. Weiter schlendere ich, vorüber an der Löwenbastion. Ehern in ihrer Sprungstellung, auf dem Rücken blankpoliert von unzähligen Kinderhosen, sind diese Bronzetiere ein mir liebgewordenes hannoversches Denkmal. Schön sind sie. Der Künstler, der sie geschaffen hat, verstand etwas von diesen Geschöpfen. Hat ihre wilde Eleganz in Form gegossen und

festgehalten. Es gibt wohl kaum ein Kind in Hannover, das nicht wenigstens einmal jubelnd hinaufgeklettert ist. Sich vorstellte, Gebieter über eine so gebändigte Tierkraft zu sein, auf dem mächtigen Rücken als siegreicher Held oder als herrliche Diana auf tollkühnem Ritt sich zu fühlen.

Ob groß oder klein, der Mensch braucht seine Träume, die Mut geben, dann auch über reale Hürden zu springen.

Durchgepustet und mit einer kalten Nase erreiche ich das „Fäßchen". Mit einem heißen Getränk und nachbarlichen Neuigkeiten wärme ich mich auf. Es lebt sich gut in dieser Stadt.

Freitag 7. Januar

Die wohlklingende Bezeichnung der Hauskatzen lautet „felis domestica calculata". Jener Forscher und Namensgeber hatte ganz sicher eine tiefe Kenntnis des Lateins, aber von Gino nicht die geringste Ahnung. „Felis" trifft zu, aber die weitere Beschreibung von „domestica calculata" ist ein glattes Märchen. „Gezähmt berechenbar" heißt das ja. Entweder übersah der Zoologe die Tumulte innerhalb seiner Katzenfamilie, oder man hat es versäumt, Gino bei seiner Geburt entsprechend zu instruieren. „Tigris chaoticus exemplaris" ist für den Charakter meines Katers bestimmt bezeichnender.

Gino sitzt da und macht ein Gesicht, als hätte er einen Skorpion verschluckt. Über Nacht hat er meine Zimmerpalme biologisch untersucht und gründlich studiert. Mit dem Ergebnis, daß sie wie ein zerrupfter Strohbesen daliegt. Entwurzelt und in Einzelteile zerlegt, hat Gino offentsichtlich auch eine Kostprobe durchgeführt, an der er jetzt noch würgt.

Annastasia schnüffelt inmitten von zerstreutem Torf und weißen Stereopurkügelchen, beriecht alles sorgfältig und zollt dem Burschen obendrein ihre Hochachtung durch einen Nasenkuß. Unverständnis vor mich hinmurmelnd, hole ich einen Müllbeutel, um die pflanzlichen Überreste einzusammeln. Gino zeigt deutlich, daß er für derlei niedrige Arbeit nicht zuständig ist. Die Pflege seiner edlen Erscheinung ist von höherem Rang als die Wiederherstellung einer für Menschen wohnlichen Atmosphäre. Schließlich unterliegt dieses Quartier seinen Launen, oder?

Auch Tibbidi wendet sich einer intellektuellen Beschäftigung zu, ersteigt mein Bücherregal, balanciert dort herum und wählt sich ihre Lektüre aus, indem sie verschiedene Einbände auf den Boden wirft. Dabei fällt dies und jenes aus den Buchseiten, gepreßte Blätter, Postkartengrüße und sonstnochwas. Das ist aber interessant! Hurtig hopst sie herunter und probiert die Eßbarkeit eines herzförmigen Lindenblattes. Meine Erinnerung an einen intimen Herbstabend zerfällt in unansehnliche Staubkrümel. Empört scheuche ich Tibbidi samt ihrer taktlosen Neugier hinaus in die Küche. Gino verläßt ebenfalls den Tatort, nicht ohne mir noch einen Blick zuzuwerfen, der besagt, daß meine Nerven einer Überholung bedürfen. Ich schmeiße die Wohnzimmertüre zu und besorge nachfolgend ungestört die Wegräumeaktion. Dabei frage ich mich, ob die Bevölkerung des Domizils mit zwei Katzen wirklich so eine gute Idee ist, wie ich anfangs meinte.

Ein verblaßtes Rosenblatt entschwebt unter das Sofa, ich krieche hinterher, betrachte sinnend dieses Überbleibsel meiner Vergangenheit: Ohne Tibbidi läge es weiter unbeachtet und vergessen zwischen den Buchseiten. Es ist wahr: Die Frische und der Duft verronnener Stunden läßt sich nicht konservieren, davon kann man nicht zehren auf Dauer. Im Rückwärtsschritt nach vorne leben zu wollen, das haut nicht hin.

Wenn der Tag mich von hinten sieht, hat er keine Chance, mir bereitgehaltenes Glück in die Hände zu legen. Tibbidi hat recht, wenn sie Verstaubtes ans Licht bringt. Viel zu viel Krimskrams, viel zu viel Ballast horten wir wie die Hamster für . . . ja, für was eigentlich?

Ich beschließe, einmal gründlich auszumisten. Unüberhörbares Kratzen sorgt für wesenhafte Gegenwart hinter der Tür. „Herein mit euch!" rufe ich fröhlich und sperre auf. Mit hochgestellten Schwänzen stolzieren meine Lieblinge durch den Raum, kontrollieren, ob noch alles da ist.

Dann schreien sie lautstark nach Futter.

So unnatürlich warm wie es heute ist, öffne ich die Balkontüre und erlaube auch der Kleinen zum erstenmal, dieses Terrain zu erobern. Gino zerfurcht die Stirne und mault, daß er diesen Bereich teilen soll. Ich lasse ihn meckern und behalte Prinzeßchen im Auge.

Letzten Mai sicherte ich den Balkonauslauf durch ein großmaschiges Drahtgitter, so konnte Gino jederzeit hinaus, auch wenn ich wegging. Echte Baumstämme, Wurzeln und wildes Wiesengras in den Blumenkästen verwandelten den Freiraum in eine Minilandschaft, die Gino über sein Wohnungsdasein hinwegtrösten half. Zumindestens phasenweise. Als ich den Burschen eine Weile hatte, mußte ich erkennen, daß ich ein absolutes Alphatier besaß. Dominanz und Beherrschung anderer, genaues Abstecken seines Revieres einschließlich Treppenhaus und Wäscheboden. Ein Drang nach Erweiterung, der sich nicht unterdrücken ließ, ein rebellisches Durchsetzen seines Willens, kennzeichneten Ginos Stärke und Führungsanspruch.

Er hätte, in Freiheit aufgewachsen, für gebührenden Respekt unter seinesgleichen gesorgt. Mit fast drei Jahren, ist Ginos Charakterstruktur jetzt ausgereift und festgelegt. Die Neigung, gesetzte Grenzen zu durchbrechen, macht ihm und mir zu schaffen. Aber was soll ich machen? Gänzlich unerfahren groß geworden, ist es unmöglich, ihn im Hinterhof frei laufen zu lassen. Er würde auch dieses Gebiet erweitern, in den Straßenverkehr geraten und garantiert unters Auto. Ihn weggeben auf einen Bauernhof? Man warnte mich davor, als ich das erwog. Gino ist intensive, zärtliche Ansprache gewohnt. Gewohnt, seinem Menschen überallhin folgen zu dürfen, auch nachts. Das wird auf Bauernhöfen meist anders gehandhabt. Ein Leben im Stall, ausquartiert aus dem Wohnbereich? Gino hätte die Welt nicht mehr begriffen. Ich ließ diesen Plan also fallen. Erleichtert auch, ihn nicht hergeben zu brauchen, den heißgeliebten Kerl. Und begann gezielt damit, meine Wohnung samt Balkon so artgerecht wie möglich für ihn auszustatten. Und habe noch Tibbidi hinzugenommen, so daß Abwechslung und Spiel mit seinesgleichen die Lebensfreude erhöht. Ob meine Rechnung aufgeht?

Von meinem Platz aus beobachte ich die zwei, wie sie am Gras naschen. Tibbidi beißt gerade in die Baumrinde, schürfelt probehalber in einer Schale, die mit Waldhumus gefüllt ist. In Abständen wechsele ich ihn durch neue Bodenerde aus, die ich von meinen Streifzügen mitbringe. Das ist ein gutes Angebot von Gerüchen und Duftnoten der Welt draußen. Gino liebt es, seine Nase zu trainieren, absolviert oft fast meditative Schnupperzeit. Jetzt hat Tibbidi den Ausguck auf dem Holzbalken entdeckt, krabbelt hinauf und drängt sich eng an den Kater. Ich erfreue mich an diesem Bild.

Der Rückenansicht beider Tiere. Zwei Schwänze baumeln paralell nebeneinander, vier spitze Ohren lauschen angestrengt hinunter in den Hof. Die Luft bewegt sich feucht und lau wie im Frühling.

Mir fällt ein, daß Gitti und Achim heute das Bett abholen, ich muß rechtzeitig die unteren Schiebekästen leermachen. Klein Annastasia begleitet das entstehende Umgeräume ihres Zufluchtortes, verschwindet dann im Berg der Decken und Kopfkissen. Ich lasse ihr das liegen, so behält sie ihre Sicherheit ein wenig. Gino verweilt noch auf dem Balkon.

Wahrscheinlich hypnotisiert er wie üblich die Tauben in der Regenrinne. Die Viecher setzen sich ihm gemeinerweise dicht vor die Nase, wohl wissend, daß er sie nicht pakken kann. Der arme Kerl erleidet jedesmal einen Jagdkoller, geifert und keckert mit zittrigem Unterkiefer, die Augen fallen ihm bald aus dem Kopf. Manchmal hat mein Vertreiben der Vögel der Sache ein Ende bereitet, denn ich fürchtete um des Katers Verstand.

Da mein neues Bett erst am Samstag geliefert wird, richte ich das Lager im kleinen Gästezimmer her. Bügelbrett, Staubsauger, Wäscheständer- und Körbe führen hier ein friedliches Durcheinander, nur bei längerem Besuch schaffe ich die Sachen in den Keller. Das Rumoren bewirkt jetzt auch Ginos Aufmerksamkeit. Er ist kein Freund von Veränderungen. Ich habe einen stockkonservativen Kater, der jeglicher Hektik abhold ist. Als er merkt, daß alles gemütlich vor sich geht, sieht er sich nach einem interessanteren Betätigungsfeld um. Und findet es sogleich. Ragen da nicht zwei winzige Ohren aus der Decke? Da kann man doch gleich das Anpirschen üben!

Bevor er die Kleine erwischen und überwältigen kann, huscht diese wie ein geölter Blitz in den Kleiderschrank und verbarrikadiert sich hinter den Schuhkartons. Alles Reingequetsche hilft nicht, so bleibt es bei einem Austausch halb ernster, halb gespielter Tatzenhiebe. Tibbidi hat Vorsicht gelernt, denn bei Gino weiß man nie.

Aber im Ganzen gesehen, finden die zwei ein normales Miteinander, oder auch ein toleriertes Nebeneinander, denke ich beruhigt.

Morgen kehrt Jutta aus dem Urlaub zurück. Da kann sie am Sonntag gleich kommen und Einblick halten in den bisherigen Verlauf der Dinge.

Wenn sie Lust hat, sogar schriftlich.

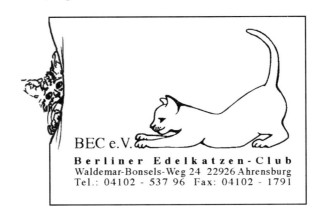

BEC e.V.
Berliner Edelkatzen-Club
Waldemar-Bonsels-Weg 24 22926 Ahrensburg
Tel.: 04102 - 537 96 Fax: 04102 - 1791

„Sei gegrüßt, edles Burgfräulein", begrüße ich Jutta in Anlehnung daran, daß sie ihren Urlaub auf Schloß Elmau in Oberbayern verbrachte. Ich weiß aus Erzählungen, daß der Ort ein Balsam ist für ausgelaugte Leute. Jutta strahlt dementsprechend, doch ihre Augen suchen das geliebte Prinzeßchen. Die linst auch bereits um die Ecke und nähert sich dann der bekannten Stimme aus ihren Kindheitstagen, trippelt um die Freundin herum, nimmt Position ein wie ein Top-Model auf dem Podium.

Ich höre förmlich, wie Jutta aufatmet.

„Ja, ja, sie lebt. Ist noch alles dran!", versichere ich.

Schnappe das Fellbündel und packe es in ihre Arme. Ich bin hier erstmal überflüssig. Tibbidi zappelt und maunzt, strampelt sich frei und galoppiert protestierend davon. Gino sieht sich seines Amtes als Zeremonienmeister enthoben und beläßt es bei einer sparsamen Kenntnisnahme von Juttas Anwesenheit.

„Laß dich erstmal ansehen", sage ich. Jutta macht einen erholten Eindruck.

„Die Tage habe ich weiß Gott auch gebraucht!", meint sie. Ist jedoch ganz geschafft vom schnellen Erklimmen der drei Stockwerke zu meiner Wohnung. Wie ich sie kenne, hat sie den Kopf schon wieder angefüllt mit neuen Aktionen in der Politik und für den Tierschutz.

„Verpulvere nicht gleich in den ersten Tagen alle Energie", dämpfe ich den Redestrom, aber ich könnte es auch lassen. Wir haben nun mal unser persönliches Strickmuster und Temperament, müssen so verbraucht werden, wie wir sind.

„Und jetzt berichtest du. Bitte, bitte ganz ausführlich. Wie läuft es zwischen Gino und Annastasia?", fordert sie mich auf.

„Am besten liest du es selbst", erwidere ich und reiche der Freundin mein Tagebuch.

„Was denn! Du hast alles aufgeschrieben?"

„Irgendwie muß auch ich den Tag rumkriegen", begründe ich mein Tun.

Jutta vertieft sich in den Text, liest und liest. Endlich fertig, wiegt sie das Heft nachdenklich in der Hand.

„Hat das sonst noch jemand gelesen?", fragt sie.

„Ja, Gitti und noch zwei andere Freundinnen. Du kennst sie nicht."

„Und? Wie fanden sie es?"

„Spannend. Sie haben mir gerne zugehört beim Vorlesen."

Jutta grübelt. Eine senkrechte Falte bildet sich zwischen ihren Augenbrauen.

„Laß das drucken!" verkündet sie dann.

Ich lache sie aus.

„Doch, doch!" Sie läßt nicht locker.

„Eine Zusammenführung so unterschiedlicher Tiere ist noch nie beschrieben worden in der Art, wie du das entwickelst!"

Ich winke ab. „Wer soll das denn drucken. Mich kennt doch kein Mensch. Dazu müßte ich zuerst entdeckt werden."

„Richtig. Und ich bin die Person, die dich entdeckt hat. Gerade jetzt." Mit sich zufrieden, blinzelt Jutta mir zu. Argumentiert weiter:

„Was braucht man denn? Ein interessantes Thema, Beziehungen, fähige Helfer, einen Verlag …"

„… und das nötige Kleingeld", ergänze ich. „Außerdem weißt du überhaupt nicht, ob das jemand liest."

„Und ob ich das weiß! Ich habe genug Katzenbücher zu Hause, um das beurteilen zu können." Jutta kommt richtig in Fahrt. Ich überlasse sie ihrem Ausspinnen und gehe in die Küche, um ein paar Schnittchen zu machen. Gino sitzt auf der Tonne, schmachtenden Blickes.

„Tu nicht so, als seist du auf Hungerkurs", verweise ich ihn. Erbarme mich aber doch und schiebe ihm eine Messerspitze Butter zu. Tibbidi ist bei Jutta geblieben, sonst hätte sie schon längst ihren Anteil eingefordert. Als ich ins Wohnzimmer zurückkomme, erweist sich meine Freundin merkwürdig einsilbig.

In ihrem Kopf arbeitet es. Der Gedanke an ein Buch fesselt sie. Ich gebe es auf, sie davon abzubringen. Fast gelingt es ihr, mich von der Durchführbarkeit ihres ausgedachten Unternehmens zu überzeugen.

„Unternehmen Annastasia", witzele ich.

„Genau. Das ist der Titel des Buches!" Euphorisch haut sich Jutta an die Stirn, nimmt einen kräftigen Schluck Rotwein.

„Auf das Buch", sagt sie feierlich.

„Auf das Buch", wiederhole ich. Mir wird komisch zumute. Diese Frau bringt es fertig, die Sache in die Tat umzusetzen!

Ich kraule Annastasia, die sich zu mir in den Sessel gekuschelt hat.

„So ein kleines Wesen mit so großen Folgen", lächele ich.

Gino angelt nach dem Messergriff, der über das Tischtuch hinausguckt.

„Und du, mein Herzenskater, bist letztlich der Auslöser dieser Geschichte", stelle ich fest.

Jutta summt selbstvergessen vor sich hin. Dann kramt sie Urlaubsfotos aus der Tasche und erzählt. Der Abend verspricht, gemütlich zu werden.

Schön, daß die Freundin wieder im Lande ist.

Freitag 14. Januar

Hilfe, ich komme um in meinem Krempel! Die Idee mit dem Ausmisten bewirkt eine Kettenreaktion, die ich so nicht eingeplant hatte. Unglaublich, was in einer Schublade steckt. Brav hat sie über Jahre alles geschluckt, was ich vorübergehend in ihr verschwinden ließ. Und – vergaß.

Wehe, wehe, wenn der Inhalt später zutage kommt. Er vermehrt sich unerklärlich und paßt nicht mehr zurück. Also ran an die nächste Schublade. Ran an den ganzen Büroschrank. Eine Neuordnung muß her. Während einerseits der Müllberg wächst, entstehen andererseits lauter Stapel. Sortiert nach Kriterien, die nur ich durchschaue. Gino und Annastasia streichen um das Durcheinander auf dem Boden. Sie spielen Verstecken, da wo sie nicht sollen.

Was habe ich nur aufgehoben: Theaterkaten, Prospekte, verheddrten Modeschmuck, Flugkarten, alte Rechnungen, dazwischen ein Ring, den ich verloren glaubte, Briefe. Mich packt ein Wegwerfrausch! Jedoch heute muß Schluß sein mit dem Gewühle. Eine Woche Maulwurfdasein genügt. Stück für Stück verschwinden die Sachen. Erhalten von mir ihren richtigen Platz im Bauch des Schrankes. Ein Griff nur wird nötig sein in Zukunft, und das Gesuchte ist gefunden. Ein herrliches Gefühl. Der Müllberg im Flur landet in Kartons. Und die im Keller zur nächsten Entrümpelung. Die Katzen untersuchen schnuppernd den leeren Fußboden. Schade, nun ist es für sie weniger abwechslungsreich.

„Ich kann euretwegen nicht auf einer Mülldeponie hausen", befinde ich. Außerdem haben sie jetzt freie Fahrt für ihre Rennstrecken. Das ist ihre neueste Unterhaltung. Mit gebogenen Schwänzen rasen sie einander nach, mal so, mal andersherum. Die Wohnungsgröße ist für die Kleine ideal. Sie kann voll aufdrehen. Gino muß plötzlich abstoppen, bevor er seine Höchstgeschwindigkeit erreicht. Zu lang sind die Sprünge. Und das bei einer 90 m²-Fläche! Manchmal rempelt er dermaßen gegen die Wände, daß er sich schütteln muß.

Die drei Wochen Eingewöhnungszeit zwischen den Tieren sind herum. Gino ist Annastasia gegenüber noch immer wetterwendisch. Ich stelle fest, daß die beiden mehr nebeneinander als miteinander leben. Annastasia versucht unentwegt, den alten Querschädel aus der Reserve zu locken. Sie läßt in ihrer Initiative nicht nach. Aber der Dicke gibt sich unberechenbar. Gegenwärtig schlafen sie im Wohnzimmer, der Kater auf dem Sofa, die Kleine zu seinen Füßen. Gino verhindert, daß sie in der Nacht meine Nähe sucht. Er selber kommt aber auch nicht. „Da habe ich nun zwei Katzen und doch keine", denke ich und vermisse die nächtliche Gesellschaft. Irgendwie ist ein Stillstand eingetreten. Soll ich die Sache abbrechen? Annastasia, mein Zaubermäuschen, wieder hergeben? Ich habe sie sehr ins Herz geschlossen. Nein, ich mag mich nicht mehr von ihr trennen. Verdammt sei Ginos Eifersucht! Sein Zukurz-

gekommensein, diese frühe Erfahrung, ist sie denn nicht auszulöschen? Ich muß gerechterweise diese falsche Prägung berücksichtigen. Ihm mehr Zeit lassen als üblich.

Jedes Katzenjunges muß von Geburt an ein gesundes soziales Verhalten in der Gruppe üben und lernen. Annastasia wuchs dementsprechend auf. Wurde nicht, wie Gino, viel zu früh von der Mutter und den Geschwistern weggerissen.

Katzenkinder beobachten insbesondere in den ersten Lebenswochen ausgezeichnet. Sie merken sich Körpersprache und Umgang der Alttiere und ahmen es nach. Die Akzeptanz der Gruppe belohnt dann das richtige Verhalten. Instinkt allein reicht nicht aus. Eine gute Kinderstube entscheidet sehr über Wesen und Eigenschaft des Jungtieres. Annastasia erhielt vor allem durch einen sibirischen Kater den besten Unterricht. Nie hätte ich gedacht, daß ein männliches Tier sich so väterlich um den Nachwuchs kümmert. Auch dann wenn es nicht der eigene ist. Tibbidi hat somit gerade zum Kater einen unbeschwerten Zugang. Das kommt ihr in diesen Gino-wochen zugute. Immer ist sie es, die agiert, die lockt, die vormacht. Ich setze auf Ginos Intelligenz. Auch er kann noch dazulernen. Wenn er will.

So langsam kapiere ich den Sinn eingetragener Züchter. Die sich an vorgeschriebene Bedingungen halten müssen und dazu verpflichtet sind. Ich habe Jutta mit ihrem Katzenverein stets belächelt. Ich fand das ganze Gehabe ziemlich übertrieben. Ein bißchen spinnert. Vor allem auch die Ausstellungen der armen Viecher. In Käfigen eingesperrt, von hunderten Menschen angestarrt, vermessen und gewogen, begutachtet wie Gegenstände. So meine Meinung.

„Du redest ohne die geringste Ahnung zu haben", protestiert Jutta jedesmal.

„Es reicht, mir das vorzustellen", sage ich darauf.

Jutta hat sich über diesen Eigensinn erbost. Wir unterlassen es deshalb, darüber zu streiten. Aber Ginos Verhaltensstörung bringt den Boden meiner geäußerten Überzeugung ins Wanken. Denn ich sehe an Tibbidi, daß die Einhaltung fachkundiger Aufzucht charakterfeste Tiere zum Erfolg hat. Denn charakterfest ist diese Zaubermaus. Alle Achtung! Und es ist nur folgerichtig, daß sie nicht begreift, warum Gino auf ihre Annäherungsversuche nicht eingeht. So, wie sie das gelernt hat. All ihre Darbietungen verspielter Sprünge und Aufforderungen haben einen gezielten Zweck: Dem großen Kater zu zeigen, daß sie sich unterordnet. Daß sie seine Zuwendung sucht, daß sie angenommen sein will. Und Gino benimmt sich wie der letzte Stoffel! Wie sehr blüht das Katzenkind auf, wenn der Rote auf sie reagiert. Gottseidank geschieht das ja auch im Laufe eines Tages. Aber seine urplötzliche Wendung zur Aggression, zum bösen Angriff ohne Vorwarnung, verunsichert mittlerweile das Jungtier. Und das, obwohl sie blitzschnell umgesetzt hat, was sie in den Augen des Katers darf und was nicht. Letzteres ist eine ganze Menge. Sie meidet seine festen Plätze und auch ganz bestimmte Spiele. „Mäuschenfangen" will Gino nur mit mir. Wagt die Kleine, mal hinterherzuspringen, jagt er sie fauchend unter das nächste Möbel. Wühlt auch sie im Papierberg nach dem Stöckchen, haut Gino sie weg. Treibt sie knurrend in den Flur. Nichts einzuwenden hat er, wenn sie ihre geliebte Federangel hascht oder einem rollenden Ball nachprescht. So kommt es, daß getrenntes Spielen entsteht. Zuerst mit Gino, dann mit Tibbidi. Nur die von mir bewegte Schlangenschnur fangen sie gemeinsam. Auch das Fressen geschieht gemeinsam. Und das Toben auf dem Balkon. Dicht an dicht hocken sie auf dem Hochsitz. Starren den Krähen und Tauben hinterher, tauschen kurze Maunzer aus, vereint in der Erregung des Jagdfiebers. Während ich über die drei vergangenen Wochen nachdenke, wäge ich ab, was an Fortschritten zu beobachten ist. Ohne Zweifel hat Ginos Toleranz zugenommen. Er ist auch lebhafter geworden. Öfters aufgelegt zu Albernheiten. Er benimmt sich nicht mehr so seniorenhaft.

Bin ich realistisch, wenn ich meine, es besteht eine berechtigte Chance für diese Zusammenführung? Oder ist es nur mein Wunsch?

Ich beschließe das Hin und Her meiner Gedanken für mich zu behalten. Jutta nicht zu beunruhigen. Weiter abzuwarten. Ernste Prügelei hat es in den letzten Tagen nicht gegeben. Vielleicht wird aus dem Nebeneinander doch ein Miteinander. Geduld und nochmals Geduld. Aber ich will aufhören, den Dicken wie ein rohes Ei zu behandeln. Er tanzt mir sonst auf der Nase herum, der schlaue Kerl. Nein, ab heute läuft normales Programm. Keine Sonderbehandlung mehr. Die Wohnung gehört uns dreien, und damit basta.

„Hast du gehört, du Bär? Ab sofort sage *ich* wo die Lampe hängt!" Verkünde es und packe Ginos Kehle, werfe ihn um und walke ihn kräftig durch. Überrascht läßt der Tiger sich beuteln. Klammert mit weichen Pfoten meinen Arm, beißt in die Handballen und rollt die Augen. Aufgeregt spurtet Annastasia herbei. Sie erwartet ein lustiges Spielen zu dritt. Gino schnappt nach ihrem Schwanz, kaut sanft das Fell und läßt dann los.

Vielleicht wird noch alles gut.

Vielleicht . . .

Montag **17.** Januar

Unser Allerinnerstes kennen wir selber nicht einmal richtig. Es ist für jede Überraschung gut. Offensichtlich verhält sich das bei Tieren ähnlich. Auch Gino ist für jede Überraschung gut. Schlicht und ergreifend: Mein Kater hat sich verliebt. Verliebt in die unvergleichliche Annastasia, das schönste aller Katzenfräulein! Außerstande zu fressen ist der Dicke. Außerstande behaglich vor sich hin zu sinnen.

Ja, sogar der morgendlich Trunk am Wasserhahn entfällt. Es hat ihn ganz fürchterlich erwischt. Von jetzt auf gleich. Sein ganzes Wesen ist aus dem Gleichgewicht. Hat nur eins im Sinn: Den Duft von Annastasia.

Dahin ist die Würde großspurigen Getues. Ach ja, wie soll er sie gewinnen? Er vollführt die sonderbarsten Steppschritte, weiß nicht, wie er in ihrer Gegenwart gehen oder stehen soll. Ein Amateur in Sachen Liebe! So intensiv wie Gino eben ist, so intensiv durchlebt er jetzt den Überschwang seiner Triebe. Und klein Annastasia zweifelt darüber, was sie von all dem halten soll. Biegt ihren Schwanz wie ein Fragezeichen und sitzt auf dem Sprung. Ein spröde Dulcinea, fürwahr. Zu unterwartet kommt ihr dieses Werben. Gino malmt ungeduldig die Backenzähne und führt Selbstgespräche. Dann, mit der ihm eigenen Wuchtigkeit, setzt er auf einen wiederholten Ansturm. Drei mächtige Sprünge hin, und drauf auf die Dame seines Herzens!

Ich schlage die Hände über dem Kopf zusammen.

„So doch nicht, du Tolpatsch!", rufe ich.

Denn mit einem Husch ist das Prinzeßchen seinem Griff entwichen, geschmeidig hinauf auf die Katzentonne. Von dort beobachtet sie mit gewitzter Neugier den balzenden Kater. Formt einen kunstgerechten Buckel und sagt „miau". Gino starrt sie an, Schmand im Blick. Malmt seine Sehnsucht aufs neue zwischen den Kiefern. Schluckt. Beginnt vor ihren Augen mit verschiedenen Dehnungsübungen seines Körpers. Krallt sich blindlings in den Teppichrand. Wüst treten die Hinterpfoten. Mit kräftigen Schüben stößt er sich am Boden schurrend entlang. Bleibt, wie vom Blitz getroffen, reglos liegen. Anscheinend hat ihn Töffelchens Anblick vollkommen übermannt.

Da soll man wohl den Kopf schütteln über diesen Kater!

Wie um alles in der Welt ist ihm beizubringen, daß er seine Werbung nicht wie eine Kriegserklärung angeht? Wahrlich, er gebärdet sich wie ein Schwertritter. Mehr furchterregend denn verlockend. Den ganzen Vor- und Nachmittag dauert dieses Treiben. Tibbidi äugt nur noch nach rettenden Plätzen. Dort verhält sie, eine einzige Vibration gespannter Aufmerksamkeit. Zu gern möchte sie auf Ginos Angebote eingehen. Aber ihre Scheu ist größer. Häufig genug hat sie ihr Vertrauen durch des Tigers Hiebe büßen müssen.

„Tja, Dicker", sage ich, „das hast du jetzt davon. Man kann nicht nach Lust und Laune draufhauen, um dann plötzlich die Meinung zu ändern von heute auf morgen. So fix geht das nicht mit der Liebe."

Gino bleibt reglos. Mich hinunterbeugend, streiche ich ihm übers Fell, um sein aufgewühltes Inneres zu beruhigen. Gino will kein Mitleid. Unwirsch steht er auf, dreht uns den Rücken zu. Erhebt den Schwanz zu einem kühn geschwungenen Bogen und entfernt sich stolz. Er braucht eine Denkpause, der Gute. Und vielleicht auch etwas Trost. Auf der Suche nach einem passenden Ort der Zuflucht, erwählt er sich das Bett. Man kann es seinem Gesichtsausdruck ablesen: Er ist vergrätzt. Unzufrieden mit sich selbst. Einseitiges Liebesleid ist keine schöne Sache. Auch nicht für einen Kater. Ich respektiere seinen Wunsch auf Abstand. Lehne die Tür an und überlasse ihn seiner Grübelei.

Tibbidi folgt mir sicherheitshalber an den Arbeitsplatz. Sie beschäftigt sich angelegentlich mit den Schnürsenkeln meiner Turnschuhe und wurschtelt sich dann nach oben auf den Schoß. Ich mache mir Notizen über den Verlauf unserer neuen Situation. Annastasia haut nach meinem Bleistift. Besteigt unternehmungslustig die Schreibmaschine und fummelt zwischen den Tasten herum.

Durch und durch verspielt ist sie. Und viel zu jung für die Liebe.

Oh Gino, das kann ja noch heiter werden!

Bewaffnet mit einem Ohrenstäbchen, unternehme ich den Versuch, zwei flauschige Somaliöhrchen innen von wachsartigen Ablagerungen zu reinigen. Tibbidi wehrt sich, fährt nadelscharfe Krallen aus. Aber es muß sein. Gino könnte sie statt meiner viel besser waschen. Wie Katzen das sonst untereinander praktizieren. Jedoch denkt er nicht daran, diese Aufgabe zu übernehmen. Ist nach wie vor blödsinnig verknallt und weiß nicht, wohin mit seinen Trieben. Es ist mir ein Rätsel, wie ein kastrierter Kater so einem Liebesrausch verfallen kann. Heftet sich an die Spuren seiner Auserwählten und folgt ihr, Nase am Boden. Indessen Annastasia hüftenwackelnd voranpatrulliert. Es ist zum Wimmern. Des Tigers Annährerungsversuche sind dem Loslegen einer Dampflokomotive vergleichbar. Er versucht es noch immer auf die gleiche Tour. Ist nichts mit dem zarten Knüpfen ebenso zarter Bande.
Töffelchen hat in ihrer Verzweiflung das Ablageschränkchen im Flur entdeckt. Dort findet sie Rettung vor Ginos hartnäckiger Anmache. Mit plattgedrückter Hinterhand wieselt die Kleine darunter, und dem Dicken bleibt nur das Nachsehen. Postiert sich daher bäuchlings davor, rekelt sich einladend und täuscht auf harmlos. Nach einer geraumen Weile tastet ein haselnußbraunes, schmales Pfötchen hervor. Helles Schnurren tönt aus dem Versteck. Gino bekommt Stielaugen, hofft auf mehr. Reicht seinerseits die Pranke entgegen. Meine Güte! Sie wirkt doppelt gefährlich neben der zierlichen Katzenhand!
Zaghaft wagt sich mein Zausel dann weiter heraus. Erregt bläst der verliebte Kater die Luft durch die Nase, mieft geräuschvoll. Das genügt. Weg ist die Kleine! Dermaßen enttäuscht, unterbricht Gino kurzbündig die Aktion. Trollt sich mit hängenden Barthaaren. Im Wohnzimmer allein, macht er sich meistens Luft. Laute, kehlige Rufe bilden eine klagende Tonfolge, enden in einem ärgerlich heiserem Grämstern. Oder er sucht meine Nähe und reagiert bei mir seine unerfüllte Sehnsucht ab. Was soll ich machen? Ich knuffe ihn in die Seite und murmele Koseworte in sein Ohr. So weit also, stehen die Dinge.
Ich bin froh, daß Montag der Maler kommt. Daß wird den Dicken ablenken. Und Töffelchen eine Verschnaufpause gönnen. Ganz schlank ist sie geworden, die Arme. Ich habe jetzt ihr zweites Ohr am Wickel. Gino hockt unter dem Waschbecken, die Neugier lockte ihn herbei. Vorsichtig reibe ich mit dem feuchten Wattestäbchen die Ohrmuschel sauber. Sämtliche Äderchen schimmern hier durch die dünnschichtige Haut. Es braucht Übung, die Sache ohne Verletzung auszuführen. Ich schaue ihr noch in den rosa Rachen, kontrolliere das Zahnfleisch. Alles bestens. Ich gebe sie frei. Lieb wie sie ist, nimmt sie mir die Prozedur nicht übel. Als sie Gino bemerkt, verharrt sie klugerweise oben. Ich nehme eines der unzähligen Glöckchenmäuse, die überall herumliegen, und werfe es weit zum Fenster. Der Kater fällt darauf herein und jagt hinterher.

Ich schnappe Annastasia und trage sie mit in die Küche. Denn ich muß noch ein bißchen was vorbereiten für den Besuch von Ulla und Delia. Obwohl Ulla auch in Hannover wohnt, bringen wir es fertig, uns ein Vierteljahr nicht zu blicken. Sich abends nach der Arbeit noch in die Straßenbahn schwingen – ach ne. Da ist das Telefon bequemer. Delia ist extra aus Bremen angereist. Beide wollen sich überzeugen, daß es mir wieder besser geht. Zum Bäumeausreißen reicht es nicht, aber die Heilgymnastik tut ihre Wirkung. Ich gehe nicht mehr ganz so gebeugt.

„Den aufrechten Gang neu lernen. Auch seelisch", ermuntert mich Frau Pletke jedes mal. Sie ist eine einfühlsame Therapeutin und bringt mich gezielt zum Lachen. Manche Haltungsübungen sind aber auch zu komisch. Wenn ich mich gar nicht mehr hinkriege und aufgebe, sagt sie: „Wunderbar, das war doch schon großartig!" Ich weiß, daß es nicht stimmt, und höre es doch gerne. Im Wartezimmer sitzend, finde ich gleich heraus, in welchem Raum sie arbeitet. Ich brauche nur auf das Gelache zu achten, das durch die Tür dringt. Für mich ist diese Frau maßgeschneidert. Und das ist ein Glück. Es muß doch gelingen, meinen Menschen wieder auf die Füße zu bringen! In jeder Beziehung. Und dazu gehören auch gute Freundschaften, finde ich. Ulla und Delia zählen dazu. Wir kennen uns bereits seit siebenundzwanzig Jahren. Da steckt Lebensgeschichte drin. Wechsel und Beständigkeit. Entfernung und Nähe. Wir haben so ziemlich alle Wetterlagen durchgestanden, die unsere Freundschaft zu dem macht, was sie heute ist: verläßliche Wertschätzung. Auch mal hinnehmen können, daß es zeitweilig an der gleichen Wellenlänge hapern kann. Und deshalb den Menschen nicht gleich fallen lassen wie eine heiße Kartoffel. Ringelnatz hat ähnliches sehr treffend geschrieben: „Die glatte Straße spiegelt und verwöhnt. Es wird mal Zeit, Freundschaften aufzurauhen." Vielleicht gilt das nicht nur für Freundschaften. Es stimmt schon: Die glatte Straße spiegelt und verwöhnt. Manchmal müssen wir dringend stolpern. Mit der Nase auf die eingefahrenen Gleise fallen, um zu erkennen, daß wir eine wichtige Gabelung übersehen haben. Wie gut, daß wir umkehren können. Und wir unsere Stolpersteine nicht als kuriose Sammlung in das Regal der Erfahrungen abzustellen brauchen. Sondern sie nützen können als Bausteine einer Straßendecke, auf der sich wieder gehen läßt.

Ja, das ist ein guter Gedanke, wenn es einem mal den Boden wegreißt.

Vor mich hinträllernd decke ich den Kaffeetisch. Meine quirlige Somali „hilft" natürlich. Serviette im Maul, stiebt sie davon.

Ich freue mich auf ein Gespräch zu dritt. Dieser Samstag braucht ein bißchen Würze. Ein guter Tag, das ist oft wie eine gute Beziehung. Er läßt sich nicht festhalten. Aber er trägt.

Jasmin Scheerle, 8 Jahre

Sonntag *30.*
Januar

Eine ganze Woche ist schon wieder um!

Der Maler kam, und mit ihm der Dreck. Von Montag bis Freitag lief nichts anderes. Es sollte ja nur den Wasserschaden im Schlafzimmer betreffen. Aber wie das so ist. Hat man den richtigen Mann erstmal im Haus, dann könnte er auch noch das Badezimmer... und in der Küche wäre es auch an der Zeit, die Spuren dampfender Töpfe... Kurz und gut, die Sache weitete sich aus. Und das kam so zustande: Zwei Tage hatte der Malermeister für sein Werken angesetzt. Aber da hat er sich im Gesellen geirrt. Oder war es ein Lehrling? Jedenfalls riß er die Tapeten herunter, klopfte die Decke ab und klebte dann die neuen Bahnen der Rauhfaser an. Ging, eine weiße Spur hinterlassend. Am nächsten Tag sollte gestrichen werden. In aller Herrgottsfrühe wollte er kommen. Aber erstens kam er nicht in aller Herrgottsfrühe, und zweitens bot sich eine morgendliche Überraschung. Die über Nacht getrockneten Tapetenstreifen saßen fest, daumenbreit auseinanderklaffend. Der Geselle zog ein dummes Gesicht. Ich auch. Es mußte alles wieder herunter. Am nächsten Morgen das gleiche Bild. Der Meister erschien, hielt große Sprüche und machte den Gesellen zur Schnecke. Alles wieder runter. Also eine weitere Nacht auf dem Sofa im Wohnzimmer. Gino und Tibbidi fanden das gut. Verkürzten mir den Schlaf durch einfallsreiche Turnübungen rund um meine Person. Oder saßen, lautstark protestierend, vor den verschlossenen Türen. Sie sollten nicht in die frisch gepinselten Räume. Überhaupt hatte ich alle Hände voll zu tun, die beiden auszusperren. Am ersten Tag war die Katastrophe gleich perfekt. Gino hielt mit unersättlicher Neugier die Nase in alles, was der Maler hereintrug. Als die durchsichtige, hauchdünne Plastikfolie auf die verbleibenden Möbel kam, der Teppichboden abgedeckt wurde, ergab sich eine herrliche Spielfläche. Raschelnd, knitternd und Wellen werfend, war dieses Ding eine unwiderstehliche Attraktion. Begeistert schlug Tibbidi die Krallen hinein, riß mit ihren Eckzähnen den ersten Fetzen heraus. Gino kroch sofort in das entstandene Loch. Bevor wir noch irgendetwas denken konnten, robbte er sich vorwärts, verfolgt von Tibbidi. Der Dicke unterwärts, die Kleine oberwärts. Gino sah aus, als bewege er sich unter Wasser. Ein großer, langer Fisch. Gepackt vom Jagdfieber, warf sich die Somali auf ihn. Der Rote suchte einen Ausgang. Raupenartig zog er sich lang. Angstvoll jammernd unter der Folie. Wir lösten schnell die befestigten Ränder, um ihn herauszuholen. Diese Zeit nutzte Annastasia, um Pinsel und Eimer zu untersuchen. Platsch, machte es, und das Abtropfgitter kippte mit einem Schwung Kleister auf Tibbidis Schwanz. „Schnappen sie die Kleine. Ich schmeiße den Großen raus!" rief ich.

Gino fest am Genick haltend, bugsierte ich ihn zur Tür und mit einem energischen Schub auf den Flur. Tür zu! Annastasia zu fangen, erwies sich als äußerst schwierig. Sie entwischte jedem Zugriff, genoß übermütig die Verfolgung. Endlich hatte ich sie

am Wickel. Sie fest an mich drückend, schob ich mich durch die Tür. Aber nicht schnell genug. Schon war Gino wieder drin. Darauf hatte er ja nur gewartet. Annastasia ins Wohnzimmer sperrend, kehrte ich zurück, um Gino zu holen.

„Lassen sie bloß die Tür fest zu. Wenn sie rauswollen, sagen sie Bescheid, daß ich die Tiere fernhalte", riet ich dem entnervten Mann.

Dann verlagerte ich sämtlichen Katzenbedarf in den Wohnbereich, um weitere eigenmächtige Beteiligungen meiner Tiere auszuschließen. Wusch die klebende Annastasia und tilgte die Kleisterspuren an mir und auf dem Teppich.

Erst später fand ich noch Reste am Fernseher.

Die Abdeckfolie war natürlich hin. Und einen Ersatz hatte der Maler nicht dabei. Entschwand vorläufig unverrichteter Dinge, um aus dem Geschäft Nachschub zu holen. Nach dieser Erfahrung traf ich täglich rechtzeitige Vorsichtsmaßnahmen vor Arbeitsbeginn. Aber nun war es die mißlungene Wand, die zur Verzögerung führte. Die Ziegel waren nach zweimaligem Fehlversuch so naß, daß sie keine Klebeschicht mehr annahmen. Also Heizung auf volle Tour drehen und warten. Na ja, da konnte der Mensch wenigstens im Bad und in der Küche einiges ausbessern. So kam es, daß die halbe Wohnung ein Renovierungsfeld wurde. Nach fünf Tagen war dann aber wirklich alles fertig. Erfreut liefen Tibbidi und Gino in die jetzt geöffneten Räume. Inspizierten milimetergenau jeden Gegenstand und jede Ecke. Während ich begann, aus dem Tohuwabohu wieder Wohnlichkeit zu schaffen. Aber heute, am Sonntag, mache ich keinen Handschlag mehr!

Lüfte nur abwechselnd Küche, Bad und Schlafzimmer. Der Farbgeruch dämpft sichtbar die Lebensgeister meiner Tiere. Ganz friedlich und dösig sind sie heute. Mir ist das recht. So kann ich ungestört mal wieder Nachrichten verfolgen. Ich weiß seit einer Woche nicht mehr, was los ist in der Welt. Und da ist einiges los, wie ich nun sehe und höre.

Australiens Steppenwald fiel meilenweit den Flammen zum Opfer. Brannte lichterloh. Bis hinein in die Straßen der Stadt Sidney. Leichtsinn campierender Touristen? Man weiß es nicht. Und was nützt das auch. Unwiederbringlich ging ein kostbares Stück Natur verloren. Während dort die Flammen wüteten, steht in Europa nun Frankreich unter Wasser. Und in Puerto Rico ist der Strand von der Ölpest gefährdet. Sarajevo wird zum endgültigen Trümmerhaufen. Und bei uns ist der teuer gebaute Bundestag unterspült. Ein Zusammensturz droht. Jetzt zanken sich die Verantwortlichen.

Mein lieber Schwan! Solche Neuigkeiten reichen für einen Abend. Ganz spät sehe ich noch einen Bericht über Monika Hauser, die Ärztin aus München. Was für eine tatkräftige und mutige Person! Die berufliche Existenz aufzugeben, alles stehen und liegen zu lassen, um in ein Kriegsgebiet zu gehen, das will was heißen.

Aus eigener Kraft hat sie das „medica-Projekt" gegen die Folgen der Gewalt an Frauen in Kroatien und Bosnien ins Leben gerufen. Zu recht wurde Monika Hauser von den Nachrichtensendern zur Frau des Jahres 1993 erklärt.

Ja, solche Menschen brauchen wir. Und daß diese Auszeichnung einer Frau verliehen wurde, gibt mir ein Gefühl von Stolz. Auch Frauen können beachtliche und beachtete Signale setzen, mitten in der Zerstörung von Menschlichkeit. Gerade in der heutigen Zeit. Die Elendsbilder dieser Welt machen es einem schwer, gezielt zu spenden. Man kann, so traurig das auch ist, nicht überall helfen. Selbst unsere Regierenden ringen die Hände und wissen nicht, wo sie anfangen sollen. Ich finde es erstaunlich, wie gebewillig die Bevölkerung in Deutschland ist. Fast jeder Aufruf erfährt ein großes finanzielles Echo. Ich denke, das Ausland sollte nicht so einseitig auf unsere Randgruppen starren. Es gibt ihnen dadurch eine Bedeutung, die diesen Leuten nicht zusteht.

Die Mehrheit unserer Bundesbürger denkt anders. Und beweist es auch. Hier mal ein Lob auszusprechen, wäre das nicht politisch geschickt? Ich schalte die Flimmerkiste aus. Tibbidi und Gino liegen zu meinen Füßen. Heute werden wir alle drei eine gute Nacht haben. Ich ziehe mich um und gehe schlafen. Endlich wieder in das gewohnte Bett.

Turbulenz, Turbulenz! Jutta ist aus dem Häuschen. Weil sie es überhaupt nicht abwarten kann, mir die Neuigkeit mitzuteilen, ruft sie mich vom Arbeitsplatz an: „Du mußt dir unbedingt die „Geliebte Katze" vom Februar kaufen!„
Bislang war ich ganz gut ohne Katzenzeitschrift ausgekommen. Meine Tierbücher reichten vollkommen.
„Trotzdem solltest du dir diese Ausgabe holen", insistiert Jutta. Und dann platzt sie damit raus:„ Meine Geschichte ist drin. Samt Fotos!" Jetzt geht mir ein Licht auf. Die Geburt ihres ersten Somaliwurfes war eine aufregende Sache. Teilweise erlebte ich das mit. Als ich hörte, daß Samira, die Katzenmutter, alles überstanden hatte, eilte ich los, um mir meine „Bestellung" anzugucken. Dazu kam es aber kaum. Denn Samira transportierte ihren Nachwuchs hin und her. Kein Platz war ihr angenehm. Den weiteren Verlauf schrieb Jutta nieder und schickte es auf gut Glück los. Und nun stand ihre Geschichte abgedruckt in der Zeitschrift. Natürlich muß ich die kaufen. Also ab zum Hauptbahnhof. Und wirlich. Sogar meine Süße ist auf dem Foto dabei, mittenmang, die kleine Amory und Katerchen Aladin zu beiden Seiten. Das gehört selbstverständlich in dieses Tagebuch.
Und hier folgt nun der Text in ungekürzter Fassung.
„Die unglaubliche Geschichte eines Sibirierkatzen- Paares, das einer frischgebackenen Somali-Mutter zeigte, wo's lang geht":
Anfang Oktober brachte meine Somalikatze, Rufname „Samira", drei gesunde Babys, zwei Kätzchen und einen Kater, zur Welt. Ich war überaus glücklich, zumal Samira bei der Geburt alle notwendigen mütterlichen Aufgaben, wie das Abnabeln und Sauberwaschen der Babys, selbstständig, gewissenhaft und gänzlich ohne meine Hilfe bewältigte.
Nachdem sie die Babys fertig gewaschen hatte und diese vor Hunger schrien, wußte sie jedoch ofensichtlich nicht, was sie mit ihnen anfangen sollte.
Sie schleppte sie unter ständigem Miauen in sämtliche Ecken meiner Wohnung und wollte einfach nicht zur Ruhe kommen. Anstatt sich hinzulegen, damit die Babys trinken konnten, drehte sie sich bei jedem Aufschrei eines der Kleinen im Kreis, sah mich dabei vollkommen hilflos und vorwurfsvoll an und ich mußte erkennen, daß sie der Situation leider noch nicht vollkommen gewachsen war.
Ich war sehr verzweifelt. Aber was sollte ich tun?
In meiner Wohnung lebten zum damaligen Zeitpunkt neben Samira und ihren Babys außerdem noch mein Sibirischer Kater „Tiger" und meine Sibirische Katze mit dem schönen Namen „Anouschka". Beide nahmen regen Anteil an der Geburt von Samiras Babys und liefen jedesmal neben ihr her, wenn sie mal wieder ihre Kinder an einen anderen Ort innerhalb meiner Wohnung schleppte.

113

Nachdem Samira, anstatt sich hinzulegen, bis zum Abend wie ein Brummkreisel über ihren Babys „wachte" und jedesmal, wenn ich mich vom Nest entfernte, dieses ebenfalls verließ, entschloß ich mich kurzerhand mein Nachtlager direkt neben der Schlafstätte meiner kleinen Familie im Wohnzimmer aufzuschlagen. Die ganze Nacht über war ein einziges Geschrei.

Jedesmal, wenn eines der Babys wimmerte, weil es natürlich schrecklichen Hunger hatte, und dies war fast immer der Fall, schnellte meine Katze aus ihrer unbequemen Hockhaltung hoch, gurrte lautstark wie eine Taube und drehte sich im Kreis, wie eben ein Brummkreisel sich dreht.

Keines der Babys hatte auch nur die geringste Chance, in Ruhe zu trinken und damit satt zu werden.

Ich sah mich schon die Kleinen mühsam mit der Flasche hochpäppeln – da passierte das für mich bis heute Unfaßbare:

Es war ca. 5.00 Uhr morgens, Samira war mal wieder besonders unruhig, die Babys schrien vor Hunger wie am Spieß und ich lag völlig entnervt und verzweifelt auf meiner Pritsche, vom guten Zureden vollkommen übermüdet, als sie erneut eines der Babys packte, um es an einen neuen Ort zu verschleppen. Als sie mit dem immer noch schreienden Baby gerade unter meiner Liege durchgetaucht war und versuchte, in Richtung Flur zu entschwinden, sah ich meinen Kater Tiger wie von einer Tarantel gestochen aus einer Ecke des Zimmers schießen, das ständige lautstarke Theater endgültig leid, direkt hinter ihr her . . .

Es folgte ein kurzer Aufschrei und schon erschien Samira mit erschrockenem Gesichtsausdruck und Baby wieder auf der Bildfläche, dicht gefolgt von meinem Kater.

Tiger trieb Mutter und Kind auf direktem Weg wieder ins Nest und legte sich einfach dazu. Danach war Ruhe. Endlich Ruhe!

Ich war glücklich und vor allem erleichtert.

Nichts desto trotz hatte diese, meine Katze, immer noch nicht gelernt, sich vernünftig hinzulegen, damit die Babys alle bequem trinken konnten.

Dies sollte sie einige Stunden später von meiner Katze Anouschka lernen:

Die Situation war auch Stunden nach dem „Machtwort" meines Katers im Hinblick auf das Säugen der Babys immer noch unverändert. Samira blieb zwar dank Tigers grandiosem Einsatzes in ihrem Nest, drehte sich aber noch immer stetig im Kreis und meine Sorge um die Babys wuchs.

Als ich sie abends wog, hatten sie fast alle bis zu 10 g abgenommen. Für mich hieß das nun mit der Flasche zuzufüttern. Die Gefahr, daß es eines der Babys ohne Hilfe nicht schaffen würde, war einfach zu groß. Da geschah plötzlich zum zweiten Mal das für mich Unfaßbare:

Ich saß mal wieder vor dem Nest und versuchte meine Katze zu beruhigen, als Anouschka plötzlich da war, sich zwischen mir und dem Nest auf den Rücken legte und sage und schreibe ca. eine halbe Stunde sich vor den Augen Samiras hin und her rekelte und dabei ständig erzählte . . .

Schade, daß ich die Katzensprache bis heute noch nicht umfassend beherrsche! Was für Erkenntnisse werden mir dadurch auch künftig immer verborgen bleiben?

Was soll ich sagen, es dauerte nur kurze Zeit, da legte sich Samira zu meinem großen Erstaunen zu ihren Babys. Sie legte sich endlich richtig auf die Seite, die Babys konnten problemlos trinken und es herrschten plötlich Stille und eine wunderbare Harmonie.

Samira hat sich mittlerweile zu einer überaus erfahrenen, liebevollen und fürsorglichen Mutter entwickelt und ich erfreue mich an dieser zauberhaften Kinderstube jeden Tag aufs Neue.

Wer einmal eine Katzenmutter mit ihren Babys so innig und hautnah erlebt hat, weiß, was Glück bedeutet.

Nicht nur nach diesem Erlebnis gibt es aus meiner Sicht nichts süßeres und charmanteres als Somalibabys, aber es gibt aus meiner Erfahrung heraus auch nichts sozialeres als meine beiden Sibirischen Katzen. Sie sind wirklich großartig!

Ohne die Sibirier wäre meine kleine Somalifamilie sicher nicht so schnell so glücklich geworden.

Zeigt diese Geschichte nicht ganz deutlich, wie wichtig es ist, daß wir unseren geliebten Samtpfoten bei uns zu Hause die Möglichkeit geben sollten, ebenfalls in Gemeinschaft zu leben? Nur so haben sie die Chance, dieses bemerkenswerte Sozialverhalten voneinander zu lernen.

So also der Bericht in der Zeitschrift.
Ich freue mich, daß Annastasias Start ins Leben so hübsch festgehalten ist.
Da hat die Kleine einen Stammbaum und ist auch noch berühmt.
Wer hätte das gedacht!

"vom Marien - Fuchsbau"
Sibirier und Somalikatzen

Jutta Ehlermann
Raimundstraße 6
30173 Hannover
0511 / 80 30 20

Samira und ihre Babys . . .

Annastasia-Vienna, Aladin-Vivaldi, Amory-Victoria

„Es gibt keine gewöhnlichen Katzen." Collettes Ausspruch läßt sich ebenso auf Menschen übertragen. Und wenn diese dann auch noch eine Katze halten, sind die Folgen oft spannend. Der Gedanke, daß Gino und Annastasia ein ganz neues Kapitel in meinem Leben aufschlagen, er wäre mir nie in den Sinn gekommen. Und doch: genau das passiert.

Jutta ist mal wieder da, will nachsehen, ob wir drei es noch aushalten miteinander. „Schreibst Du noch weiter Tagebuch?" fragt sie.

„Ja, aber nicht mehr jeden Tag. Es ist jetzt ziemlich gleichbleibend, was sich so abspielt. Und ich bin echt froh darüber", antworte ich.

„Gut so. Höre bloß nicht auf. Denke an unser Buch!" mahnt die Freundin.

„Unser Buch??!! Frau, uns kennt kein Mensch. Unsere Namen sind absolut unbekannt!", rufe ich aus.

„Eben. Hast du keinen, dann mach dir einen! So läuft das," sagt Jutta. Und gluckst: „Wir haben doch den Titel schon."

Ich lege Widerspruch ein: „Ein Titel ist noch kein Buch. Ohne Verlag geht nichts."

„Genau. Wir müssen jetzt gemeinsam überlegen, wie wir es anfangen. Zunächst muß ein Verlag gegründet werden. Wir brauchen einen Steuerberater, eine gute Druckerei. Und ich muß unbedingt ein Gewerbe anmelden. Wir sollten unsere Freunde fragen, wie man sowas macht . . .". Jutta ist Feuer und Flamme. „Ich weiß inzwischen auch, wie und wo man das anmeldet. Und das werde ich tun! Annastasia- Verlag klingt doch prächtig, oder?" Ich traue meinen Ohren nicht. „Bist du verrückt? Du hast doch keine Ahnung auf dem Gebiet!"

„Die Ahnung kommt schon noch. Wenn das Rad rollt, rollst du automatisch mit", entgegnet Jutta. Ihr Optimismus ist nicht zu schlagen.

Die Vorstellung von Behördengängen, Anwalt, Finanzen, Organisation, Steuerfragen läßt mich erschaudern. Das ist nichts für mich. Ich habe ja nicht einmal die Steuer 92 auf dem Laufenden. Hatte ich nicht Neujahr . . .? O Schreck, die Unterlagen warten immer noch!

„Du hälst dich da raus. Du sollst schreiben und schreiben. Ich mache die praktische Seite", beruhigt Jutta. Sie will es wirklich anpacken!

Aber kann ich überhaupt so freimütig und ohne Hemmungen weiterschreiben, wenn ich weiß, daß viele Leute lesen werden, was ich so denke und fühle? Man ist nicht für alle Leser der richtige Mensch, das ist doch klar. Und mein Erleben, enthält es Bilder, in denen andere sich wiederfinden können? Schließlich . . . wer bin ich denn? Und Gino und Annastasia? Gibt es nicht tausende von Katzen auf der Welt?

„Natürlich. Aber es gibt nur einen Gino, und es gibt nur eine Annastasia", betont Jutta. Das stimmt.

Sie zu erfahren, ihre Geschichte zu hören, das kann Ermutigung sein. Ermutigung zur Haltung dieser schönen und stolzen Tiergattung. Gino und Tibbidi verdeutlichen darüber hinaus, daß es um mehr geht als darum, sich ein Tier ins Haus zu holen. Wie viele Leute sagen das so: „Ich will mir ein Haustier anschaffen", oder: „Ich habe mir einen Hund zugelegt." Schrecklich! Anschaffen, zugelegt. Was für eine Einstellung! Wer das Tier nur haben will, um eins zu haben, plant den Anfang vom Elend. Alles, was atmet, braucht zwei feste Lebensräume: einen auf der Erde und einen im Herzen. Wer so aufwächst, der wird nicht hinken müssen, ob er nun Mensch sei oder Kreatur. Kinder wissen um diese Geborgenheit. Tier und Kind sind sich darin Geschwister. Und wie geschaffen, einander zu trösten, wenn es mal nicht so klappt. Und wir Erwachsenen? Haben wir es nicht ebenfalls erfahren, wie feinfühlig unser Haustier versteckten Kummer begleitet? Ist Herrchen krank, ist Hundchen krank. Jeder kennt das.

Warum sollen Gino und Annastasia nicht stellvertretend stehen für die vielen Artgenossen in den Wohnungen unserer Stadt? Und das nachbarliche Tun und Treiben? Ist es nicht ein Ausschnitt aus dem Leben, wie wir alle es führen? Geschichte, die schreiben doch wir. Du und ich und wer sonst noch sich drumherumrankt. Es lohnt sich, darüber ein Buch herauszubringen. Sicher, es stellt sich die Frage: Warum ausgerechnet wir?

Antwort: Warum ausgerechnet wir nicht? Nur phantasieren, was sein könnte? Auf Wolke Neun ist noch niemand satt geworden. Bodenständige Leute haben bodenständige Träume. Also auf den Teppich damit!

„Jutta", sage ich, „Jutta, wir machen das."

Und dann haben wir beide ganz schön Herzbubbern.

Heute habe ich mit meiner Mutter einen Termin vereinbart, sie zu besuchen. Ich war lange nicht in Bad Pyrmont. Meistens kommt Mutter zu mir. Das ist unkomplizierter. Aber jetzt freue ich mich auf ihre kleine Wohnung, kuschelig und nestgemütlich. Mutters blumige Sprache war wieder einmalig. „Komm gleich frühmorgens", sagte sie. „Ich schenke dir einen vollen Tag, das sollst du wissen." Ja, sie ist eine stolze Frau. Mit ihrer geringen Rente hat sie nichts groß zu verschenken. Anfangs litt sie darunter. Aber dann erfand sie Geschenke besonderer Art. So kam sie eines Tages mit einem Päckchen aus Goldpapier. Der Inhalt brachte eine bunte Glasmurmel ans Licht. Mutter strahlte mich an: „Heute schenke ich Dir ein Märchen!" Sprach es und begann auf ihre unnachahmliche Weise, die Geschichte von Oscar Wilde, „Der glückliche Prinz", zu erzählen. Wer sie erlebt hat, wenn sie total in ihrem Element ist, der versteht, warum ihre Vortragsabende besetzt sind bis auf den letzten Stuhl. Dagegen hat sie nichts im Sinn mit dem Bekochen und Betüdeln ihrer Kinder und Enkel. Es ist besser, vor dem Besuch für einen satten Bauch zu sorgen. Ich bin bei ihr vor Hunger schon mal fast eingegangen. Wozu essen, wenn man alte Fotoalben stapelweise genießt? Ja, so ist sie nun mal, meine leibliche Mutter. Und nun also, am 26. Februar, schenkt sie mir einen Tag. Ich darf gespannt sein. Manchesmal ist es bei mir ähnlich. Vor lauter Begeisterung an einer Sache kann es mir auch passieren, daß ich alles drumherum vergesse. Vielleicht habe ich deshalb nie geheiratet? Auf diese Frage sagte ich einmal: „Ich habe einfach keine Zeit dazu." Diese ehrliche Feststellung erzeugte lachende Heiterkeit. Aber es ist was dran! Viele Menschen sind für die Ehe gemacht und viele nicht. Wie gut, das rechtzeitig herauszufinden. Es erspart eine Menge an Kummer. Allerdings keinen Liebeskummer. Denn gegen das Verlieben ist kein Kraut gewachsen. Auch für mich nicht. Da ist es dann aus mit der Lebensplanung. Mein lieber Mann! Was habe ich schon alles über Bord geworfen, um es nachher mühsam wieder reinzuangeln! Jedoch: Wer will immerzu logisch handeln? Ich nicht. Es ist auch nicht logisch, ein Buch zu planen. Keinen Sponsor, keine Ahnung von Marketing, kein geschultes Fundament – und trotzdem reinspringen. Ist das etwa logisch? Gisela Larsson, eine schwedische Missionarin, sagte einmal zu mir: „Gehe los und wage es, zu versagen!" Dieser Wegweiser gehört zu den besten, die ich kenne. „Gehe los und wage es, zu versagen." Das richtige Wort zur richtigen Zeit ist Müsli für die Seele. Danke Gisela! Mein Spätfrühstück bringt mich zuweilen ganz schön ins Tagträumen. Dabei will ich doch zu einem Spaziergang an die frische Luft. Die Helligkeit des Morgens setzt schon merklich früher ein. In den Vorgärten traut sich hier und da am Ast ein junges Blatt hervor. Das Gezweig der Sträucher ist bereits saftig grün, und prall die Knospen kommenden Blattwerks. Verborgen noch wirkt sie, die erdige Kraft des Frühlings.

Gino spürt sie besonders stark. Was mache ich nur mit diesem Naturburschen! Bereits um vier Uhr morgens ist es aus mit unserer Nachtruhe. Dann hockt er auf dem Fensterbrett, starrt gebannt hinaus in den Hinterhof. In den alten Birnbäumen hausen jede Menge Vogelfamilien. Rufen den Tag herbei, noch ehe wir ihn ahnen. Genau unter meinem Schlafzimmer wölbt sich die Krone eines Kirschbaumes. Sie ist über zwei Stockwerke hoch gewachsen, so daß Gino vom Fenster aus sie erreichen könnte. Er ist bestimmt in der Lage, so einen gewaltigen Satz zu vollbringen. Daher äugt er auf das dortige Vogelgeflatter, so nah und doch so unerreichbar für ihn. Wild trommelt er gegen die Scheiben, geifert und giert mit zittrigem Kiefer. Schnatternd reiben seine Zähne gegeneinander. Erregt stößt er einen merkwürdigen Diskant aus und schießt wie der Teufel durch den Flur in die Küche. Dort klagt er jaulend gegen die verschlossene Balkontür. Obwohl es sehr kalt ist, lasse ich ihn hinaus, gefolgt von Tibbidi. Neugierig vermerkt die Kleine des Katers Unruhe. Stumm und abwartend hockt sie hinter ihm. Ich bin froh, daß der Balkon durch das Gitter gesichert ist. Gino wittert und flehmt ins Halbdunkel. Zornig peitscht die Rute. Sein ohnmächtiges Rebellieren versetzt mir einen Stich. Mahnend meldet sich mein Gewissen. Kämpft still mit dem anderen Gefühl, das da sagt: Ich will Gino nicht verlieren! Ich will Gino nicht verlieren!

Zaghaft schmält und quiemt Annastasia, will zum Kater auf den Ausguck. Ich schlottere vor Kälte in meinem Nachthemd. Nehme die Kleine auf den Arm und trage sie zurück ins Schlafzimmer. Es ist zu eisig draußen. Töffelchen hat nicht den dichten Unterpelz eines Gino. Aber natürlich möchte sie beim Dicken sein. Also hole ich den

120

Roten wieder herein. Um sein nervöses Herumgehaste abzubauen, spiele ich mit den Tieren. Um fünf Uhr morgens! In ein paar Wochen wird Gino noch früher loslegen. Daß Annastasia seine Sehnsucht ablenkt, diese Rechnung geht nicht auf. Es spielt sich alles so ab, wie vor einem Jahr. Ginos Drang nach Freiheit ist mit nichts zu besänftigen. Das zu erkennen, ist betrüblich. Mein Kater schaut mich an, wartet auf ein neues Spiel. Wie lebhaft ist dieser Blick! Wie leuchten so wachsam seine herrlichen Bernsteinaugen! Was immer ich mir ausdenke, seine Intelligenz verlangt nach mehr. Schnell erlahmt sein Interesse, wenn er ein Spiel durchschaut. Unbekanntes, Überraschendes, daran will er sich trainieren. Mein Einfallsreichtum stößt langsam an seine Grenzen. Sichtlich ermüdet kuschele ich mich nochmal ins Bett und hole mir noch eine Portion Schlaf für den Tag.

Daher mein Spätfrühstück an diesem Sonntag.

Tibbidi liegt unbekümmert und schlummernd auf meinem Schoß. Vorsichtig hebe ich sie an, stehe auf und lege sie zurück auf den angewärmten Stuhl. Sie quiemt ein bißchen unwillig. Hebt ihr ausdrucksvolles Köpfchen und blickt kurz in die Runde. Rollt sich vollkommen ein und vergißt dösend die Welt. Gino durchquert gravitätisch das Arbeitszimmer. Studiert für einen Augenblick alle Möglichkeiten des Raumes. Und erwählt sich dann meine Schreibunterlage. Von dort aus hat er alles bestens unter Kontrolle und kann nebenbei auch noch aus dem Fenster schauen. Ich erledige in der Küche den Abwasch. Das Radio tönt irgendeinen depressiven Schwachsinn von Lied in den Äther. Ich suche nach einem anderen Sender. Man muß lange suchen, heutzutage! Liegt das an meiner Generation? Ich gebe zu, diese dröhnende Technik haut mein Gehirn ins Chaos. Und die Mitleidsparty vieler Schlagertexte geht mir auf den Geist. „Guten morgen, liebe Sorgen", klingt zwar melodisch, lebt sich aber schlecht. So, jetzt habe ich was! Gitte singt gerade „Eines Morgens, eines Tages . . ." Begeistert singe ich mit. Der Abwasch geht nochmal so gut.

Wenig später trete ich aus der Haustür. Die Sonne ist noch ein wenig schüchtern, schafft aber etwas Wärme auf mein Gesicht. An den Maschseeteichen sammele ich Enten- und Schwanenfedern für meinen Dicken. Umrunde noch den Engesohder Friedhof. Krähen und Elstern zanken sich in den Pappeln am Straßenrand. Mütter mit Kinderwagen sind unterwegs. Ältere Leute mit bauchigen Taschen verschwinden im Eingang neben der Kapelle. Wollen sicher ein Grab pflegen. Wenn der große Friedhofspark sommerlich ergrünt, dann gehe ich gerne dort herum. Es macht Spaß, die alten Inschriften zu lesen. Und Schmetterlinge zu beobachten, die man sonst woanders kaum noch sieht. Halb zerstreut grüßt einen hier und da ein Mensch. Aber jetzt sind mir die Bäume und Wege noch zu kahl. Ich lenke meine Schritte daher wieder heimwärts.

Erwartungsvoll stehen Annastasia und Gino hinter der Tür im Flur. „Na, dann staunt mal!", sage ich und streue meinen Schatz an Federn auf den Teppichboden.

In hohem Bogen weicht Töffelchen zurück und knurrt drohend.

Gino aber grabscht übermütig in das stiebende Gehusche. Schnappt sich die größte Schwanenfeder und zerbeißt mit Hingabe ihren dicken Kiel, bis er brüchig auseinanderklafft. Mit geschlossenen Augen inhaliert er den Geruch, reißt plötzlich weit die Augen auf und zermalmt den Rest. Annastasia schleicht näher. Zögernd schnuppert sie, versucht den unbekannten Duft einzuordnen. Wirbelt die Feder in die Luft und springt hinterher. Gino eilt dazu. Gemeinsam jagen sie einem schwebenden Entenflaum hinterher.

Im Übereifer der Verfolgung überschlägt sich Gino und rutscht auf dem Parkett aus. Rumst seitlich gegen ein Tischbein. Verärgert richtet er sich auf und guckt böse. Ich bin mit Tieren aufgewachsen. Aber bei keinem habe ich erlebt, daß ein Mißlingen dermaßen Frust auslöst, wie Gino ihn zeigt. Niederlagen kann dieser Kater nicht vertragen. Liegt das in seiner Natur? Oder ist er irgenwann als Kleintier so unangenehm unterlegen, daß er dadurch einen Knacks erlitten hat? Ziemlich bald nach seinem Einzug in meine Wohnung, wurde diese Reaktion besonders augenfällig. Ich warf die Spielmäuschen immer höher über ihn hinweg. Gino steigerte seine Sprünge zu akrobatischen Meisterleistungen. Es ist ein Augenschmaus, zu beobachten, wie sein gedrungener Körper sich streckt. Der Rücken in kräftiger Drehung den Schwung verstärkt. Einen weitausholenden Bogen beschreibt dabei die Rute, schlägt mehrmals rotierend in der Luft. Gibt Antrieb und Richtung. Und schon löst sich der Kater vom Boden, stößt die Hinterläufe geradewegs zurück, bis sie die nachstrebende Rute berühren. So aufsteigend, greifen die Tatzen voraus, reißen die Körpermasse über einen Meter hoch, genau auf die fliegende Beute zu. Es ist ein packendes Bild raubtierhafter Präzision und Lust. Sein rotgetigtes Fell erhöht diesen Eindruck noch. Wollte Gino auf solche Weise eine Person angreifen, täte diese gut daran, Reißaus zu nehmen. Daß so eine geballte Ladung Wildnis sich dem Menschen fügt, ist kaum zu erklären. Ein Hund unterliegt dem Gesetz des Rudels. Sich einem Leittier unterzuordnen, ist sein Instinkt. Nicht so die Katze. Sie genügt sich selbst. Ganz frei entscheidet sie, ob und wem sie sich anschließt. Ihr gezähmtes Beugen unter die menschliche Hand ist Ausdruck tiefer Zuneigung. Ist geschenktes Vertrauen. Denn eine Katze lebt sehr gut auf Distanz. So ist es auch auf den meisten Bauernhöfen. Stall und Wiese bieten ihr ein glückliches Dasein. Wenn so ein Tier dann kommt, wenn es anbietet, seine Distanz aufzugeben, sollten wir uns gut überlegen, was wir da tun. Die Katze wird uns nachgehen wie ein Schatten. Sie wird auf uns warten. Ja, sie holt uns ab, wenn der Weg das erlaubt. Untrennbar bindet sich die Katze an den von ihr ausgeguckten Menschen. Wird das Vertrauen gebrochen, erleidet auch das Tier einen Bruch. Menschen, die eine Katze zum Freund wollen, sollten darüber nachdenken. Dieses zärtlich-grausame Raubtier geht nicht umzudenken. Es verlangt ein bedingungsloses Ja zu seiner Natur. Die Katze ist nicht nur äußerlich ein Wunderwerk feinster Abstimmung. Was unsere Augen sehen, ist getreues Spiegelbild ihrer inneren Befindlichkeit.

So auch Gino.

Erreicht er sein Ziel nicht, mißlingt ihm der Zugriff, trifft ihn das auf das peinlichste. Er klappt zu wie eine Auster und bricht das Spiel ab. Seine Selbstachtung liegt am Boden. Oft vergräbt er sich in eine Ecke, starrt die Wand an und beginnt, laut zu klagen. Seitdem ich das weiß, stelle ich die Spielanforderungen so, daß er möglichst siegreich daraus hervorgeht. Und nun eben ist er ausgerutscht. Vor unseren Blicken zu allem Überdruß auch noch gegen das Tischbein geknallt. Ich tue so, als hätte ich nichts bemerkt. Hebe eine Schwanenfeder auf und schiebe sie unter den Türspalt. Sofort erspäht Tibbidi die zuckende Spitze und stürzt sich darauf. Gino malmt belei-

digt vor sich hin. Ich lasse die Feder raspend unter dem Teppich verschwinden. Weiß ich doch, daß Gino dieser Verlockung fast immer erliegt. Rums! Aufgeregtes Gewühle und schon robbt der Dicke dem Geräusch hinterher. Annastasia sucht verschreckt Schutz hinter meinem Rücken. Gino umklammert mein Handgelenk, zurrt sich heran und erwischt den Federkiel. Na denn! Diese Frustklippe hätten wir glücklich umschifft!

Denkste! Plötzlich erhebt sich der Kater, springt auf Tibbidi zu und beißt sie in den Nacken. Töffelchen läßt augenblicklich ihren Babyschrei hören, signalisiert wehrlose Unterwerfung. In Siegerpose verharrt Gino.

Ich drehe mich gewollt weg, verweigere dem Kater jede Anerkennung durch Hinsehen. Atme auf, als er von der Kleinen abläßt. Hastige Trippelschritte entfernen sich. Zurück bleibt ein Gino, der gelangweilt gähnt.

„Du bist scheußlich anstrengend, mein Lieber. Mehr als stressig!" stöhne ich vor mich hin. Auch meine Geduld hat ihre Grenzen. Gino kümmert das wenig.

Abends, beim Fernsehen, legt er sich auf meinen Schoß. Das tat er lange nicht. Und siehe da, unauffällig kommt Tibbymäuschen hinzu und kuschelt sich dahinter. Unter dem Gewicht beider Tiere schlafen mir die Beine ein. Was soll's.

Diese unverhoffte Dreisamkeit vor dem Bildschirm ist mir das Ausharren wert.

Ihr Schmuck

handgearbeitet
individuell
stilvoll

Schmuck ist der sichtbare
Ausdruck Ihrer Persönlichkeit.
Edle Materialien mit wertvollen
Steinen meisterhaft komponiert.

Gönnen Sie sich Ihren Stil.

Gabriele Bartz

Hildesheimerstr. 91 (Eingang Geibelstraße)
30173 Hannover   Telefon (0511) 88 57 98

Dienstag **15.** *Februar*

Gino ist auch für Frau Dr. Howe ein Rätsel. Ich erzähle der Tierärztin, daß der Dicke nicht aufgibt in seinem Versuch, die kleine Somali zu decken. Er benimmt sich nicht so unsanft wie am Anfang. Aber immer wieder hält er mein armes Zauselchen im Nackenbiß fest. Was Tibbidi für ein Spielangebot hält, entpuppt sich am Ende als ein Klammergriff, aus dem sie sich nur mühsam herauswinden kann.

Frau Dr. Howe schüttelt den Kopf. „Gino ist fachmännisch definitiv operiert. Ohne zweifel ein Kastrat. Wie ist das nur möglich!"

„Als potenter Kater wäre er überhaupt nicht zu bremsen", meine ich.

Die Tierärztin streichelt Tibbidi, die bebend auf dem Untersuchungstisch hockt. Die Kleine ist krank. Hat einen bösen Durchfall und frißt keinen Bissen. Die Hausbesuche der Ärztin genügten bislang. Die obligatorischen Impfungen, die preventive Wurmkur, das ließ sich ambulant erledigen. Aber heute bin ich unverzüglich per Taxe losgefahren. Direkt zur Praxis nach Misburg. Von der Südstadt aus ist die Fahrt ein teurer Spaß. Aber wenn ein Tier krank ist, überlegt man das nicht lange.

„Sie wird mir klapperdürr, so feingliedrig, wie sie gebaut ist. Das Haarkleid gefällt mir auch nicht. Sonst ist es glatt und seidig." Besorgt kose ich das zierliche Kätzchen. Tibbidi schmiegt sich eng in meinen Arm. Ihr Näschen schnuppert nervös, sämtliche Barthaare vibrieren. Frau Dr. Howe tastet sie sorgfältig ab. Redet ihr liebevoll zu, so daß Annastasia die Untersuchung zuläßt, auch das Fiebermessen.

„Die Temperatur ist normal. Sie hat einen gespannten Blähbauch. Ich denke, das ist nichts Schlimmes", beruhigt sie mich.

Sie kennt Tibbidi von Geburt an, da sie den ganzen Wurf ärztlich betreute. Tapfer erträgt mein Töffelchen die notwendige Injektion. „Am besten geben wir ihr ein zusätzliches Stärkungsmittel", rät die Ärztin. Ich bin erleichtert. Keine ernste Krankheit. Aber ein Schwächungszeichen wohl doch. Wenn Gino bloß nicht so anstrengend wäre!

„Vielleicht will er sie nur markieren. Sozusagen als seinen Besitz kennzeichnen", grübele ich. Jedoch, es gibt keine fundierte Erklärung für des Katers Machogehabe.

Mit der Taxe geht es anschließend retour. Tibbidi regt sich dermaßen auf, daß ich sie aus dem Körbchen nehme. Geborgen unter meiner Pullijacke, höre ich ihr leises Schnurren. Sie drückt ihr Köpfchen in meine Halsbeuge und verhält sich ganz brav. Als ich die Wohnungstür öffne, steht Gino abwartend im Flur. Ich will die Kleine absetzen. Wie wild gebährdet sich der Kater. Droht und faucht, will auf sie los. Als wäre Tibbidi ein fremdes Tier.

Mir reicht es. Die zurückliegenden sieben Wochen haben auch bei mir Spuren hinterlassen. Damit die Kleine ihre Ruhe hat, bringe ich sie zu meinem Bett. Sie verschwindet im Bettkasten. Dorthin kann Gino ihr nicht folgen. Ich hole den Futternapf, das

Trinkwasser und die Katzentoilette. Stelle alles dicht neben das Bett. Dann greife ich meinen verrückten Kater, trage ihn in das Wohnzimmer und schließe die Tür. „Spinne nicht rum", mahne ich und plumpse erschöpft in den Sessel. Gino nähert sich, untersucht peinlich genau meine Kleidung. Ich wechsele auf das Sofa, lege mich lang. Gino beschlagnahmt meinen Bauch. Tibbidi hat jetzt ungestört Zeit, sich zu erholen. Spätnachmittags öffne ich alle Türen. Nichts passiert. Die Lage hat sich beruhigt. Ich schaue nach, ob Tibbidi gefressen hat. Wenn es sich vermeiden läßt, will ich sie vorläufig nicht außer Haus behandeln lassen. Ginos Zirkus bei der Rückkehr ist zu strapaziös. Annastasia hat so schon genug Anspannung.

Ich beschließe, Jutta nicht zu sagen, daß die Kleine Streßsymptome zeigt. Annastasia ist ihr Liebling aus dem Wurf. Wozu sie in Unruhe bringen, denke ich. Aber wohl ist mir nicht in meiner Haut. Die Ablehnung, die Gino heute an den Tag legte, gefällt mir überhaupt nicht.

Das Gleichgewicht zwischen den beiden Tieren ist mehr als störungsanfällig. Sehr wankelmütig Ginos Akzeptanz der Situation.

Als Annastasia endlich auftaucht, hebt Gino nur kurz den Kopf.

Vorsichtig pirscht die Kleine heran. Hebt sich auf die Hinterbeinchen und schaut auf das Sofa. Gino läßt die Augen zu. Bewegt sich nicht. Tibbidi meldet sich an, indem sie mit ihrer Katzenhand seinen Balg berührt. Und krabbelt dann ganz herauf. Drängt sich – sage und schreibe! – an seinen Leib, mitten zwischen die großen Pranken. Mir bleibt die Luft weg! Zärtlich schnurrt das Somalikind. Ein melodischer Singsang unterschiedlicher Miautöne begleitet die Annäherung. Verwundert betrachtet der Rote ihre Winzigkeit zwischen seinen Pfoten. Eine freundliche Behaglichkeit glättet das runde Katergesicht. Langsam und gründlich bürstet seine rauhe Zunge Annastasias Halskrause. Schmusend dreht die Kleine ihm ihre Kehle zu. Und der Dicke wäscht ihr tatsächlich Augen und Stirn.

Da klingelt das Telefon. Jutta meldet sich: „Na, was treibst du so?" Welch ein Glück, daß ich bei der Wahrheit bleiben kann! Ich schildere ihr, was sich gerade abspielt. „Siehst du. Es wird immer besser", sagt Jutta. Ich erwidere lieber nichts darauf. „Du, wie wäre es, wenn du zur Ausstellung kommst", schlägt sie vor. Und erzählt, daß in zwei Wochen eine Katzenausstellung in der Stadthalle stattfindet. Vom Bund für Katzenzucht und Katzenschutz. Letztes Wochenende im Februar.

„Du kennst meine Meinung zu diesem Thema", antworte ich.

„Bist nicht du es, die sich aufregt über Vorurteile? Was weißt du denn wirklich? Du hast es dir noch nie angesehen!", ärgert sich Jutta.

Der Vorwurf sitzt. „Also gut. Ich komme", verspreche ich ihr.

„Liana ist auch dabei. So könnt ihr euch endlich kennenlernen. Und noch eine Menge Leute dazu." Das ist bestimmt interessant. Aber all die Tiere in den Käfigen . . . Ich erwärme mich nur halbblau für Auszeichnungen und Preise.

„Du wirst deine Meinung ändern. Warte mal ab!"

Abwarten . . .

Jutta ahnt kaum, wie treffend letztere Aufforderung momentan ins Bild paßt. Ich werfe einen Blick auf meine beiden Lieblinge. „Ach ja", seufze ich, „abwarten; immer wieder abwarten."

„Stimmt was nicht?", forscht Jutta.
„Doch, doch. Alles in Ordnung bei mir", entgegne ich schnell.
Zur Stunde ist das richtig. Alles in Ordnung.
Fragt sich nur wie lange.
Am besten, ich bringe meinen müden Geist zu Bett.
Und das tue ich auch.
Gute Nacht, alle miteinander.

Tante Emma-Laden

Stumm wie ein Fisch kauft man heut ein,
bedient sich selbst und ganz allein.
Will man statt dessen sich beraten
was für ein Grünzeug paßt zum Braten,
dann ist der Emma-Laden richtig,
weil dort das Menschliche noch wichtig.

Langsam setzt sich der Zug in Bewegung und verläßt den Hauptbahnhof. Ich habe einen Fensterplatz und kann hinausschauen. Bald sind wir heraus aus Hannover. Weideland, so weit das Auge sieht. Was für ein herrlicher Tag! Richtige Vorfrühlingssonne scheint heute. Hoch oben, getürmte Wolkenberge und vereinzelt kleinere. Wie weiße Sahnehäubchen schwimmen sie auf blauem Himmelsgrund.

Ich fahre gerne mit dem Zug. Nicht um zu lesen, sondern um hinauszuträumen in die wechselnde und vorübergleitende Landschaft. Die Strecke nach Bad Pyrmont ist besonders schön.

Entlang der Weserauen geht es. Wir halten in Hameln und dörflichen Ortschaften. Dann hebt sich das Land. Großzügig ist der Bogenschwung sanfter Hügel- und Bergketten. Kurz vor Pyrmont tauchen Felsen auf. Wild und urwüchsig der Baumbestand, fest verwurzelt im Gestein.

Ich bin früh aufgestanden heute. Versorgte Gino und Annastasia reichlich mit Futter und frischem Wasser. Spielte noch mit den Tieren, die den ganzen Tag alleine bleiben sollen. Ich weiß, daß sie sich gut vertragen, wenn ich außer Haus bin. Bei jeder Rückkehr entdecke ich herumgetragenes und verteiltes Spielzeug.

Hinweise auf Gerenne und Getobe. Es scheint sogar besser zu gehen während meiner Abwesenheit. Jedenfalls ist es angenehm, wegzufahren ohne ein gelangweiltes Tier zurückzulassen. Ich fühle mich innerlich frei für den Tag.

In Pyrmont nehme ich ein Taxi zur Brunnenstraße. Mutters Wohnung liegt mitten im Zentrum. Ich habe einen üppigen Strauß Iris dabei, die Lieblingsblumen ihres Mannes. Ich will sie zu seinem Grab bringen. Mit diesem Zeichen einen alten Groll beenden. Vergeben. Ihm und auch mir selbst. In aller Stille.

„Nie gehst du zu Papas Grab", klagte Mutter.

Ich schwieg dazu. Nun endlich bin ich bereit, mit ihr diesen Weg zu machen. Es wird uns beiden gut tun.

Mutter erwartet mich mit einem hübsch gedeckten Frühstückstisch. Sie hat sich besonders schick angezogen. Das hält sie immer so. Dem Besuch zu Ehren.

„Gerda, du bist aber dünn geworden!" sagt sie.

„Ja, ja, war ein bißchen anstrengend letzte Zeit", antworte ich vage. Denn ich erzählte ihr nicht, daß ich solange, und womöglich noch länger, krankgeschrieben bin. Das bedeutet nur sorgenvolle Anrufe und mütterliche Unruhe, die ich vermeiden will.

„Und du? Wie geht es dir?", frage ich, um abzulenken.

Ich erfahre nachbarliche Wichtigkeiten. Hier ist einer gestorben, dort kam jemand ins Altersheim. Der Sohn von Frau Sowieso läßt sich nicht blicken. Und die Putzfrau hat Besuch aus dem Osten.

Ich höre ihr zu und kaue genüßlich die frischen Brötchen. Etwas blaß und durchsichtig sieht sie aus, meine Mutter. Sie gibt zu, daß sie sich nicht wohlfühlte.

„Nun bist du da,und es geht gleich besser", lächelt sie.

Es plaudert sich gut an ihrem runden Eßtisch. Das Panoramafenster erlaubt einen weiten Blick über die Dächer, hinüber zum Berg. Dort,wo der Kirchturm spitz nach oben zeigt.

Wir ziehen die Mäntel an und gehen zum nahegelegenen Friedhof.

Sie freut sich sehr, daß ich von mir aus diesen Vorschlag bringe.

„Ich habe immer darauf gewartet, Gerda",sagt sie. Und drückt mich. Manches braucht eben Zeit.

Später bummeln wir durch die Brunnenstraße und gucken Schaufenster. Ein Segen, daß die Geschäfte inzwischen geschlossen haben. Verlockende Dinge gibt es hier, die zum Kaufen verführen. Wir freuen uns an den bunten Tulpen, die das Straßenbild schmücken. Und an der Wärme des Tages. Da Mutter bald zurück in die Wohnung will, fällt es überhaupt nicht auf, daß ich ebenfalls nicht so doll zu Fuß bin. Wie üblich wird sie jetzt ihren Mittagsschlaf halten. Sie braucht das. Und mir geht es diesmal genauso.

Gemütliche Stille des Wohnraumes, fernes Glockenläuten. Ab und an Motorenlärm vorbeifahrender Autos. Melodischer Gong der Schrankuhr. Verhallende Schritte auf der Haustreppe. Entspannend, einschläfernd. Erst das Klappern von Tellern und Tassen weckt mich auf. Richtig! Ohne Teestunde ist der Tag kein Tag! Ein Kind des Friesenlandes ist meine Mutter. Sie zeremoniert ein Ritual, schlürft das heiße Getränk aus dünnwandiger Tasse und sinniert vor sich hin. Die Kunst, den Tee zu trinken, dazu braucht sie keine Anleitung. Es ist ihr angeboren. Ich feiere es gerne mit ihr. Nichts fragen. Nichts sagen. Ausgerichtet allein auf Betrachtung, auf Gemeinsamkeit. Ich beginne, Mutters heutiges Geschenk zu verstehen. Ohne Aufwand, ein ganz normaler Tag ihrer Tage, die sie verbringt. Sie läßt mich teilhaben an der Unauffälligkeit vergehender Stunden von vielen,die so zerrinnen. Wenn es sich gut schweigen läßt miteinander, wächst eine Dichte des Gefühls, die in sich ihren Sinn hat und nicht aufdringlich ist. Es liegt an mir,stille Verbundenheit anzunehmen. Oder es vorbeiziehen zu lassen, ohne das Zurückweisung entsteht. Sehr weise ist das.

Stück um Stück lernte ich, daß sie, als älterer Mensch, den Verlauf unserer Treffen bestimmen will. Es war nicht so einfach, meine eigene Planung aufzugeben. Aber Mutter hat Glück, daß ich bei der ersten Mutter ausgiebiges Training absolvierte. Das Altwerden der Eltern – es dauert, bis Töchter und Söhne das mitbekommen. Und ihr Aufbrausen verlernen,wenn ungewohnter Eigensinn die Geduld strapaziert. Unsere Mutter hat ihre ganz persöhnlichen Vorstllungen, wie sich was abspielen soll. Ich fahre besser dabei, sie gewähren zu lassen.

„Sag mal: Ist es schlimm, wenn einem plötzlich ganze Tage abhanden kommen?", fragt sie unvermittelt.

„Wie . . . abhanden kommen?", antworte ich gedehnt.

„Na ja, daß man nicht mehr weiß, was man gemacht hat",sagt sie.

Es beschäftigt sie stark, das kann ich sehen.

„Ist das bei dir so?", taste ich mich vorsichtig weiter.

„Ich will es nur wissen", meint sie. Und wischt dann ihre Frage mit einer Handbewegung weg. „Ach was! So etwas Dummes sage ich da! Nein, heute wollen wir fröhlich sein!" Steht auf und bringt das Gedeck in die Küche. Es drückt sie ein Kummer. Was soll ich machen? Wenn ich zu direkt nachfrage, wird sie bockbeinig und verquer. Und ich erfahre trotzdem nichts.Mich bedrängen, das darf sie. Aber umgekehrt ist das nicht erlaubt. So sind sie nun mal, die Mütter.

Irgendwann rückt sie damit heraus, denke ich und belasse es dabei. Gehe ihr nach,um zu schauen, was sie macht.

„Guck mal in den Topf da!", fordert sie mich auf. Gespannt wartet sie auf meine Reaktion. Ich hebe den Deckel und sage„oh!". Denn Mutter hat gekocht. Kein übliches Auswärtsessen heute. Sie selbst hat etwas zubereitet für uns zwei.

„Linsen als Beilage. Die magst du doch so gerne". Mutter strahlt mich an mit ihren großen, braunen Augen. Ist glücklich über die gelungene Überraschung.

So nimmt dieser Besuch seinen Fortgang. Wir reden allerlei Wichtiges und Unwichtiges. Tauschen Gedanken aus. Sie erkundigt sich nach Gino und Annastasia. Ich lese aus meinem Tagebuch vor. So harmonisch ist es zwischen uns, so vertieft sind wir, daß ich beinahe die Uhrzeit verpasse. Fast rennen wir zum Taxistand. Sie drückt mich schnell und hastig, dann geht es auch schon los. In letzter Minute erreiche ich den Zug nach Hannover. Es ist zwischenzeitlich dunkel geworden. Eine Wandergruppe lärmt im Abteil, macht laute Späße. Ein Mann reicht mir eine Bierdose. So freundlich wie möglich, lehne ich ab. Aus vollem Halse dröhnt der Mensch ein Lied, die Kumpanen stimmen ein. Junge! Junge! Die werden einen gewaltigen Schädel haben, morgen früh. In Hameln steigen sie aus, oder besser gesagt, fallen sie aus dem Zug. Die Weiterfahrt läßt Muße, die durchlebten Stunden nachklingen zu lassen. Es gibt Besuche, die sind schön. Es gibt Besuche, da fragt man sich, warum man überhaupt gefahren ist. Und es gibt Besuche, die leuchten auf, wie eine Sternschnuppe.

So war es heute. Wir waren innerlich ganz nah. Ganz besonders nah. Ein glücklicher Sternschnuppentag.

Was meine beiden Vierbeiner wohl machen? Ob sie gespielt haben?

Da es spät ist, gönne ich mir nochmal ein Taxi. Rasch fahren wir durch die erleuchtete Stadt. Frohe Ungeduld beflügelt mich. Und das Gefühl, reich beschenkt worden zu sein.

Sonntag 27. Februar

3.00 Uhr in der Frühe:
Entsetzlich. Gino hätte Annastasia fast umgebracht. Noch am gleichen Abend meiner Rückkehr. Jetzt herrscht Grabesstille in der Wohnung. Gepeinigt von den schrecklichen Bildern dieses Kampfes, irre ich ziellos hin und her. Unsortierter Gedankenwust im Kopf. Pudding in den Knien. Mir flattern die Hände. Wie konnte das passieren? Wie konnte das nur passieren!
Es war eine so lustige Begrüßung gewesen. Kaum eingetreten in den Flur, kamen sie beide angerannt, meine Lieblinge. Rücken an Rücken, die Schwänze hochgestellt. Auf Katzenart erstatteten sie Bericht. Gino mehr jaulend im Singsang, Annastasia miemend und quiemend. Mit einem Schwung nahm ich den Dicken auf den Arm. Klein Prinzeßchen turnte auf die Flurablage und rieb von dort ihr Köpfchen an meiner Hüfte. Genauso hatte ich mir das vorgestellt und gewünscht.
Die Bilder des nächtlichen Geschehens, sie wiederholen sich bedrängend:
Der Futternapf in der Küche, leer bis auf den letzten Krümel. Ich hole eine Dose zum Nachfüllen. Schmusend umkreisen mich die Tiere. Lassen sich streicheln, während sie schmatzend ihre Portion verzehren.
„Siehst du wohl. Kein Gino im Trübsinn empfängt mich mehr. Du hast Tibbidi, und ich ein leichtes Gewissen", sage ich zufrieden.
Gino blickt zu mir auf und leckt sich den Bart. Die Kleine schmatzt noch vor sich hin. Dann ist auch sie gesättigt und hockt sich zum Putzen auf die Schwelle des Arbeitszimmers. Ich räume den Dosenrest weg und säubere das Katzenklo. Gino wirft mir sein Mäuschen vor die Füße. Er will spielen, der Dicke. Obwohl ich müde bin, freue ich mich so sehr über seine gute Laune, daß ich darauf eingehe. Gino spurtet hinter dem Wurf her, während Annastasia sich noch putzt. Sie macht es gründlich, die Kleine. Der Dicke apportiert, wartet auf den nächsten Wurf. Ich lobe ihn gebührend und erfülle seinen Wunsch. Ergreife dann die Seilschlange, damit auch Tibbidi hinterhertummeln kann. Denn Mäuschenfangen ist ihr durch Gino untersagt. Dann guckt sie, muß sich aber abseits halten. Das Seil hinter mir herschlenkernd, renne ich von Zimmer zu Zimmer. In wilden Sprüngen verfolgen mich die Tiere und haschen nach der Schnur. Aber der lange Ausflug des Tages fordert sein Recht. Ich habe keine Lust mehr.
Bettschwere erfaßt mich. Wir beenden das Fangen und Verstecken. Das wird ein gutes Schlafen heute!
Es kommt alles ganz anders ...
Bevor ich die Lampen auslösche, stelle ich mir noch ein Glas Wasser ans Bett. Auf halbem Weg bemerke ich Gino und Tibbidi vor dem Schreibtisch. Die Kleine liegt auf dem Rücken. Schon will ich sorglos vorbei, als eine merkwürdige Ruhe mich stoppt.

„Was ist los?" Beide Tiere sind total aufeinander konzentriert. Nichts sonst nehmen sie wahr. Das also fiel mir auf. Vollkommen bewegungslos, vollkommen tonlos verhalten sie voreinander. Als wäre ihnen der Atem entwichen. Tibbidi liegt bäuchlings nach oben, das Köpfchen weit zurückgebogen. Kohlschwarz ihr Blick. Das linke Pfötchen stemmt sie gegen des Katers Stirn. Nicht mal die Schwanzspitze regt sich. Die gestreckten Sprungbeinchen ragen zwischen Ginos Hinterläufen durch, in der Luft verkrampft. Aber was hat der Tiger? Woher das schlagartige Umkippen seiner Stimmung? Und dieses Festsitzen, als hätte ihn ein Zauberwort getroffen. Was ballt sich da zusammen? Mit geneigtem Dickschädel hockt der Kater vornübergebeugt, die Augen geschlossen. Nicht ein Muskel bewegt sich.Wie gebannt scheint seine Kraft unter Annastasias Pfote auf seiner Stirn. Er hält dagegen, wie aus Stein gehauen.Ungewöhnlich verändert in seinem Gesichtsausdruck. Als bohre in ihm ein Schmerz. Eine Qual, ein Stachel in seiner Natur. Als müsse er etwas niederringen, das stärker ist als sein Wesen. Bei keinem Tier habe ich das je gesehen. Beide Geschöpfe sind in sich zurückgezogen. Gefangen in einem dunklen Machtbereich, der sich uns Menschen entzieht. Wie lange soll das andauern? Und was folgt? Es ist wie das Warten bei einer gelegten Zündschnur.

Explosionsartig bricht Ginos Beherrschung auseinander. Die gezähmte Kreatur, wie weggefegt. Eine entfesselte Wut schafft sich Bahn. Blindlings schlägt der Kater die Zähne in den zierlichen Körper. Gnadenlos schnappen seine Bisse die zuckenden Läufe. Böse hauen die Krallen in das pralle, weiche Bäuchlein unter ihm. Wie besessen greift der Fang des Katers zu. Grausam. Unerbittlich. Biß auf Biß. Fellbüschel wirbeln über den Fußboden und um das Kampfgeschehen herum. Stinkender Kot spritzt durch die Gegend. In schriller Todesangst schreit Tibbidi. Starres Entsetzen preßt mich an die Wand. Meine Stimme versagt. In gräßlicher Deutlichkeit sehe ich zu. Blitzhaft durchfährt mich der Gedanke:„Keine Bewegung. Keinen Ton!" So ein Kommando meinerseits, ein Griff in die ineinander verkrallten und verbissenen Tiere, könnte Annastasias Ende bedeuten. Ein zügelloses Auflehnen provozieren, und Ginos Todesbiß auslösen. Jetzt zerrt er sie, hält plötzlich inne, kräuselt und zieht die Oberlippe hoch. Heiser faucht er aus geblähtem Hals. Kerzengerade reckt er sich. Fixiert die ungeschützte Kehle meiner Somali. Nur noch schwach bewegt sich das wehrlose Kätzchen. Ich schließe die Augen. Es ist zu viel! Aus . . . Vernichtet!!! Tot . . . In diesem Augenblick löst sich meine Erstarrung, und ich schreie laut und durchdringend los: „Herr im Himmel, hilf!"

Was immer mich schreien ließ, die Wirkung bleibt nicht aus. Gino rutscht unvermittelt mit der Hinterhand auf das glatte Parkett und verliert den festen Halt. Tibbidi erfaßt sekundenschnell ihre Chance. Schraubt sich windend frei und rutscht unter den Plattenständer. Die Tiere sind für Augenblicke getrennt. Jetzt oder nie! Und wenn sämtliche Nachbarn erwachen. Ich lasse das Wasserglas fallen und stürze mich auf den Roten. Noch im Absprung kriege ich sein Fell zu fassen. Mit ganzer Körperschwere werfe ich mich auf ihn und brülle und zwinge ihn zu Boden. Unbändige Gegenwehr. Ein 60 cm langer Katerrücken wölbt und windet sich unter meinen Händen. Wild reißen die Krallen übers Parkett. Rachewütig spuckt Gino, Mordlust im Blick. Er hat jegliche Kontrolle verloren. Aber eine Hemmschwelle versagt nicht!

134

Gino greift mich nicht an. Es ist Annastasia, nach der er strebt mit voller Gewalt. „Tibbidi! Hau ab! Hau ab! Los! Hau ab!" Wieder brülle ich. Hoffe, daß der Schrecken die Kleine vertreibt. Und tatsächlich, sie versteht! Zittert hervor, hechtet über uns hinweg und biegt um die Tür. Gerettet!

Ich drücke Gino noch immer gegen den Boden. Er tobt. Will sich nicht ergeben. Endlich, endlich hört er auf, zu schlagen. Ein letztes Knurren verebbt. Tränen laufen mir übers Gesicht.

„Gino . . . Gino . . ." Ich bekomme nur noch ein Krächzen zustande.

Verstört klagt Gino. Schleicht wie geprügelt von dannen und verkriecht sich in der Abstellkammer. Da kauert er noch.

Als erstes beseitigte ich die Spuren des Kampfes. Denken konnte ich sowieso nichts. Ganz vorsichtig und immerzu tröstend, zog ich dann den Bettkasten hervor. Bebend wie Espenlaub schaut Tibbidi mich an. Hätschelnd und zärtelnd untersuche ich das klägliche Bündel. Taste ihren Körper ab. Das Haarkleid sieht wüst aus. An einer Stelle ist die Haut ein wenig aufgerissen. Aber ernsthafte Verletzungen sind nicht zu finden. Ein Wunder. Ein kaum verstehbares Wunder. Nun duckt sich die Kleine in meine Armbeuge, wimmert und schnurrt gleichzeitig. Wie erschlagen sitze ich da. Die Vorstellung eines tödlichen Ausganges erschreckt mich noch jetzt.

Wie soll es weitergehen? Die Uhr zeigt inzwischen den frühen Morgen an. Ich soll am nächsten Tag zur Katzenausstellung. Wie versprochen. Was heißt am nächsten Tag? Morgen ist ja schon heute! Sonntag ist ja schon heute. Und ich habe noch kein Auge zugemacht. Um 4.00 Uhr morgens! Was sage ich bloß Jutta? Sie wird ihre Beteiligung an der Ausstellung sausen lassen und Annastasia holen. Aber wo soll die Kleine hin? So verschreckt, wie sie ist. Nein, hier in meinem Schlafzimmer fühlt sie sich am sichersten. Oder doch nicht?

Es hat keinen Zweck. Meine grauen Zellen versagen jeglichen Dienst. Gerda, Gerda, du steckst ganz schön in der Patsche. Vielleicht kann ich Gino irgendwo hinbringen. Irgendwo? Mir fällt nichts ein. Und dann? Ihn wieder zurückholen? Für Annastasia inzwischen etwas anderes suchen? Wer nimmt so schnell ein Tier? Oder einen verstörten Kater? Außerdem . . . welche Gründe . . . wie sage ich . . .

Gequält starre ich Löcher in die Luft. Und eine schreckliche Ermüdung macht sich breit. Hinlegen. Erstmal hinlegen . . .

Es ist dunkel. Und ganz still. Nur mein Herz hämmert dumpf gegen die Rippen. Da spüre ich eine leise Berührung. Es ist Tibbidi. Ohne jedes Geräusch ist sie auf das Bett gestiegen. Nun will sie unter die Decke. Kuschelt sich an, drückt ihre Pfötchen in meinen Bauch. Lebendiges Körperchen. Lebendige Wärme.

Jetzt erst begreife ich das richtig. Sie ist nicht tot. Nein. Sie lebt. Und Gino lebt. Und ich lebe auch noch. Was uns auch erwartet, es hat sich noch immer ein Weg gefunden. Und sei er auch anders, als geplant. Das Gespinst meiner Sorgen lockert sich ein wenig. Wie um mich zu vergewissern, taste ich nach Tibbidis Gegenwart. Sie atmet jetzt ruhig unter meiner Hand. Und so, an der Grenze zwischen Nacht und Tag, mache ich die einfachste Erfahrung der Welt:

Lebendiges Leben ist warm.

Also, wenn das heute etwas werden soll mit dem Besuch der Katzenmesse, dann geht nur eines: Blick auf das, was mich erwartet. Und den Schrecken der Nacht vorläufig vergraben. Wenn die Milch überkocht, heißt es, Feuer aus, und Topf weg. Warten auf Abkühlung. So auch heute. Abkühlung des Geschehens. Distanz schaffen. Panik ist ein schlechter Ratgeber. Und ich kann jetzt keinen Rat gebrauchen. Auch keinen Vorwurf. Vor allem keinen Vorwurf. Ich werde schweigen. Jedes Wort von außen macht nur kopfscheu.

Gottseidank ist die Wohnung groß genug, um für die Tiere zwei Bereiche einzuteilen. Es wird nichts passieren können, wenn ich weg bin. Danach sehen wir weiter.

Auf dem Weg zur Katzenausstellung vergesse ich meine Müdigkeit.

Vor der Stadthalle strömen die Leute aus allen Richtungen. Im Eingang stehen Grüppchen, vertieft in Fachsimpelei. Ich gehe durch die Sperre. Als erstes sehe ich Stände. Katzenberatung, Katzenlektüre, Katzenbedarf. Kletterbäume, Kratzebäume, Schlafkörbchen, Kuschelkissen, Polsterhöhlen, Futternäpfe und Trinkbehälter. In allen Variationen und Farben.

Reisezubehör, Katzengras und Katzenminze. Bürsten mit weichen Borsten, Bürsten mit Drahtborsten. Holzkämme und Flohkämme.

Pimentöl und Talkumpuder. Trockenfutter, Dosenfutter, Extrafutter.

Und natürlich Spielzeug und Anregung noch und noch. Staunend gehe ich an dieser Vielfalt vorbei. Meine Wohnung bietet bestimmt eine Menge Zeitvertreib. Aber so viel? Nun, wir sind hier unter Züchtern. Um mich herum summt es wie im Bienenstock. Ich wühle mich durch die Schaulustigen, bis ich einen Überblick auf die große Halle habe. Sie ist wirklich groß. Ganz hinten auf der Ausstellungsbühne ein Aufbau blitzernder Siegerpokale. Eine Stimme sagt Unverständliches durch den Lautsprecher. Mehrere Besitzer tragen ihre Tiere nach oben. Stolze Präsentation, Applaus, Abgang. Neben mir ein Kommentar: „Kein Wunder. Wie aus dem Pedigree ersichtlich, kommen diese Katzen aus Dänemark. Das Outcross-Programm hat die Rasse wirklich vorteilhaft verjüngt."

Ich verstehe kein Wort. Der Herr wuchtet einen Riesenkater auf seine Schulter, ein Riesenexemplar von Kartäuser. Dagegen wirkt mein Gino wie ein Hänfling, denke ich mir. Die Dame hinter ihm beruhigt murmelnd einen Langhaarfeudel mit funkelnden Augen. „Der hat aber ein kuscheliges Fell", meine ich. Sie streichelt ihm über den Kopf und nickt: „Ein Wild Fellows in redsmoke. Die Fellstruktur ist selten."

„Aha", sage ich. Mehr fällt mir nicht ein. Die Sprache von Katzenenthusiasten will erstmal gelernt sein, donnerwetter. Eine naive Bewunderung wie: „hübsch", „süß", „niedlich", „bist du aber fein", so eine schlichte Wortwahl ist hier fehl am Platz. Zu hörbare Unterschiede zwischen mir und den Insidern! Es ist klüger, nach Jutta zu suchen. Aber wo finde ich sie hier? Jetzt erst nehme ich die langen Reihen der Käfige wahr. Nichts als Käfige und schmale Durchgänge. Besucher, Interessenten und Käufer schieben sich langsam an den Tieren vorbei. Widerwillig nähere ich mich einem Gitterkasten und schaue hinein. Und bin überrascht.Meine Vorstellung von einem engen Drahtgefängnis stimmt ja gar nicht! Es sind Zwinger,in denen die Katzen sich gut bewegen und hochstrecken können. Unterteilt in zwei luftige Bereiche. Es ist Platz für Futter- und Wassernapf und für eine ausreichende Streusandtoilette. Eine runde,weiche Igluhöhle erlaubt es dem Tier, sich zurückzuziehen. Ja, sogar Gardinen aus Stoff sind anmontiert. Bei zuviel Andrang können sie zugezogen werden. Und damit das stressige Anstarren vorübergehend unterbinden. Fürwahr! Die Tiger in unserem Zoo haben es oft nicht so gut. Ich drücke meine Handfläche gegen das Maschengeflecht. Ein gemütlicher Perser registriert gelangweilt mein Gesicht. Er ist weder aufgeregt noch verschreckt. Ein erfahrener Veteran in Sachen Titelanwartschaft. Auf dem Schild steht: „Colourpoint bluetortie smoke point". Und ein kilometerlanger Stammbaum.

„Habe die Ehre", murmele ich. Und gebe es auf, den dunklen Sinn seiner Besonderheit zu ergründen. Etwas weiter vorne haschen Pfötchen nach einem glitzernden Papierfusel. Vier Katzenkinder und die Mama vergnügen sich spielend miteinander. Neugierig pressen sie die Näschen an das Gitter. Eins turnt oben auf dem Käfig. „Läuft es nicht weg?", frage ich. Der Besitzer lacht. Nimmt das zierliche Etwas und plaziert es auf seinen Nacken. Katzenkinder heißen „Kitten", erfahre ich so nebenbei. Meine Bildung nimmt zu. Auch nennt man die auffallenden Lauscher nicht groß oder klein. Fachmännisch sind es „gut gesetzte Ohren". Ja, ja, nicht nur Jäger haben ihr Jägerlatein. Die Gattung Felidae beansprucht ebenfalls ihre eigene Terminologie. Und wieviele Rassen es gibt. Wieviele Farbvariationen. Ein sorrelfarbener Somalikater bringt mich ins Schwärmen. Sich hier für einen Hausgenossen zu entscheiden, das ist schwer.

Da sehe ich Jutta inmitten einer Gruppe. Sie zieht mich hinter die aufgebauten Zwinger. Ich stolpere über Vorratstüten, Pappkartons und Katzenstreu. Das reinste Picknick findet hier statt. „Das ist Liana", stellte Jutta vor. Aber Liana hörte nur mit halbem Ohr. Sie wird gerade aufgerufen. Schnappt sich eines ihrer Jungkater und eilt nach vorne. Mit ihr noch andere. Wieder lausche ich respektvoll auf das, was gesagt wird. Es muß wohl gut sein, denn es erfolgt eine Preisübergabe. Jutta macht mich andauernd mit neuen Leutchen bekannt. Freundliche Begrüßung allerseits. Jedoch ist jeder mehr oder weniger ausgerichtet auf das Wohlbefinden der mitgebrachten Tiere und auf Fragen des Publikums. Von dort und da kommen andere Züchter. Man tauscht Erfahrungen aus. Spricht über Bühnenerfolge. Klangvolle Namen werden erwähnt: Kitkiss, Heartbreaker, Fantasy's Dream, Mayflower, Solitaire. Da heißt es: Best of Best und Best in Show, Champion und Grand Inter Champion. Da wird geredet von Lovlycat und Charmingcat. Rang und Namen haben die Tiere. Begeisterte Hobbyzüchter sind ihre Besitzer. Zusammengewürfelt aus allen Gesellschaftsschichten.Ob Arzt oder Geschäftsmann, Hausfrau oder Juristin, hier trifft man jegliches Coleur. Sogar die Kripo ist dabei. Alle beseelt von dem Ehrgeiz, sämtliche Lieblinge auf die Bühne zu bringen. Und den Nachwuchs in gute Hände.

Natürlich: Konkurrenz spielt auch mit. Heikle Intrigen, heimlicher Neid. Und manchmal eine schrullige Verbissenheit. Ob Politik, ob Katzenverein, die Mischung Mensch ist überall ein bunter Klüngel. So bunt, wie die Motive es sind.

Der Lauf der Veranstaltung bringt neues Wissen. Menschliches und tierisches. Ich beobachte nach Herzenslust. Traue mich, ein bißchen mitzureden. Und bin total ausgesöhnt durch die gemachten Erfahrungen. Wirklich. Bevor man kritisiert und meckert, bedarf es der Ansicht. Ich gelobe mal wieder Besserung. Jutta hört meinen Meinungsumschwung gern.

„Mach doch mit nächstesmal. Annastasia hat beste Aussichten", sagt sie. Wir sitzen neben ihrem Cattery und erholen uns etwas von dem Trubel. Sie hat Amory-Victoria dabei. Die kleine Somali ist wie geprickt. Sprüht vor Neugier und Temperament. Tanzt und trippelt graziös auf der Käfigablage, guckt erfreut auf jeden Bewunderer. Reitet auf Juttas Schulter durch die Gänge. Endlich ist mal richtig was los für die Kleine! Auf der Bühne dreht sie publikumswirksam ihr Köpfchen und miaut ins Mikrofon. Fühlt sich als Hauptpersöhnchen durch und durch.

Daß Tiere um ihren Charme wissen, davon bin ich überzeugt.

Ob Annastasia das auch so verkraften würde? O weh! Lieber nicht an zu Hause denken ...

„Warst du schon bei Felix?", fragt Jutta. Wir gehen samt Amory an seinen Stand. Felix zeichnet gekonnt Katzenkonterfeis und Namensschilder. Brennt sie in Holzteller und Platten. Ich verliebe mich augenblicklich. - Nein, nicht in Felix. Sondern in die Zeichnung eines Katers. Rund, dickbäuchig, schelmisch. Neckisch hält er ein Kleeblatt in der Pfote, kneift verschmitzt ein Auge zu. Die Charakterähnlichkeit mit seinem geistigen Erfinder ist allerdings frappierend. Tier und

"Altdeutsche Brandmalerei"
Dieter Kuklinski
Ebstorfer Weg 12, 30625 Hannover
Tel+Fax (0511) 57 88 28

Mensch – wer prägt wen? Das fragt man sich.

Gegen Ende der Messe bin ich befrachtet mit Tüten und erstaunlichen Begegnungen. Ich verstehe jetzt besser das Wie und Warum von Züchtung und Auswahl. Daß auch die ganz normale Hauskatze mitmachen darf und ihre Preise bekommt, habe ich zum Beispiel nicht gewußt. Der Gedanke, irgendwann dabeizusein, ist verlockend. Gino als Hauskater ausstellen? Ganz sicher bekäme er einen Preis. Aber das kann ich vergessen. Der Dicke hat dazu nicht die Nerven. Den kriege ich niemals auf die Bühne. Muß ja auch nicht sein.

Hauptsache ist doch, daß ich selbst weiß, wie schön er ist. Und ich denke, Gino weiß es auch.

Montag 28.
Februar

Schlaf aktiviert heilende Kräfte. Es gibt Personen, die auf Probleme mit Kopfschmerzen reagieren und ins Bett müssen. Diese Sorte schlafenden Rückzuges meine ich nicht. Sondern wirklichen Schlaf. Einen Schutzraum für durchgewirbelte Gefühle. Sediment neu wachsenden Urvertrauens. Ich kenne das nicht nur von mir. Aufgewachsen in der patagonischen Ebene Südamerikas, hatte ich mehr Tiere um mich als Menschenkinder. Und dort in Patagonien, wenn die Oststürme runde Stachelbüsche und heiße Sandwolken vor sich hertrieben, dort lernte ich von den Schafen, was schlafendes Urvertrauen ist. Mächtig und gewaltig sind die Gewitter. Mitreißend die Wasserstürze. Himmel und Erde werden eins in dem Wirbel. Nichts steht mehr fest. Es sei denn eine Schafherde. Hunderte Gestalten verschmelzen zu einer körperlichen Ganzheit. Dicht an dicht liegen die Tiere unter dem Wetter. Schließen die Augen und schlafen. Nehmen das verschreckte Kind bereitwillig zwischen sich. Wollige Geborgenheit, gleichmäßiges Atmen der Bäuche, Frieden inmitten des Getöses. Als gäbe es nichts zu fürchten. Heute muß ich an diese Kindheitserlebnisse wieder denken. Denn auch hier in der Wohnung regiert dieses seltsame Schlafen. Stärker als alle Vernunft. Gino rührt sich nicht. Annastasia rührt sich nicht. Und ich rühre mich auch nicht. Selbst das Telefon bleibt stumm. Als hätte die Zeit alle Zeit der Welt. Und stimmt das etwa nicht? Erschöpfung, wenn zugelassen, kann Neuschöpfung sein. Ich habe mal gelesen, daß ein schlafendes Tier von seinen Artgenossen in der Gruppe nicht angegriffen wird. Und sich daher, zum eigenen Schutz, manchmal schlafend stellt. Ist das nicht interessant? Liegt hier eine Erklärung dafür, daß auch wir uns überwinden müssen, einen Menschen aus seinem Schlummer zu wecken?
Ab und an stehe ich auf und sehe nach Gino und Tibbidi. Sie haben nicht mal Hunger. Verlagern träge ihren Körper und tauchen weg ins Niemandsland. Ich tue es ihnen gleich. Der Tag begleitet uns mit ähnlicher Stimmung. Löst sich nicht heraus aus Dämmerlicht und Schneeflockenfall. Nebel liegt auf allem, was wächst.
Die Erde, sie trägt. Und das Leben auch.

Heute fast den ganzen Tag in der Medizinischen Hochschule verbracht. Warten in Gängen. Warten auf Fluren. Dieses Riesengebäude ist eine Stadt in der Stadt. Sogar mit einer Einkaufsstraße, Eßlokal, Post und Bank. Trotzdem bin ich froh, als ich nach Hause darf. Und dort erlebe ich eine Überraschung. Gino und Tibbidi stehen beide im Flur. Wieso die Schlafzimmertüre aufgehen konnte, weiß ich nicht. Wie gewohnt laufen die Tiere in die Küche und hoffen auf einen Leckerbissen. Mir steht der Verstand still. Gino zeigt dem Kätzchen gegenüber keinerlei Ärger. Tibbidi hält etwas Abstand, zieht sich aber nicht zurück. Es hat keinen Zweck, die Kleine fangen zu wollen. In ihrer Wendigkeit springt sie höchstens davon. Gino womöglich hinterher. Ich verhalte mich so, als wäre alles normal. Verteile die begehrten Leckerbissen. Gino leckt sich und wandert dann ab ins Wohnzimmer. Annastasia setzt sich dekorativ auf den Schreibtisch. Besser nicht einmischen. Nur im Auge behalten. Ermüdet von den Untersuchungen schaffe ich heute nichts Gescheites mehr. Selbst Essen ist zu viel. Auf dem Sofa verbringe ich liegend einige Zeit. Gino sucht sein Hängenest auf, blinzelt zufrieden. Vielleicht ist es gut, daß sie wieder Zugang haben zu allen Räumen. Am Ende gehe ich ins Bett und höre noch ein bißchen Musik. Tibbidi springt über das Zudeck und krabbelt in den Bettkasten. Scharrt und raschelt sich ihr Plätzchen zurecht.

Dann ist Ruhe.

Rassekatzenzucht

Dagmar Wilming
Kirchstraße 19
48565 Steinfurt
Telefon (02551) 8 25 33

Edle vom Bagno-Frieden
Iz Taiga Sibir

Gino wartet auf der Schlafzimmerschwelle und jault anhaltend. Er will auf den Balkon. Ich lasse ihn raus und husche sofort wieder unter das warme Deckbett. Tibbidi kriecht hervor, äugt nach dem Kater. Kuschelt das Köpfchen in meine Hand und schmust. Zwischendurch unterbricht sie ihr Schnurren, robbt sich ans Fußende und hält Ausschau. Kein Roter in Sicht. Also schmust sie weiter. Auf Dauer ist mir das zu aufregend. Müde stehe ich auf.

Es ist ein merkwürdiger Tagesablauf. Der Dicke schaut fast ununterbrochen aus dem Fenster. Dann wieder will er auf den Balkon. Tibbidi schläft viel und frißt wenig. Nur dann und wann vergewissert sie sich, ob wir noch da sind. Gino interessiert sich überhaupt nicht für ihre Anwesenheit. Und frißt auch wenig. Irgendwie hat uns jegliche Initiative verlassen. Ich streichele weder Gino noch Tibbidi. Fasse beide Tiere nicht an, damit es zu keiner Rivalität kommt. So auf Abstand geht es am besten. Aber das ist keine Lösung. Zu dritt können wir nicht bleiben. Da führt kein Weg daran vorbei. Gino oder Tibbidi. Wie soll ich mich entscheiden?

Der Kater hat das größere Recht, hier in der Wohnung zu leben. Schon einmal hat er ein Zuhause verloren. Jedoch: Will er das jetzige Zuhause überhaupt haben? Hat er nicht deutlich gezeigt, daß ihm auch dieses Revier zu eng ist? Zu langweilig? Und was, wenn er bleibt? Und so, wie im letzten Frühling, gegen die Fenster springt? Eines Tages geht mir der Tiger durch die Scheiben.

Ist es nicht folgerichtig, für Gino ein Haus mit Garten zu suchen? Kann er das noch lernen, sich draußen zu behaupten? Doch. Dieser Kater kann das. Wird er aber noch einmal Zutraulichkeit zu einem anderen Menschen entwickeln? Wird er nicht für immer mißtrauisch, wenn er noch einmal entwurzelt wird? Oder steckt hinter dieser Sorge meine eigene Gegenwehr vor einer Trennung? Herrschaften eins!!! Was sind das für unklare Motive bei mir! Ich hasse das. Hätte ich doch bloß niemals ...

Tibbidis freundliche Gegenwart unterbricht mein Grübeln. Sie streicht unter dem Stuhl herum, will auf den Schoß. „Lieber nicht", sage ich und wechsele den Standort. Sie lagert sich auf den erwärmten Platz. Guckt enttäuscht. Währenddessen sitzt Gino trotz Wind und Regen auf dem Balkon.

Soll ich mal Liana anrufen? Eine unerklärliche Sperre hält mich davon ab. Ich muß allein mein Durcheinander an Gedanken sortieren. Schuldgefühle quälen mich. Ich habe zu lange und zu sehr auf meine Wünsche gebaut.

Ab jetzt gilt es, eine wirklich gute und gerechte Lösung für die Tiere zu finden. Annastasia muß wieder zu Kräften kommen. Ihren Schrecken verlieren. Ganz, ganz viel verwöhnt werden, die Kleine. Ohne daß ein Gino sie bedroht.

Als hätten die Tiere sich abgesprochen, zeigt sich eine genaue Abgrenzung in ihrer Bewegungsfreiheit. Schlafzimmer und Flur gehören Tibbidi. Wohn- und Schreibraum hat Gino für sich belegt. Küche und Balkon sind neutraler Boden. Und auch ich verhalte mich neutral. Einzige Zuwendung ist das Füllen der Futternäpfe.

Gino wird durch meine kühle Distanz verunsichert. Seine Eifersucht findet keinen Nährboden.

Trotzdem! Die Verschnaufpause auf den Schrecken war jetzt lang genug. Wir leben auf einem Pulverfaß. So eine Koexistenz kann jeden Augenblick umkippen.

„Du mußt dich noch heute entscheiden, sonst passiert ein zweites Unglück!"
Fast meine ich, diesen Gedanken gehört zu haben, so intensiv ist er zu mir durchgedrungen in den Schlaf. Die Bilder der vergangenen acht Wochen überstürzen sich, wie ein rasend schneller Film geht das.
Das Mühlrad durchgespielter Möglichkeiten dreht sich wieder.
Es ist besser, ich stehe auf und forsche nach den Tieren.
In der Wohnung ist es unangenehm still, Gino und Tibbidi sind nicht zu sehen.
Lustlos beginne ich den Tag, entdecke den Roten auf dem Wohnzimmertisch. Da ruht er lang in seiner Pracht, beobachtet die vorbeifliegenden Vögel am Fenster. Ohne den Kopf zu wenden, weiß er, daß ich ihn anschaue. Er bleibt gestreckt in seiner Stellung liegen und beachtet meine Anwesenheit nur durch Horchen.
Wo die kleine Somali steckt, kann ich mir denken. Sie hockt bestimmt im Bettkasten, geborgen unter der Matratze. Dort finde ich sie auch. Ihr Näschen bohrt sich in meine Handfläche, ängstliches Miauen begleitet ihr suchendes Ankuscheln. Ihre Ohrpinselchen beben nervös, sie wagt sich nicht heraus, linst nur vorsichtig über die Holzkante nach dem Kater.
„Heute muß das ein Ende haben", sage ich.
Lasse beide Tiere da, wo sie sind, fülle zwei Näpfe mit Futter, rufe aber nicht. Schnell und entschlossen kleide ich mich an.

Gino taucht auf, sein Blick wirkt gepeinigt. Lauernd schleicht er in den Ecken herum. Ich lasse ihn auf den Balkon. Sollen die Tauben auf dem Schutzdach ihn ein bißchen ablenken. Er hockt sich in seinen Ausguck, starrt vor sich hin.

Was ist aus meinen Tieren geworden!

„Gino", sage ich leise. Es klingt schon jetzt wie ein Abschied.

Mechanisch und vor mich hinschweigend, reinige ich die Katzenklos. Ich werde die Wohnung verlassen, damit die morgendliche Eifersucht gar nicht erst aufkommt. Meine Abwesenheit ist für Tibbidi ein Schutz und für Gino dringende Entspannung. Ein Scheinfrieden, solange ich weg bin.

Draußen regnet es in Strömen. Aber jetzt umkehren und den Schirm holen, kommt nicht in Frage.

Es zieht mich in den Stadtwald und bald tauche ich zwischen den Bäumen unter. Einfach nur gehen. Mir die Unrast von der Seele gehen. Wieder klar denken können. Die Angst loswerden. Und den Kloß im Hals.

Eine ovale Rasenfläche liegt unvermittelt vor mir, eine einsame Bank steht halb verrottet unter einem Baum. Sein Stamm ist naß vom Regen. Es tut gut, seine Rinde zu berühren, Festigkeit unter der Hand zu spüren. Durch greifbare Realität die eigene wiederfinden.

Ich verfolge den Wuchs des Baumes bis hinauf zur Krone und hebe endlich meine Augen auf.

Regenschleier hängen in den Zweigen. Meisen und Buchfinken schmettern hell ihren Revieranspruch. Und noch viele andere Vogelstimmen nehme ich wahr. Wie bunte Tupfer fallen diese Rufe in mein Inneres.

So stehe ich und lausche, breite die Arme weit, neige den Kopf hintenüber. Strömende Nässe sprüht auf mein Gesicht, ich öffne den Mund, weiß nicht, ob ich Tränen oder Regentropfen schlucke, wahrscheinlich beides.

Graue Wolken ziehen tief, gleiten auseinander und geben sonnenweiße Lichtfurchen frei. Meine Gedanken gewinnen wieder festen Boden.

Es wird sich noch alles historisch entwickeln.

Ganz überraschend erinnere ich ausgerechnet jetzt diesen Ausspruch meiner Mutter. Immer, wenn die Situation zappenduster war, sagte sie das: „Es wird sich noch alles historisch entwickeln."

„Du warst lange nicht an ihrem Grab", fällt mir ein.

Ganz lebendig wird Mutter durch diesen Satz. Viele, die sie kannten, haben lachend den Spruch übernommen.

Wahrhaftig! Was tue ich hier in meinem Trübsinn!

„Es wird sich alles historisch entwickeln!", sage ich laut zu mir selbst.

Ein bis dahin unbemerkt gebliebener Spaziergänger räuspert sich im Vorbeigehen, taxiert mich kurz und beeilt sich, zu entschwinden. Mag er mich für geistig verwirrt halten, was soll's. Lautes Reden hilft der verzagten Seele auf die Füße. Sollen die Vorübergehenden vermuten, was sie wollen.

Ordnende Logik, das brauche ich jetzt.

Stattdessen beginnt wieder dieser Kreiselverkehr im Kopf. Was nur ist der erste Schritt?

Tibbidi weggeben, meine kleine Annastasia? Sie heute noch Jutta zurückbringen? Geht nicht. Die Jungkatze steht dort als inzwischen Fremde drei abweisenden Tieren gegenüber. So angeschlagen, wie sie ist, hält sie das nicht durch.

Sie für ein paar Tage bei Freunden unterbringen? In Wartestellung, bis ich für Gino oder sie etwas anderes gefunden habe? Darum geht es: Gino oder sie.

Man wird sich um die Somali reißen, wenn sie dasitzt wie eine kleine Primadonna. Aber was erreiche ich damit? Ginos Problem ist dadurch nicht gelöst.

Einmal allein, wird er sich wieder fangen, er wird schmusiger sein als je zuvor. Aber dann wird die alte Sehnsucht nach Freiraum neu aufflammen, seine Forderung nach einem weiten Revier voller Leben und Abenteuer neue Kraft entwickeln. Er wird seinen Kopf gegen das Balkongitter pressen, und sein Katerruf sich wieder klagend in den Hinterhöfen und Gärten verlieren. Dieser Kater muß raus!

Die wir ihn kennen, wir Menschen, wir haben nicht aufmerksam genug seine frühen Signale beachtet. Halbwegs doch seinen Willen nach Freiheit erkannt und, eigene Wünsche vor Augen, ihn zu besänftigen versucht. Ihn verführen wollen zu einem Kompromiß.

Tiere aber kennen nur eins: artgerecht zu leben oder artgerecht zu leiden.

Für Gino gilt: Es gibt nichts mehr zu vermuten.

Es gibt nichts mehr zu deuten.

Es gibt nichts mehr anzubieten.

Ginos Sprache ist gerade und klar, so gerade und klar wie er selber ist.

Und so fasse ich endlich in Worte, wogegen ich mich so sehr gewehrt habe:

„Gino, du sollst haben, was du so lange schon verlangst.

Du sollst deine Wiese haben, deine Bäume, du sollst deine Mäuse haben und deine Katerkämpfe.

Du sollst leben, wie du es willst."

Laut ausgesprochen ist es Realität. Gesagte Realität.

Ich weine meinen Schmerz heraus, meine Schuld und die Belastung der vergangenen acht Wochen.

Und bin wie befreit. Was Gino will, das will ich jetzt auch.

Und so entsteht Freiheit.

Freiheit zum Handeln.

Auf dem Rückweg hole ich noch Kaffee bei meinem Tante-Emma-Laden, verwerfe jedoch den Brötchenkauf. Ich kann jetzt nichts essen.

„Sie sind ja patschnaß", sagt die Kassiererin.

Ich lächele gezwungen an ihr vorbei und beeile mich, schnell aus dem Geschäft zu kommen, unterm Arm ein Pfund Kaffee und einen packen Tempos. Beides werde ich brauchen . . .

Gino und Tibbidi empfangen mich an der Tür, laufen mit erhobenen Schwänzen vorneweg in die Küche.

Meine Zuwendung besteht aus Reden.

Ich vermeide übliches Streicheln und Anfassen, auch wenn es schwerfällt. Vor allem muß Tibbidi nach wie vor von mir ignoriert werden. Das Risiko aufflackernder Eifersucht ist zu gefährlich. Das darf nicht passieren.

Der Dicke schaut zu mir hoch, so als wolle er etwas fragen. Dann blickt er verunsichert weg und trollt sich. Annastasia hüpft auf die Katzentonne, raspelt ihre Krallen und putzt sich.

Ein sehnsüchtiger Maunzer dringt aus dem Wohnzimmer. Als ich zum Schreibtisch gehe, landet Gino mit einem gewaltigen Sprung auf meinen Papieren und legt sich lang. Schnurrt dunkel, rollt sich auf den Rücken.

Seine prallen, griffigen Pfoten öffnen und schließen sich zärtlich, ich beuge mich ihm zu, er streckt sich entgegen, berührt sanft meine Wangen.

Diese Hingabe!

Kaum zu verkraften bei meiner Verfassung.

Er ahnt etwas, da bin ich sicher.

Aber es ist jetzt nicht der Augenblick, über das Befinden meines Katers nachzudenken. Ich muß und will handeln.

Zuerst einmal braucht Tibbidi einen Tierarzt. Ihr Durchfall ist seit gestern schlimmer geworden.

Töffelchen darf auf keinen Fall abmagern. Bei ihrer Zierlichkeit hätte das böse Folgen. Gino müßte ich in die Tierarztpraxis mitnehmen. Denn wenn die Kleine auch nur eine Stunde aus der Wohnung ist, wird der Kater ihre Rückkehr nicht dulden. Das aber muß verhindert werden. Für beide Tiere ist die Grenze der Belastbarkeit erreicht.

Also einen Tierarzt aufsuchen, der einen guten Ruf und so nah als möglich seine Praxis hat. Streßbegrenzung durch kurze Strecke, das ist wichtig.

Dr. Bednarz kommt mir in den Sinn. Das sind zehn Minuten Fußweg. Da die Uhr den Mittag überschritten hat, werde ich bis 16.00 Uhr ausharren, jede Praxis hat in der Zwischenzeit geschlossen.

Außerdem brauche ich einen Menschen, der mir hilft beim Transport. Denn ich habe kein Auto.

Per pedes mit zwei schreienden Katzen über die Bürgersteige wanken, das ist zu viel. Aber für ein Taxi ist der Weg zu kurz. Das gibt nur Ärger. Vor allem mit einem Tiger, der mit sieben Kilo Lebendgewicht sich anstrengt, aus seinem Tragekorb Kleinholz zu machen. Möglicherweise begleitet von Tibbidis durchdringenden Hilferufen.

Nein, das Taxi kann ich vergessen.

Mit einem Blatt Papier samt Stift grübele ich nach Namen, die ich aufschreiben kann. Namen von Menschen, die in dieser Not zur Hilfe bereit sind und dazu einen Platz für Gino haben. Für etliche Tage. Dann müßte ich ihn nicht mitschleppen in die Tierarztpraxis. Könnte ihn aus dieser Wartestellung heraus in sein neues Zuhause bringen, das zu finden mir noch bevorsteht.

Ein halbes Dutzend Leute fällt mir ein.

Aber ich muß sie wieder streichen, denn überall gehört ein Hindernis dazu.

Ein Name bleibt allein übrig: Marion. Auf der Stelle wähle ich ihre Nummer. Das Telefon läutet und läutet, stellt sich von selber ab. Sie ist nicht da.

Probieren, wieder und wieder. Eine Stunde vergeht. Dann hebt Marion ab.

Ich haspele die ganz Bredulle herunter, die sich hier in der Wohnung abspielt.

„Du weißt, meine Kinder haben jede Menge Meerschweinchen, die frei herumlaufen, ich kann Gino nicht nehmen," sagt sie.

„Kannst Du sie nicht für einige Zeit wegsperren?", frage ich verzweifelt. Und weiß selbst, daß das nicht geht.

„Ich kann dich aber zum Tierarzt fahren", bietet Marion an.

Das läßt mich aufatmen. Ein Problem weniger!

Wir verabreden die Uhrzeit.

Mein Gedächnis zermartert sich zwischenzeitlich weiter nach Helfern.

Immer deutlicher wird die Tatsache, daß Gino noch heute aus dem Haus muß. Töffelchen steht so unter Strom, sie verträgt keinen Wechsel. Braucht Ruhe und Zuwendung in den eigenen vier Wänden. Was Gino braucht, ist Abstand. Den Grund seiner Wut nicht mehr vor Augen haben. Annastasia nicht mehr sehen, nicht mehr hören, nicht mehr riechen. Er darf nicht mehr zurückkommen. Es muß heute sein, und es muß endgültig sein.

Und dann fällt mir die richtige Adresse ein.

„Hannovers Katzenadresse!" Meine Güte, wie konnte ich bloß so lange ein vernageltes Hirn haben! Der Prospekt befindet sich seit Monaten in meinen Gino-Unterlagen. Aber dergleichen passiert uns Menschen oft. Haben die Lösung vor der Nase und sehen sie doch nicht.

Die Telefonnummer heraussuchen ist ein Klaks, doch die Verbindung endet beim Anrufbeantworter. So spreche ich kurz auf Band und würge die aufsteigende Entmutigung hinunter.

Wieder ist Warten angesagt. Die gute Lösung festhalten und ins Herz schreiben. Nicht aufgeben.

Es wird sich schon alles historisch entwickeln! O Mutter, dein Wort in Gottes Ohr! Vorläufig gibt es nichts zu tun. Höchstens nach dem Verbleib meiner Tiere zu orten. Gino lagert im Sessel. Seine runden, goldgelben Kartäuseraugen sind geschlossen. Trotzdem nimmt er konzentriert wahr, was ich mache. Seine Ohren signalisieren absolute Wachsamkeit.

Annastasia sitzt bestimmt im Bettkasten.

Nachdem ich auch das feststelle, verordne ich mir Liegen auf dem Sofa. Hin und her zu laufen, reibt nur die Nerven auf.

Aber diese jetzt waltende Stille ist wie elektrisch geladen.

Nur die Uhr auf der Kommode tickt gleichmäßig vor sich hin.

Marion ist pünktlich, gesegnet sei diese Eigenschaft.

Noch in der Tür, erfaßt sie meinen aufgelösten Zustand und enthält sich jeden Kommentars.

Ich nehme es dankbar zur Kenntnis.

Schüttle die bereitgestellte Dose Katzentabs und locke Gino in den Flur. Noch bevor er sein Mißtrauen aufbauen kann, stopfe ich ihn in den Tragekorb und verriegele das Türchen.

Der Kater schweigt verblüfft.

Anschließend hole ich Tibbidi aus ihrem Versteck und packe sie in eine Sporttasche.

Beladen mit Sorgen und zwei Katzen landen wir im Auto.

Kaum fahren wir los, beginnt eine doppelte Sirenenkantate.

Sie geht durch Mark und Bein. Marion bewahrt die Nerven.

Die Strecke zu Dr. Bednarz ist geradezu lächerlich kurz, aber uns reicht es. In der Praxis sitzt eine Frau mit ihrem Liebling. Als sie hört, was die Assistentin aufschreibt, gibt sie mir spontan den Vortritt.

Gut, daß unter den Tierfreunden auch die Menschenfreunde zu finden sind! Nicht immer ist das so. Leider.

Dr. Bednarz kümmert sich liebevoll um Tibbidi, schaut dann zu Gino in den Korb. Der Mann gefällt mir. Auch die Tiere reagieren positiv auf seine Ansprache.

Ich beschreibe Tibbidis Krankheitsbild, erkläre meine Situation und weshalb der Kater mitmußte.

Dieser Tierarzt ist sofort bereit, zur weiteren Behandlung ins Haus zu kommen. Wieder ein Hindernis weniger!

Es scheint, daß sich jetzt die Türen öffnen, die so notwendig sind.

Auf der Rückfahrt durchleiden Marion und ich die zweite Katzenkantate. Mit bewundernswerter Gelassenheit schlängelt sich meine Freundin durch den inzwischen angewachsenen Verkehr. Rush-hour auf Hannovers Straßen ist ein Kapitel für sich. Glücklich zurück in der Wohnung, darf Töffelchen als erste heraus. Sie eilt zu meinem Bett und verschwindet darunter.

Nachfolgend verläßt Gino den Transporter, robbt etliche Schritte platt wie eine Flunder, um dann hastig seinen Baum zu erklimmen.

Gut so.

Marion muß gleich wieder heim.

„Hoffentlich klappt alles", sagt sie und macht sich auf die Socken. Denn bei ihr warten drei hungrige Kinder. Die Meerschweinchenkolonie nicht zu vergessen.

Irgendwo haben wir alle einen Klaps mit unseren Tieren.

Aber vielleicht ist jedes Hobby mit einem liebenswerten Tick verbunden?

Beharrlich hänge ich mich erneut ans Telefon, versuche Hannovers Katzenadresse zu erreichen.

Nach einigen Anläufen ist es Doris Heidenreich, die selbst abhebt. Ich schicke einen Stoßseufzer zum Himmel. Und tatsächlich!

Sie hat das passende Katzenzimmer für Gino, will ihn sofort aufnehmen.

„In zwei Stunden können sie kommen", sagt sie.

Und verspricht: „Ich werde zwei Tiere umquartieren, damit der Kater einen Raum bekommt, der nur eine Sichtseite hat. Mit drei festen Wänden wird er sich geschützter fühlen."

Mir fällt ein Stein von der Seele.

Das ist die richtige, tiergerechte Unterkunft für meinen roten Tiger. Ohne Hast kann ich dann alles tun, um ihn optimal zu vermitteln. Es darf keine Fehlentscheidung mehr geben.

Wieder quäle ich mich durch die Wartezeit. Zwei Stunden.

Dann ist es soweit. Das Taxi hält vor der Haustür.

Ausgerüstet mit Ginos Lieblingskissen und Decke, den Dicken im Korb, trete ich diesen Weg alleine an. Es dauert, bis alles im Auto verstaut ist. Dann nenne ich die Adresse. Der Taxifahrer zögert, sucht auf dem Stadtplan.

Auf dem Rücksitz revoltiert Gino neben mir, beißt in die Gitterstäbe. Schafft es, die Pfote durch einen Spalt zu quetschen, verkrallt sich in meine Jacke. Moduliert langgezogene, volltönende Heulrufe, die jedem Wolfsrudel zur Ehre gereichen. Wird danach still und schmust mit meiner Hand.

Der Taxifahrer weiß noch immer nicht die Route, reagiert pampig auf meine Ratschläge.

Es regnet nach wie vor in Strömen, die Scheibenwischer surren. Wir halten mit laufendem Motor weiterhin auf der Straße. Es ist stockdunkel, auf dem Asphalt glitzert das Wasser.

„Sie sollten den Zähler abstellen", wage ich zu bemerken.

Ärgerlich haut der Fahrer auf das Ding.

Und fährt nach weiteren Minuten doch noch los.

Es wird eine Kutscherei mit viel Anhalten, Umkehren, Einfahrten und Wendemanövern. Getreue Spiegelung meiner persönlichen Zerrissenheit.

Plötzlich entdecke ich den Glasgiebel der Neubauvilla, einladend beleuchtet. Wir halten am Ende der Sackgasse, der Fahrer trägt Kissen und Decke unter das Vordach. Gino und ich folgen nach.

Frau Heidenreich ist gleich an der Tür, erfaßt mit einem Blick unser Elend.

„Nun kommen sie erstmal rein", sagt sie und nimmt mir die Sachen für den Dicken ab. Ich stolpere der wohltuenden Stimme hinterher und setze den Transportbehälter samt Kater auf den Tisch.

„Na, was bist du denn für einer", meint Doris Heidenreich und beugt sich nah zu dem Tier herunter.

Kräftiges Fauchen und wildes Knurren ist die Antwort, dann haut eine Tatze mit ausgefahrenen Krallen durch die Gitterstäbe.

Haarscharf an ihrem Gesicht vorbei.

Eben im Taxi schmuste mein Kater doch noch! Erschrocken über den blitzschnellen Umschwung, erkenne ich, daß Gino allen Überblick verloren hat und durchdreht.

„Ganz in Ruhe lassen. Erstmal erzählen", sagt Frau Heidenreich. Nur unterbrochen vom Gefauche und Geknurre des Tigers, beschreibe ich den Verlauf der Geschichte.

Und heule Rotz und Schlotz.

Merke, daß diese Frau mich weder für hysterisch hält noch für überkandittelt. Geduldig begleitet sie meine Fassungslosigkeit durch einfach dasitzen, sagt nichts Überflüssiges. Wartet, bis die Emotionen abklingen, redet erst, als Zuhören möglich wird.

„Wir kriegen das hin", sagt sie. Und schildert, daß schon viele verzweifelte Leute und verzweifelte Tiere hier im Hause waren.

„Ich zeige ihnen jetzt Ginos Einzelraum", schlägt sie vor und steht auf. Wir gehen eine Treppe tiefer. Erfreut betrachte ich die guten Unterkünfte.

„Richten sie für ihren Kater alles zurecht, wie er es gerne mag", ermuntert mich die Frau.

Der Kratzbaum steht fest, aber einiges Katzenmobiliar läßt sich umstellen. Für Ginos Kissen gibt es einen erhöhten Platz, auch für seine Decke. Katzentoilette, Wasser und sein Lieblingsfutter kommen dazu. Es tut gut, alles anzuschauen und auszurichten.

Schlichte Handgriffe helfen ganz praktisch, die Gefühlswellen zu überwinden, Anspannung abzubauen.

Doris Heidenreich muß das wissen und wendet es daher unauffällig an.

Tierkenntnis und Menschenkenntnis, das ist eine wohltuende Mischung.

„Nun holen sie ihren Rabauken" beendet sie mein Zögern.

Es hilft nichts. Er muß da rein. Kaum ist das Türchen des Transporters entriegelt, rettet der Rote sich in eine Ecke, faucht und spuckt und nimmt seine Drohhaltung ein.

Jede Nähe ist zuviel, also nichts wie raus aus dem Raum und abschließen.

„Ich gehe mal eben telefonieren", sagt Doris Heidenreich.

Ginos Platz hier ist gut. So gut, wie er nur sein kann in einer solchen Situation.

Vor der Glastür auf dem Boden sitzend, betrachte ich mein verstörtes Tier. Bringe keinen Ton heraus, kämpfe verbissen mit einem Kloß im Hals. Nicht schon wieder heulen! Gino und ich, stumm schauen wir uns an.

Unerwartet erhebt der Dicke sich, streift seitlich am Glas längs, schnuppert prüfend am Hocker, entdeckt sein Kissen.

Er bewegt sich wie in Zeitlupe. Wendet sich, hält dann meinen Blick fest. Es ist, als wolle er mir seine leuchtenden Augen ins Herz brennen. Lange und tief, ein für allemal.

Stumm lasse ich das geschehen.

Stumm laufen mir die Tränen herunter, tropfen auf die Hosenbeine. Was soll in diesem Augenblick auch geredet werden. Ich habe keine Worte für mein Tier. Nichts, sein Eingesperrtsein aufzuheben.

Stumm und ebenfalls wie in Zeitlupe, steigt das Begreifen hoch, daß wir uns zum letztenmal sehen.

Daß heute abend die engültige Trennung passiert.

Bis vor Minuten habe ich das nicht begriffen. Geplant und durchgeführt, aber wie abgeschottet von der Konsequenz.

Abschied von diesem herrlichen Tier, das ist ernst gemeint. Erst an diesem Ort stellt sich die rechte Wahrnehmung ein.

Ja, denke ich.

Wir handeln oft treffend, aber wir erfassen unser Tun erst später wirklich.

Vielleicht geht es auch nur so.

Der richtige Weg erweist sich dadurch, daß er trägt.

Der Schritt ist es, der den nächsten Meter Boden ermöglicht. Jeden Fuß stetig weiter setzen. Und dann ankommen.

An dem Ziel ankommen, von dem wir wissen durch Hoffnung.

Daß wir aber erst schauen, wenn wir angekommen sind. Wie jetzt.

Aufschauen und das Ende des Weges sehen, den Gino und ich miteinander zurück- gelegt haben.

Wie neben mir stehend, erfasse ich langsam das Bild: Trennung. Eine verschlossene Tür aus dickem Glas zwischen Gino und mir. Gemeinsamer Lebensraum, er ist verlo- ren. Gino für mich verloren.

Blitzende Augen unter dem Stuhl verraten die hohe Erregung einer verschreckten Kreatur. Verstörtheit, Verlust, Nicht-Verstehen, all das spiegelt sich in seinem Gesicht wieder. Zorn und Trauer. Wie schön er ist! Auch in diesem Leid.

Tief innen, dort, wo die Dunkelheit der Pupille schwarzen Grund wiederspiegelt, schimmert seine Seele auf. Und nur dort ist die Trauer des Tieres zu finden. Verbor- gen vor der Außenwelt.

Gino gibt sich nicht preis.

Unerreichbar ist er jetzt. Unberührbar.

„Achte meine Verletztheit und taste mich nicht an."

Das kann ich lesen in seinen Augen.

„Gino", rufe ich stumm.

Und in diesem Namen schwingt unser beider gelebtes Miteinander, alles was keinen Ausdruck finden kann, und hätte ich alle Wörter dieser Welt.

„Gino", rufe ich stumm. Und in diesen Namen lege ich all die Liebe hinein, die ihm gehört, und all das Versagen, das mir gehört.

Gino . . .

Wie ich es geschafft habe, nach Hause zu kommen, ist ein Rätsel. Im Bett, den Kopf im Kissen vergraben, so findet mich Töffelchen. Robbt sich dazu, schnurrt verhalten, kuschelt sich an. Seit Tagen hatte ich das vermißt.

Und doch kann sie mich diesmal nicht trösten.

Denn dieser Tag ist nicht irgendeiner unter vielen.

Heute war Ginos Geburtstag.

Wie ein Kind weine ich mich in den Schlaf.

Hannovers
Katzenadress e

Doris Heidenreich-Haese

Hotel • Beratung • Service

Tel./FAX 0511/ 837 9 837

154

Freitag 4. März

Einkehr in die Stille.

Meine Gedanken gehen auf Spurensuche, beleben Erinnerungen an einen roten Kater, der sich verschenkte, der für eine Weile Herberge fand bei mir, ein Gast, der das Schönste gab, was ein Mensch und Tierfreund sich erträumt: Einblick in den Charakter seiner Natur.

Wenn es auch überstürzt wirkt, so ist meine gestrige Entscheidung richtig gewesen. Die Tiere sind getrennt, der Rote bestmöglich untergebracht. Ich muß für Gino ein neues Zuhause finden.

Der einzige Anruf gilt deshalb Doris Heidenreich, die ihn betreut. Mein Kater trauert und tobt abwechselnd. Eile ist geboten.

„Sie müssen inserieren", sagt Frau Heidenreich.

„Ja, und einen Steckbrief mit Foto zum Hinhängen, den werde ich an die Tierhandlungen verteilen", überlege ich laut.

Einen Text zu fabrizieren, ist nicht einfach. Kurze und treffende Beschreibung eines so vielschichtigen Tieres ... der Papierkorb füllt sich mit zerknüllten Entwürfen.

Die endgültige Fassung kommt aber doch noch zustande.

Zum wiederholten Male lese ich den Text:

„Bildschöner Mäusefänger! Kater, rot marmoriert, kastriert, tätoviert, alle Impfungen, drei Jahre alt, nur an Haus mit Garten oder Bauernhof gegen eine Schutzgebühr abzugeben. Bedingung: Einzelhaltung und einen menschlichen Freund. Notfall. Eilt!"

Ja, so klingt das gut für die Zeitung. Auf großem Blatt gleicher Text mit Foto für die Geschäfte.

Ohne es zu bemerken, geht der Nachmittag rum.

Tibbidi taucht kaum auf, schläft viel im Bettkasten. Ich störe sie nicht. Von ganz alleine wird sie merken, daß keine Gefahr mehr droht. Sie hat viel zu verdauen. Und nicht nur sie.

Gino steckt mir in den Knochen. Ständig verfolgt mich sein Bild. Die Wohnung ist noch voll von seiner Gegenwart. Der Kratzbaum mit seinem Hängenest wirkt schrecklich leer.

Das Spielzeug liegt herum.

Eigenartig, wie auch Dinge erzählen können.

Ich gehe vorsichtig um mit diesem Tag.

Am Abend kommt Töffelchen aus dem Versteck. „Prrr, prrr" ruft sie neugierig. Dann haut sie sich die Wampe voll. Sie lebt auf, die Kleine.

Jetzt, da die Gefahr vorüber ist, rufe ich Jutta an, um sie zu informieren. Sie ahnt, daß ich ihr nicht alles sage. Schluckt den Schrecken erstmal herunter.

„Was ich für Gino tun kann, will ich tun", verspricht sie.

Mir fällt ein Stein von der Seele.

Jetzt brauchen wir nur noch eines: Für Gino ein neues Zuhause. Und Geduld für die kommenden Tage.

Samstag 5. März

„Es fehlt nur noch, daß du dich wie Gino auf den Schrank begibst", sagt Jutta.
Apathisch höre ich ihrer Bemühung zu, die mich ermuntern soll.
„Verstehe doch, ich bin total ramponiert", antworte ich und bade in Selbstmitleid.
„Soweit ich sehen kann, steht die Welt noch", vermerkt Jutta.
„Ja, für dich. Du hast gut reden", beharre ich, wohl wissend, daß ich ihr Unrecht tue.
Meine Freundin gibt nicht auf:
„Rede keinen Quatsch! Schließlich hänge ich auch an Gino. Dazu die Sorge um
Annastasia. Ich schlafe miserabel. Schrecke in der Nacht hoch bei der Vorstellung,
was hätte passieren können.."
Mir geht es genauso.
„Trotzdem. Du mußt raus aus der Butze. Mit Leuten reden!" Jutta insistiert.
Sie hat ja recht.
Und so bohrt sie weiter: „Du bist es, die mir jedesmal sagt, daß ich kein Studium mei-
ner Niederlagen betreiben soll. Aufstehen und nach vorne sehen, so sagst du immer."
Das ist wahr.
„Was soll ich denn anderswo reden. Ich will nichts reden.", beharre ich.
„Teufel eins, sei nicht so egozentrisch!" schimpft Jutta. Ärgerlich dringt ihre Stimme
durch das Telefon. Geduld ist nicht ihre Stärke. Aber genau das ist jetzt für mich der
richtige Ton. Eine gute Freundschaft bewährt sich gerade auch darin, die Verweige-
rung zu wagen, *Nein* sprechen zu einer Richtung, in die abzubiegen nicht gut ist.
„Wir gucken uns Jungtiere an, da wirst du fröhlich gegen deinen Willen", schlägt Jutta
vor.
Das hat mir gerade noch gefehlt! Aber Moment mal. Halt, stop. Genau das ist es.
Nichts Kompliziertes, keine Gelegenheit für's Jammern, ja, das ist richtig.
„Also los!", entscheide ich, erleichtert darüber, das Grübelkarussel zu durchbrechen.
„Na, also, ich wußte es doch"; sagt Jutta und bestimmt den Treffpunkt.
Wieder einmal bin ich dabei, aus mir einen Menschen zu machen.
Wieder einmal sieht die Wohnung chaotisch aus. Töffelchen irritiert das überhaupt
nicht. Gelassen steigt sie über Wäschestücke, herumliegende Socken, schnüffelt nach
Ginos Duftnoten und untersucht eingehend meinen Hausschuh. Unterbricht ganz
plötzlich und horcht angestrengt. Sie erwartet Ginos Um-die-Ecke-biegen noch
immer.
Als sie nur mich im Badezimmer hantieren hört, läuft sie herbei, springt auf den Wannenrand. Zähneputzen ist für Katzen eine abartige Merkwürdigkeit, die sie täglich zu
studieren trachten. Auch Tibbymaus ist fasziniert, arbeitet sich zwischen den Arma-
turen nah heran, tippt mit ihrer zarten, braunen Pfote nach der Zahnbürste, schiebt
das Ding zum Beckenrand. Pardauz, da liegt es unten! Befriedigt über das gelungene

Experiment, äugt die Kleine dem komischen Objekt hinterher. Fordert lauthals lobende Bestätigung, die ich gar nicht zu geben brauche. Blitzschneller Absprung, Landung und zielgenauer Hieb sind eins. Die Zahnbürste verschwindet unter dem Handtuchregal. Tibbidi kriecht unter die Holzplatte, streckt die Hinterkeulchen flach. Die Rute fegt lebhaft den Boden, zeigt bewegten Eifer. Staubflusen um die Ohren, den Stiel der Bürste quer im Maul, so enteilt sie. Findet eine gute Ecke und zerrupft gekonnt den Borstenkopf. Seufzend angele ich mir eine neue Zahnbürste. Für unverhoffte Gäste sind genug auf Lager. Bestimmt nicht mehr lange. Wenn Prinzeßchen etwas Spaßiges entdeckt, ist die Wiederholung gewiß. Ich tue gut daran, mich auf ein Zähneputzen à la Tibby einzustellen.

Töffelchen verfolgt mein Tun, erkennt die Rituale des Ausgehens. Setzt sich neben meine Tasche, schaut mit Kulleraugen zu mir hoch. Wie Akazienhonig schimmert ihr Blick.

Groß ist sie geworden, meine Kleine! Einen langen Rücken hat sie bekommen und hohe, schlanke Beinchen.

„Aber zu dünn bist du, viel zu dünn", stelle ich fest und wuschele über ihr Köpfchen. Elegant entzieht sie sich mit einem Sprung, nagt verspielt an der herumliegenden Zeitung.

„Knuddelchen, so lange bleibst du doch nicht alleine", sage ich und begebe mich in die Bauchlage. Erfreut schnurrt Tibbidi los, schaltet ihren Motor auf höchste Lautstärke. Dann untersucht sie gewissenhaft mein Gesicht, beschnuppert die Nasenspitze, stemmt ein Pfötchen auf die Stirn und putzt meine Augenbrauen gegen den Strich. Soft Peeling auf Somali-Art. Brav halte ich still, bis sie die kosmetische Verschönerung meiner Person einstellt.

Als ich die Wohnung verlasse, sehe ich gerade noch, wie sie zu meinem Bett läuft. Gut so.

Jutta und ich treffen uns in der Liststadt. Mit der Üstra-Bahn geht es weiter.

„Zu wem fahren wir eigentlich?", frage ich.

„Wirst du schon sehen." Jutta tut geheimnisvoll.

Schließlich steigen wir aus. Ein unangenehm kalter Wind läßt uns schneller gehen. Ich bin froh, als Jutta stehen bleibt und klingelt.

„Jetzt lernst du Andrea kennen", sagt sie und eilt vor mir die Treppen hoch. Andrea steht in der Wohnungstür und empfängt uns herzlich. Ja, und dann muß ich erstmal staunen. Stehe im Wohnzimmer und bekomme den Mund nicht mehr zu. Eine riesige Voliere nimmt den halben Raum ein. Ein Zimmer im Zimmer ist das! Hinter den Drahtmaschen sehe ich aber nichts.

„Du mußt schon ganz nach oben gucken", sagt Jutta.

Tatsächlich. Fast unter der Decke sitzen zwei Federtierchen und linsen schrägen Auges zu mir herunter: ein moosgrünes Papageienpärchen.

„Donnerwetter! Geht das gut mit den Katzen?", wundere ich mich.

„Bestens", sagt Andrea, schiebt einen lebenden Pelzmantel vom Sessel und bietet mir einen Platz an. Der lebende Pelzmantel trollt sich friedvoll in den Flur. Dort erwartet ihn neugierig eine tierische Dreierkollektion edelster Farbabstufung. Wie bei einer Modenschau bewegen sie sich in schöner Formation davon.

„Gemütlich, was?" strahlt Jutta und lehnt sich zurück in ihren Platz, dessen Kopfstütze ebenfalls dekorativ belegt ist von einer weiteren Pelzausgabe. Juttas Überraschung ist wirklich gelungen!

„Wer lebt hier eigentlich noch alles?" lache ich.

„Ein potenter Kater mit sieben Haremsdamen, zwei Papageien, eine pubertierende Jungtierbande und ich", sagt Andrea. Und genießt es, mich beeindruckt zu sehen. Und das bin ich auch.

„Und wer", frage ich „und wer ist hier oberstes Regierungsorgan bei so vielen?"

„Normalerweise ich", meint Andrea lakonisch und rettet so nebenbei ihren Blumenstrauß auf ein höheres Regal. Denn eine mir neue Farbvariante auf Sammetpfoten hat heimlich begonnen, die Eßbarkeit von Tulpen zu überprüfen. Jäh unterbrochen, entscheidet sie sich, die Neuigkeiten von Hannovers Straßen anhand meiner Schuhsohlen in Erfahrung zu bringen. Was sie per Nase abliest, scheint ihr zu gefallen. Mehrmals inhaliert sie mit zartrosa geöffnetem Mäulchen eine uns unbekannte Nachricht. Verschwindet dann unter dem Kaffeetisch. Im Flur vor der Wohnzimmertür hat sich währenddessen eine neue Katzengruppe hingesetzt, man scheint hier auf Präsentation großen Wert zu legen.

Erstaunlich leise sind die Tiere, erstaunlich friedfertig der Umgang.

„Sibirier sind halt so harmonisch", sagt Andrea.

„Wie Juttas Tiger", bestätige ich.

Unsere Gastgeberin holt einen Stapel Fotoalben. Wir machen es uns auf dem Teppichboden bequem. Mit Bildern ist die wundersame Vermehrung aller Lieblinge festgehalten. Unerschöpflich ist der Vorrat an Geschichten, wenn drei Frauen erstmal loslegen. Erfahrungsaustausch heißt man das. Die Männer sollen uns allerdings in nichts nachstehen, das ist per Umfrage erwiesen.

Unser Lachen und Plaudern lockt jetzt auch die Halbwüchsigen herbei. Der Jungkater entzückt mich. Und ihn meine Socken. Die Betrachtung weiterer Fotos geht im Tobespiel unter.

Mindestens sechs Katzen balgen sich mit uns im Raum. Und obwohl zwei Tiere fauchend aneinandergeraten, ist das kein Vergleich mit dem Kräftemessen, das zwischen Gino und Tibbidi stattgefunden hat. Haß und Furcht sehe ich hier nicht. So wie jetzt, so macht das Spaß. Ob ich es vielleicht doch noch mal wage...? Einen Versuch mit einem Sibirier?

Jutta und Andrea bemerken meine Überlegungen.

„Auf Dauer sollte Annastasia nicht alleine bleiben", sagen die beiden.

„Ich wüßte da einen Wurf gerade im passenden Alter. Mein Kater hier ist vielleicht schon etwas zu groß", sagt Andrea.

Meine Widerstände fangen an zu wackeln. Aber ist es nicht zu eng aufeinanderfolgend? Annastasia muß ihr inneres Gleichgewicht finden und festigen. Das braucht länger als von heute auf morgen.

„Warte nicht zu lange", rät Andrea, und Jutta pflichtet ihr bei.

„Und wenn es schief geht? Ich halte das nicht noch einmal aus", sage ich.

Das Entsetzen des zurückliegenden Kampfes grummelt plötzlich in der Magengegend. Nein, mit so einer latenten Angst sollte ich keine andere Sache starten.

Solange Ginos Zukunft unklar ist, geht nichts. Erst wenn er erlöst ist aus der jetzigen Situation, dann bin auch ich frei für neue Pläne. Ach ja, mein dicker Herzenskrümel ...

„Ist Annastasia nicht auch dein Herzenskrümel?" Jutta schaut vorwurfsvoll. Hat ebenfalls noch nicht alles verdaut. Kaut an ihrem unausgesprochenen Ärger darüber, daß ich ihr die dramatische Zuspitzung zwischen den Tieren verschwieg.

War die Explsion doch vorhersehbar? Sinnlos, darüber nachzugrübeln. Und wie jetzt meiner Freundin erklären, daß ich natürlich Tibbidi im Herzen habe, Ginos ungewisses Schicksal jedoch im Bauch rumort?

Merkwürdig. Dort wo die meiste Mühe, der meiste Kummer herrscht, dort ist das Band der Zuneigung viel tiefer und fester verknotet als dort, wo es einem leicht gemacht wird. Gino mit seiner Dominanz und Intensität. Was für eine starke Wesenskraft hielt mich durch ihn gefangen! Unerklärlich ist das.

Ich stehe auf und schaue mich noch einmal um. Koste es aus, dieses freundliche und friedliche Zusammenleben von Mensch und Katzen. Ja, so wollte ich das mal haben. Und so kann es doch auch werden. Warum denn nicht! Ich sollte ihn mir ansehen, den Wurf von dem Andrea sprach.

Es ist spät geworden. Ein Taxi fährt uns nach Hause.

Lange muß ich locken, bis Tibbidi dem Bettkasten entsteigt.

Wir spielen noch ein bißchen Mäusewerfen. Noch wagt sie es nicht, ganz unbekümmert loszusausen. Freude und Furcht wechseln ab. Ich drücke sie zärtlich, meine Kleine.

Suche mir eine Lieblingsmusik auf Kassette und stelle den Recorder am Bett an. Entspannung auf der Matratze ist eine Wohltat.

Tibbidi hockt sich auf meine Füße, ist unschlüssig, ob sie sich da zusammenrollen soll. Krabbelt sicherheitshalber doch in die unterirdische Schutzhöhle. Ich lasse sie gewähren. Irgendwann wird sie es nicht mehr tun. Vergessen wird sie nicht. Aber überwinden. So wollen wir denn schlafen, alle beide.

Morgen ist ein neuer Tag.

Frau Heidenreich hat angerufen. Gino kann nicht bei ihr bleiben. Die Anwesenheit der anderen Katzen bringt ihn zur Raserei. Obwohl in Einzelhaltung, sieht und wittert er die anderen Tiere rundherum. Ist nur noch ein fauchendes Bündel. Springt gegen die Tür und gebärdet sich wie toll. Verwirrt und verschreckt die Katzen in den Nachbarzellen. Angstvolles Aufgescheuchtsein breitet sich aus.

„Ich kann ihn nicht behalten. Bei aller Liebe nicht. Er verursacht einen solchen Krach, daß meine anderen Tiere gehetzt und nervös umherirren. Das geht nicht. Ich trage Verantwortung für alle mir anvertrauten Tiere", sagte mir Frau Heidenreich vorhin. Ich verstehe vollkommen, daß sie es sehr genau nimmt mit Unterkunft und Pflege. Der Tiger muß weg. Noch heute.

Verzweifelt telefoniere ich herum. Denn ins Tierheim kann ich ihn nicht geben. Dort beruhigt er sich erst recht nicht. Die Situation würde noch schlimmer. Gino könnte sich davon überhaupt nicht mehr regenerieren. Wieder melde ich mich bei Doris Heidenreich, in der Hoffnung, daß sie jemanden ausfindig machte.

„Alles ergebnislos", seufzt sie. „Wen immer ich auch zu sprechen kriege, nirgendwo ist Einzelhaltung möglich."

„Was machen wir nur? Ich bin am Ende mit meinem Latein", stöhne ich.

„Dann droht uns noch, ihn noch einschläfern zu müssen. Das können wir doch nicht zulassen!", überlegt Frau Heidenreich krampfhaft.

Ihn zurückholen in meine Wohnung? Bei mir einsperren? Oder Annastasia ausquartieren? Gino ist so durcheinander, daß er sich überhaupt nicht mehr anfassen läßt. Nur noch um sich haut. Aber einschläfern? Soll er so enden, dieser prachtvolle Kerl? Nur, weil wir nichts finden? Lieber Gott, nur das nicht!

Der Reihe nach rufe ich Freunde an. Auch solche, die gar keine Erfahrung mit Tieren haben. Der große Kater ist ihnen nicht geheuer. Sie fürchten sich. Und Tibbidi mit ihrem Durchfall kann ich ihnen noch weniger zumuten. Ich zähle jede Stunde, die erfolglos verstreicht. Gino muß doch leben dürfen!

Das Telefon läuft heiß. Mittendrin klingelt es an der Tür. Dr. Bednarz kommt. Er will Annastasia noch einmal gegen den Durchfall spritzen. Das habe ich vollkommen vergessen.

„Sie sehen ja krank aus", meint er.

Ich halte meine Verzweiflung nicht zurück.

„Gino kann zu mir", überlegt Dr. Bednarz.

„Was sagen sie da?"

„Gino kann zu mir", wiederholt er.

Ich kann das eben Gehörte kaum glauben. Kaum glauben, daß die Rettung buchstäblich ins Haus geschneit ist.

„Nach der Praxis hole ich ihn ab. Ich fahre ihn zu mir. Meine Katzenunterkünfte sind zwar noch im Rohbau, aber ein Raum läßt sich einrichten. Zum Glück ist derzeit kein anderes Tier vorhanden", sagt er.

„Und für wie lange", frage ich.

„Zehn Tage. Dann muß ich leider verreisen", antwortet der Tierarzt.

Zehn Tage! Zehn gewonnene Tage für meinen Kater. Nun gilt es. Ein Wettlauf mit der Zeit. Gino. Gino. Er muß sich wieder fangen. Werden, wie er war. Wie soll ihn sonst jemand nehmen, wenn er so fuchsteufelswild reagiert? Wer wird mir glauben, daß er einmalig zärtlich und sanftmütig sein kann, wenn er sich wohl fühlt? Anhänglich wie sonst keiner?

Am Abend benachrichtigt mich Dr. Bednarz. Die Umsiedlung ist gelungen, wenn auch mit Schrammen und Kratzern.

„Und? Was macht er jetzt?", wage ich zu fragen.

Der Tierarzt lacht: „Ich habe ihn gerade auf dem Arm. Er futtert Vitaminpaste in sich hinein. Schmust und schnurrt."

„O du robustes Kerlchen. O du wunderbarer Kater", jubele ich im Stillen. Nun sind die Chancen schlagartig gestiegen. Das Inserat ist aufgegeben. Wer sich nach einem roten Tiger sehnt und diesen sieht, der muß ihn doch wollen. Der muß ihn doch wollen, wenn er Ginos Augen sieht. Ginos Blick. Wer könnte dem widerstehen. Ich atme durch. Neue Zuversicht strömt dem Herzen zu. Trotz aller Sackgassen fand sich jedesmal ein Ausweg. Weiter. Weiter. Weiter. Nicht unterkriegen lassen.

Es muß noch alles gut werden.

Mittwoch **9.** *März*

Ginos Anzeige steht in der Zeitung.

Es ist der helle Wahnsinn! Daß die Vermittlung schwierig ist, war klar. Aber sooo? Ich habe den Text nicht nur in die zwei großen Zeitungen gesetzt, sondern auch noch in drei Ausgaben des Landkreises Hannover. Den ganzen Morgen hypnotisiere ich das Telefon. Nichts. Ab Mittag geht es los, und jetzt hört das Klingeln nicht mehr auf. Aber was sind das für Anrufe??!! Am besten schreibe ich exemplarisch auf, wie sich das abspielt, sozusagen ohne Punkt und Komma.

Anruf Nr. 1: „Ein Kater also, aha, und was fehlt dem Tier? Na, na, das sagen sie so, zerreißt vielleicht die Gardinen, oder? Nein? Ist ja ein großer Bursche, frißt ganz schön viel, was? Na, wir haben eine Gastwirtschaft, da bekommt er genug von den Gästen, mein Mann soll ihn zum Geburtstag haben, als Überraschung, nein, er weiß nichts davon, wie? Ja, morgen schon, nein, ich muß ihn mir nicht ansehen, die Beschreibung reicht, wenn er wirklich rot ist und Mäuse fängt, wir nehmen ihn gleich mit, wieso denn noch reden? Was denn reden? Sie mich kennenlernen? Es geht doch um den Kater, wozu das denn! Sie wollen ihn doch los sein, verlangen ja nicht mal Geld dafür, Kaufvertrag? Unterschreiben? Wofür halten sie sich eigentlich? Kommt gar nicht in Frage, das ist ja schließlich kein Pkw, sie wollen nicht? Na, sie haben sich aber, wenn sie so zimperlich sind, dann muß der Kater ja spinnen! Vorbeikommen? Was geht sie das an, wie ich wohne? Haben wohl sonst nichts zu tun, was? Ist doch lächerlich, sie . . . sie . . .“

Wir legen gleichzeitig auf.

Anruf Nr. 2: „Ich bin wirklich interessiert, einen Roten wollte ich immer schon, sie, aber ich habe so meine Erfahrungen, ist der Kater wirklich friedlich? Man gibt doch ein Tier nicht so weg, ich hatte einen, der war ein falsches Biest, aber damit muß man rechnen. Natürlich habe ich Zeit, abends bin ich zu Hause, da will ich Ablenkung . . . Tagsüber? Da schläft der doch! Außerdem kann er im Vorgarten bleiben. Autoverkehr? So ein bißchen, aber der Schäferhund vom Nachbarn geht auch alleine, da passiert nichts, die Kinder sind doch auch draußen, bestimmt, die freuen sich schon, aber ich hab' gleich gesagt, in die Betten kommt der mir nicht, Katzenhaare verstopfen die Waschmaschine meint unsre Oma. Wie bitte? Ja, die lebt auch hier, einer muß doch auf die Gören aufpassen, ha, ha! Mein Mann will gerade wissen, ob wir ihn an der Leine? . . . wirklich? Einen Hund? Ja, das hat mein Mann auch schon vorgeschlagen . . .“ Höflich dankend legen wir auf.

Anruf Nr. 3: Eine etwas weltfremde Stimme. „Wegen der Annonce, ja. Ich muß da erst mal hinterfragen. Aus ihren Reaktionen kann ich mir ein besseres feeling machen. Sagen sie mal, wie intensiv ist ihre Bindung zu dem Tier? Die seelische Prägungsphase ist nämlich entscheidend und charakterformend, wissen sie das? Was ist er eigentlich für ein Sternzeichen? Am 3. März geboren? Oh, das ist eine glückliche Konstellation, ich bin nämlich Wassermann, da lieben wir beide die Selbständigkeit und das Stromern in der Natur. Die Impftermine einhalten? Ach wissen sie, ich bin gegen Alopathie, seit Jahren mache ich Akupunktur, das stärkt die Immunkräfte auf natürliche Weise, doch doch, meine Katze hatte nie was, immer gesund. Gestorben? Wir wissen es leider nicht, sie kam nicht mehr wieder. Unser Grundstück grenzt an einen Wald, ganz wunderbar! Dort ist sie täglich jagen gewesen, ein Tier folgt stets seiner Bestimmung. Tja, und so ist sie wohl dort geblieben, in ihrer Katzenwelt. Abgeschossen? Nein, das würden die uns bestimmt gesagt haben. Wie meinen sie? Schade. Er hätte es so gut bei uns! Ob ich einen Vertrag unterschreiben würde? Wegen der Einhaltung der Impftermine? Warum denn, ich sagte doch schon, daß die natürliche . . .“

Bevor ich weiteres erfahre, wünsche ich einen ruhigen Feierabend und lege auf. Naturheilverfahren gegen Tablettenfresserei, das kann auch ich bejahen. Aber hier geht es um Tollwut und Leukose! Kann man die Kirche nicht im Dorf lassen? Mir drehen sich Kopf und Magen. Hilfe! Wie soll ich bloß einen vernünftigen Menschen und Platz finden für meinen Dicken? Stöhnend werfe ich den Hörer hin. Wieder klingelt es. Ich streike. Will nicht mehr. Der Apparat wird nicht still, beginnt von vorne. Also, letzter Versuch für heute!

„Na, wie war's?“ Ich bin so gerädert, daß ich Lianas Stimme fast nicht erkenne. Kriege die Sätze nicht mehr gescheit voreinander. „Hm, hm“, kommentiert sie mein Wettern auf sämtliche Interessenten dieses Landes.

„Nerven bewahren, einfach Nerven bewahren. Und immer schön nachhaken. Fakten abfragen. Es wird sich schon was finden. Die Tierärzte erkundigen sich doch auch für dich, die Katzenhilfe ist aktiv, die Züchter wissen Bescheid und alle Freunde“, tröstet sie mich.

Und das stimmt auch. Alle, alle helfen mit. Ich fühle mich gehalten von einem Netz, das Tierfreunde gespannt haben über ganz Niedersachsen. Sogar in Bremen und Celle weiß man von Ginos Not.

„Es muß einfach klappen, es muß, es muß, es muß!“, wiederhole ich beschwörend. Liana gibt mir noch einige gute Ratschläge. Ja nicht nachgeben in Punkto Kaufvertrag. Wer es gut meint mit dem Tier, wird sich dagegen nicht sperren. Nur so ist Sicherheit vor Mißbrauch gewährleistet, weil Ginos Domizil beim Tierschutz gespeichert wird und eine Kontrolle seiner Haltung gegeben ist. Auch weiterverschenken kann man ihn ohne Rückfrage dann nicht.

„Also“, ermuntert mich Liana, „halte die Ohren steif!“

„Da habe ich auch was von! Mit steifen Ohren finde ich auch nichts für Gino“, klage ich.

„Abwarten“, sagt Liana.

Kaum lege ich den Hörer auf, geht das Klingeln wieder los. Diesmal meldet sich ein ruhiger Mensch, der weiß, was er will. Erzählt von seinem Kater, und wie er gestorben ist. Leere und Trauer im Haus. Er versteht meine Situation, meinen Kummer, meine Sorge um einen guten Platz, um eine liebevolle Betreuung. Alles scheint zu stimmen. Ich erwähne den Kaufvertrag. „Natürlich machen wir das“, sagt der Mann.

„Und daß sie im Auto mitkommen, das geht auch." Wir tauschen noch etliche Informationen aus, dann werden wir uns einig. Freitag die Besichtigung des Tieres, Samstag die Übergabe, falls ihm der Rote gefällt.

„Alles, was Gino braucht, bekommt er mit."

„Gegen Bezahlung selbstverständlich", sagt der Mann.

Ein gutes Zeichen. Der Kater ist ihm die Ausgaben wert. Daß man heutzutage auf sowas achten muß!

Als das Gespräch beendet ist, atme ich tief durch. Ich höre es geradezu plumpsen. Obwohl der Abend weit fortgeschritten ist, rufe ich Liana und Jutta an, um die gute Botschaft zu verkünden. Daß es heute noch gelingen würde, wer hätte das gedacht! Ich bin so kaputt, daß ich gar nicht darauf sehe, wo Tibbidi steckt. Total müde und überdreht im Kopf, dauert es, bis ich abschalten kann. Noch im Schlaf führe ich Telefonate.

Donnerstag 10. *März*

Träume ich noch, oder klingelt das Telefon wirklich?
Ich springe aus dem Bett und laufe zum Schreibtisch.
„Entschuldigen sie, aber es geht um die Vereinbarung gestern", sagt eine Stimme. Es ist der gestrige Anrufer. Mir schwant Übles.
„Es tut mir leid. Es ist mir so peinlich. Aber ich kann den Kater nicht nehmen."
„Was ist passiert?", frage ich.
„Meine Frau. Sie ist krank. Es wird ihr zu viel mit dem Tier."
„So plötzlich? Wußten sie das nicht schon gestern?"
„Ja, schon. Aber... es ist so... Ich habe das alles alleine angeleiert. Ich dachte, sie freut sich auch, wenn ich..." Hilflos schweigt der Mann.
„Ich verstehe", sage ich langsam. „Da kann man halt nichts machen."
„Es tut mir so leid. Ich hoffe, sie finden noch was", entschuldigt sich die Stimme. Grenzenlos enttäuscht lege ich auf. Um eine Erfahrung reicher. Das passiert mir nicht nochmal. Auf die Idee, zu fragen, ob denn der Lebenspartner von der Aktion weiß und damit einverstanden ist, auf diese Idee muß man erstmal kommen. Ein Kindergarten erwachsener Leute ist das, denke ich verärgert. Jetzt kann ich am Samstag wieder von vorne anfangen. Wie gut, daß ich ein zweimaliges Inserat aufgegeben habe. Und inzwischen lernte, wie ich Gespräche führen muß. Nämlich knapp, präzise und bestimmend. Die meisten Anrufer wissen nicht, was sie genau wollen. Folgen irgendeinem Impuls. Aber was ich will, das weiß ich. Und so muß ich fragen. Kein langes Gerede drumherum. O, ich könnte rabiat werden! Auf dem Weg in die Küche verpasse ich einer rumliegenden Glöckchenmaus einen Fußtritt. Am liebsten möchte ich was an die Wand schmeißen. Vor mich hinschimpfend, öffne ich ein Kaffeepäckchen. Die Tüte reißt und der halbe Inhalt verstreut sich auf dem Boden. Auch das noch. Seufzend fege ich den Dreck zusammen. Annastasia-Prinzeßchen verfolgt runden Auges mein unwirsches Hantieren.
„Komm her, mein Zausel. Dich meine ich doch gar nicht", locke ich sie. Mit hochgestelltem Schwänzchen tänzelt sie herbei. Beschnuppert die Kehrschaufel und muß niesen. Empört schaut sie auf. „Soll das mein Futter sein?",scheint sie zu fragen. Lachend hebe ich sie in den Arm. Tibbidi strampelt und protestiert. Hunger hat die Kleine. Und ich bin froh, daß sie wieder kräftig zulangt. Schmatzend vertilgt sie ihre Portion. Saust mit vollem Bäuchlein in den Flur. Vollführt einen Purzelsprung und düst in den Papierhaufen vor dem Schreibtisch. Ergebnis nächtlichen Studiums meines Papierkorbes, nenne ich den. Sie wühlt eine Feder hervor und zerkaut sie spielerisch. Erstarrt und lauscht angestrengt. Schritte im Treppenhaus. Knurrend läuft sie zur Tür. Sträubt das Fell. Gut so. Sie verteidigt ihr Revier. Wenn auch klein und zierlich, so hat sie doch ein mutiges Herz. Und genau das brauche ich auch.

„Du bist mir das rechte Vorbild heute", lobe ich sie.

Sich aufzuregen, ist nicht das Rezept des Tages. Um die Warterei zu überbrücken, wird es gescheiter sein, mir eine Beschäftigung einfallen zu lassen. Sonst kommt mir ständig Gino in den Sinn. Gino, der darauf wartet, abgeholt zu werden. Täglich erkundige ich mich nach seinem Befinden. Er macht sich gut. Benimmt sich friedlich und zugänglich. Spielt sogar wieder. Aber er klagt auch. Halte aus, mein Tiger! Wo die Geduld aufhört, fängt die Langmut an. Mein Jahresmotto wird getestet, stelle ich fest. Irgendwo, mein Dicker, steht das Haus für dich bereit. Es ist längst da. Wir müssen nur zusammentreffen. Aber es ist da. Wie oft habe ich das erfahren bei der Suche nach einer Wohnung. Man sorgt sich, fürchtet, daß es keine gibt. Einmal gefunden, wird deutlich, daß sie längst gebaut war. Daß es nur darum ging, zusammenzukommen. Es ist eine merkwürdige Sache. Aber ein fester Wunsch scheint das Ziel herbeizuziehen.

Und ich habe einen festen Wunsch. Ich male mir aus, wie Gino glücklich über eine weite Wiese läuft. Frei und unbeschwert. Ich male mir aus, daß er geliebt wird und King sein darf im Haus. Ich male mir aus, wie ich ihn besuche und all das sehe, was jetzt noch verborgen ist.

Während ich so darüber nachdenke, hebt sich meine Stimmung. Und der sonnige Vormittag hilft dabei. Ja, die Sonne ist endlich durchgebrochen. Hell scheint sie herein. Malt das Muster der Fenstergardinen mit filigranen Schatten aufs Parkett und an die Schrankwand.

Tibbidi hat einen Sonnenfleck auf dem Teppich gefunden. Rollt und streckt sich wie auf einer Lichtinsel. Seidig glänzt ihr Fell. Honigwarm ihre Augen. So liegt sie und hascht nach ihrer Schwanzspitze.

Ich mache mich daran, Blumen und Topfpflanzen zu gießen. Sie brauchen es. In dem Trubel der letzten Tage habe ich sie ganz vernachlässigt. Bevor ich es überhaupt gezielt plane, bin ich mitten im Umtopfen. Annastasia hilft auf ihre Weise. Tapst zwischen den Erdkrumen herum. Rollt einen leeren Topf vor sich her. Erbeutet ein abgeschnittenes Geranke und trägt es in ihren Bettkasten. Was da schon alles drin ist! Eine alte Socke von mir, ein Waschlappen, Papierfetzen, ein Stück Fell, bunte Geschenkebänder. Tibbidis Schätze sind sehenswert.

Ob ich heute einen Spaziergang einlege? Bislang habe ich die Kleine kaum alleine gelassen. Sie verwöhnt nach Strich und Faden. Töffelchen folgt mir wie ein Schatten. Ihr Schmusebedürfnis ist unersättlich. Sie holt alles nach, was ihr fehlte. Ich habe viel wieder gut zu machen. Dankbar empfange ich ihre Zutraulichkeit. Die Chance, etwas wieder gut zu machen – Tiere geben sie uns.

Nach drei Stunden ist das Umtopfen beendet, der Dreck weggeräumt. Befriedigt betrachte ich das gelungene Werk. Freue mich über neue Triebe und Blättchen. Bevor die Sonne abschwächt, gehe ich doch noch mal um die Häuser. Letzte Schneeglöckchen blitzen weiß. Der kräftige Krokus schiebt seine Knospen durch die Rasenmatte. An dem Gesträuch der Hecken kleben gestreifte Schneckenhäuschen. Noch ganz dicht verbarrikadiert. Aber der Frühling läßt sich nicht mehr aufhalten. Wie von allein reimen sich heitere Verse in meinem Kopf. Ich eile nach Hause und schreibe sie auf, bevor sie sich verflüchtigen:

Schneckenweisheit

Ein jedes Ding in der Natur
hinterläßt so seine Spur.
Unter anderem die Schnecke
in des Gartens grüner Hecke.
Wenn sie auch von kurzer Sicht,
weiß sie um das Sonnenlicht.
Antennen hat sie, fein geformt,
nicht für Sichtbares genormt.
Harmonie und Schönheitssinn
ist ihr Teil seit Anbeginn.
Baut kein Haus. Sie läßt es werden.
Wie denn alles hier auf Erden
kein Bestand, doch Leben hat.
Unsere Schnecke auf dem Blatt
kündet davon still und friedlich.
Sagt der Mensch: „Ach, ist sie niedlich!",
sollte er mal in sich geh'n
und sie sich genau beseh'n.
Denn die Schnecke, die hat Weile.
Kennt die Hast nicht, noch die Eile.
Gehorcht der Weltenuhr allein,
lebt artgetreu ihr Schneckensein.
Nur der Mensch will ungern warten.
Wächst es drum schneller in dem Garten?

Ein bißchen Spaß, ein bißchen Ernst, ein bißchen zwischen den Zeilen.
Die menschliche Seele findet ihre Bilder für sich selbst. Und manchmal entsteht ein
Reim gerade dann, wenn man glaubt, daß es nichts Gutes zu bedichten gibt.
„Hab ich recht, du Zausel?", lächele ich Annastasia zu. Mein Kätzchen schaut gar
nicht her. Hat eine Teppichfranse im Beißfang und spielt wilde Sau. Ich merke schon.
Bald hat sie so ein Oberwasser, daß ich mich werde erzieherisch behaupten müssen.
Auch in Tibbidi wird es Frühling. Gibt es etwas Schöneres, als die Erneuerung ihrer
Natur? Ein heller Tag war das heute. Da mag es denn Abend werden. Mit einem Buch
vor der Nase und Tibbidi auf dem Schoß wird es das auch. Ein guter Abend zu zweit.

Ist Mensch gegen den Strich gekämmt,
das seine frohe Laune hemmt.
Die Katze glättet dann ihr Haar
und fühlt alsbald sich wunderbar.
Der Mensch, er wandert zum Friseur.
Und sagt: ein guter Schnitt muß her.

172

Es stürmt wie verrückt. So sehr jagen die Wolken, daß sie einander überholen, sich zusammenballen und wieder aufreißen. Der Wind pfeift hörbar durch die Fensterklappen und heult unheimliche Akkorde in den Schornsteinabzug. Tibbidi rennt hin und her, sucht den unsichtbaren Störenfried. Mal knurrend, mal erregt miauend. Trotzdem muß ich sie alleine lassen. Denn auf mich wartet ein Treffen, das Ginos Schicksal wenden kann. Gestern war ja das Inserat noch einmal in der Zeitung. Es gab viel weniger Anrufe, dafür aber ernstgemeinte. Nicht von außerhalb, sondern aus der Stadt. Der letzte Anruf gab den Ausschlag. Und zu diesem Ehepaar fahre ich heute. Es wäre zu schön, wenn Gino in Hannover bleiben könnte. Nicht so weit weg. Ihn herzugeben und nie wiederzusehen, das kann ich mir einfach nicht denken.
Totz des wilden Wetters nehme ich einen Schirm mit. Er wird wenig nützen. Und so ist es auch. Kaum auf der Straße, schlägt eine Böe ihn mir aus der Hand. Im Dauerlauf geht es zur Straßenbahn. Die unterirdische Haltestelle bewahrt mich davor, gleich zu Beginn der Fahrt klatschnaß zu werden. Ich muß bis zum Roderbruch. Am Aegidientorplatz steige ich um. Mir klopft das Herz. Als ginge es zum ersten Rendezvous. Es hängt so viel davon ab! Werde ich richtig entscheiden können? Bloß nicht aus der Sorge heraus falsche Kompromisse schließen, ermahne ich mich selbst. Und am Ende den Dicken wieder abholen müssen, weil es nicht klappt. Natürlich. Vollkommene Sicherheit, daß es gelingt, die gibt es nicht. Aber maximale Übereinstimmung, das ist möglich. Einen heimatlosen Gino, der hin und her gereicht wird, das wäre nicht tragbar. Das hält auch das stabilste Tier nicht aus. Daher ist es so wichtig, vorab zu gucken und abzuwägen.
Endlich kann ich aussteigen. Hole den Zettel mit der Wegbeschreibung hervor und gehe los. Tosender Wind um mich herum. Uralte Pappeln, wettergeprüft, biegen sich ächzend unter dem Sturm. Es heult und fegt an den Ästen mit hohem Gebraus. Wo genau bin ich hier überhaupt? Es wird der Schwedtmannsche Grund und Boden sein. Altes Erbgut, auf dem diese gewaltigen Baumriesen stehen dürfen. Wie zehn Orgeln auf einmal hört sich das an. Erfurchtgebietend. Aus der westlichen Wetterecke zieht es bleigrau und blauschwarz näher. Die ersten dicken Tropfen klatschen auf das Pflaster. Vor mir kämpft eine Gestalt mit ihrem Schirm. Sie kann ihn nicht bändigen. Spannungsgeladen ist die Luft. Ein Windstoß von hinten bläst mich fast um. Die wasserträchtige Wolkendecke senkt sich dunkel und tief. Genau über mir. Es donnert. Wenn es jetzt losgießt, erwischt es mich voll. Aber so heftig stürmt es und treibt es, daß der Himmel keine Zeit findet, sich zu entladen. Die Wolken fetzen auseinander. Für Augenblicke sehe ich leuchtendes Blau. Ein Signal, ein gutes Zeichen für unsere Begegnung? Ich fasse es so auf. Da entdecke ich die geshilderten Blautannen. Dort wird der Eingang sein. Richtig. Ich läute. Die Tür geht auf, und schon stehe ich im Flur.

„Was für ein Wetter!", sagt Frau Heise. Ich bin so aufgeregt, daß ich nichts herausbringe. Im Wohnzimmer kommt mir ihr Mann entgegen. Lächelt: „Es ist kindisch. Aber wir sind unglaublich aufgeregt seit heute morgen."

„Mir geht das genauso", antworte ich. Gottseidank, die Leute sind normal. Es erweist sich als ein besonderes Unterfangen, etwas reden zu sollen, wenn man sich nicht kennt. Beide Seiten hegen einen Wunsch. Beide Seiten hoffen das Gute. Beide Seiten wollen sympathisch erscheinen. Und wissen nicht, wie.

„Eine Tasse Tee hilft immer", meint Frau Heise. Ihr Mann hält sich zurück. Beobachtet mich unauffällig. Und dann schwindet die beklommene Förmlichkeit. Wir fragen und erzählen. Und währenddessen verstärkt sich meine Gewißheit, die richtigen Menschen gefunden zu haben. Ganz fröhlich wird mir. Ganz leicht ums Herz. Das Ehepaar führt mich im Haus herum. Viel Platz hätte Gino hier. Eine Treppe leitet in die oberen Räume.

„Gino liebt Treppen", rufe ich begeistert.

Überall entdecke ich Katzendekor. Katzen aus Ton. Katzen aus Stein. Katzen aus Porzellan. Katzen auf Postkarten.

„Gestern bekam ich die hundertste von meiner Freundin geschenkt", erzählt Frau Heise. Ihr Mann folgt uns und hört zu. Ein verstecktes Lächeln im Blick.

„Und nun schauen sie mal raus", fordert mich Frau Heise auf. Ich lehne mich aus dem Fenster und traue meinen Augen nicht.

Eine große Terasse, eingefaßt mit einer dichten Hecke. Dahinter ein großer Garten. Alte Apfelbäume und breitastige Tannen. Eine große Wiesenfläche. Und ein kleiner Teich. Ich kneife die Augen zu. Schnell öffne ich sie wieder. Und sehe noch immer dasselbe.

Es ist wahr. Es ist da. Das Ziel, es ist gefunden.

„Hier lebte unser Morle. Zwölf Jahre wurde er alt", bemerkt Herr Heise. Seine Frau zeigt auf ein Foto. Ein hübscher schwarzer Kater mit lustigen Augen.

„Als wir in dieses Haus zogen, mußte er auch lernen, sich draußen zurechtzufinden. Drei Jahre hatten wir ihn in der alten Wohnung", berichtet das Ehepaar.

Drei Jahre. Wie Gino. „Sie haben also Erfahrung, wie man das macht", freue ich mich. Alles entwickelt sich geradezu optimal. „Und sie? Wollen sie denn auch einen roten Kater?", wende ich mich nun direkt an Herrn Heise. Ein Leuchten entspannt sein Gesicht.

„Meine Frau sollte die Initiative ergreifen. Ich will schon lange", betont er.

„Jetzt muß nur noch Gino wollen. Ist er wirklich so schön, wie sie sagen?", fragt Frau Heise.

„Am besten, sie sehen ihn sich gleich morgen an", antworte ich.

„Ob er uns mögen wird?", überlegen die beiden.

Ja, das wird nun die Frage. Daran hängt alles. Das Ehepaar möchte noch viel erfahren über Gino. Ich lege die mitgebrachten Fotos auf den Tisch. Versuche zu erklären, warum ich mich von ihm trennen muß. Und wie schwer mir das fällt. Sie hören genau zu. Wollen alles genau wissen. Das gefällt mir.

Viel später als geplant, beenden wir das Treffen. Herr Heise holt sein Auto. Sie fahren mich nach Hause.

„Bis morgen also", verabschieden wir uns.

Selige Zuversicht läßt mich die Treppen fast hochschweben.

„Töffelchen! Gino hat ein Zuhause!", rufe ich und werfe sie in die Luft. Empört über solch ungewohnte Zärtlichkeit, bringt sich die Kleine in Sicherheit. Ist ja verständlich. Wochenlang hat es keinen so lauten Freudenausbruch gegeben in dieser Wohnung. Aber heute. Heute ist mir zum Jubeln und Singen. Ich lege eine Lieblingskassette auf und tanze. Tanze mit Tibbidi auf dem Arm.

Es dauert, bis ich ins Bett gelange. Erschöpft dehne ich meinen Körper und schicke noch einen letzten Stoßseufzer zum Himmel:

„Gino", sage ich. „Gino, benimm dich bloß anständig, mein Dicker. Zeige deinen Charme oder ich reiße dir die Ohren ab. Morgen. Morgen ist dein Tag!"

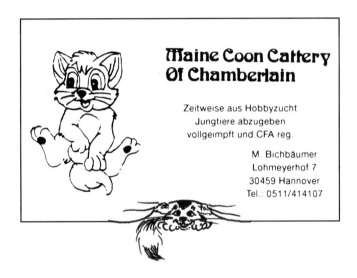

Montag 14. März

Schon früh weckt mich Tibbidi durch ihr Gehopse auf dem Bett. Schnurrt und maunzt ihre Begrüßung in mein Ohr. Stemmt die Beinchen ins Kopfkissen, inspiziert schnüffelnd mein Haar. Überzeugt sich, daß es der Pflege bedarf und beginnt mit ihrer Waschaktion. So energisch schrubbt die rauhe Zungenbürste, daß es schmerzt. „Aufhören!", rufe ich und verberge den Kopf unter der Decke. Sie läßt nicht locker und gräbt hinterher. Da bleibt nur Kapitulation. Das Deckbett über sie werfend, fange ich sie ein. Ersticktes Miauen und heftiges Strampeln. Plötzlich entdeckt sie ein Luftloch im Gewühle und bohrt das Köpfchen hoch. Ich zerknautsche ihr kluges Fuchsgesicht, sehr zu ihrem Ärger. Sie schlüpft ganz aus dem Wolltunnel, schüttelt sich, daß es nur so schlackert. Dann sichert sie in den Flur.

Daß Gino wirklich weg ist, sie traut diesem Frieden immer noch nicht. Beruhigt, nichts Bedrohliches zu hören, bringt sie Ordnung in ihr Fell. Als eitles Katzenmädchen, kann sie es nicht leiden, wenn an ihrem Körperchen ein Haarbüschel quersteht. Alles an ihr muß tiptop sein.

Ich schaue ihr zu und amüsiere mich über die putzige Art ihres Vorgehens. Mit beiden Katzenhändchen klemmt sie den Schwanz fest, zieht die Zunge lang und fährt sich über den Pelz. Schafft es nicht, in einem Zuge durchzubürsten bis an die Spitzen. Spuckt und kaut. Knabbert sich ins dichte Unterfell und rupft ein paar Strähnchen heraus. Nun ist sie fertig. Vollbringt einen kunstgerechten Buckel und gähnt aus Leibeskräften. Springt auf den Teppichboden und stolziert elegant zur Tür. Setzt ihre Schritte mit schlanken, geraden Beinchen, als ginge sie über einen Laufsteg. Die zurückgelegten Öhrchen achten darauf, daß ich ihr auch ja folge. Wohin? In die Küche selbstverständlich!

Dort schwimmt mal wieder eine durchgeweichte Maus im Trinkwasser. Ich fische sie heraus und werfe sie in den Flur. Platsch! macht es. Tibbidi guckt angeekelt. Reißt ihren Zwergenrachen auf und schreit eindringlich.

„Du bist das doch, die sie absaufen läßt", sage ich.

Sie streicht mir um die Beine. Läuft zum Regal mit dem Dosenfutter. Reibt ihr Köpfchen an dem Holzbrett und äugt verführerisch. Schnurrendes Werben.

„Was soll's denn sein, heute: Rinderherz mit Pute?", schlage ich vor. Da sie verteilt über den Tag frißt, öffne ich eine kleine Portion. Ihr Schmatzen zeigt an, daß ich wunschgemäß ausgewählt habe. Ich schaue auf die Uhr. In einer halben Stunde fahren Heises los. Hoffentlich verfahren sie sich nicht und finden die Adresse von Ginos Unterkunft gleich. Ganz bewußt bleibe ich dem Anschauen fern. Es ist besser, wenn der Rote mich nicht mehr sieht. Kein weiteres Durcheinander seine Katzenseele stört. Sollten Heises sich für ihn entscheiden, fahren sie anschließend zu mir. So haben wir es abgesprochen.

Das gute Gefühl von gestern ist immer noch da. Trotzdem treibt mich die Unruhe. Ich kann nichts anfangen mit diesem Vormittag. Ständig habe ich die Uhr im Blick. Jetzt müßten sie bei ihm sein. Ob Gino ihnen entgegengeht? Ob er sich streicheln läßt, der Schmusebär? Weil ich sowieso nichts zustande kriege, tue ich etwas gänzlich Ungewöhnliches: Ich gucke am hellichten Tage in die Flimmerkiste. Ein Quatsch, denn meine Konzentration zerfranst sich sonstwohin. Aber irgendwie hilft es doch. Die durchdringende Türklingel läßt mich aufspringen. Für die Post ist es zu früh. Sie müssen es sein. Sie kommen. Ich erwarte sie am Treppenabsatz. Höre Herrn Heise schnaufen: „Wie hoch geht denn das hier noch!" Frau Heise taucht auf. Sie hat einen Blumenstrauß dabei. Da weiß ich, was die Glocke geschlagen hat. Ganz atemlos vom Steigen der vielen Stufen, sagt sie: „Es ist unser Kater!" Die Formalitäten mit Kaufvertrag und Impfpaß sind schnell erledigt. Ich habe eine Liste angefertigt mit Ginos Eigenheiten und Gewohnheiten, die wir noch zusammen durchgehen. Dann unterschreiben wir. Mir wird plötzlich flau im Magen. Es hat so etwas Endgültiges, diese Unterschrift.

„Nun gehört er ihnen ganz und gar", sage ich, nur um was zu sagen. Heises entgegnen mitfühlend: „Man kann so schwer loslassen, nicht wahr!" Ich nicke und habe einen Kloß im Hals. Suche noch die Negative von einigen Fotos, die sie nachmachen lassen wollen. „Das wird eine Überraschung geben, wenn unsere Tochter und die Freunde ihn sehen. Nie wieder ein Tier, habe ich behauptet, als unser Morle starb. Und jetzt sind wir ungeduldig wie die Kinder", lächelt Frau Heise.

„Wann holen sie ihn?", erkundige ich mich.

„Sofort. Dann hat er noch den ganzen Tag zum Eingewöhnen."

Ich kann dem nur zustimmen. Gemeinsam tragen wir Ginos Sachen zum Auto. Verstauen alles sorgfältig. Ein bißchen verlegen stehen wir da.

„Haben sie ihn lieb", sage ich und gehe schnell ins Haus ...

Arbeit ist ein erfolgreicher Tröster. Und so kommt es, daß meine Steuererklärung endlich gelingt. Trotz einem Gefühlsdurcheinander von Erleichterung, Freude, Traurigkeit. Und wieder Freude. Gino hat es geschafft. Zäh und ausdauernd hat er uns Menschen klar gemacht, wo er hingehört. Und er hat es bekommen. Die Sehnsucht seines Herzens, sie hat ihn ans Ziel gebracht.

„Heute ist Fäßchentime", verordne ich mir. Zwei große Briefumschläge mit Unterlagen sind fertig beschriftet. Der unerhebliche Rest kann bis morgen liegen. Ich gebe Annastasia noch zwei Katzen-Kuller. Schließe die Wohnung ab und schlendere zum Eckkneipchen. Ablenkung ist die beste Medizin für Trennungsschmerz.

„Du guckst wie drei Tage Regenwetter", begrüßt mich Ricardo.

„Schweige still, und mache mir lieber einen Schoppen", sage ich.

„So, so", brummt Ricardo.

Und denkt sich seinen Teil.

„Und was wird jetzt aus unserem Buch?" Jutta grübelt vor sich hin.

Sie ist gekommen, um zu sehen, daß ihr Liebling Annastasia wirklich gesund und fröhlich ist.

„Ich muß mich selbst überzeugen. Hätte ich von dem Kampf gewußt, ich hätte sie damals umgehend abgeholt", meinte sie vorhin. Ich kann es ihr nachfühlen.

Was unsere Katzengeschichte betrifft, so habe ich auch darüber nachgedacht in diesen Tagen. Gino hat einen Schluß gesetzt, mit dem wir nicht gerechnet hatten.

„Das ist das Risiko, wenn man eine wahre Begebenheit erzählen will", sage ich.

„Wie kommen wir bloß zu einem Ende, das in sich abgerundet ist?", grübelt Jutta weiter.

„Weißt du", entgegne ich, „eine wahre Geschichte hat eigentlich keinen Schluß. Sie hört irgendwann ganz einfach auf".

„Ich wünschte, ich wüßte, wann das ist", wirft Jutta ein.

„Ich kann so wenig in die Zukunft sehen, wie du", stelle ich fest.

Sie stöhnt. „Wenn ich bedenke, was ich schon alles angeleiert habe. Der Verlag ist gegründet. Ein Zeichner hat schon die ersten Entwürfe fertig. Die Druckerei ist beauftragt. Jede Anzahl Briefe an Katzenzüchter und Vereine unterwegs. Und bereits eine Menge Geld investiert. Die Kosten wachsen höher und höher.

Und das, obwohl Leute mitmachen, die sich an unserer Idee begeistern. Uns so entgegenkommen, daß wir es tatsächlich schaffen könnten."

Jutta benagt sich ihre Unterlippe, während ihre Augenbrauen eine senkrechte Falte schieben. Eigenartigerweise habe ich die Überzeugung zu einem Fortgang unserer Story nicht verloren.

„Gino geht es blendend. Das Ehepaar ist von ihm entzückt", teile ich mit.

„Wenigstens eine gute Nachricht", murmelt die Freundin. Sie ist wirklich deprimiert.

„Willst du aufgeben?", frage ich.

Sie breitet die Arme aus, läßt ihre Hände dann auf die Knie fallen.

„Was meinst denn du?"

„Laß uns doch die Situation nüchtern betrachten. Eigentlich ist es wie am Anfang: eine Katze, eine Wohnung, ein Mensch, eine Stadt", überlege ich laut.

„Und? Was machst du damit?" Jutta guckt zweifelnd.

„Gar nichts! Ich mache gar nichts. Das Leben macht was damit", antworte ich fröhlich.

„Ein bißchen wenig Idee. Findest du nicht?", bemerkt sie dazu.

„Uns ist doch noch immer etwas eingefallen!", behaupte ich kühn.

„Sehr witzig! Und damit haben wir uns jetzt reingeritten." Jutta ist überhaupt nicht komisch zumute.

Auch mir ist klar, daß wir momentan festsitzen. Aber was heißt schon fest? Was lebendig ist, bewegt sich. Ob wir das wollen oder nicht. Jutta kann sich dieser Erkenntnis kaum erfreuen. Sie organisiert ausgezeichnet. Und plant gerne im Voraus. Auch mein Bedürfnis nach Absicherung ist ausgeprägt. Habe jedoch die Erfahrung gemacht, daß es viel zu anstrengend wird, wenn man die eigene Vorstellung festzementiert.

„Die meisten Sorgen, die man hat, treffen gar nicht ein", tröste ich mein Gegenüber.

„Na ja, wenigstens weiß man in etwa, was einen am nächsten Morgen erwartet", meint sie.

„Du irrst. Du kannst zwar davon ausgehen. Aber du hast es nicht in der Hand", widerspreche ich.

„Soll ich auf blauen Dunst leben? Der Mensch muß doch planen, oder?", ruft Jutta.

„Planen schon. Aber nicht festbeißen. Das gibt nur Beulen an deinem Schädel".

„Wenn es darauf ankommt, dann habe ich einen Dickschädel", bestätigt sie.

„Ja. Und mit dem rennst du gegen die Mauer, obwohl die Tür daneben sperrangelweit aufsteht", lächle ich.

Jutta ärgert sich. „Du und deine weisen Sprüche!"

Diesmal ziehe ich mir den Schuh nicht an.

„Manchmal sind weise Sprüche erstaunlich hilfreich. Für mich jedenfalls", antworte ich.

Sie schweigt.

„Für meinen eigenen Querkopf habe ich einen sehr passenden", fahre ich fort. „Den schrieb mir mal meine Mutter auf. Und der geht so: Nun bist du mit dem Kopf durch die Wand – Gerda. Und was wirst du in der Nachbarzelle tun?"

Jutta guckt verblüfft. Dann antwortet sie grinsend: „Manche Menschen reden aus Erfahrung, andere reden aus Erfahrung lieber nicht." Ihre Anspannung löst sich nun doch. „Spontanes Leben . . . man schluckt mächtig Wasser dabei", klagt sie halb im Scherz.

„Ich habe einen besseren Schluck, und der steht im Kühlschrank!", rufe ich und verschwinde in der Küche. „Ist zwar angebrochen, aber noch trinkbar", urteile ich und schenke uns jeder ein Glas ein.

„Übrigens stammt das Wort nicht von meiner Mutter, sondern von Stanislaw Lec", ergänze ich unser Sprüchefechten.

„Und meins aus der Hannoverschen Allgemeinen", lacht Jutta.

„Ich glaube, wir bleiben ein verläßliches Team", prophezeie ich zufrieden.

Jutta bebrütet still ihr Glas. Dann hebt sie den Blick. „Weißt du was?"

Sie wartet auf meine Neugier. Ich lasse sie ein bißchen zappeln und frage dann: „Was denn?"

„Es gibt blaue Somalis. Stell dir vor. Blaue Somalis! Bildschöne Tiere. Und soll ich dir was verraten? Ich werde sie als erste in Hannover züchten." Sie strahlt. Und dann höre ich zu, wie Jutta mal wieder plant.

„Siehst du. Und du glaubtest schon, daß unsere Geschichte nicht weiter geht. Sie geht weiter. Rein automatisch", stelle ich fest.

Plötzlich kratzt etwas an meinem Bein.

„Du liebes bißchen. Annastasia! Dich haben wir ja vollkommen vergessen", sage ich.
Die Kleine springt überraschend auf den niedrigen Sofatisch. Setzt sich mittendrauf.
Legt mit ihrem Schwänzchen eine harmonische Ordnung um sich herum.
Wir zwei Frauen schauen uns an. Und folgen der gleichen Eingebung: Über dem
Kopf der hübschen Somali bringen wir die Weingläser zum Klingen.
Nein. Wir lassen uns das Unternehmen nicht rauben.
Wir machen weiter!

Hurra! Ein schöner Brief von Frau Heise lag im Kasten! Was sie schreibt, versetzt mich in die beste aller Launen:

Liebes Ex-Frauchen meines Katers!
Ich möchte noch heute den Brief aufgeben, damit sie die brandneuen Fotos unseres „Wuschelbären" vor Sonntag noch bekommen. Ich sehe ihre Augen schon leuchten! Was können wir doch für viele Freuden durch so ein Tier erhalten.
Gino läßt mich kaum in Ruhe schreiben. Er läuft mir ständig nach. Morgens kommt er bereits ins Bett zur Begrüßung. Umkreist uns feierlich und „erzählt" ganze Geschichten. Sucht mich dann aus und legt sich hin. Wange an Wange. Er denkt: „So kann sie mir bestimmt nicht weglaufen!". Er ist lieb, goldig und sehr, sehr neugierig. Hält seine Nase in alles, was ich anfasse. Gestern gierte er nach draußen, als Nachbars Katze vorbeilief, und er sie am Fenster sah. Aber noch behalten wir ihn drin.
Ja, und erhöhte Plätze sind ihm der schönste Ausguck. Deshalb wohl seine Begeisterung für Treppenstufen. Beim Frühstückmachen sitzt er auf dem Küchenschrank. Von da kann er natürlich auch alles gut beobachten. Einmal war er zwei Stunden alleine. Wir fuhren zu einer Ausstellung von Kartäuser- und Perserkatzen. Als wir wieder nach Hause kamen, und Gino oberhalb der Treppe auf seinem Kratzbaum thronte, sagte ich zu ihm: „Gino-Bärchen, du bist doch der Größte!". Freut sie das?
Anbei eine Ausgabe der Zeitschrift „unsere Katze", worin ein Artikel von mir steht: „Durch mich fand Seppl sein Zuhause wieder". Ich meine, sie lernen dadurch die neue Katzenmutti ihres Herzenskrümels noch besser kennen. Die Begegnung mit Seppl war für mich das schönste Katzenerlebnis damals. Vielleicht inspiriert es sie für ihr Buch?
Diese Woche ist Kartenrunde bei mir. Meine Freundinnen werden staunen. Sie wissen von nichts!
Vor lauter Gino sehen wir gar nicht richtig fern. Kaum läuft der Kasten, legt sich unser Bärchen davor in den Sessel. Ich muß ihn immerzu anschauen. Süß, seine rosa „Bällchen" an den Pfötchen! Es ist ein ästethischer Genuß. Auch mein Mann ist ganz vernarrt. Wir lieben ihn sehr!!!
Alles Liebe und schöne Grüße auch an das „Eichhörnchen" Annastasia.
Ihre Eva Heise.

Während ich die mitgeschickten Fotos betrachte, spüre ich, daß ich Gino jetzt wirklich ganz und gar innerlich abgeben kann. Noch ist es für einen Besuch zu früh. Aber irgendwann im Sommer werde ich hinfahren. Gino in seinem Reich erleben. Beschwingt von diesen guten Nachrichten, mache ich mich an die Schreibarbeit. Acht Seiten aus dem Tagebuch müssen Korrektur gelesen werden. Etwas langweilig, diese Suche nach versteckten Tippfehlern. Aber heute geht es leicht von der Hand.

Zwischendurch lese ich immer mal wieder den Brief und gucke mir die Fotos an. Es baut so herrlich auf!

Vergnügt schaffe ich weiter und stürze mich anschließend in den Haushalt. Mittendrin ruft Mutter an. Wir plaudern ein Weilchen. Sie weiß noch nicht, daß Gino eine neue Familie gefunden hat. Jetzt erzähle ich es ihr. Danach schmeiße ich die Waschmaschine an. Saugen, Staubwischen, Bügeln, auch das sind notwendige Realitäten. Nicht so erhebend wie die Kunst, aber ein handfester Ausgleich, wenn der Kopf zu sehr raucht. Tibbidi flüchtet vor dem Staubsauger.

„Meine Kleine, jetzt beginnt ein lustiges Leben!", rufe ich ihr nach. Und nehme die nächste Teppichbrücke aufs Korn.

Sonntag 27. März

Nach dem Frühstück holen mich Erika und Rainer ab. Wir wollen nach Hildesheim fahren. Erika und ich kennen uns schon lange. Mir ihr erlebte ich vor drei Jahren die rasanteste Hochzeit aller Zeiten. Rainer kam, sah und siegte. Einen Mann zu finden, der geistig mit ihr im Einklang ist, der Haus und Garten liebt, und vielleicht auch Katzen, das war ihr Lebenswunsch. Und was stellte sich ein? Rainer liebt nicht nur Erika. Er liebt auch Katzen. Hat von der Sorte vier in seinem Haus. Und auch einen Garten.

„Ganz egal wie lang es dauert, unser Gott erhört Gebet", behauptet Erika immer und betrachtet dabei ihren Ehemann. Rainer sitzt der Schalk im Nacken. „Wenn es das richtige ist", schmunzelt er in sich hinein. Ihre Kennenlernzeit verkürzten sie auf Wochen. „Wir heiraten", teilten sie der erstaunten Umwelt mit. Ich durfte Trauzeugin sein. Eine Auszeichnung, die ich zu schätzen wußte. Aber, so dachte ich betrübt, die Freundin bist du los. Sie hat ab jetzt einen besseren Freund. Selbstverständlich ist das auch so. Aber die Freundschaft blieb erhalten. Nun auch mit Rainer. Gegenseitiges Vertrauen, sowas hat Seltenheitswert für mich. Eine Single- Frau, die steht leider ziemlich im Verruf heutzutage. Zu Unrecht oft.

Draußen herrscht durchgemixtes Wetter. Ich freue mich auf Hildesheim. Da schellt es auch schon. Ich antworte zweimal mit dem Türsummer, damit sie wissen, daß ich gleich runterkomme. Wir fahren gerne in diese Hannoversche Nachbarstadt. Gute Freunde warten dort auf uns.

Und so wird es auch diesmal ein schönes Treffen.

Am späten Nachmittag kehren wir zurück. Tibbimäuschen kommt mir freudig entgegen. Buschelt ihr Schwänzchen und miaut allerliebst. Das Telefon unterbricht unser Begrüßungsritual. Mein Bruder Holger ist dran. An seiner Art zu sprechen merke ich, daß irgendwas nicht stimmt.

„Unsere Mutter ist tot", sagt er übergangslos.

Urplötzlich höre ich ihn wie durch eine dichte Nebelwand.

„Aber wieso denn . . . am Mittwoch haben wir doch noch . . .", stammele ich.

Holger räuspert sich. „Sie hat einen Unfall verursacht. In der Wohnung. Die Polizei rief bei mir an."

„Wo bist du jetzt?", frage ich mechanisch.

„In ihrer Wohnung. Ich kam noch in der Nacht."

„In der Nacht?" Mein Denken überstürzt sich.

„Es ist gestern abend passiert", sagt Holger.

Gestern Abend. Was tat ich gestern abend zur gleichen Stunde? Völlig ahnungslos? Holgers Reden erreicht mich nur noch Stückweise. Wie es passiert ist. Was zu tun bleibt.

„Kann ich dich später nochmal anrufen?", bitte ich.
„Ja. Ich bleibe in Pyrmont", antwortet Holger und legt auf.
„Doch nicht unsere Mutter", flüstere ich tonlos.
Es kann einfach nicht sein.
Mein ganzer Mensch wehrt sich dagegen.
Und muß doch begreifen, daß sie nicht mehr da ist.

Kleinstadtfrühling

Auf einer schmalen Fensterbank
wuchs ein Blümchen zierlich schlank.
Es liebte Sonne, Luft und Wind,
und so wie Blümchen eben sind,
bekam es bunte Blätter
zum Dank für gutes Wetter.

Doch plagt es tief ein Kummer:
Es naht kein einz'ger Brummer
trotz Duft und Blütenwinken.
Drum läßt es traurig sinken
sein goldengelbes Köpfchen
hinab aufs Blumentöpfchen.

Auf der weißen Fensterbank
wird es schließlich ernsthaft krank.
Da trifft auf diese Blütenblätter,
der so heiß ersehnte Retter.
Es summt so froh das Bienchen
und küßt entzückt das Blümchen.

Unter den Papieren meiner Mutter fand ich dies Gedicht von ihr. Sie muß es erst kürzlich geschrieben haben. War sie selbst dieses Blümchen? Oder hat sie das nur beobachtet? Poesie und Wahrheit, ich werde es nicht mehr erfahren.

Sechs Wochen sind vergangen seit dem Tod der Mutter. Aber die Welt hielt deshalb nicht den Atem an. Und die Uhr stand deshalb nicht still. Das Jahr ist hineingewachsen in den Frühling. Am Ufer der Leine verbrachte ich manche Stunde. Fließendes Wasser. Es buchtet sich in die Erde, dreht Kreise und Strudel. Nimmt altes Blattwerk mit und Wintergezweig. Dort, wo die Leine breiter wird, bewegt sich das Wasser langsamer.

Hellgrüne Weiden spiegeln sich. Der Ruf des Haubentauchers durschneidet keß und fordernd die Ruhe. Sonnenlicht flirrt auf hüpfenden Wellen. Und wieder stetiges Fließen, gleichmäßiges Strömen. Da kann auch die Seele mitfließen, mitströmen. Abladen, was beschwert. Es hingeben an das Element des Wassers und der Zeit. Und das Gute behalten.

Geraten wir in den Schatten eines Berges, denken wir so leicht, das sei das Ende der Welt. Aber jeder Berg vor uns, verdeckt einen unerforschten Horizont dahinter. Diese Weite aller Möglichkeiten will ich wieder schauen.

Noch bleibt einiges zu tun. Die Wohnung in Pyrmont ist geräumt. Friedliche Aufteilung zwischen den Brüdern und mir. Was ich konnte, habe ich in meinen Räumen integriert. Vieles weggegeben. Noch stehen Kisten herum. Bücher, Bilder, persönliche Dinge. Wohin damit, das ist immer das Problem. Ich komme mir vor wie eine Wühlmaus. Will endlich einen Abschluß. Für heute lasse ich einmal alles stehen, wo es steht und schreibe in mein Tagebuch. Tibbidi raschelt unsichtbar zwischen den Sachen. Sie liebt leere Kisten. Springt hinein. Springt heraus. Aufs neue hinein und rappelt im Karton. Sie amüsiert sich königlich. Hat sich stark entwickelt und ihre Scheu größtenteils überwunden. Regelmäßig führe ich sie heran an die Spiele, bei denen sie angstvolle Erfahrungen mit Gino machte.

Bei ihrem guten Gedächtnis war das nicht einfach. Mitten im Rangeln muß sie plötzlich wittern und sichern. Schnell gehen ihre Blicke in alle Ecken und Nischen. Duckt sich unter den Tisch und wartet ab. Ich wende alle Tricks an, die ich kenne, um sie neu hervorzulocken. Obwohl ich einen anderen Kratzbaum kaufte und gegen Ginos austauschte, ist sie bisher nicht hochgeklettert in das Hängenest. Dafür tobt sie mit dem Glöckchenmäuschen herum. Krallt die Spielangel und zerzaust die daran befestigte Beute. Beschlagnahmt alle erhöhten Plätze und durchbricht übermütig meine Verbote. Da sie nichts herunterwirft, ist es nicht so tragisch. Bemerkt sie, daß ich die Wohnung verlassen will, trollt sie sich in den Bettkasten. Dieser Platz ist nach wie vor ihr beliebter Zufluchtsort. Ich kann zufrieden sein. Annastasia mausert sich zu einer charaktervollen Katzendame.

So, und nun wird es Zeit, etwas zu essen. Tibbidi am Boden, ich am Küchentisch, lassen wir es uns schmecken.

Gegen Abend spreche ich noch mit Jutta. Ich habe mich lange nicht gemeldet. „Daß du wieder auftauchst, fast gab ich die Hoffnung auf!", ruft sie erleichtert. Ich entschuldige mich so gut als möglich. Lese ihr vor, was ich im Tagebuch notierte. „Wo nimmst du bloß die Kräfte her, um wieder zu schreiben", meint sie fragend.

„Es gibt eine Kraft, um die müssen wir bitten", sage ich leise.
Jutta versteht und weiß, daß ich es so belassen will.
Berichtet von ihrer beruflichen Arbeit. Und was sie unternommen hat, um den
Druck unseres Buches voranzutreiben. Während wir reden, zwängt Tibbidi ihren
Kopf unter meinen Arm und nagt am Telefonkabel.
„Miaue doch mal in den Hörer", ermuntere ich sie.
„Töffelchen! Mauseprinzeßchen!", tönt Jutta schmelzend durch das Telefon.
Die von uns gewünschte Kommunikation bleibt aus.
„Es wäre auch zu unglaubwürdig!", lache ich. „Kein Leser nimmt mir ab, daß ich eine
Katze habe, die auf Kommando telefoniert."
„Schön, dich wieder lachen zu hören", sagt Jutta.
„Morgen bringe ich das Geschriebene vorbei", verspreche ich.
„O bitte! Kannst du dann nach meinen Katzen sehen? Du hast doch einen Schlüssel.
Ich bin nämlich durch meine Spätschicht den ganzen Tag unterwegs", bittet sie.
„Das läßt sich einrichten", versichere ich ihr.
Als ich im Wohnzimmer die Lampe lösche, bemerke ich in der Dunkelheit den
großen Mond am Fenster. Platinfarben streben die gebündelten Lichtstrahlen hin zu
den Wolken rundum. Verstreuen sich darüber und hinab auf die Dächer der Häuser.
Ganz versunken betrachte ich diese hohe Landschaft. Nach einigen Augenblicken
suche ich das Schlafzimmer auf. Ins Bett gekuschelt, höre ich in der Stille, wie der
Parkettfußboden leise knarrt. Es ist Annastasia, die mit leichtem Pfotentritt meiner
Spur folgt. Da spüre ich auch schon ihr Gewicht auf meiner Decke. Der nacht-
schwarze Umriß ihres Körperchens taucht auf. Steil ragt das Schwänzchen, endet in
einem lustigen Bogen. Sie zergelt meinen Ärmel ein bißchen, rutscht dann zwischen
Wand und Bett in ihre unterirdische Schlafhöhle. Führt noch grämsternd kleine
Selbstgespräche. Und gibt plötzlich Ruhe. Hinter geschlossenen Augenlidern wird
mir das Bild des Mondes noch einmal ganz deutlich. Seine Sanftheit. Das silberne
Fließen des Lichtes.
Der gefallene Rauhreif, der in den letzten Wochen auf meinem Herzen lag, schwindet.
Er schwindet mit dem freundlichen Schlummer, der mich umfängt.

Alle Wetter, nun reicht das aber mit dem Geräume!
Schubladen, Schränke, Kisten, Keller, und wühlen wie ein Grottenolm, der vom
Sonnenlicht nichts weiß – bin ich denn verrückt?
Ein knallblauer Himmel zeigt sich über dem Vormittag, die Bäume bauscheln ihr
grünes Blätterwerk. Wespen und Hummeln schwirren am Fenster. Alles ist erfüllt
von kraftvoller Lebensenergie, die kaum Zeit zur Gewöhnung läßt. Tibbidi rollt sich
auf einem Sonnenfleck hin und her, wechselt zwischen Zimmer und Balkon. Zirpt
helle, kurze Tönchen des Genusses und der Freude. Ganz ausgeglichen und selbstbewußt entwickelt sie sich zu einer energischen Katze, die täglich besser durchsetzt,
was sie will.
Es ist an der Zeit ihr eine artgemäße Gesellschaft zu gönnen. Ihren Spieltrieb, der
ständig nach Anregung sucht, nutzen für die Zusammenführung mit einem zweiten
Jungtier. Sie soll ihre Lebhaftigkeit beibehalten, nicht zu einer Einsiedlerin heran-
wachsen. Und ich will endlich erleben, ohne einem schlechten Gewissen woanders
hinzukönnen. Ich werde Jutta sagen, daß ich bereit bin zu einem neuen Wagnis. Wenn
sie hilft, die ersten Begegnungsrituale zu begleiten. Alleine trau ich mich nicht mehr.
Am besten gleich anrufen. Heute ist doch Wurfabnahme, und nach vorheriger
Anmeldung darf man mit. Katzenbabys sind eine gesunde Unterbrechung von
Ordnungswut, die dabei ist, mich wie ein Sklave anzutreiben. Ende und stop! Heute
wird das Hirn gelüftet! Gesagt, getan. Jutta freut sich, als sie hört, daß ich mitkommen möchte. Zur Kaffeezeit treffen wir uns bei ihr. Liana sitzt bereits im Auto, Uwe
hält uns für startklar, und so kann es losgehen zu ihm nach Hause. Wir fahren am
Messegelände vorbei, lassen die Stadt hinter uns zurück. Grüne Felder erfreuen das
Auge. Die Vorgärten der Bauernhöfe wuchern üppig. Überall sieht man Dorfbe-
wohner an irgendeiner Arbeit im Freien. Schön, die roten Ziegelsteine der nieder-
sächsischen Wohnbauten, dazwischen weißgetünchte Fachwerkhäuser mit alten
Kletterrosen und Apfelbäumen hinter den Eingangstörchen. Dieser Landkreis liegt
auf dem Weg nach Hildesheim, so dauert unsere Fahrt nicht allzulang. Antje, Uwes
Frau, wartet vor der Wiese. Harkt das erste, frischgemähte Gras. Feuchte Halme ver-
mengen ihren Duft mit dem aufgeworfenen Ackerboden. Es ist eine Lust, zu atmen!
Es fällt uns schwer, hineinzugehen und den Frühling draußen zu lassen. Doch wir
wollen ja den Wurf anschauen.
Die Katzenfamilie versammelt sich und besichtigt uns erstmal. Allen voran die älteste
Katze des Hauses, eine respektable Persönlichkeit, das muß man sagen. Gefolgt
sogleich von einem monumentalen Kater. Vorsichtig und gemessen taxiert sein Blick
unser Erscheinungsbild. Da er keine Einwände hervorbringt, erlauben wir uns, in
sein Herrschaftsgebiet einzudringen, das nebenbei auch als Wohnbereich mensch-

lichen Lebens gedacht ist. So jedenfalls die Meinung des Katers. Ja, und hier wuseln, hoppeln, turnen und pirschen wunderliche Minitiger, getreue Abbilder ihrer Katzeneltern. Die haben sich alle Mühe gegeben, ihren Bälgern eine gute Kinderstube zu verpassen.

„Seid nett zueinander" ist wohl geltende Maxime der Maine-Coons. Und sie lassen uns Menschen die gleiche Behandlung angedeihen. Eines ihrer Winzlinge löst mit anmutiger Zuvorkommenheit meine Schnürsenkel. Freundlich und zielstrebig befreit ein zweites Juttas Handtasche von unnötigem Inhalt und Ballast. Ein drittes erkennt, daß Liana unbedingt den Bauch gewärmt haben muß, und ein viertes demonstriert durch Übermut, daß die Behauptung über den tierischen Ernst reiner Phantasie entspringt. Die sonst noch anwesenden erwachsenen Exemplare bilden als lebende Plastik ein Raumdekor edelsten Geschmackes. Es ist eindeutig: diese Rasse versteht sich als Dienerin von Kultur und Wohnstil. Um nicht unangenehm aufzufallen, raffe ich all meine Kenntnisse anständiger Erziehung zusammen und bemühe mich um ein gutes Benehmen. Das wird mit höflicher Annährung und der Gunst gewährter Streichelerlaubnis belohnt. Unwillkürlich erinnere ich etliche Menschen, die bei diesen Tieren rechte Umgangsform trainieren könnten. Tölpelhafte Anbiederung ist diesen Vierbeinern ein Greuel. Und sie genieren sich nicht, ihre Lebensweise zu vertreten. Darum überzeugen sie auch so.

Überzeugen will sich ebenfalls Liana. Und zwar vom Gesundheitszustand der kleinen Schar. Schnappt sich daraus das erstbeste Kleine und beginnt, Fellwuchs, Farbe, Schwänzchen, Form des Kopfes zu vergleichen mit der Maßgabe, die für den Standard dieser Rasse steht.

„Nun noch zählen", sagt sie und dreht das unruhige Fellbündel auf den Rücken. Das Katzenkind muß seine Pfötchen hinhalten, und Liana zählt die rundlichen Fußballen, vorne fünf, hinten vier.

Ich amüsiere mich über ihre Gründlichkeit. „Man sieht doch, daß alles dran ist", sage ich.

„Sehen reicht nicht, das muß geprüft sein", sagt Liana todernst und greift sich das nächste Kitten. Mit besorgtem Blick verfolgt die Katzenmutter die Untersuchung. Währenddessen ist noch ein Mitbewohner aufgetaucht, ein sechsmonatiges Katerchen. Er schaut sich um, der Kleine, hat erbsengroße, runde Äuglein; sie schimmern jadegrün. Die Färbung des Pelzhaares nährt den Verdacht, daß er gerade dem Ascheeimer entstiegen sei, oder aber im Kamin geschlafen habe.

„Was ist denn das für einer?", frage ich.

Antje und Uwe gucken entrüstet. „Das ist ein Black-Smoke", tönt es wie aus einem Munde. Na ja, die fachgerechten Ausdrücke wollen gelernt sein. Aber daß der Kleine genau das richtige Alter und genau die richtige Größe für mein Prinzeßchen hat, das weiß ich auf Anhieb. Jutta errät, was ich denke.

„Das ist er", sagt sie nur.

Ja, wahrhaftig, das ist er.

Sanftmütig, aber nicht schüchtern. Verspielt, aber nicht angriffslustig. Zärtlich, aber nicht furchtsam. Antje guckt betrübt. Sie ahnt, daß meine Entscheidung getroffen ist und ich ihn mitnehme. Und zwar noch heute abend. Denn Abend ist es inzwischen.

„Mein Liebling aus dem letzten Wurf", sagt sie, und der Liebling drückt sein rundes Köpfchen verschmust in ihre Hand.

„Dieser oder keiner", meine ich. Uwe holt den Kaufvertrag. Antje sucht einiges Spielzeug und packt es zu dem Cannel. Selbstverständlich werden sie dabei sein bei der Zusammenführung. Natürlich auch Jutta. Plötzlich totale Aufregung. Was wird meine Zaubermaus sagen zu dieser Überraschung!

„Komm her, du Schornsteinfeger", sage ich und hebe das Katerchen auf den Arm. O weh! Ein seltsames Schnedderteng und ungebremst entleert sich das Bäuchlein. Braune Soße kleistert auf den Ärmel.

„Er ist kerngesund. Aber jedesmal, wenn er ausgeguckt wurde, gab es eine üble Bescherung. Jetzt weißt du, warum ich ihn noch habe", sagt Antje.

„Schicksal, vorherbestimmtes", lache ich und denke nicht daran, auf des Katerchens Abschreckung hereinzufallen. Unter Protest wird er abgeduscht. Uwe reibt den patschnassen Pöter trocken. Allesamt quetschen wir uns in das Auto, und ab geht es auf die Straße. Kein Jammern ertönt aus dem Cannel, kein Kratzen, kein Schaben.

„Er meditiert vielleicht über seinen nassen Hintern", vermute ich. Wir lachen. Antje erklärt, daß Katerchen es liebt, spazierenzufahren.

Katerchen braucht jedenfalls einen Namen. Laut Stammbaum heißt er: „The Magic Mayflower's Charles". Doch er soll, wie alle meine Tiere , die ich besaß und noch besitze, einem Klang folgen, der zu seiner Wesensart paßt. Noch auf der Fahrt stellt sich dieser Name rein intuitiv ein: „Chamo" (phonetisch: tschamo). Woher er kommt? Fünf Jahre arbeitete ich in Venezuela. Der Sohn ist dort noch von großer Bedeutung. Von Anfang an ist so ein Junge kostbarer Träger des Erbes und der Tradition seines Familienclans. Braunhäutig, schwarzhaarig, lebhaft und frech-charmant sind diese Burschen. Herzensbrecher werden sie. Eben ein Chamo durch und durch. Und das soll auch mein Katerchen sein: Ein Herzensbrecher fürs Prinzeßchen Annastasia. Chamo, dieser Name paßt optimal.

In der Mendelssohnstraße finden wir zum Glück gleich einen Parkplatz. Uns allen klopft vor Aufregung das Herz. Oder ist es nur meins?

Töffelchen sitzt wartend im Flur, staunt nicht schlecht über das hereinbrechende Gefolge. Wir lassen wörtlich die Katze aus dem Sack! Tibbidis Hals wird lang und länger, ihre Augen rund und runder. Dann guckt sie entsetzt zu mir hin und flieht ins Wohnzimmer. Wir folgen ihr, und Chamo wackelt hinterher.

Auf der Erde hockend, beäugen sich die Tiere. Katerchen verweilt minutenlang sehr still, dann wird es ihm zu dumm. Die Umgebung ist viel zu interesssant, die will erstmal erkundet sein. Was liegt da herum, kreuz und quer. Welch prachtvolles Durcheinander! Vorsichtig umläuft er Kisten und Kasten, steckt das Näschen prüfend in eine Teppichrolle, klettert in den größten Blumentopf und versucht, die Zimmerpalme zu erobern. Tibbidi schleicht ihm nach, knurrt anhaltend, um damit zu klären, wer hier im Raum das Sagen hat. Chamo ist wenig beeindruckt. Unbekümmert hüpft er auf das Telefontischchen und inspiziert ein leeres Wasserglas. Springt anschließend hinunter auf den runden Teppich vor dem Schreibtisch. Sorgfältig legt er seinen Schwanz um sich herum. Die Vorderpfötchen wie allerliebste Pantöffelchen daruntergestellt.

So präsentiert er sich formvollendet. Entfernt auch noch etliche Staubfusel aus dem Fell, damit seine Vollkommenheit auch wirklich vollkommen ist. Ein Sahneprinz für ein Prinzeßchen, das ist er leibhaftig!

Gespannt verfolgt die halbwüchsige Somali jede Bewegung. Nimmt den Geruch auf und – Abstand wahrend – hockt sie sich ihm gegenüber. Ebenfalls formvollendet. „So schön wie du bin ich schon lange", lautet ihre Botschaft.

Was nun? Ratlos faucht und knurrt sie abwechselnd, jedoch ihre Blicke verraten begeisterte Neugier. Was für ein Unterschied zu Ginos Begrüßung vor Monaten! Mein Zausel sträubt weder den Pelz, noch legt sie die Ohren an. Im Gegenteil. Ihre Lauscherchen sind hocherregt nach vorne gerichtet, alle Haarspitzen vibrieren, das ganze Geschöpf besteht aus konzentrierter Wahrnehmung. Da ist nichts Bedrohliches. Auch der Kleine findet sie wohl eher harmlos und setzt seinen Rundgang fort, auf seiner Spur die Gefolgschaft einer schnüffelnden Tibbidi.

Unendlich erleichtert versorge ich uns Menschen mit Coca-Cola, Wasser und Wein. Hantiere hier, hantiere dort. Wann, frage ich mich, wann ereignet sich der erste Angriff? Davor ist mir bange, eingedenk der Schreckensstunden, die Gino bereitet hat. Chamo ist unberührt von dieser Art Erfahrung. Sorglos bewegt sich das Katerchen, findet eine Glöckchenmaus und wirft sie hoch. Fasziniert guckt die Jungkatze, miaut und verschwindet unvermittelt unter dem Eßtisch. Spielbereit rennt Chamo ihr nach, erntet Knurren und Fauchen. Na, denn nicht. Als ob er wisse, daß ich ab jetzt für ihn zuständig bin, hopst er auf meinen Schoß, schmust ein wenig. Dann treibt es ihn fort in alle Ecken. Er kruschtert und krumelt vor sich hin. Wir können die Tiere sich selbst überlassen, ganz eindeutig. Wer hätte das gedacht! So unbedingt traue ich dem Verlauf noch nicht, aber ein winziges Glücksgefühl erwacht halt doch.

„So sieht also eine normale Zusammenführung aus", sage ich. Und begreife nun erst, was für eine gefährliche Reihung von Tagen und Wochen wir durchlitten haben, Gino, Annastasia und ich. Welch ein Glück, daß Tibbidi ein gesundes, soziales Katzenmiteinander kannte und eine Stabilität entwickelte, die ihr später half, zur inneren Ausgeglichenheit zurückzufinden. Das hätte auch andere Folgen verursachen können. „Heute bin ich zufrieden und total happy", sagt Jutta, hebt das Glas und prostet uns zu. Alle zusammen sind wir froh.

Weit nach Mitternacht verlassen uns Antje und Uwe. Sie wissen ihr Katerchen in guten Händen. Jutta bleibt noch, will sogar übernachten, damit die erste Berührung zwischen den Tieren mich nicht verunsichert.

Sie sagt: „Annastasia wird Chamo angreifen, das muß sie. Nur so können sie ihre Kräfte messen." Natürlich weiß ich das. Hoffe auf einen glimpflichen Ausgang. Chamo spielt jetzt Haschen mit einem Ball, stolpert über ein Stöckchen und titschert es Tibbidi genau vor die Nase. Töffelchen staunt über soviel Unverfrorenheit. Es macht sie komplett rachullig. Das Jagdfieber bricht durch, und ein gekonntes Anschleichen beginnt. Sie verwandelt sich zu einem Fuchs auf der Pirsch. Die Ähnlichkeit im Gesichtsausdruck und in der geschmeidigen Art ist frappant. Chamo lauert hinter einer Teppichrolle, taucht dann weg. Angestrengt horcht die Katze. Ihr Körper streckt sich noch mehr, die buschige Rute schwebt zentimeterdicht über dem Boden, die linke Tatze ist erhoben. Dann wagt die Kleine mehrere schnelle Laufschritte und setzt an zum Sprung. Chamo hat ihre Absicht rechtzeitig abgeschätzt. Blitzschnell wölbt er den Buckel, stellt sich quer und faucht. Ohren flach, Äuglein schräg. So mir nichts, dir nichts läßt er sich also nicht ins Bockshorn jagen, nein, nein. Tibbidi rettet gerade noch ihre Würde dadurch, daß auch sie einen furchterregenden Buckel baut, raubtiermäßig knurrt, und es damit gut sein läßt. Aha, jetzt wissen beide, was sie voneinander zu halten haben. Katzentheater ist das, ausgetüftelt und fein abgestimmt.

„Soll ich bleiben?", fragt Jutta und gähnt wider Willen. Kein Wunder, es ist fast drei Uhr morgens. Auch mir fallen die Augen zu.

„Du kannst ruhig nach Hause in dein Bett. Hier gibt es nichts zu fürchten", sage ich. Wir beschließen, die beiden Tiere im Wohnbereich einzugrenzen, damit sie Sichtkontakt halten.

Jutta fährt mit der Taxe davon, ich sperre die Haustür ab. Räume die Gläser und Flaschen weg, knuddele zur guten Nacht erst Tibbidi, dann Chamo.

„Mach es richtig, meine Süße", sage ich. Schließe die Tür und gehe über den Flur ins Schlafzimmer. Schließe auch diese Tür.

Daß ich Chamos Stimme noch gar nicht hörte, fällt mir plötzlich auf. Doch bevor ich weiter überlegen kann, wie des Katerchens Erzählkunst tönen mag, falle ich nicht nur ins Bett, sondern auch vor Erschöpfung sogleich in den Schlaf. Übergangslos und tief. Von aller durchgestandener Angst endlich befreit, darf ich das auch.

Sonntag 8. Mai

Was mögen sie angestellt haben in der Nacht?
Gespannt öpffne ich die Tür und gucke ins Schreibzimmer. Nichts zu sehen.
„Zauselchen! Chamo! Lebt ihr noch?", rufe ich. Rascheln hinter dem Fernseher.
Heiser mauzendes Quängeln. Tibbidi krabbelt aus der Ecke. Schaut ein wenig
verhärmt, streicht an mir vorbei, in Richtung Futternapf.
„Nanu? Wo steckt denn der schwarze Tatzenpratz?", wundere ich mich. Gehe in die
Hocke und suche ihn unter dem Bücherbord. Ein helles Zirpen tönt hinter der Gardi-
nenfront. Der Stoff bewegt sich. Dann lugt Chamo zu mir herüber. Ruckt den Hals,
dreht seinen runden Kopf seitwärts und guckt wie ein Waldkauz mit eulenhaft durch-
dringendem Blick. Tappelt los auf fransigen Katerpuschen. Nimmt einen Anlauf und
landet auf meinem Schoß. So beherzt ist sein Absprung, daß ich das Gleichgewicht
verliere und umkippe. Chamo fällt mit und sitzt nun auf meinem Bauch. Stößt mehrmals hörbar den Atem durch die Nase. Kurze, kleine Blaseschnaufer. Wippt mit dem
Schwanz und zirpt erneut wie eine Grille.
„Was ist das denn? So spricht doch kein Kater!", bemerke ich staunend. Chamo ist
anderer Ansicht. Verläßt mich unbekümmert und wackelt davon. In die Küche natürlich. Tibbidi hockt schon in Warteposition auf der Tonne. Richtet ihr Hinterteil steil in
die Luft und kündet schnurrend ihre Vorfreude an. Chamo plinkt zu ihr hin. Zwit-
schert eine mir unverständliche Botschaft. Es klingt einfach drollig. Auch Annastasia
lauscht aufmerksam der ungewohnten Morgenbegrüßung. Ihre dunkle Gesichtszeichnung kräuselt sich. Es sieht aus, als hebe sie streng eine Augenbraue. Dann
knurrt sie. Bläht den Hals und droht. Unbeeindruckt kehrt Chamo ihr den Rücken
zu und untersucht die Reste im Napf. Knabbert ein paar angetrocknete Krümel und
schüttelt sich. Peilt augenblicklich meine Person an, überzeugt, daß ich die Quelle
allen Futters bin.
„Ich mach' ja schon. Ah! Jetzt gibt es etwas feines!" Hantierend und beruhigend, lasse
ich den Dosendeckel aufschnappen und verteile den Inhalt auf zwei Teller. Eifersüchtig drängt Töffelchen sich vor und schlingt die frischen Brocken hinunter. Sie, die
sonst den winzigsten Bissen säuberlich und fast pedantisch zerkaut. Doch Chamo
frißt schneller. Hat seinen Teller eher geleert. Schnauft laut und visiert an, was noch zu
haben ist. Tibbidi schmatzt, giftet und knurrt. Alles gleichzeitig. Und kann nicht
verhindern, daß der hungrige Wuschelfeger mit geschicktem Tatzengriff eine Portion
von ihrem Teller angelt. Mit runder Pfote hält er fest und klaubt sich den feuchten
Leckerbissen aus den Krallen. Ohne noch länger auf Tibbidis Wahrnung zu achten,
schiebt er seinen dicken Kindskopf unter Annastasias Schnäuzelchen und holt sich,
was er braucht. Mein Prinzeßchen starrt fassungslos. Soll sie dem Burschen eine run-
terhauen? Ihm kräftig ins Ohr beißen? Oder anfauchen? Wie unmöglich riecht der

Typ eigentlich? Sein Fell abschnüffelnd vergißt sie, daß er ja unbedingt eine Abreibung verdient hat. Na ja, sein Duft ist auch nicht das Wahre. Was hat er da bloß am Schwanz? Igitt! Der Junge sollte sich wirklich besser waschen. Wo hat der nur seinen Wedel reingehängt? Doch nicht in meine morgendliche Visitenkarte? Unglaublich! Flehmend sperrt sie ihr Mäulchen auf.

Mit schrägem Blick sieht sie, wie Chamo den Teller blank leckt. Nichts, aber auch gar nichts, läßt er übrig.

Da wird man sich ranhalten müssen, falls dieser Kerl die Frechheit besitzt, hier auf Dauer Wohnung zu nehmen. Donnerlüttjen, da heißt es Haltung bewahren. Schließlich sind wir auch noch wer!

Vorwurfsvoll blitzt Annastasia mich an. Verläßt mit komischer Würde die Futterstelle und steigt ins Katzenklo. Da hat man wenigstens noch ein intimes Plätzchen. Ihr Gesicht spricht Bände: „Wenn der schwarze Pelzklops meint, er kann hier reinpullern, wie er lustig ist, dann setze ich meins obendrauf. Das haben wir gleich." Scharrend und werkelnd, häufelt sie das Katzenstreu zurecht. Nun stimmt die Sache. Mit siegreich erhobener Standarte wandert Annastasia davon. Geht wie auf Stelzen. Chamo mit schniefendem Gebläse hinterdrein.

Ich platze schier vor unterdrücktem Gelächter. Reiße mich zusammen, damit mein stolzes Prinzeßchen sich nicht gekränkt fühlt. Hoch entwickelte Tiere reagieren geradezu allergisch auf menschliches Auslachen. Von Neugier geplagt, gehöre auch ich zu Annastasias Gefolge. Dermaßen aufgereiht, erreichen wir den Kratzbaum. Tibbidi hält an, schaut kurz über die Schulter, dann hoch zum Hängenest. Und tut, worauf ich so lange gewartet habe. Drei vier Klimmzüge, und schon thront sie oben. Kreiselt umständlich und haut sich fortfolgend in die Matte. Nein, so ist das noch nicht richtig. Das erscheint zu sehr als Rückzug. Sich widerstandslos in die Tüte packen lassen, kommt nicht in Frage. Sie erhebt sich wieder, rundet einen hohen Buckel und miaut ihren blechernen Schlachtruf. Aha, das wirkt schon besser. Sie forscht nach, ob Chamo entsprechend beeindruckt ist. Tatsächlich! Harmlos und klein sitzt er platt auf seiner Hinterhand. Wie grüne Murmeln leuchten die Äuglein. Soll er sich nur wundern, dieser Tatzenpratz auf viel zu großen Pfoten. Unterstehe er sich nur, mir hierhin folgen zu wollen. Aber niedlich ist er ja doch. Weiteres Fauchen erübrigt sich wohl. Werde ihn trotzdem im Auge behalten. Man weiß ja nie bei diesen Kitten . . . So wechselt Annastasia zwischen Mißtrauen und Spieltrieb.

Vor sich hin knetend, schafft sich mein Zausel endlich die passende Stellung. Kinn aufgestützt über den Muldenrand, pfoteln die Hinterläufe eine Kuhle, in der es sich angenehm ruht. Ein günstiger Beobachtungsposten ist das.

Chamo hat in Seelenruhe all dem Getue zugeguckt. Da sich nichts Interessantes mehr abspielt, erkundigt er anderweitiges Terrain. Denn er will, was die Räume betrifft, schnell eine schlafwandlerische Sicherheit erlernen. Die ranghöhere Katze nicht länger beachtend, beginnt er mit dem Abschnuppern der Sessel und Stühle. Und ich kann unbesorgt mein Frühstück decken. Die beiden halten das gut miteinander. Die kriegen das auf die Reihe nach ihrer Art.

Voraussichtlich wird das heute ein häuslicher Sonntag. Die Maisonne heizt den Balkon so auf, daß ich draußen für einige Stunden werde sitzen können. Einen

gemütlichen Nachmittag planen. Ohne großes Programm. Vielleicht ein paar Fotos einkleben. Und die letzten Kisten leermachen. Den Krimskrams unbesehen unterbringen. Für spätere Zeiten.

Der Nachmittag findet mich wirklich auf dem Balkon. Es dauert nur kurz, da schließen Tibbidi und Chamo sich an. Hüpfen auf den Mauersims, der eine rechts, die andere links. Zu dritt blinzeln wir in die Sonne. Tanken Wärme auf. Was für ein Frieden! Von irgendwo dringen Kinderstimmen zu uns herauf. Mich stört das nicht. Auch nicht, daß ich keinen blassen Schimmer habe, über das, was vorübergehend los ist in der Welt.

Es gibt Tage, da braucht der Mensch seine Insel. Und meine ist hier. Hoch über den Dächern der Stadt.

Horst und Erica stehen vor der Tür.

„Das ist aber eine Überraschung!", rufe ich aus.

„Wir dachten uns, auf dem Weg nach Hamburg bei dir reinzuschauen", sagt mein Bruder.

„Da habt ihr aber Glück, mich anzutreffen", meine ich.

„Wenn dein Bruder kommt, hast du da zu sein", behauptet Horst. Plumpst in den Sessel und dehnt seine langen Beine. Die Strecke Bonn–Hannover ist doch lang. „Macht mir nichts aus. Ich fahre gern", wehrt er ab.

Horst ist mein großer Bruder. Nicht nur im Sinne von Körperlänge, sondern überhaupt. Bis auf den Tag fühlt er sich zuständig für Sorgen und Nöte in der Familie. „Die Kleine", betont er immer. Und meint mich damit.

„Deine Schwester ist inzwischen eine gestandene Frau", versuche ich ihm beizubringen. Zwecklos. Früher brachte mich das auf die Palme. Auf dem Selbstverwirklichungstrip konnte ich das nicht vertragen. Sehr zu seiner Belustigung. Nun ja, Frau wird ruhiger. Und er meint es liebevoll. Das weiß ich. Poltert manchmal los, läßt sich aber zähmen durch Ericas kluge Art. Sie versteht es meisterhaft, die Wogen zu glätten.

Und zwischen uns beiden mußte sie das oft. Keine zehn Minuten, und wir hatten uns in der Wolle. Mochten uns und zankten uns. Das ist längst vorbei. Wir sind Geschwister aus dem Hause Ludwig. Gemeinsame Kindheit. Gemeinsame Schandtaten. Das verbindet. Und wir erlebten, was es heißt, als Ausländer aufzuwachsen. Unter den Schulkameraden in Patagonien waren wir zwei die einzig blonden Exoten. Kurz nach dem 2. Weltkrieg war der Haß auf Deutsche spürbar. Später legte sich das wieder. Freunde des Landes hielten zu uns.

Aber anfangs überschwemmten Kriegsfilme aus den USA die Kinos Südamerikas. Es gab Wochen, da wurden wir auf dem Schulweg von anderen Kindern gejagt wie die Hasen. Unser deutsches Aussehen, es ward uns wie ein Fluch. Wie ein Indio zu sein, wie ein Gaucho, das erschien mir lange Zeit als das höchste Glück. „Gringos!", schimpfte man uns.

Wenn ein Volk das Bedenken würde! Daß die folgenden Generationen bitter bezahlen müssen für ausgegangenes Unrecht, welches die Altvorderen verschulden. Man kann sich nicht davonstehlen aus der Geschichte des eigenen Landes. Nicht einmal im fernen Patagonien. Horst und ich waren Kinder. Und plötzlich warfen die Spielgefährten uns Steine hinterher. „Warum?", fragten wir erschrocken und verstanden die Welt nicht mehr. Der Wortschatz in den Elternhäusern: Kinder setzen ihn um in die Tat. Die massive Verrohung eines Teiles unserer Jugend heute, sie hat Wurzeln. Sie ist nicht vom Himmel gefallen. „Du bist gebunden an die Rede deines Mundes", so sagt es die Thora. Was wir denken, das sprechen wir. Und was gesprochen wird, das lenkt unser Handeln. So einfach ist das. Die Gedanken sind frei. Aber ihre Folge nicht zwangsläufig die Freiheit. Das Völkermorden geht weiter. Direkt vor unserer Haustür. Und ist ansteckend wie die Pest.

„Nun hört schon auf zu politisieren", mahnt Erica. Denn das tun wir stets, mein Bruder und ich.

„Du hast recht. Das ewig Ernsthafte wird ja mal zu viel!", stimme ich ihr bei. Meine Schwägerin lacht gerne und ist ausgesprochen gesellig. Zwar deutscher Abstammung, trägt sie das südamerikanische Temperament voll und ganz in sich. Wenn wir so richtig auf Spanisch loslegen, schlägt mein Bruder die Hände über dem Kopf zusammen.

„Das ist ja nicht zum Aushalten", protestiert er und verkrümelt sich in seinen Bastelkeller. Dabei genießt er das Palaver heimlich.

„Zur Zeit baut er Flugzeuge mit Fernsteuerung", stöhnt Erica. „Ich wünschte, ich wäre eine Bastelanleitung. Dann hätte ich große Chancen beachtet zu werden."

„Beachtet werden! Ich denke Tag und Nacht an dich", flachst mein Bruder.

„Das ist eher mein Job", antwortet Erica fröhlich.

Horst gibt sich geschlagen.

„Wo sind eigentlich deine Katzen?", erkundigt er sich.

„Liegen irgendwo herum", sage ich.

Erica macht sich auf die Suche. Entdeckt Tibbidi und Chamo auf dem Balkon.

„Die sind ja hinreißend. Horst, komm doch mal!", ruft sie aus der Küche.

„Es geht doch nichts über einen Hund", stichelt mein Bruder. Aber ich falle nicht darauf rein. Und meine Katzen auch nicht.

Sie spüren sofort, daß er Tiere mag. Seit Jahren begleitet die beiden ein Cocker-Spaniel. Die Hündin wird von allen gehätschelt.

„Wie alt ist Fabiola jetzt?", frage ich.

„Vierzehn. Und stocktaub. Aber immer noch kregel. Rennt uns davon wie ein Junges", schwärmen sie. Horst rubbelt Chamo über den Kopf. Tibbidi äugt neugierig von ihrer Empore herunter.

„Das ist ja ein kleiner Fuchs!", lacht Erica.

Jetzt sind wir beim Thema. Ihr Hund, meine Katzen, da gibt es Geschichten noch und noch. „Willst du sie ausstellen?", erkundigt sich meine Schwägerin.

„Das könnte passieren", erwidere ich zögernd.

„Fabiola hat einige Pokale gewonnen", erzählt Erica. „Jetzt habe ich durch die Arbeit keine Gelegenheit mehr. Es hat viel Spaß gebracht damals."

„Sind das deine Blumenkünste?" spottet Horst und sieht befremdet auf das wilde Kraut in Töpfen und Kästen.

„Alles für meine Tiere", bestätige ich.

„Du hast einen Spleen", bekräftigt mein Bruder.

„Du, wir müssen los", meint Erica mit einem Blick auf die Uhr.

„Fahrt ihr zu Marion und Norbert?"

„Das auch. Und von dort zu einem Südamerikatreffen. Du wolltest doch mal mitkommen."

„Keine Zeit dafür", kommentiere ich.

„Geht uns auch so", nickt Horst. „Aber diesmal liegt es zufällig auf dem gleichen Tag." Meine Schwägerin holt ihre Tasche. Er klappert mit dem Autoschlüssel. „Du brauchst nicht mit runterkommen", meint er und umarmt mich. Wie jedesmal eine Nummer zu fest.

„Aua!", sage ich pflichtgemäß.

„Brüderliche Liebe", grinst er zurück.

„Laß dich sehen bei uns", lädt Erica mich ein. Horst geht schon vor. Sie eilt ihm nach. „Chau, chau!", ruft sie noch.

Ich öffne ein Fenster und winke hinunter. Arm in Arm biegen sie ums Eck. Haben den Wagen etwas weiter entfernt abgestellt. In der Südstadt einen Parkplatz zu ergattern, das erfordert Geduld. Chamo hat gerade keine mehr. Geduld meine ich. Einen unbändigen Hunger entwickelt der Runde. Wächst und futtert. Futtert und wächst. Er frißt mir bald die Haare vom Kopf.

„Das hört auf, wenn seine Statur erreicht ist. Typisch für Maine-Coon's", erklärte Antje.

„Hoffentlich", denke ich und mache eine große Dose für ihn auf.

Dustin Scheerle, 10 Jahre

„Sie ist da!", sagt Jutta. Ihre Stimme vibriert vor Begeisterung.

„Wer??", frage ich irritiert.

„Meine blaue Somali. Hier in der Wohnung. Wenn du sehen könntest, wie ..."

Ich halte den Hörer fünf Zentimeter vom Ohr, um den Wasserfall sprühenden Entzückens auszuhalten.

„Du solltest kommen", schließt sie.

„Die Neugier treibt mich. Bin schon unterwegs", beruhige ich die Ungeduld.

Es ist ja nicht weit zu Fuß. Eine Viertelstunde durch die Sonne wollte ich sowieso. Jutta steht bereits in der Tür.

„Laß sehen, dein blaues Wunder", begrüße ich sie. Vorsicht heischend, legt sie den Zeigefinger auf die Lippen und winkt mich ins Wohnzimmer. Auf Zehenspitzen folge ich. Und da sitzt sie. Mitten im Raum. Umringt von der staunenden Sibiriertruppe. Sofort entdeckt uns die Kleine. Stellt sich auf lange, staksige Säulchen und plärrt aus Leibeskräften. Laut und durchdringend. Das winzige Katzengesicht verschwindet fast hinter dem weit aufgesperrten Schnäuzchen. Dann bietet sie der versammelten Vierbeinergruppe die volle Breitseite und faucht kräftig. Dieser Gnom wagt es, sie alle herauszufordern. Die Sibirier gucken erschüttert. Nur Amory wirkt unbeeindruckt. Ist statt dessen gespannt vor Erwartung und Spielfreude. Als erkenne sie ihre Rasse. „Du bist wie ich. Du bist von meiner Art. Los, laß dich fangen!" So oder ähnlich signalisiert sie es der noch spröden Kleinen. Die traut dem Angebot nicht. Haut einen Ball in die Gegend und schlüpft in den Pappzylinder. Knurrt. Amory beschnuppert den herausragenden Schwanz. Krallt die Rolle und schubst sie samt Inhalt zur Seite. Auf der Stelle ertönt das charakteristische Geplärre. Stumm verfolgen die sibirischen Pelze jede Äußerung und Bewegung des Neulings.

„Wie findest du sie?", fragt Jutta stolz.

„Komisch. Urkomisch", pruste ich los.

„Bildschön ist sie!", hält Jutta dagegen.

„Sieht aus wie ein zusammengesuchtes Ersatzteillager", bemerke ich trocken. Die Freundin hebt drohend die Augenbrauen: „Was soll das heißen?". Beide wenden wir uns der Kleinen zu, die nun wieder Parade sitzt im Kreise schweigender Betrachter. Sibirier sind Gemütstiere. Sie beschränken sich erstmal auf das Studium der Situation. Und ich kann es mir einfach nicht verkneifen, Jutta zu foppen.

Sage: „Guck doch nur die unglaublich langen Beine. Die hinteren Läufe. Sie sieht aus wie ein Pampahase vor dem Absprung. Die hohen Säulchen vorne: Wie ausgeliehen von einem Riesenkater. Der lange Rücken ist bestimmt von einem Geparden vererbt. Dazu das winzige Köpfchen. Nur Augen und Ohren. Und der Schwanz? Der stammt wohl von einem Tropenäffchen."

Jutta blickt strafend. Denn natürlich ist das Somalikind allerliebst. „Anna-Carina wird garantiert eine stattliche Katze. Allein die ausgebildeten Tatzen versprechen, daß sie sehr groß wird", betont sie. „Hoffentlich stolpert sie nicht über ihre eigenen Pfoten", grinse ich. „Aber jetzt im Ernst. Sie ist wirklich auffallend. Die schwarze Gesichtszeichnung auf Cremeblau. Der lebhafte Ausdruck. Edel, edel", kommentiere ich. Und meine es wirklich. Wenn die jungen Glieder dieses Körperchens sich harmonisch zurechtgewachsen haben, dann besitzt Jutta eine fabelhafte Zuchtkatze. „Die Fahrt im Zug war ein Abenteuer", erzählt sie. Denn Anna-Carina stammt aus Österreich. In München traf man sich zur Übergabe der kostbaren Fracht. „Die Kleine hat das ganze Abteil unterhalten", berichtet Jutta. Daran zweifele ich nicht einen Augenblick. Kenne das aus selbstgemachter Erfahrung. Als ich aus Venezuela nach Hannover zurückflog, brachte ich Minina mit. Einige Arbeitskollegen, die mit mir aus dem Auslandsdienst heimkehrten, hatten ihre Tiere vorher abgegeben. Ich brachte das nicht übers Herz. Minina war sich allein überlassen gewesen. Ausgesetzt, gejagt, verprügelt, verschreckt. So gabelte ich sie auf. Das so geplagte Tier entwickelte sich zu einer wunderbaren Katze. Gescheckt und dreifarbig bunt, sah sie aus wie ein bunter Flickenteppich. Irgendein Perser muß mitgemischt haben, denn ihr Fell gedieh zu einem langhaarigen Pelz. Mininchen wurde bestaunt und bewundert. Nicht nur wegen ihrer Gesichtsmaske, sondern vor allem wegen ihrer Kunst, sich mitzuteilen. Weder vorher noch nachher, erlebte ich eine dermaßen reich modulierte Katzensprache. Freilaufend, hatte Minina auch in Hannover ihren Ausgang. Ihretwegen mietete ich damals eine Parterrewohnung. Kam sie von einem Rundgang wieder, erstattete sie mir minutenlang Bericht. Besucher, die ihre „Vorträge" mithörten, kriegten den Mund nicht mehr zu. Allein mit mir, war die Variation der Töne noch ausgeprägter. Vor allem, weil sie zwischendurch Antwort verlangte. Um dann weiter zu erzählen. Wäre sie dabei in menschliches Reden übergegangen, ich hätte es glatt nicht bemerkt. So fließend war dieser Austausch. Minina aklimatisierte sich prächtig. Und liebte es, im Zug zu verreisen. Während unsereins sonst stundenlang schweigend mit Leuten zusammensitzt, sorgte meine Katze für rege Gespräche. Kommunikation über das Tier. Ich habe oft darüber nachgedacht, warum das so ist bei uns. Lateiner beginnen selbst auf kurzer Strecke mit einem Hin und Her von Worten. In unseren Breiten fahren wir stumm in der Straßenbahn. Es wird höchstens gemotzt bei Verspätung. Bringen es fertig, von Hannover bis München vor uns hinzustarren. Murmeln nur manchmal was, wenn sich die Beine in die Quere kommen. Selten, daß man sich die Zeit angenehm plaudernd verkürzt. Warum ist das so? Warum bedarf es eines Tieres, das die Verbindungsbrücke herstellt? Warum stöpseln sich so viele die Ohren zu mit ihrem Walkman? Ist der Mitmensch für sie so unerfreulich? Immer häufiger beobachte ich das. Wie gerade die Jüngeren sich den hackenden Rhythmus reinziehen. Den Kopf zudröhnen. Taub für die Umwelt. Manchmal Verachtung im Blick. Geistige Isolation. Junge Menschen mit erschreckender Gleichgültigkeit in den Gesichtern. Verarmt in ihrer Zuwendung. Was nützt ein geschultes Umweltbewußtsein, wenn dieselbe Person ohne Rücksicht dem Nächsten vor die Füße spuckt? Ihr hämisches Vergnügen an der berechtigten Empörung hat? Unsere U-Bahn-Stationen sind ein ekelhafter Beleg für diese Unsitte. Es kommt einem hoch, in diesen Auswürfen warten zu müssen. Die Säuberungskolonnen können ein Lied davon singen. Und die Reinigungskosten steigen. Kosten, die wir mit unserer Steuer bezahlen müssen. Jeder. Egal, ob er Straßenbahn fährt oder nicht. Und keiner wagt es, laut dagegen zu sprechen. Keiner hat die Courage. Wo sind wir gelandet? Die Kultur eines Volkes liest man nicht von seinen Büchern ab. Sondern am Umgang miteinander. Es schmerzt mich, zu sehen, wie jeder sich wegdreht und die Augen verschließt. Die Ohnmacht aller schmerzt mich. Auch meine. Entwürdigung durch die eigene soziale Schicht. Im öffentlichen Verkehrsnetz. Täglich. Eine Kraft kostet das! Die Wut runterzuschlucken, den guten Glauben aufrecht zu erhalten. Den Glauben an Freundlichkeit durch Achtung. Was bringt uns eine Demo für die Walderhaltung, wenn Berge von Müll auf dem Platz bleiben? Ob ich zu hart in meinem Urteil bin? Gewiß nicht. Abends an der Theke, wie sehr machen sich die Leute dort Luft. Nur leider hört es keiner von denen, die Autorität und Position verwalten, ein Machtwort zu sprechen. Für den Durchschnittsbürger findet sich keine Lobby mehr. Irgendwann wird irgendwas gefährlich explodieren.

Aber nun bin ich ganz abgekommen vom augenblicklichen Geschehen. Jutta hantiert in der Küche. „Willst du auch einen Kaffee?", ruft sie.

„Klar", antworte ich, obwohl es gegen Spätnachmittag geht. Allerdings wird eine Tasse mir den Schlaf nicht gleich rauben.

Da ertönt der Gong im Flur.

„Das sind Kuchenbuchs", meint Jutta. „Meine neue Familie. Die gibt es ab meinem Wohnungsumzug gratis dazu", lacht sie.

„Aha, der große Anmarsch kommt", sage ich amüsiert. Denn Kuchenbuchs erscheinen gewöhnlich als Riege. Vorneweg die energisch gesteuerte Frau. Bereit, ihre Freundschaft durch Rat mit Tat zu beweisen. Dahinter kichernd und plappernd Verona und Carina, die halbwüchsigen Töchter. Mit etwas Abstand bildet das Haupt der Familie die Nachhut. So auch jetzt. Die Geschwister drängeln sich vorbei und stürzen sich auf die davonstiebenden Katzen. Die kennen das schon. Erklettern in Windeseile den bis an die Decke hohen Kratzbaum. Sausen hinter die Couche. Äugen neckisch und kokettieren mit vorläufiger Unerreichbarkeit. Schnatternd und lockend bemühen sich die Mädchen. Frau Kuchenbuchs fröhliche Nachrichtenausgabe vermengt sich ins muntere Geschehen. Jutta und ich reden ebenfalls dazwischen. Herr Kuchenbuch steht dabei, wie ein stiller Fels in der Brandung. Er überragt uns alle. Erhabene Übersicht, sozusagen.

Mittelpunkt aber wird das winzigste aller anwesenden Geschöpfe. Anna-Carina weiß das zu würdigen. Plärrt demonstrativ und anhaltend. Führt uns vor, wer sie ist. Blauseidene Fellwolke. Hochbeiniges Selbstbewußtsein. Und wir Leute mit „Ah!" und „Oh!" drumherum.

Ulla und Delia sagten es treffend: Katzenmenschen haben einen Spleen!

Und Somalikatzen auch.

Gerade das macht uns miteinander sympathisch, nicht wahr?

Der Durchhänger in der Baumhöhle deutet an, wo Chamo sich gerade aufhält. Er pooft. Vorsichtig gucke ich in das Nest. Er ruht auf dem Rücken, alle vier Läufe von sich gestreckt. Den Katerkopf fest gegen die pelzige Stoffwand gepreßt, schnorchelt das Näschen den Atem aus und ein. Ja wirklich, der Runde schnarcht. Manchmal so laut, daß er selbst davon aufwacht.

Nicht jetzt. Jetzt liegt er in den Tiefen eines Traumes. Die Barthaare zucken verräterisch. Die eine Tatze entblößt die Krallen. Nun drängt sich auch noch die rosa Zungenspitze durch die Vorderzähnchen. Silbergrau schimmern Kinn und Unterfell. „Du goldiger Aschepott", murmele ich gerührt. Auf der Stelle ist er blitzewach. Zirpt begeistert und räkelt sich einladend. Bäuchlein kraulen, heißt das. Ich tu ihm den Gefallen. Tibbidi raspelt unten am Stamm. Schnarrt einen blechernden Ton und bemüht sich um Aufmerksamkeit.

Wer die beiden nicht sieht und Chamos helles Zwitschern hört, der schreibt es glatt Annastasia zu. Statt dessen hat Töffelchen ein paar heisere Stimmbänder. Schreiender Gegensatz zu ihrem ätherischen Erscheinungsbild. Jedoch passend zu ihrem zielstrebigen Charakter.

Zielstrebig klettert sie auch jetzt in die von Chamo besetzte Mulde. Sie hat sich mittlerweile damit abgefunden, daß Katerchen ihre Plätze liebt. Nur den Bettkasten, den verteidigt sie standhaft. Jeden Feldzug seinerseits schlug sie erfolgreich zunichte. Ein Schmiß auf Chamos Nasenrücken zeugt von bewaffneter Gegenwehr. Ganz bedröppelt muß der Runde jedesmal abmarschieren. Dabei sucht er doch nur zärtliche Nähe. Möchte sich so gern anbucken.

„Dein Prinzeßchen ist eine rechte Kratzbürste. Aber du schaffst die Eroberung noch", tröste ich ihn.

Annastasia kauert auf dem Baumstumpf über ihm und schimpft. Chamo guckt mit treuen Murmelaugen.

„Sei doch nicht so biestig", tadele ich das Katzenfräulein. Die Somali blickt säuerlich. Fährt sich ablenkend über die Schwanzspitze. Chamo wirft das Köpfchen zurück und kneift die Augen zu. Nach dem Motto, was ich nicht sehe, ist einfach nicht da. Annastasia begrübelt die Lage mit geradezu philosophischem Ausdruck. Räumt kurzum das Feld, indem sie einen eleganten Abflug auf den Teppich demonstriert. Chamo zirpt sehnsüchtig hinterher. Unterläßt es wohlweislich, den Ort seiner Ruhe freizugeben. Schon mehrmals legte die Kleine ihn rein. Kaum nämlich folgte er ihr, beschrieb Annastasia behende einen Bogen und vereinnahmte gedankenschnell den begehrten Platz in der Höhe. Ein bedeppert blickendes Katerchen zurücklassend. „Du schlaue Hinterlist!", betitelte ich sie. Annastasia begreift das als Kompliment. Schnurrt jedesmal zufrieden mit sich selbst.

„Du bist heute noch dran mit Bürsten", urteile ich. Töffelchen kommt mir hinterher und miemt erwartungsvoll. Ich nutze ihre Bereitschaft. Nicht täglich ist sie gewillt, sich striegeln zu lassen. Dann hilft nur ein plötzlicher Genickgriff und bestimmtes Handeln. Meistens mag sie es aber doch. Zu possierlich ist ihre Reaktion, wenn der erste Bürstenstrich erfolgt. Wie ein erschrockenes Dämchen reißt sie die Augen auf. Als wolle sie sagen: „Oh, ist bei mir etwas in Unordnung? Wo denn? Nein, ist mir das peinlich! So ein Malheur aber auch!"

Und ganz echauffiert zupft sie imaginäre Filzknötchen. Sortiert geflissentlich angeblich widerborstige Strähnchen. So betulich fährt ihre Katzenzunge zwischen Kamm und Fell, daß ich aufpassen muß, sie nicht zu verletzen.

„Kapriziöse, eitle Primadonna!", lache ich und lobe gleichzeitig ihren Eifer. Es fehlt nur noch, daß sie in den Spiegel guckt. Zum Abschluß gibt es Katzen-Kuller. Damit rechnet sie fest.

Stupst das Schnäuzchen in meine Handfläche und verlangt die entsprechende Belohnung. Hockt sich auf ihre Keulchen. Fächert den Schwanz über den Rücken bis hinauf zu den Ohren. Hält die Futterkugel zwischen den Vorderpfötchen und knabbert probeweise daran. Dankbarer Blick, und mit zierlichem Biß verschwindet alles auf einmal. Schnarchendes Knetern. Wonnigliches Nachschmecken. Neuer Stups: Die nächste Praline, bitte!

Eichhörnchensitz, und das ganze von vorne. Eine filmreife Diva, das ist sie.

Rums! Poltert es. Eine geballte Ladung ratscht über den Teppichboden. Bufft an die Dose. Chamo in Aktion. Mit vier Beinchen gleichzeitig, vollführt Annastasia einen Satz. Senkrecht in die Luft. Landet mit entsetzter Miene zentimeterdicht hinter dem Katerchen.

„Knalltüte, stürmische!", ermahne ich den Runden. Er aber ist nur auf Fressen aus. Kümmert sich einen feuchten Kehricht um Kavaliersbenimm.

„Ich auch, ich auch!", schmust er.

Und natürlich bekommt er das Seinige, der Tatzenpratz.

Mittwoch 1. Juni

Nimm dir Zeit für deine Zeit!
Diese Ermutigung klebt jetzt als Zettel an meinem Badezimmerspiegel. Das mache ich öfters. Daß ich dort etwas befestige, das Auftrieb gibt für den Tag. Als positive Richtschnur. Einen Morgengruß für den guten Morgen. Selbst wenn die folgenden Stunden für einstweiliges Vergessen sorgen. Irgendwo lagert so ein Wort doch. Taucht plötzlich auf aus dem Unterbewußtsein und bringt Kraft oder wohltuende Korrektur in den Tag. Und dieser Satz gefällt mir sehr: Nimm dir Zeit für deine Zeit. Wenn unsereins nicht aufpaßt, schleicht eine Art Kobold hinter uns her und zieht uns heimlich die Zeit aus der Tasche. Dabei haben wir doch – rein objektiv – alle Zeit dieser Welt. Müssen sie uns nicht aneignen, sondern bloß günstig einteilen. Auch mal nein sagen, ist wichtig.
Seit Vorgestern lebe ich in Vorfreude. Meine Freundin Petra rief an. Meinte, ich solle kurzentschlossen Pegnitz besuchen. Ins Frankenland zu ihr reisen. Zu viele Monate hocke ich ununterbrochen in Hannover. Das Problem der Katzenfehde sei doch gelöst. Chamo und Annastasia im Einklang.
„Komm zu uns. Denke, schmecke und rede mal ganz was anderes“, drängte sie.
„Aber ich kann doch keinen Koffer tragen“, überlegte ich schwankend.
„Klamotten kannst du von mir bekommen. Nimm deine Zahnbürste samt Kleinkram und schmeiß dich in den Zug.“
„Wenn ich die Tierchen unterbringe, ist es wirklich die Idee“, meinte ich.
Einmal überzeugt, schwanden die Hindernisse wie von allein. Sabine, eine befreundete Studentin, quartierte sich bei mir ein. Für meine beiden Racker eine grandiose Lösung. Sie bleiben in ihren vertrauten Wänden und werden optimal betreut. Heute also los, mit dem ICE ab nach Nürnberg. Von dort mit der Regionalbahn bis Pegnitz.
„Die Wiesen blühen noch. Eine durftende Gegend ist das hier unten“, schilderte Petra ihre Heimat.
„Leider schaffe ich es nicht, so zu wandern wie früher“, erinnere ich sie.
„Wir werden schon Wege für dich finden. Und wenn es beschwerlich wird, rufen wir an und Willy holt uns mit dem Auto zurück“, versicherte sie.
Nun sitze ich im Zug und freue mich auf volle sieben Tage außerhalb. Falls die Wiesen demnächst nicht abgemäht werden, bietet die Fränkische Schweiz ein herrliches Bild. Und eine herrliche Küche. Die deftige Kost sich nur vorzustellen, bringt den Magen in Schwung. Und Petra weiß, wo es urige Landhäuser gibt mit köstlichen Gaumenfreuden. Wir zwei lernten uns in Caracas kennen. Beide suchten wir unbekannte Horizonte. Wollten das Abenteuer der großen Landschaft. Unsere Grenzen ausprobieren. Tollkühn war das manchesmal. Mit dem Jeep durch Urwald, Sümpfe und auf felsigen Schlammpisten. Indianer am Orinoco, Tafelberge gigantischen Ausmaßes,

wüste Steppen, Caimane, Schlangen, Spinnen. Und Vögel, bunt wie der Regenbogen. Wolken von Moskitos. In den Hängematten aufgeknüpft zwischen Himmel und Erde. Natur und sonst nichts auf Meilen. Da wird Freundschaft getestet.

Inzwischen haben sich unsere unruhigen Geister befrieden lassen. Sie ward Mutter eines Kindes. Und ich die Patin ihres Kindes. Neun ist Eva jetzt. Ein Energiepäckchen besonderer Art. „Herzkirsche", nenne ich unser Mädchen. Weil sie die so gerne ißt. Ab Nürnberg wird die Strecke zum Genuß. Saftiges, blühendes Weideland. Kaffeebraune Kühe und da und dort eine Pferdegruppe. Wälder, Felsen, Schluchten. Und das leuchtende Flußband der Pegnitz in anmutigen Schleifen und Bögen hineingebettet in das Sommergrün des Landes.

Nur wenige Leute steigen in Pegnitz aus. Eva entdeckt mich sofort.

„Patin!", brüllt sie über den ganzen Bahnsteig, so daß alles sich umdreht. Von Anfang an hat sie mich so betitelt. Und dabei ist es geblieben. Fränkische Mundart.

„Patin!", brüllt sie noch einmal und rennt mir entgegen.

„Grüß dich Gott!", lacht Petra und wartet ab, daß Eva ihre stürmische Umarmung beendet.

„Jetzt bin ich schon fast so groß wie du", sagt diese mit fachmännischem Blick. Muß noch auf dem Platz feststellen, wie viele Zentimeter ihr fehlen. Petras Trabbi fährt uns knatternd zum Haus. In der Küche begrüßen mich Schnurpser, der Kater, und Poldi, die kleinere Katze.

„Poldi sieht ja aus wie ein Tönnchen!", rufe ich. Die Freundin nickt: „Poldi wird nicht nur älter, sondern dabei auch runder." Sie öffnet das Fenster, damit die Tiere wieder in den Garten können.

„Darf ich mal deine Schuhe anziehen?", fragt Eva dazwischen. Sie ist immer noch damit beschäftigt, unsere Körpermaße zu vergleichen.

„Sie passen! Sie passen!" Begeistert schreitet sie auf und ab. Da wir Frauen dieser Tatsache nur laue Aufmerksamkeit zollen, saust sie in die obere Wohnung. Dort lebt Oma, die sich Evas Wachstumserfolg bestimmt ausgiebiger anhören wird. Und wir haben Ruhe, die wichtigsten Neuigkeiten auszutauschen.

„Willy hat Späteinsatz. Du siehst ihn morgen", teilt sie mit.

„Macht nichts. Ich will sowieso gleich in die Rosengasse. Frau Riedel-Pohl erwartet mich schon", erwidere ich. Es war eine glückliche Eingebung, diese hübsche Gästeunterkunft auszumachen. Bei längerem Besuch schätze ich eine eigene Adresse. Es ist Gold wert, sich zurückziehen zu können. Nach dem Aufwachen nicht sofort präsent zu sein. Sondern in aller Gemütlichkeit dazusitzen, bei Kaffee und Brötchen. Von der Pension aus durch das Städtchen bummeln. Gegen Mittag anschließend aufkreuzen, bereit für den Tag und seine Menschen. Man muß sich stundenweise voneinander erholen dürfen, denke ich. Sonst fühle ich mich nach drei Tagen wie ausgelaugt. Petra findet das in Ordnung. Die Rosengasse liegt nur zwei Straßen weiter.

„Wartet! Wartet! Ich komme doch mit!" Eva hängt sich meine Tasche um und schlänkert sie zwischen den Beinen. Frau Riedel- Pohl empfängt uns herzlich wie immer. Hinter ihr steht ein dunkles Ungetüm. Der Wächter des Hauses.

„Kai, sitz!", kommandiert die Wirtin. Brav gehorcht der Schäferhund. Bittet schwanzwedelnd um Streicheleinheiten. Schmiegt seinen Riesenschädel in die Hand.

212

„Bist mein Treuer", lobt ihn Frau Riedel. Und zu mir gewandt: „Sie bekommen heuer wieder ihr Lieblingszimmer."

„Ich weiß, wo das ist", sagt Eva und läuft die Treppe hoch.

„Patin, hier! Hier ist es!", erklärt sie stolz. Wir öffnen das Fenster und schauen hinaus. Ein weiter Blick über Gartenanlagen und Kirchturmspitzen. Die weißen Gardinen bauschen sich sanft in dem Lufthauch. Abendliches Sonnenlicht spielt Strahlenreigen auf der Fensterbank.

„Da läßt es sich aushalten", seufze ich und werfe mich auf das Bett. Nach der Fahrt eine Wohltat für den Rücken. Petra und Eva leisten mir noch ein Weile Gesellschaft, bevor sie heimkehren.

Ich räume etliches zurecht. Weihe die Dusche ein und freue mich auf den Duft frischbezogener Bettwäsche.

Alles mit der Ruhe. Es langsam angehen lassen. Wir haben ja soviel Zeit. Eine ganze Woche. Was Tibbidi und Chamo jetzt treiben? Ob Sabine klarkommt? Bestimmt. Trotzdem werde ich morgen anrufen. Es ist das erste Mal, daß ich so lange weg bleibe. Zu wissen, daß alles wunschgemäß läuft, das gibt auch mir die richtige Leichtigkeit für diesen Kurzurlaub.

Ohne es zu merken, schlafe ich ein. Bei geöffnetem Fenster. Würzige Nachtluft füllt den Raum.

213

Montag 6. Juni

Das Atmen geht wieder tiefer und freier. Wie eine bunte Perlenkette reihen sich diese Urlaubstage aneinander. Teilweise bin ich ganz allein herumspaziert. Der erwärmte Boden ließ es zu, mich hinlegen zu können auf das trockene Wiesengras. Dieses wieder spüren der Erde, hautnah den Rücken hinunter bis in die Fußsohlen, vermittelt eine Gewißheit des Getragenseins, der Geborgenheit in der großen Hand unseres Schöpfers. Ganze Lasten rutschen dabei von den Schultern. Eins werden mit dem Stückchen Wald und Feld, mit Himmel und Wolken, Sonne und Hummelgesumm. Auf schwankenden Kleeblüten turnen diese sympathischen Brummer in pelzigen Höschen und goldbraunem Kleid. Niedliche Hubschrauber, beschwert von der süßen Fracht der Blumenkelche. Raschelnde Grashalme, wisperndes Wehen verspielten Windes in den Baumkronen. Zärtliches Berühren des Luftstromes auf der Gesichtshaut. Vogelruf und fernes Glockenläuten. Meine Augen trinken das Blau über mir. Ich falle sanft in diese unendliche Tiefe. Oben und Unten verliert an Bedeutung.

„Du hast richtig Farbe angenommen", sagt Petra zufrieden, wenn ich mich bei ihr einstelle im Laufe des Tages.

„Äußerlich und innerlich auch", lächle ich. Entspanntes Sein. Sich einmal verwöhnen lassen und anlehnen dürfen. Und ich werde verwöhnt! Von meiner Wirtin und natürlich im Hause meiner Freundin. Wir liegen nachmittags in ihrem Garten. Eva und Daniela führen Zauberkunststücke vor oder verschwinden irgendwo in den Büschen. Fast wie Schwestern sind die beiden aufgewachsen. Lieben sich und hauen sich. Irgendwann kommen Oma und Opa dazu und plaudern ihre Geschichten. Taucht Willy auf, läuft Eva ihrem Vater entgegen, als seie er Monate weg gewesen.

In der Pergola, umrankt von jungem Wein, verzehren wir Geräuchertes und Gegrilltes, fränkischen Preßsack und gutes Bauernbrot zu einem Bier aus kühlem Steinkrug. Was für ein Leben! Klein Poldi belagert Petra und schnurrt nach Leckerbissen. Schnurpser streckt sich auf der Gartenmauer und belauert Schmetterlinge. Ein stolzer Hauskater ist er. Mäusejäger und Fröschefänger. Haudegen und Schmusetiger. Grauschwarz gestreift und getupft das dichte, kurze Fell.

Die beiden Tiere trösten mich für meine, die ich zwischendurch entbehre. Sabine erstattet telefonisch regelmäßig Bericht.

„Wie gefällt dir das Leben mit den Katzen?", frage ich.

„Ungewohnt, aber schön", sagt sie. „Morgens weckt mich Chamo. Sitzt vor dem Bett und raspelt auf dem Vorleger die Krallen."

„Das darf er", werfe ich ein.

Sie fährt fort: „Tibbidi kriecht dann aus ihrem Versteck und beäugt mich und ihn. Knetet auf der Decke und inspiziert meine langen Haare."

„Das glaube ich. Mein kurzer Putz und deine wallende Mähne, das ist schon ein Unterschied."

„Ja. Und in der Küche fressen sie nebeneinander vom gleichen Teller. Chamo will die Kleine immer abschlecken. Aber davon hält sie nicht viel."

„Knurrt sie dann?"

„Nein. Sie springt ihm davon. Er saust hinterher. Wildes Fangespiel. Wie im Tiefflug geht es durch die Wohnung. Mich wundert, daß nichts zu Bruch geht."

„Die wichtigsten Schneisen habe ich freigelegt", verrate ich ihr lachend.

„Ich glaube, Chamo ist gewachsen. Und Tibbidi wirkt langgestreckter",meint Sabine noch. Es freut mich, daß sie so liebevoll auf die Tiere eingeht. Besser können sie es gar nicht haben.

Morgen ist bereits mein Abreisetag. Leider. Aber die Woche hier in Pegnitz hat mich rundum gestärkt. Nicht nur die gute Küche.

Das Zusammensein in fröhlicher Runde hat die Gedanken durchgepustet und frisch belebt. Jetzt kündigen die Stimmen von Gerti und Rudi die Ankunft von Danielas Eltern an. Abschiedsklön im Garten. Gerti ist ganz geschafft.

„Unsere Baustelle raubt mir den letzten Nerv. Und Öpchen manchmal auch", stöhnt sie. Vor zwei Jahren haben sie ein entzückendes Haus im alten, fränkischen Stil übernommen. Ein Schmuckkästchen. Der Ehrgeiz, es historisch getreu zu neuem Glanz hochzuputzen, hat eine Art Lebensprogramm daraus gemacht. Die Familie hat zwar mehr Platz und der Großvater die nötige Betreuung. Aber wenn ich komme, ist schon wieder eine Wand eingerissen. Oder der Flur aufgeklopft. Oder die Küche im Umbau. Und dazwischen der hilfreich wurschtelnde alte Herr.

„Mann und Kind und Haus samt Öpchen, es ist zum Auswandern", redet Gerti in einer Mischung aus Streß und Scherz. Und regt sich auf, weil wir nicht Betroffenen wie üblich grinsen.

„Rudi muß tagsüber zu seiner Arbeitsstelle. Der kriegt den Schlamassel mit den Handwerkern nicht so mit. Ihr habt ja alle keine Ahnung", erklärt sie. Rudi guckt freundlich und ein wenig schuldbewußt.

„An den Wochenenden investiere ich auch meine Kraft", rechtfertigt er sich.

„Ihr fahrt doch bald nach Griechenland. Da kannst du den Bauschutt mal richtig vergessen", tröste ich sie. Gerti genehmigt sich einen langen Schluck aus dem Bierkrug. Wischt sich gedankenverloren über die Lippen.

„Und wir fliegen auch mit!", rufen Daniela und Eva wie aus einem Munde. Die Rangen malen sich aus, wie es sein wird am Strand.

„Ihr könntet das für mich doch zeichnen", schlage ich vor. Eifrig stürzen sie davon.

Als wir endlich aufbrechen, steht der Mond bereits über der Stadt. Petra verabredet noch eine Uhrzeit für morgen. Will mich in ihrem Trabbi zum Zug bringen.

In der Rosengasse ist alles ganz still. Volltönend schlägt die Kirchturmuhr die halbe Stunde. Schönes Pegnitz. Auch für mich ist Petras Wohnort ein bißchen wie Heimat geworden.

Im Bettkasten unter mir wird es lebendig. Annastasia versucht immer wieder, den ungebetenen Gast aus ihrer Logie zu werfen. Doch Chamo läßt sich nicht beirren. Sein Dialog aus zirpender Werbung ist ein Meisterwerk katerlicher Überredungskunst. Tibbidi strampelt und baggert gegen seine kompakte Rundung. Jedoch vergebens. Chamo bleibt. Verärgert über seine Verwegenheit kraxelt Annastasia ans Tageslicht. Schaut in den Spalt und faucht in die unterirdischen Regionen. Unsinnige Abwehr. Denn schon folgt Chamo nach. So gefühlsbetont schwingt sein Gurren und Maunzen, daß die junge Somali erweicht und ihm kurz über die Nase ruppt. Beglückt bietet Chamo ihr seinen Balg. Tibbidi zwickt fest in die ihr ebenfalls dagebotene Pfote. Ach ja. Ihre Vorliebe für unerwartete, schmerzhafte Bisse ruinieren des öfteren Chamos Ansätze zu engem Körperkontakt. Aber er ist hart im Nehmen. Bleibt in seiner ungünstigen Position liegen und wagt es, mit sanftem Pfotengriff den Hals der Kleinen zu umfangen. Dermaßen gefesselt in Chamos freundlicher Umarmung, unterbleibt die Gegenwehr. Zurückhaltend, aber auch wohlwollend, erlaubt Annastasia das langwierige Ritual seiner Waschung. Ineinander verschlungen, quetschen sie sich in meine Kniebeuge. Mit liebevoller Strebsamkeit drückt Chamo Annastasias Köpfchen auf das Kissen und striegelt unnachgiebig über das Deckhaar. Diskret schaue ich weg, um die empfindliche Balance zwischen den Tieren nicht zu stören.
Katzen haben einen feinentwickelten Sinn für Privatsphäre. Ungeniertes Starren auf den Austausch von Zärtlichkeiten ist ihnen ein Greuel. Sie schätzen Diskretion über alles. Und Annastasia ist darauf besonders bedacht. Wenn sie ihr Nickerchen mit mir teilt, erwacht sie zeitweilig zu schmusigen Einlagen. Rekelt sich dicht heran, kegelt sich über den Arm und fordert mich auf, ihre Unterseite massierend durchzukneten. Versenkt ihre Augen in meine. Sucht ständig den Blickkontakt. Wehe, sie empfindet, nur so nebenher gestreichelt zu werden. Beleidigt würde sie auf der Stelle das Schäferstündchen beenden. Ungeteilte Zuwendung, gebündelte Aufmerksamkeit, das erwartet sie wie ein Recht. Um auf gleicher Ebene zurückzuschenken. Postiert ihr energisches Persönchen neben meinen Kopf und legt ihr ganzes Vermögen in das Unterfangen, mein Haar auf die Reihe zu bringen. Begutachtet mitleidig das für Katzen unterentwickelte Menschenfell. Und müht sich ehrlich, es in einen tadellosen Zustand zu bürsten. Rührend besorgt, mir ein vernünftiges Aussehen zu verschaffen. Eifernd auf Intimsphäre achtend. Jawohl. Niemand soll in unsere Zweisamkeit einbrechen. Ständig sichert sie zwischendurch in den Flur. Ob vielleicht der schwarze Zottelbär sich nähert. Ebenso lauscht sie urplötzlich um sich, wenn sie unter meiner Hand sich verwöhnen läßt. Hebt den Kopf und linst mit langem Hals über den Bettrand. Ob der Runde klammheimlich eine tolpatschige Beteiligung plant? Ist das nicht der Fall, ruckt sie erleichtert in die vorher eingenommene Empfangshaltung zurück.

Schnurrt und blickt konzentriert in mein Gesicht. Aber allzu oft hält Chamo das nicht aus. Schwerlich vermag er zu ertragen, nicht mitmischen zu dürfen. Helltönend kündigt er seine Absicht an. Und landet mit vehementer Begeisterung inmitten des zärtlichen Austausches. Entrüstet ob so unverschämter Präpotenz, fährt Annastasia hoch. Bevor sie noch mitkriegt, was geschieht, hat der Maine Coon sie von hinten im Griff. Miemt, gurrt, besänftigt und plaziert sich mit schmiegsamer Entschlossenheit auf sie. Schiebt den kindlichen Katerschädel an Annastasias Wangenknochen vorbei. Bis ihm gelingt, mit ihr gleichgerichtet zu liegen. Nase neben Nase, Schnurrhaar mit Schnurrhaar vereint. Fast leidend knispelt Tibbidi das Schnäuzchen kraus. Um sich dann Chamos Liebkosung zu ergeben. Immer ein bißchen ängstlich. Immer ein biß-chen scheu. Ginos heftige Besitzerweisungen hat sie fest gespeichert. Aber sie lernt. Chamos gutmütiges Verhalten löscht ihre Furcht. Vertrauen wächst. Täglich stärker, überlagert es die Narben gemachter Erfahrungen. So sehr, daß sie genießerisch mit ihm herumpurzelt, ihm das Spielzeug abjagt und sich nicht entsetzt, wenn er sie aus dem Hinterhalt schelmisch überrascht.

Wir leben eine gute Zeit miteinander. Und ich bewundere die instinktgelenkte Weisheit, mit der Chamo vorgeht. So manches Mal erteilt er praktische Lehrstunden. Denn auch unter uns Menschen gibt es die sogenannten Angstbeißer. Sich nicht ver-wirren lassen, ihnen nachzugehen und nachzuspüren, das führt mir dieser kleine Kerl anschaulich vor Augen. Er hat real so ein dickes Fell, daß Annastasia ihm nicht ernst-haft bedrohlich wird. So ein dickes Fell wünsche ich mir gelegentlich auch. Keinen Ringpanzer. Sondern den Schutz aus Lebendigkeit durch Wärme. Denn ein Pelz kann beides: Er wärmt den Träger und den, der damit in Berührung kommt. Linde Worte zerbrechen Härte. Und linde Berührung auch. Dazu braucht man allerdings einen langen Atem. Ganz im Gegensatz zu unserer ungeduldigen Gesellschaft. Instantkaffee, Instantgerichte, Schnellimbiß, Sekundenkleber: Markenzeichen unserer Zeit. Zu kurzatmig für die menschliche Seele. Wir sollten uns wieder Muße gönnen, Unterkühlung aufzutauen. Nicht mit einer Mikrowelle. Sondern so, wie Kinder ein Guckloch hauchen in die Frostlandschaft eines winterlichen Fensters. Mit dem warmen Hauch unseres Herzens ein Guckloch schaffen für den Menschen, der darauf wartet, wahrgenommen zu werden. Weltfremd gedacht? Oder ist es nicht genau das, was alle Welt ersehnt? Wer macht den Anfang? Wer beginnt? Ganz einfach. Immer der, der anfängt. Immer der, der beginnt.

„Mein lieber Tatzenpratz, du verdienst einen Orden", spreche ich dem Katerchen zu. Und Katerchen guckt. Überzeugt, daß alle Herzen ihm zufliegen müssen.

„Mi – mi – mi", piepst er und beeilt sich, auf meine Knie zu klettern. Macht sich breit auf meinem Schoß. Fährt mit seinem Langhaarwedel durch mein Gesicht und bläst hörbar durch die Nase. Hier ist gut ruhen, bedeutet das wohl. Still bleibe ich sitzen und bewache seinen Schlummer.

In diesem Wohnraum ist die Welt heute in Ordnung.

Für uns alle drei.

Mit seinen sechs Monaten befindet sich Chamo in der ersten Blüte seiner Flegeljahre. Hinter den verspielten Scheinangriffen steckt die Wucht und Vehemenz des reifenden Katers. Mit dicken Patschepfoten und wehendem Schwanzhaar poltert es Hussa-Hurra querbeet durch die Wohnungsräume. Daß die Teppichbrücken auf dem Parkett verrutschen, und die Gläser im Schrank gegeneinander klingen. Ebenso fix, stürmt Tibbidi hinterdrein. Überfliegt den Runden in elegantem Bogen. Zeigt ihm, was Eleganz und Anmut einer Somali ausmacht. Verdutzt bremst der Schwarze ab. Jadegrün flammt der Blick. Dann stößt er den nächsten Schlachtruf aus, und schon geht die wilde Hatz von vorne los. Hinüber ins Schlafzimmer, hinter das Bett. Getobe, Gejaule. Plötzlich federt Annastasia hoch heraus und landet mit einem Plop auf dem Kopfkissen. Schelmisch wartet sie ab, ob ihr Verfolger aufgibt. Aber da kennt sie den Maine-Coon schlecht! Chamos Kopf schiebt sich über den Rand der Matratze. Dann krallt er sich bis auf Brusthöhe vor. Jachtert und jappt nach Luft. Er muß sich herauszwängen, so kräftig ist sein Körperbau inzwischen. Jetzt bringt ein gezielter Stoß den ganzen Kater zutage. Tibbidi läßt sich das mühsame Kraxeln nicht entgehen. Verpaßt ihm den Eindruck überlegenen Könnens ihrerseits. Jedoch nur kurz. Vergnatzt ist der Kleine. Richtig sauwütend. Hochnäsig dreht Annastasia sich zum Fenster. Wehe, das wird ihr zum Verhängnis! Verstohlen plaziert Chamo seine dicken Keulchen zum Sprung. Verräterisch wackelt die füllige Hinterhand. Dann packt er zu. Als ineinander verschlungenes Knäuel fallen beide vom Bett. Ausgerupfte Haarbüschel schweben hinterher.

Vornehm schluckt Tibbidi ihren unerwarteten Niedergang. Zumindestens hat sie es geschafft, daß auch Chamo auf dem Teppich bleibt. Katerchen hat es begriffen, daß er keine Dauersiege erringen kann. Aber ausprobieren. Ausprobieren muß er das! Nur eine Körperlänge voneinander entfernt, putzen die Spielgefährten sich das Fell. Fahren sich mit der Tatze über die Ohren, glätten den Schwanz und striegeln mit der Zungenbürste neuen Glanz auf das Deckhaar der Flanken und des Rückens. Leise Maunzer wechseln hinüber und herüber. Was erzählen die sich bloß? Der ungestüme Tatzenmatz und mein wildfarbener Zausel, sie haben sich gefunden. Immer besser wird ihr Spiel. Immer abgestimmter gehen sie aufeinander ein. Wissen um ihre jeweiligen Eigenheiten. Klug wägen sie sich gegenseitig ab und rechnen damit.

Chamo ist eine köstliche Mischung aus Gemütlichkeit, witzigem Charme und buffigem Selbstbewußtsein. Ich liebe ihn sehr. So wie die Somali ihr bestes gab, um Gino zu gewinnen, so gab in diesen Wochen der Maine-Coon sein bestes für Tibbidi. Sein freundliches Persönchen, seine fröhlich zwitschernde Stimme, seine ehrliche Harmlosigkeit war Medizin und Balsam für das scheu gewordene Katzenmädchen. Chamos sonniges Naturell löste endlich den eisigen Schrecken, der Annastasias

eigentliches Wesen gefangenhielt. Sie ist über sich hinausgewachsen, die Kleine. Denn sie bleibt meine Kleine, obwohl sie es längst nicht mehr ist. Prächtig kleidet das schimmernde Fell ihren schlanken Körper. Die Gesichtszeichnung prägt noch genauer den wachsamen Blick der Augen. Leuchtend sind sie und tiefgründig. Und immer noch durchsichtig klar wie Akazienhonig im Glas.

Diese Färbung wird sich nicht mehr ändern. Auf hohen Läufen stolziert sie daher, mal schrullig graziös, mal blaublütig distanziert. Welch Herzensfreude, sie an mich zu drücken!

Oh, das mag sie gar nicht! Denn sie fühlt sich als ernstzunehmende Wächterin. Mit drohendem Geknurr wird jede unbekannte Geräuschquelle aufgespürt. In weiten Bögen geht es auf den Balkon, wenn eine Taube am Gitter flattert. Geduckt pirschend, die geplusterte Rute gerade hinter sich gestreckt, ist sie einem Fuchs täuschend ähnlich.

Wildfarbenes Haarkleid, wildfarbene Seele! Und eben deshalb so überschwänglich zärtlich, so innig in ihrer Hingabe.

Ein Stück Seeligkeit auf Erden, das können Tiere uns schenken.

Heilung bringend, sind die Geschöpfe dieser Welt. So sagt es ein altes Buch. Heilung für uns Menschen, die wir uns so leichtsinnig überheben. Das Maß, das unsere Natur uns setzt, gerne verachten. An Habgier und Geltungssucht oft krank werden. Und an Einsamkeit. Selbstauferlegter manchmal, aber auch erlittener Einsamkeit. Nicht so das Tier. Ganz selbstverständliche ist es uns liebevoller Hausgenosse. Läßt uns teilhaben an der Würde seines Wesens, an der Schönheit seiner Existenz. Wenn *wir* es nur lassen! Langsam und umsichgreifend, ahnen Menschen das mehr und mehr. Daß wir verantwortlich sind für die Natur allen Lebens. Daß wir nicht Schöpfer sind, sondern ebenfalls Geschöpfe. Von einer großen Hand hineingegeben in das Wunder Erde. Nicht darüber. Sondern inmitten gestellt. Man ist so schnell dabei mit dem Herrschenwollen. Und pervertiert den Begriff, ohne es zu merken. Könige und Kanzler führen es gerne im Wappen: Diener des Volkes zu sein. Verzeihung, aber da hapert es denn doch erheblich. Ich sage es einmal so: Das Vorrecht des Herrschens ist, dienend zu gestalten. Dienend *jeder* Kreatur. Wer die Autorität als Herrschender in sich trägt, braucht um die Macht nicht kämpfen. Sie fällt ihm zu. Wir wissen so viel. Aber die Wissenschaft ließ uns erkalten. Es wird Zeit, das Herz zu stärken.

Sachte, sachte steigt ein Bild in mir auf: ein warmes Nest, huschelige Katzenbabys und fürsorglich, wachend ... Annastasia.

Meine Annastasia ...

Jäh unterbricht Tibbidi ihre Fellpflege. Da schießt auch schon Chamo an ihr vorbei. Schnellt über den Schreibtisch hinweg, daß die Papierunterlagen nur so fliegen. Federt ab und prallt gegen das Fensterglas. Annastasia hinterdrein. Unmöglich, die Blumentöpfe retten zu wollen. Blind für jede Vorsicht, stoßen und rempeln beide Tiere um einen Halt, benutzen den Efeu als Klettergrüst. Der Blumenstock kracht unter dem Gewicht zusammen. Blattwerk und Tiere werden zu einem Durcheinander von haschenden Pranken und wehenden Schwänzen.

Eine Fliege! Eine dickbauchige, fette Fliege! Summt hysterisch an der Scheibe rauf und runter. Vergeblich versucht sie, mit ihrem schwarzen Kullerkopf das für sie unsichtbare Hindernis zu durchbohren. Ebenso hysterisch schnappen Chamo und Annastasia ins Leere. Vollführen Absprung auf Absprung, strecken sich lang, turnen fast auf Krallenspitzen. Die Augen funkeln vor Gier, die Mäulchen jachtern und hecheln. Ganz dünn und hoch dringen ihre Laute aus engem Hals. Die Kieferzähne schnattern, und der Verstand ist im Eimer. Ungestümes Toben, sich überschlagende Wildheit. Da ist alles zu spät. Ich schaffe es gerade noch, einen kippenden Übertopf aufzufangen. Der Inhalt liegt bereits verwüstet darnieder. Peng! Chamos Krallenpranke verfehlt das Untier milimeterscharf. Tibbidi steigt affengleich auf Katerchens Rücken. Trampelt ihm die Ohren platt und hechtet am Glas hinauf. Rutscht ab und plumst zurück. Ssss – rrr ! macht die Fliege. Steuert einen Bogen und knallt erneut gegen die Scheibe. Kurze Gehirnerschütterung. Taumelt abwärts und verschwindet im Gepflanze. Die Katzen hocken wie verzaubert. Die Lauscher über das Grünzeug geneigt, warten sie gebannt auf ein verräterisches Signal. Nichts. Keine Bewegung, nicht das leiseste Rascheln. Chamo maut gequält. Tibbidi hebt sachte eine Pfote und berührt ein kaum vibrierendes Blatt. Brrr – sss – brrr – summ ! Torpedogleich düst das Insekt an ihrer Nase vorbei und erreicht einen Landeplatz auf dem freischwebenden Lampenschirm, der von der Decke hängt. Genau über dem runden Teppich. Ein Jammerschrei entringt sich Chamos Kehle. Stürzt sich auf den Boden, baut Männlein und vollbringt einen Tanz auf seinen aufgestemmten , muskulösen Hinterkeulchen. Tibbidi, nicht faul, tut es ihm gleich. Aber die Beute bleibt unerreichbar und rührt sich nicht vom Fleck. Das Jagdfieber steigert sich in die Verzweiflung. Da muß der Mensch doch helfen! Und alsbald richten die zwei ihr Gejaule an mich. Zerren am Hosenbein, stubsen gegen die Füße. Mit einer Zeitung tippe ich auf den satten Brummer. Und neu beginnt die Hatz. Chamo schlägt zu. Ersticktes Summen unter seiner runden Pranke. Eingeklemmt zwischen der Fensterscheibe und des Katers Tatze, kann die Fliege nicht mehr entwischen. Vorsichtig gleitet die Katzenhand samt Beute etwas tiefer, so daß Chamos Schnäuzelchen bequem an sie herankann. Tibbidi quiemt erregt. Drängt ihr Näschen dazu, gewillt, das eventuell flüchtende Opfer

selbst zu erwischen. Nur ein wenig löst der Runde die Pfotenballen. Und hat Erfolg. Schmatzend malmt er den erlegten Brummer in sich hinein. Tibbidi ergattert nur noch einen einsamen Flügel. Schnuppert und prustet ihn weg. Diesmal war Chamo behender. Da kann man halt nichts machen.

„Verrücktes Raubzeug. Ich darf jetzt die traurigen Reste vom Schlachtplatz räumen", beschwere ich mich. Ungetrübt von diesen Folgen, schnurrt Chamo selbstzufrieden vor sich hin. Tibbidi prüft den Geruch seiner Lefzen. Flehmt sehnsüchtig und dappelt von dannen. Holt sich etliche Anstandskrümel aus dem Futternapf. Als Trostpflaster für die entgangene Flugbeute. Vielleicht kommt ja noch eine. Ihre Kontrollrunde auf dem Balkon verläuft ergebnislos. Na, dann verhilft wenigstens die Empore zu einem Gefühl der Überlegenheit. Geschmeidig gleitet sie den Stamm hinauf und per Klimmzug auf das Brett. Chamo trottet nun auch ins Freie. Schwenkt seine Rute wie eine Fahne. Das lange Schwanzhaar wirkt tatsächlich wie eine Flagge, die hin und herweht. Katerchen blinzelt und peilt den Hochsitz an. Entdeckt Tibbidis baumelnde Hinterhand und gönnt ihr die Ruhelage. Knabbert verträumt an Grashalmspitzen und drückt sich in den schmalen Blumenkasten. Ein bißchen eng wird es langsam dadrin. Chamo hat enorm zugelegt. Wenn er so weitermacht, verspricht er, respektvolle Körpermaße anzunehmen. Trotz seiner Korpulenz behält Annastasia ihre Führungsrolle. Gibt ihm zu verstehen, wenn ihr was nicht paßt. Greift an, wenn es sein muß. Katerchen läßt sie gewähren. Langmütig gestattet er ihr sich wiederholende Beweise somalihaften Größenwahns. Und die sind echt sehenswert. Mit aufreizend gebogenem Nacken stellt sie sich seitlich des hingestreckten Katers. Steppt ein wenig Bolero und plustert sich zur vorgetäuschten Majestät ihrer Erscheinung. Blitzschnell stößt sie sich ab, dreht sich über Chamos Körper freirotierend wie ein Propeller. Landet auf der anderen Seite des also Unterlegenen. Nimmt wieder Zugriffposition ein, federt ab. Propellerkreiseln in der Luft. Landung. Eindruck schinden. Wiederholung der gezeigten Kunst. Chamo verfolgt liegend das zirkusverdächtige Brimborium über seinem Dasein. Schielt zur Decke hoch und bläst den Atem durch die Nase. Ordnet die Spirenzchen seiner Spielgesellin vorübergehenden Allüren zu. Harrt auf das Ende mit stoischer Geduld. Weiß er doch, daß anschließende Zärtlichkeiten der Lohn sind. Dann schnurrt und schmeichelt die Kleine sich an seinen Balg. Glücklich umfangen von den Sammetpatschern ihres Sahneprinzen. Gegenseitig wird die Kehle gebürstet und gegen den Strich gekämmt. Bis die Müdigkeit alles verlangsamt, und ein Nickerchen sie gemeinsam ins Traumland führt. Chamo ist für Tibbidi ein kluger, einfühlsamer Gefährte. Selten nur setzt er Grenzen. Ruht in sich, harmonisch ausgeglichen. Rund im Körperbau und rund in seiner Katerseele. Annastasias Sensibilität hat dagegen etwas bebend Seismographisches. Sie ist und bleibt ein Nerventierchen. Wie alle Somalis. Nie langweilig. Nie verdrossen. Nie mutlos. Von Neugierde bewegt, von Eifer durchdrungen, von der Lust nach Geselligkeit angekurbelt. Ein ungewöhnliches Paar habe ich mir da ins Haus beschert. Erlebe in der Verschiedenartigkeit die besondere Anziehungskraft der beiden Katzennaturen.

„In ganz Hannover gibt es nicht euresgleichen", behaupte ich stolz. Mit dieser Aussage kränke ich bestimmt keinen anderen Besitzer. Denn es stimmt ja, daß alles, was da kreucht und fleucht, einmalig erscheint. Den Artgenossen ähnlich, aber unwiederholbar in der Kontur ihres Wesens. Kleine Gottesgedanken auf vier Pfoten. Diese Vorstellung bringt mich zum Lachen. Ein herrliches Lachen, das kann die Schöpfung uns sein. Wie gut, daß wir sie haben!

Der Gong von Mutters Schrankuhr erinnert mich daran, daß ich bald los muß. Gitti lud mich zu sich in den Schrebergarten ein. Falls es sonnig bleibt. Ein Wolkenschleier verdeckt etwas den Himmel, die sommerliche Wärme wich aber nicht. Da werde ich die Fensterklappen und Balkontüre geöffnet lassen. Sonst sammelt sich stickige Luft in den Räumen. Tibbidi und Chamo gucken enttäuscht, als ich meine Sachen in den leichten Rucksack verstaue. Erraten sofort, daß ich Vorbereitungen zum Ausgehen treffe.

„Tummelt euch miteinander", sage ich unbeschwert und mache mich auf den Weg. Gitti erwartet mich vor der Kreuzung zum Lindener Berg, damit ich nicht suchend umherirren muß.

„Mensch, hast du das schön hier", rufe ich, als wir im Garten anlangen. Gemeinsam tragen wir Tisch, Stühle und Liegen aus dem Unterstellhäuschen und bereiten uns ein friedliches Mittagessen. Der gesättigte Bauch und die herrschende Wärme versetzen uns in entspanntes Dösen. Angenehm, nicht ständig etwas reden zu müssen. Nur wie nebenbei einen Gedanken äußern, ihn dahinplätschern lassen. Oder davonwehen, gleich treibenden, weißen Wölkchen, die sich verlieren. Schwerelos. Sich auflösen oder weiterziehen.

„Hast du das eben gehört?", fragt Gitti.

„Was?", erkundige ich mich lahm und behalte die Augen geschlossen.

„Es hat gegrummelt. Da nähert sich ein Gewitter", meint Gitti.

„Mach mich nicht schwach. Bei mir zu Hause stehen sämtliche Türen und Luftklappen auf".Beunruhigt sondiere ich das Gewölke. Tatsächlich. Völlig unbemerkt schob sich eine Wetterwand hoch. Das vorhin noch helle Nachmittagslicht verdüstert sich zunehmend. Der erste Windstoß trifft die alte Fichte neben dem Schreberhäuschen. Ächzend beugt sich der Baum. Schleunigst abräumen! Mit den letzten hineingetragenen Sachen fallen bereits dicke, einzelne Tropfen. Schwarz ballen sich Kumulustürme. Im Handumdrehen kracht es blitzend durch die Wolkenberge.

Überraschend kommt Achim angerannt. Hat es geschafft, von der Arbeit noch trokken herzuradeln. Sein Gruß geht im folgenden Donnerschlag unter. Ein Rauschen verstärkt sich zu heulendem Ton. Stürmt in einer Schneise durch den Garten. Das ist mehr als nur Wind. Das sind orkanartige Schübe. Prompt ergießen sich Wasserfluten. Schlagen gegen das Rankengatter, reißen Widerstände um. Wie Peitschenhiebe haut es in die Blumenbeete. Noch unheimlicher tobt es heran, der drohend kompakte Himmel sackt ganze Etagen herunter. Ich fürchte um das Dach über unseren Köpfen. Bedenklich nah jagt ein Blitz den nächsten. Die Luft explodiert förmlich unter den elektrischen Schlägen. Wir hören unser eigenes Wort nicht mehr.

Meine Tiere! Heiß fährt der Schrecken in mir hoch. Du lieber Himmel. Die Wohnung sperrangelweit den gewaltigen Sturmböen preisgegeben. Wenn der Durchzug die Türen und Fensterrahmen zuschmeißt! Und ein Tier dazwischengerät. Vor Angst bleibt mir das Herz im Halse stecken. Was, wenn ein Blitz das Haus trifft. Die Tiere in Panik durch die Fensterklappen springen und sich zu Tode stürzen.

„Meine Katzen!", brülle ich Gitti ins Ohr.

„Ich muß sofort los!"

„Unmöglich. Du kannst jetzt nicht los. Du bist nach zwei Minuten durchweicht bis auf die Haut!" Achim muß schreien, um sich in dem Getöse verständlich zu machen.

„Die Straßenbahn fährt jetzt überhaupt nicht", ruft Gitti.

Ich begreife, daß es zwecklos ist. Daß ich nur abwarten kann. Beklommen und stumm starre ich hinaus. Mit voller Wucht bricht Urgewalt sich Bahn. Meine Phantasie quält mich mit schrecklichen Bildern. Warum habe ich nicht, wie immer, Vorsorge getroffen. So ein Leichtsinn. Gitti fühlt, wie mir zumute ist. Legt beruhigend den Arm um meine Schultern.

„Sobald es aufhört, komme ich mit", redet sie mir gut zu. Wie auf glühenden Kohlen harre ich aus. Zieht dieses Unwetter denn nie vorüber? Hat es vielleicht die Südstadt verschont? Ein Strohhalm der Hoffnung, an den ich mich klammere.

Endlich, endlich entfernt sich grollend und wälzend das schlimmste Gewitterzentrum. Der Regen strömt in dichten Wasserschlieren. Egal. Mich hält nichts mehr.

„Wäre ich bloß mit dem Auto gekommen", bedauert Achim.

Nur dürftig geschützt, eilen wir Frauen zur Haltestelle der Straßenbahn. Zwei Taxen überholen uns, reagieren nicht auf mein Winken. Ich bin froh, daß Gitti mitkommt. Sich aus Freundschaft naßregnen läßt. Nach zähfließenden zwanzig Minuten erlöst uns die Bahn aus tatenlosem Herumgestehe. Am Kröpcke steigen wir um. Erreichen zügig meine Station. Gitti rennt hinter mir, hat Mühe, mich einzuholen. Wir hetzen zur Straße hoch. Äste und abgebrochene Zweige liegen kreuz und quer. Die Stufen im Hausflur nehme ich gleich doppelt.

„Chamo! Tibbidi!" rufe ich noch während des Aufschließens.

Und da stehen sie im Flur. Mit hängenden Schwänzen und ziemlich verschreckt. Aber wohlbehalten! Vor Glück und Staunen werden mir die Knie weich. Beide, Gitti und ich, setzen wir uns auf den Fußboden und japsen nach Luft.

„Sie leben. Es ist alles gutgegangen", mehr bringe ich nicht heraus.

Chamo und Annastasia machen sich an das Untersuchen unserer durchnäßten Klamotten. Noch triefend, gehe ich von Raum zu Raum. Es hat nicht mal reingeregnet! Auf wunderbare Weise fand Bewahrung statt. Der Südteil Hannovers erfuhr nur die Ausläufer des Unwetters. Die geballte Ladung zog hier vorbei.

„Jetzt kann ich ohne weitere Sorge nach Hause", lächelt Gitti. Ihre ramponierte Haarpracht schmückt sie auf seltsame Weise. Trockene Kleidung lehnt sie ab.

„Lohnt doch nicht", sagt sie. Ich begleite die Freundin hinaus. Vereinzelt fallen einige Tropfen. Große Wasserlachen schimmern. Und Pfützen mit schwimmenden Zeitungsfetzen. Ein Teppich feuchtklebender Ahornblätter auf dem Bürgersteig. Von überallher hört man die Sirenen der Einsatzwagen auf und abschwellen. Sicher gab es Schäden an Dächern und in den Kellern. Dankbar schaue ich zu meinem Fenster hoch. Alles heile. Alles okay in der Wohnung.

Mein lieber Schwan! Das hätte auch anders ausgehen können.

Und wieder sitze ich mit klopfendem Herzen in der Straßenbahn. Aber anders diesmal. Ganz anders. Keine Wolken verstecken den Himmel, grell leuchten die Häuserfronten unter der Sommersonne. Eine anhaltende Hitze lagert über der Stadt. Im Wagenzug neben mir eine Mutter mit zwei kleinen Jungen Der ältere sitzt mir gegenüber, verschwitzt der blonde Schopf. Unruhig baumeln die Beine vor und zurück. Er mustert mich kritisch. „Wir kommen vom Schwimmbad", verkündet er wichtig. Der zweijährige quängelt auf dem Schoß, pustet in die nassen Hände. „Aua", sagt er und zeigt mir einen blauen Fleck an seinem Arm.
„Hast dich wohl gestoßen", meine ich.
Die junge Frau schüttelt den Kopf: „Gebissen vom Bruder." Mit neuem Interesse betrachte ich den Burschen vor mir. Daß er zornwütig werden kann, o ja, es ist gut vorstellbar.
„Macht der Große bei mir auch", mault er zur Antwort. In seinen blauen Augen sprüht der Trotz.
So, so, es gibt also noch einen dritten Bruder. Hätte ich der jungen Mutter gar nicht zugetraut. „Drei Jungen großzuziehen, da haben sie aber einen Auftrag", bemerke ich und zolle ihr meinen Respekt.
„Das kann man sagen!", erwidert sie und freut sich über meine Anerkennung. Flotte Frisur, dunkles Haar, braune Augen. Und die Kinder so blond. Lustig.
Die Straßenbahn nimmt jetzt die große Kurve zum Roderbruch. Grün wird es zu beiden Seiten der Schienenstrecke. An der Endstation steigen wir aus. Kein Sturm schlägt mir ins Gesicht, wie damals vor einem Vierteljahr. Hoch ragen die uralten Pappeln des Schwedtmannschen Großgrundbesitzes. Graustämmig und genarbt von Wind und Wetter. Ich laufe den Kuckucksweg hinunter. Schön ist es hier. In den Vorgärten herrscht üppige Blütenfülle. Kein Mensch ist auf der Straße. Ob Gino hier bereits seine Kreise zieht?
Mich packt aufgeregte Ungeduld. Noch eine Biegung, dann sehe ich die breiten Äste der Blautannen vor dem Haus. Ginos Haus. Sein Revier. Ich halte am Törchen vor dem hüfthohen Lattenzaun. Da kommt mir Frau Heise auch schon entgegen.
„Ich habe Tee gemacht. Wir trinken ihn immer spät", begrüßt sie mich. Wir gehen den Plattenpfad hinauf zur Terasse. Vorbei an dem angelegten Wasserrinnsal, das über Steintreppen fröhlich in den Weiher plätschert. Von Gino keine Spur.
„Ist der Dicke auf der Zwutsch?", frage ich.
Sie schüttelt den Kopf, zeigt ins Wohnzimmer. Herr Heise sitzt drinnen auf der Couch.
Die Kühle des Hauses ist ihm angenehmer als die Hitze draußen. Wir sagen uns einen guten Tag und schütteln Hände. Aber wo ist der Rote?

Er hat sich verkrochen! Unter der Sitzbank, hinein in die tiefste Ecke. Ich vergesse meine gute Erziehung Lege mich lang und krieche unter den Tisch. Leuchtende Augen blicken mir entgegen. Augen, die ich so lang entbehrte. Ich erkenne und verstehe auf Anhieb die Sorge des Tieres. Seine wortlose Bitte, hier bleiben zu dürfen. „Gino, mein schöner Gino. Ich hole dich hier doch nicht weg. Nie im Leben! Komm doch her, mein Guter." Aber erst die Vitaminpaste schafft es, ihn hervorzulocken. Endlich steht er vor mir in seiner ganzen Größe. Eifrig schleckt die rosa Zunge an meinem Finger. Überwältigt streiche ich zärtlich über den langen Rücken. Ein Prachtkerl ist er. Stämmiger noch haben sich die Vorderbeine entwickelt, noch kräftiger die Tatzen. Muskulös buchten sich die Flanken. Ein Bild geschmeidiger Lebenskraft, das ist dieses Tier.

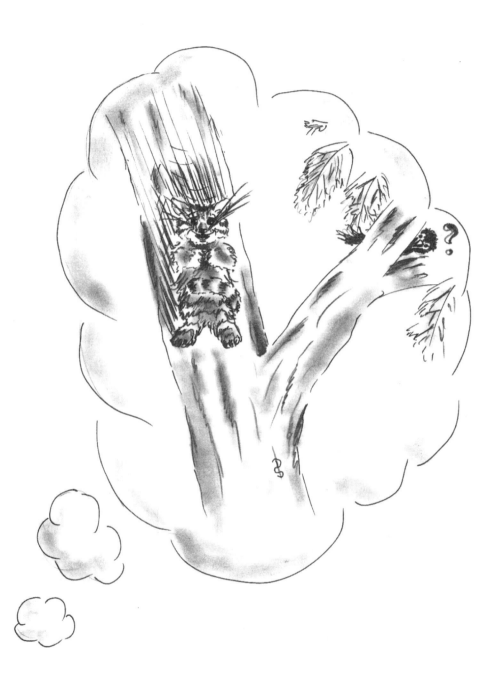

„Der hat aber noch zugelegt!", staune ich. Heises lächeln stolz. Ihr geliebter Kater ist das, ganz und gar, von der Nase bis zur Schwanzspitze.

Gino verliert seine Hemmung. Zutraulich untersucht er meine Handflächen. Wandert zur Anrichte und streckt sich dort aus. Blickt mir zu aus schmalschlitzigen Pupillen. Vielsagend und unergründlich wie eh und jeh. Befreit lächle ich zurück. Dann kann ich nicht mehr widerstehen und greife beidhändig in seinen wolligen Hals. Zerzause ihm das Fell. Vorsichtig beginnt er zu schnurren, hebt das Kinn vor und überläßt sich dann sorglos der Verwöhnung.

„Ihre Art des Schmusens ist ihm doch noch vertraut", sagt Frau Heise. Nun erst kommen wir dazu, vernünftig Platz zu nehmen und unseren Tee zu trinken. An Gesprächsstoff fehlt es uns nicht. Vor lauter Erzählen bleibt der Kuchen unberührt auf den Tellern. Gino wechselt zur Wohnzimmertür, lagert sich auf der Schwelle. Er täuscht ein rundes Schlummergesicht vor. Aber die breite Nase liegt in unserer Richtung. Aufmerksam lauschen die aufgestellten Ohren. Er weiß genau, daß von ihm die Rede ist.

Ich erfahre heute ausführlich von den ersten Aufregungen im Garten, von den ersten Kletterversuchen im großen Apfelbaum.

„Bis zur Spitze ist er gleich hoch!" Herr Heise schmunzelt vergnügt.

„Kam fast nicht mehr auf die Erde. Rutschte auf seinem dicken Hintern vorwärts den steilen Ast herunter", lacht Frau Heise. Viel zu lernen gab es. Viel zu üben. Aber er hat es geschafft, der Tiger. Ist überall bekannt bei den Nachbarn. Stattet ihnen regelmäßig Besuche ab. Längst hat er die Grenze des Gartens gesprengt. Sein Revier erweitert und ausgedehnt. Das war zu erwarten.

Als die Sonne weniger brennt, gehen wir hinaus. Frau Heise dirigiert mich durch Ginos Reich. Der Dicke folgt uns auf dem Fuße. Rennt vorneweg mit erhobener Standarte. An einem Wacholder begutachtet er seine Markierung und schlägt sich dann in die Büsche. Hier läßt es sich leben, das ist mal klar!

„Gino, Gino!" rufen wir. Laut meldet er sich zurück, maunzt kommentierend durch die Beete. Sicher, im Zentrum unserer Beobachtung zu stehen, buddelt er sich eine Kuhle, ruckelt seine Hinterhand passend hinein und läßt uns teilhaben an intimer Entwässerung. Berichtet anschließend das Ergebnis und deckt es säuberlich ab. „Er demonstriert ihnen wirklich alles. Komm, Bärchen, komm ans Wasser". Frau Heise führt mich zur schattigen Bank, wo sie mit ihrem Gino gerne den Morgen verbringt.

„Gino hat erreicht, wovon ich träume. Ein Haus, ein Grundstück und dazu einen Teich", stelle ich neidlos fest. Frau Heise wirft mir einen Blick zu, fühlt mir nach, daß ich so großen Gefallen habe an ihrem Garten. Der Kater verrät uns noch einige seiner Lieblingsplätze. Verhofft anschließend unter einem Oleander. Hier schmiegt er sich in die kühlen Halme des Rasens. Etliche Sonnenstrahlen finden ihren Weg durch das Blätterwerk. Sie streuen kupfergoldene Streifen in Ginos Pelz. Wir lassen ihn ruhen und schauen uns noch Fotos an.

Es wird Abend, so daß ich den Besuch beenden will.

„Ich fahre sie. Ist doch selbstverständlich", sagt Herr Heise und geht los zur Garage. Wir brechen auf. Gino kommt mit ans Gartentörchen. Als ich mich auf den Autositz fallen lasse, nähert er sich. Guckt neugierig in das Innere des Wagens.

„Na, der will doch nicht zusteigen?", wundert sich Frauchen.

Nein, er besinnt sich eines Besseren. Macht eine Kehrtwendung und schnürt hinter dem Zaun entlang. Ich sehe seine Schwanzspitze über den Grasrispen wippen. Dann verschluckt ihn die grüne Blätterwand der Hecke ...

Es ist eine Weile still im Auto. Die Straßen sind wenig befahren, kaum Leute unterwegs. Natürlich! Wir haben ja Fußballweltmeisterschaft!

Doch mich kümmern keine Tore, keine fremden Siege. Ich weiß Gino in Freiheit. Ich weiß Gino daheim.

Noch Stunden verweile ich auf meinem Balkon. Koste den herrlichen Sommerabend aus. Annastasia und Chamo liegen faul zwischen dem Wildkraut in den Blumenkästen. Auch sie ermattet von der ungewöhnlichen Wärme. Die Dämmerung verdunkelt sich. Scharf zeichnen sich die Häuserdächer gegen den Himmel. Aber die ganz tiefe Schwärze der Nacht bleibt aus. Zu hell ist die künstliche Beleuchtung der Stadt.

Genau über mir blitzt ein winziger Stern. Nur einer. Flackert bis fast zum Verschwinden. Strahlt, sich verstärkend, wieder auf. Morsezeichen einer Lichtbotschaft aus mitternächtlicher Ferne. Die Worte Bonhoeffers fallen mir ein. Auch sie eine nicht verlöschende Lichtbotschaft für Menschen, die das Leben lieb haben: „Von guten Mächten wunderbar geborgen, erwarten wir getrost, was kommen mag. Gott ist mit uns am Abend und am Morgen, und ganz gewiß an jedem neuen Tag."

Das ist wahr. Und das gilt auch für Gino. Gerade jetzt auf seiner Pirsch.

Und es gilt ebenso für mich und meine Tiere.

Es gilt uns allen.

So froh wie schon lange nicht mehr, räume ich das Feld und begebe mich zu Bett. Auf meinem Liegestuhl schlafen Chamo und Annastasia.

Still ist es in den Hinterhöfen.

Ein benutztes Rotweinglas steht noch draußen auf dem Tisch.

Zur Feier des Tages habe ich es ganz geleert.

Katzenkinderstube

Sibirische Kätzchen
Anuschka & Bingo Boy „of the Magic Touch"

Mandarin Katerchen
Querido „of Kiraz Vadi"

Somali Kätzchen
Carnegie, Cachou, Cardigan
„on Tiptoe"

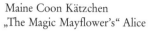

Maine Coon Kätzchen
„The Magic Mayflower's" Alice

Ocicat Kätzchen
Etienne „von Edinbourg Castle"

Perser Kätzchen „Paulinchen"

mali Kätzchen
nastasia „vom Marien-Fuchsbau"

„Lucedistella's" Maine Coon Kätzchen

Heilige Birma Katerchen
„Leroy"

Perser Colourpoint
Chicco & Cinderella
„von Thua Thula"

Somali Kätzchen „von den Kämpen"

Haus Katerchen
„Gino"

Siam Katerchen
Firlefanz „our Pride"

Perser Katerchen
„vom Mühlenberg"

Sibirische Kätzchen „von der Gronau"

s Katerchen „Mogli"

Abessinier Katerchen
Fridolin
„vom Hamstereck"

Haus Katerchen
„Pittiplatsch"

Siam Katerchen
Kasimir „our Pride"

„Schneepfötchen's" Somali Kätzchen

Türkisch Angora Kätzchen
„of Kiraz Vadi"

Haus Katerchen „Jerry"

...rser Katerchen Amor „vom Silberpelz"

...mali-Kätzchen
...raskan-Verdi
...Avalyne-Verona
...m Marien-
...chsbau"

...ntalisch Kurzhaar und Balinesen Kätzchen „of Kiraz Vadi"

Haus Katerchen „Mauntzer"

Sibirisches Kätzchen „Bienchen"

Somali Kätzchen Amory-Victoria & Aladin-Vivaldi „vom Marien-Fuchsbau"

Sibirisches Katerchen
Collin „von Edinbourg Castle"

Ragdoll Katerchen
Amadeus „von Lapislazuli"

rkisch Angora Kätzchen
f Kiraz Vadi"

Bengal Kätzchen
Sweety „Mesmerize me"

„Wilma's"
Britisch Kurzhaar
Kätzchen

rwegische Waldkätzchen
;inia & Vicky „Edle v. Bagno-Frieden"

Somali Kätzchen
Xenia „vom Zigeunerboden"

Britisch Kurzhaar Kätzchen
Inky „von Timmi"

Abessinier Kätzchen
Giselle „vom Hamstereck"

Maine Coon Kätzchen „of Coonhinoor"

Sibirisches Katerchen
Chrissy „von Edinbourg Castle"

Orientalisch Kurzhaar Kätzchen
Innocence & Incarnation
„My Dearest"

„Schneepfötchen's"
Somali & Ocicat
Kätzchen

itisch Kurzhaar Katerchen Fridolin „von Timmi"

Maine Coon Katerchen
Hope „of Chamberlain"

Somali Kätzchen
Gizmo & Gisa „of Kazpirk"

Sibirische Kätzchen
„von der Gronau"

Britisch Kurzhaar Kätzchen
„Cleopatra" & „Sheela-Alisha"

Russisch Blau Kätzchen
Soja „vom Hamstereck"

Perser Kätzchen „vom Eckerngarten"

Burma Kätzchen
„vom Sonnenhang"

Sibirisches Katerchen
Elroy „Made in Paradise"

Rassekatzen stellen sich vor

Katzen sind bezaubernd schöne Tiere und bei dieser Feststellung spielt es keine Rolle, ob es sich um Hauskatzen oder um speziell gezüchtete Tiere mit Stammbaum handelt.

Für viele Katzenfreunde sind jedoch gerade Rassekatzen die elegantesten, unergründlichsten, liebenswertesten und faszinierensten Wesen auf dieser Welt.

Dazu kommen ein paar geheimnisvolle Geschichten, die sich um den Ursprung und das Wesen einiger Rassen ranken, sowie Erfahrung und Kenntnis, daß einige Rassekatzen einfach „pflegeleichter" und damit für manch einen besser in der Wohnung zu halten sind.

Damit Sie, lieber Leser, ein vielleicht künftiges Zusammenleben mit einer oder mehreren Katzen problemlos genießen können, haben wir für Sie die folgenden Seiten erstellt. Sie sollen Ihnen bei der Wahl der für Sie richtigen Samtpfote behilflich sein.

Colaluka „vom Hamstereck"

Madam Ronja
„de Cybel's"

Abessinier

Die Abessinier Katze wird als Nachkomme der Pharaonenkatze angesehen. Die afrikanische Falbkatze, nicht nur im Niltal, sondern auch im damaligen Abessinien heimisch, wird vermutlich Ausgangsrasse gewesen sein. Von hier aus begann der Siegeszug der rätselhaften Sphinx im Pumakleid, von der noch heute ihre Anhänger sagen: „Es geht nicht einfach um eine Katze, sondern um ihre Majestät, die Katze!"

Die Abessinierkatze ist geeignet für Menschen, die bereit sind, sich mit ihrem Tier viel zu beschäftigen, da sie diese Ansprache sehr benötigt. Ansonten besteht die Gefahr, daß sie verkümmert. Diese Kurzhaar Katze braucht unbedingt etwas zum Klettern und toben, da sie allzu gerne zeigt, was sie alles kann. Die Wohnung sollte groß und geräumig sein, da der Abessinierkatze enge Gefangenschaft verhaßt ist.

Charakter:
Aufgeschlossen, menschenfreundlich, temperamentvoll, anschmiegsam, liebesbedürftig, intelligent, lernfähig, anspruchsvoll und sehr gelehrig. Aber auch dominant, vor allem im Umgang mit anderen Katzen!

Rasse:	Abessinier
Zwingername:	„vom Hamstereck"
Besondere Farben:	wildfarben & sorrel
Züchter/in:	Karin Traut
Adresse:	Stepenitzer Weg 27
	12621 Berlin
Telefon:	0 30/5 66 29 64

Rasse:	Abessinier
Zwingername:	„Satukissan"
Besondere Farben:	black-silver & sorrel-silver
Züchter/in:	Seija Suojakari
Adresse:	Filmimäentie 10
	SF–05100 Röykkä
Telefon:	0 03 58-0-2 76 54 43

Balinesen

Alina „vom Hessenland"

Balinesen

Die Balinesen sind rein zufällig durch Mutationen in Siamwürfen entstanden und hießen ursprüngelich „Siam-Longhair".

Diese Halblanghaar Katzen haben also nichts mit den gleichlautenden asiatischen Inseln zu tun. Wahrscheinlich erinnerten sie ihre amerikanischen Züchter an die Anmut von Tempeltänzerinnen. Die Balinesin gleicht der Siam, einziger Unterschied ist das längere Haarkleid.

Balinesen sind gut geeignet für Menschen mit Katzengespür, die Zeit und Freude an einer eleganten, lebendigen aber dennoch ausgeglichenen Katze haben.

Charakter:
Freundlich und gesellig, mit ausgereifter „kätzischer Schläue". Die Balinesen brauchen viel Bewegung, sind sehr anhänglich und hingebungsvoll zärtlich.

Rasse:	Balinesen
Zwingername:	„of Kiraz Vadi"
Besondere Farben:	alle Farben
Züchter/in:	Doris Gies
Adresse:	Kirschtalweg 5
	56299 Ochtendung
Telefon:	0 26 25/65 28

Bengal

„Forest Run" Gypsy
„von Edinbourg-Castle"

„Mavado's" Rock'n Roll „of Forest Run"

Bengal

Die Bengal ist eine außergewöhnliche, aus den USA stammende Katze. Sie wurde durch Kreuzung von asiatischen Leopardenkatzen mit einer American-Shorthair-Katze erzeugt. Die Idee war eine Katze, die aussieht wie eine Wildkatze, aber das sanfte Temperament einer domestizierten Kurzhaar Katze hat.

In Deutschland ist diese faszinierende, ungewönlich schöne und ausdrucksstarke Katze bislang weitestgehend unbekannt. Sie erfreut sich aber in der letzten Zeit immer größerer Beliebtheit.

Die Bengalkatze braucht Menschen mit viel Zeit und Platz. Man kann sie in der Wohnung halten, sollte aber in der Lage sein, ihre wilden Tobezeiten zu verkraften.

Charakter:
Sie ist sehr verspielt. Sehr viele Jungkatzen lieben das Spielen im Wasser. Die Bengal hat ihren eigenen Kopf und wird stets versuchen, ihren eigenen Willen durchzusetzen. Ihr Temperament ist so verschiedenartig wie ihr Ursprung.

Rasse:	Bengal
Zwingername:	„vom Edinbourg Castle"
Besondere Farben:	naturfarben
Züchter/in:	Traudl Möhlenbrock
Adresse:	Mariannenstraße 14
	10999 Berlin
Telefon/Fax:	0 30/6 12 26 40

Britisch Kurzhaar/Kartäuser

„Wilma's" Moritz

Britisch Kurzhaar/Kartäuser

Diese britischen bzw. französichen „Teddybären" sind sehr beliebt. Englische Hauskatzen, gepaart mit Persern, waren die Elterntiere der heutigen Britisch Kurzhaar Rasse. „Kartäuser" ist nur ein Extra-Bezeichnung für eine rein blaue Britisch Kurzhaar. Die ursprüngliche französiche Kartäuser (Chartreux) ist in ihrer reinen Form heute kaum noch vorhanden.

Die Britisch Kurzhaar ist besonders geeignet für Menschen, die sich eine liebe Katze wünschen, die jedoch nicht ständig gestreichelt oder herumgetragen werden will. Sie schätzt wohldosierte Zuwendung.
Diese ausgeglichene Kurzhaar Rasse kann gut mit weiteren Katzen und anderen Haustieren zusammen gehalten werden.
Sie versteht sich prächtig mit Kindern, hat relativ wenig Freiheitsdrang und ist daher eine ideale Wohnungskatze.

Charaker:
Stabiles Nervenkostüm, freundlich offen aber sehr selbstbewußt, selbstständig, intelligent, gutmütig, verspielt und anhänglich.

Rasse:	Britisch Kurzhaar/Kartäuser
Zwingername:	„von Timmi"
Besondere Farben:	bi- & tricolour
Züchter/in:	Familie Timmermanns
Adresse:	Appiani Straße 54
	92342 Freystadt
Telefon/Fax:	0 91 79/9 03 37

Rasse:	Britisch Kurzhaar/Kartäuser
Zwingername:	„vom Zigeunerboden"
Besondere Farben:	blau
Züchter/in:	Harmut Schulla
Adresse:	Grub 133
	A–2392 Wienerwald
Telefon:	0 43-22 58/82 47

Rasse:	Britisch Kurzhaar/Kartäuser
Zwingername:	„Wilma's"
Besondere Farben:	blau & point
Züchter/in:	Gabriela und Axsel Kröninger
Adresse:	Am Weißdornbusch 22
	31319 Sehnde
Telefon/Fax:	0 51 38/83 01

Britisch Kurzhaar/Kartäuser

„Taiga-Minou"

Britisch Kurzhaar/Kartäuser

Rasse: Britisch Kurzhaar/Kartäuser
Zwingername: „Nicky's"
Besondere Farben: creme & rot
Züchter/in: Nicole Thun
Adresse: Peiner Straße 52
               31319 Sehnde
Telefon: 0 51 38/61 51 74

Fantasy „von Timmi"

Burma

Shira, Semiramis & Viola „vom Sonnenhang"

Burma

Nach einer Legende sollen Burmesische Mönche diese Kurzhaar Rasse in ihren Tempeln als Gottheit verehrt haben.
Tatsache ist jedoch, daß in Amerika eine Kätzin namens Wong Mau mit einem Siamkater verpaart wurde. Sie gilt heute als Stammutter dieser schönen Rasse. Sie ist in Amerika neben der Siam die beliebteste Kurzhaar Rasse.

Die Burmakatze ist geeignet für jemanden, der eine gescheite, selbstbewußte Katze sucht, voller Hingabe für ihren Menschen.
Eine selbstbewußte Katzenpersönlichkeit, die sich selten unterordnet und in einer Katzengruppe meist die erste Geige spielen wird. Sie ist ein idealer Reisebegleiter, liebt Fahrten im Auto oder per Bahn und schaut dabei neugierig und furchtlos aus dem Fenster.

Charakter:
Menschenbezogen, selbstbewußt, kinderfreundlich, lernfähig, treu, intelligent und nicht gern allein. Oft ist die Burmakatze nur auf einen einzelnen Menschen fixiert.

Rasse:	Burma
Zwingername:	„vom Sonnenhang"
Besondere Farben:	nicht benannt
Züchter/in:	Martin Tresing
Adresse:	Baroper Bahnhofstraße 25
	44225 Dortmund
Telefon/Fax:	02 31/75 14 91

Exotic-Shorthair

„Plata Kits Jag's" Encore

Exotic-Shorthair

Die Exotic-Shorthair stammt ebenfalls aus den USA. Mitte der 50er Jahre kreuzten amerikanische Katzenzüchter American Shorthair-Katzen mit Persern, um ihren Typ zu verbessern.
Das Ergebnis war eine Perserkatze mit kurzem Plüschfell.
Anfang der 80er Jahren kamen die ersten Exotics auch nach Deutschland. Diese pflegeleichte Katze mit Kindergesicht ist im Typ mit dem einer Perser identisch, jedoch im Wesen etwas lebhafter.

Der Katzenfreund, der einfach nur eine hübsche ruhige Katze besitzen möchte, hat bei der Exotic den Vorteil, eine knuffige, plüschige Katze zu haben, die, im Gegensatz zur Perserkatze, keine ausgiebige tägliche Fellpflege nötig hat.

Charakter:
Die Exotic hat überwiegend die gleichen Eigenschaften wie die Perserkatze, ihr sonniges Gemüt, ihre ruhige Ausgeglichenheit und ihr freundliches Wesen sind bezeichnend.

Rasse:	Exotic-Shorthair
Zwingername:	„von Thua-Thula"
Besondere Farben:	choclate, silver, smoke & lilac
Züchter/in:	Marion Zwirner
Adresse:	Hornbergstraße 57
	70806 Kornwestheim
Telefon:	0 71 54/34 20

Heilige Birma

„Leroy"

Farina „de Avicula"

Heilige Birma

Wie schon der Name sagt, soll diese Katze in Birma als heiliges Tier gegolten haben. Nach der Legende hat die Katze die Tempel des Landes bewacht und man betrachtete sie als die Wiedergeburt buddhistischer Priester. Es ist jedoch unwahrscheinlich, daß die Birma in Südostasien heimisch war. Frankreich gilt als das Land, wo sie vermutlich aus Siam, Europäisch Kurzhaar und Perser herausgezüchtet wurde.

Diese Halblanghaar Rasse ist besonders geeignet für Familien mit Kindern. Sie gilt als ideale Wohnungskatze auch für eine Person, die viel zu Hause ist, da sie nicht nach draußen drängt. Des weiteren lebt die Heilige Birma ausgesprochen gern mit mehreren Katzen oder anderen Haustieren zusammen.

Charakter:
Eine Mischung aus ruhiger Perser und lebhafter Siam, freundlich, menschenbezogen, ausgeglichen und wohlerzogen mit angenehmer Stimme.

Rasse:	Heilige Birma
Zwingername:	„vom Sonnenhang"
Besondere Farben:	speziell rot & creme
Züchter/in:	Martin Tresing
Adresse:	Baroper Bahnhofstraße 25
	44225 Dortmund
Telefon/Fax:	02 31/75 14 91

Rasse:	Heilige Birma
Zwingername:	„Schneepfötchen's"
Besondere Farben:	seal-point & blue-point
Züchter/in:	Gudrun Rätz
Adresse:	Floraweg 7
	44229 Dortmund
Telefon:	02 31/73 56 89

Rasse:	Heilige Birma
Zwingername:	„vom Jordantal"
Besondere Farben:	blue tabby point & seal tabby point
Züchter/in:	Carmen Gernun-Bröckel
Adresse:	Jordanstraße 11
	30173 Hannover
Telefon:	05 11/88 57 01
Fax:	05 11/88 57 94

Mandarin

„Percibal's" Cicciolina

Mandarin

Die Mandarin ist die Halblanghaar-Variante der Orientalisch Kurzhaar Katzen, also eigentlich mit Ausnahme der Fell- und Augenfarben identisch mit den Balinesen.

Sie sind gut geeignet für einfühlsame Menschen, die bereits Erfahrungen mit Katzen gemacht und Freude an einer temperamentvollen, liebenswerten und ausgeglichenen Rasse haben. Die Mandarin-Katze ist eine sehr elegante und lebendige Katze, die auf keinen Fall allein gehalten werden sollte, da sie die Gemeinschaft braucht und ohne Spielgefährten seelisch verkümmern würde. Sie ist eine besonders liebevolle Mutter und zieht ihre Babys hingebungsvoll auf.

Charakter:
Hingebungsvoll zärtlich, sehr temperamentvoll und gesprächig, anhänglich, freundlich und gesellig mit ausgereifter „kätzischer Schläue".

Rasse:	Mandarin
Zwingername:	„of Kiraz Vadi"
Besondere Farben:	alle Farben
Züchter/in:	Doris Gies
Adresse:	Kirschtalweg 5
	56299 Ochtendung
Telefon:	0 26 25/65 28

Maine Coon

„Lucedistella's" Chip

Maine Coon

Die sogenannte „Waschbärkatze" stammt aus Maine, dem größten der Neuengland-staaten in den USA. Eine Legende berichtet, sie sei aus einer Paarung zwischen einer Waldkatze und einem Waschbären hervorgegangen. Dies ist genetisch natürlich völlig unmöglich. Stattdessen ist sehr wohl möglich und durchaus wahrscheinlich, daß die Maine-Coon von russischen Katzen abstammen, die Einwanderer mit ins Land brachten. Diese zum Teil langhaarigen Katzen paarten sich mit amerikanischen Haus-katzen sowie in den Wäldern lebenden Luchsen. Die hieraus resultierenden, wunder-schönen Tiere fanden schnell bei Katzenfreunden großen Anklang und rangieren heute auf der Beliebtheitsskala auf Platz 2, gleich hinter den Persern.

Diese recht große, am meisten bekannte Halblanghaar Rasse ist ideal für Menschen, die eine robuste, pflegeleichte Katze suchen, die sich auch gut mit Kindern und Hunden verträgt.

Charakter:
Ausgeglichen, gesellig, verträglich, kinderfreundlich, liebenswert verschmust und verspielt, schätzt aber auch ihre Eigenständigkeit.

Rasse:	Maine Coon
Zwingername:	„of Chamberlain"
Besondere Farben:	solid. white, black & blue
Züchter/in:	Monika und Michael Bichbäumer
Adresse:	Lohmeyerhof 7
	30459 Hannover
Telefon:	05 11/41 41 07

Rasse:	Maine Coon
Zwingername:	„New World's"
Züchter/in:	Silvia Rother
Adresse:	Hohenzollernstraße 15
	71638 Ludwigsburg
Telefon:	0 71 41/92 43 83

Rasse:	Maine Coon
Zwingername:	„Lucedistella's"
Besondere Farben:	diverse Farben
Züchter/in:	Andrea Stammer
Adresse:	Am Brücklesbach 27
	71397 Leutenbach
Telefon/Fax:	0 71 95/43 02

Maine Coon

Harry Count „of Coonhinoor"

Eleanor „of Chamberlain"

Maine Coon

Rasse:	Maine Coon
Zwingername:	„vom Gergenbusch"
Besondere Farben:	alle Farben
Züchter/in:	Edeltraut & Roelf Kunkel
Adresse:	Gergenbusch 20 A
	21465 Reinbek
Telefon:	0 40/7 22 42 56

Rasse:	Maine Coon
Zwingername:	„The Mayflower's"
Besondere Farben:	black smoke & silver torbie
Züchter/in:	Renate-Antje Kipry
Adresse:	Kirchstraße 7a
	31157 Sarstedt
Telefon:	0 50 66/6 35 47
Fax:	0 50 66/69 00 92

Rasse:	Maine Coon
Zwingername:	„of Coonhinoor"
Besondere Farben:	alle Farben
Züchter/in:	Heide Zink
Adresse:	Mühlenkampstraße 28 B
	31515 Wunstorf
Telefon:	0 50 31/85 88

Rasse:	Maine Coon
Zwingername:	„vom Vienna Leonberg"
Besondere Farben:	alle Farben
Züchter/in:	Gerda Ludwig-Hinrichsen
Adresse:	Mendelssohnstraße 40
	30173 Hannover
Telefon:	05 11/8 09 30 39

Rasse:	Maine Coon
Zwingername:	„The Flying-Fires"
Besondere Farben:	diverse Farben
Züchter/in:	Pamela und Jörg Rodehan-Kipry
Adresse:	Kirchstraße 7a
	31157 Sarstedt
Telefon:	0 50 66/69 01 78

Norwegische Waldkatze

Moonlight „Edler v. Bagno Frieden"

Norwegische Waldkatze

Auf diese Katze wird bereits in der norwegischen Mythologie hingewiesen. Sie ist eine sehr naturverbundene Rasse, die in den Fjorden und dunklen Wäldern ihrer Heimat seit Jahrhunderten zuhause ist. Ihr wasserabstoßendes Fell mit der wärmenden Unterwolle schützt sie vor Regen und Schnee. Inzwischen sind die Norweger auch in unsere Haushalte eingezogen und finden immer mehr begeisterte Anhänger.

Diese Halblanghaar Rasse ist geeignet für Menschen, die eine unverdorbene Katze suchen, die kinderlieb, sehr gesellig und verträglich ist. Als Einzeltier gehalten fühlen sich die meisten überhaupt nicht wohl. Diese Katze liebt es bei jedem Wetter draußen zu sein. Sie kann aber durchaus auch in der Wohnung gehalten werden!

Charakter:
Freundlich, unkompliziert, sehr anpassungsfähig, lebhaft, verspielt, gewandt und gesellig, fordert ihren Halter mit zarter Stimme zum Schmusen auf.

Rasse:	Norwegische Waldkatze
Zwingername:	„Edle vom Bagno Frieden"
Besondere Farben:	silver-tabby & black-tabby
Züchter/in:	Dagmar Wilming
Adresse:	Kirchstraße 19
	48565 Steinfurt
Telefon:	0 25 51/8 25 33

Rasse:	Norwegische Waldkatze
Zwingername:	„vom Badener Berg"
Besondere Farben:	alle Farben
Züchter/in:	Roswitha Mildner
Adresse:	Allerstraße 1
	28832 Achim-Baden
Telefon:	0 42 02/73 21
Fax:	0 42 02/7 55 30

Rasse:	Norwegische Waldkatze
Zwingername:	„Satukissan"
Besondere Farben:	alle Farben
Züchter/in:	Seija Soujakari
Adresse:	Filmimäentie 10
	SF–05100 Röykkä
Telefon:	0 03 58-0-27 654 43

Ocicat

„Blue Berry's" Nefertari

Ocicat

Die Ocicat, auch „Mini-Ozelot" genannt, ist eine wunderschöne exotische Katze, die in Amerika 1964 aus einer Verpaarung mit einer Katze, halb Abessinier halb Siamesin und einem reinen Siamkater entstand. In Deutschland ist sie bislang nur sehr selten zu finden. Ihr wildes Aussehen täuscht, denn sie liebt die menschliche Gesellschaft und paßt sich der häuslichen Gemeinschaft problemlos an.

Menschen, die mit ihr leben wollen sollten wissen, daß man einige von ihnen sogar dazu bringen kann, an der Leine zu gehen und auf Kommando zu hören.
Auch die Ozicat lebt nicht gerne alleine und man kann sie mit anderen Hausgenossen, unter Umständen sogar mit Hunden halten. Am wohlsten fühlt sich die Ocicat bei Menschen, die ihre Aktivität unterstützen und die notwendige Geduld für sie aufbringen. Sie braucht viel Platz, da sie sehr lebhaft ist.
In einer Einzimmerwohnung würde sie verkümmern!

Charakter:
Sehr temperamentvoll und anhänglich, aktiv, sozial und überaus intelligent, menschenbezogen und sehr zärtlich.

Rasse:	Ocicat
Zwingername:	„vom Edinbourg Castle"
Besondere Farben:	wildfarben & chocolate spotted
Züchter/in:	Traudl Möhlenbrock
Adresse:	Mariannenstraße 14
	10999 Berlin
Telefon/Fax:	0 30/6 12 26 40

Rasse:	Ocicat
Zwingername:	„Schneepfötchen's"
Besondere Farben:	Chocolate spotted & silver spotted
Züchter/in:	Gudrun Rätz
Adresse:	Floraweg 7
	44229 Dortmund
Telefon:	02 31/73 56 89

Orientalisch Kurzhaar

„My Dearest" Shaitan

Orientalisch Kurzhaar

Die Orientalisch Kurzhaar Katzen sind eine Kreuzung zwischen amerikanischen Kurzhaar Katzen und Siamesen. Genaugenommen sind sie einfarbige und gemusterte Siamesen ohne die typischen Siam Points.

Sie sind nur geeignet für katzenerfahrene und einfühlsame Menschen, die bereit sind, dieser Katze viel Aufmerksamkeit, Zeit und Liebe zu schenken. Diese Katzen vertragen ruppige Behandlungen von Kindern nicht und können sehr nachtragend sein. Als sehr gesellige Katzen leben sie gerne in Katzengemeinschaft, am besten aber mit Rassen, die nicht so dominant wie sie selber sind.
Die Orientalisch Kurzhaar können häufig gut an der Leine spazierengeführt werden und sind am liebsten auch sonst immer dort, wo etwas los ist. Sie benötigen unbedingt ein ausreichendes und abwechslungsreiches Betätigungsfeld, da sie sich durch ihre hohe Intelligenz sonst eventuell „Unarten" angewöhnen.

Charakter:
Neugierig, eigenwillig, temperamentvoll, gesellig, hingebungsvoll anhänglich, verschmust und sehr menschenbezogen.

Rasse:	Orientalisch Kurzhaar
Zwingername:	„My Dearest"
Besondere Farben:	alle Farben
Züchter/in:	Ingeborg O. Krug-Rehman
Adresse:	Georg-Büchner-Weg 4
	63069 Offenbach
Telefon:	0 69/84 54 77

Rasse:	Orientalisch Kurzhaar
Zwingername:	„von Rubenstein"
Besondere Farben:	schwarz, blau, braun & lilac
Züchter/in:	M. Schulze
Adresse:	Schiergrund 6
	31832 Springe
Telefon:	0 50 41/6 26 99

Perser/Perser Colourpoint

Inka „vom Sternental"

Perser/Perser-Colourpoint

Nicht nur wegen ihres imposanten Aussehens gehören die Perser zu der meistgezüchteten und gehaltenen Rasse weltweit. Es ist anzunehmen, daß sie ursprünglich von Langhaarkatzen aus Angora (Ankara) abstammen. Die Perserruhe ist sprichwörtlich, was dieser Rasse auch den Spitznamen „Sofatiger" eingebracht hat.

Diese Langhaar Rasse ist geeignet für jeden, der eine majestätische, imposant wirkende, ruhige Rasse für die Wohnung sucht. Perserkatzen gehen aber auch gerne hinaus, wenn sie Gelegenheit dazu bekommen. Der Sofatiger ist die ideale Familienkatze, allerdings sehr pflegeaufwendig.

Charakter:
Menschenfreundlich, anschmiegsam, frohmütig, gesellig und sehr verträglich. Eine echte Gemütskatze.

Rasse:	Perser
Zwingername:	„of Pakuschiters Kings Cat's"
Besondere Farben:	alle verdünnten Farben, mit und ohne weiß
Züchter/in:	C. und D. Pakusch
Adresse:	Hinrichsring 26
	30177 Hannover
Telefon/Fax:	05 11/69 36 90

Rasse:	Perser/Perser-Colourpoint
Zwingername:	„Magic Noir of Shambala"
Besondere Farben:	chocolate & lilac, colourpoint & self, chinchilla
Züchter/in:	S. & B. Reiter
Adresse:	Oberfeld Straße 15
	50129 Bergheim
Telefon:	0 22 71/5 38 00
Fax:	0 22 71/5 64 83

Rasse:	Perser
Zwingername:	„vom Mühlenberg"
Besondere Farben:	weiß, rot, schwarz
Züchter/in:	Margot Müller
Adresse:	Burbachstraße 52
	51645 Gummersbach
Telefon:	0 22 61/7 41 94

Perser/Perser-Colourpoint

Black Ice Dust Bunny
„vom Semberg"

„Quick Dancer's" Ladykiller

Perser/Perser-Colourpoint

Rasse: Perser/Perser-Colourpoint
Zwingername: „von Thua-Thula"
Besondere Farben: chocolate, silver, smoke & lilac
Züchter/in: Marion Zwirner
Adresse: Hornbergstraße 57
                    70806 Kornwestheim
Telefon: 0 71 54/34 20

Rasse: Perser
Zwingername: „vom Silberpelz"
Besondere Farben: silver-shaded & golden-shaded
Züchter/in: Siglinde Fürst
Adresse: Raiffeisenstraße 1
                    74395 Mundelsheim
Telefon: 0 71 43/58 52 32

Rasse: Perser/Perser-Colourpoint
Zwingername: „Quick Dancer's"
Besondere Farben: silver Variationen
Züchter/in: Sonja Zimmermann
Adresse: Göppingerstraße 34
                    73116 Wäschenbeuren
Telefon: 0 71 72/58 34
Fax: 0 71 72/61 71

Rasse: Perser
Zwingername: „vom Semberg"
Besondere Farben: cameo & smoke
Züchter/in: Elke Neumann
Adresse: Am Semberg 31
                    58313 Herdecke
Telefon: 0 23 30/7 10 83

Rasse: Perser
Zwingername: „vom Eckerngarten"
Besondere Farben: smoke, bicolor und tricolor
Züchter/in: Fam. B. Mayer
Adresse: Im Eckerngarten 6
                    32120 Hiddenhausen
Telefon: 0 52 23/8 34 97
Fax: 0 52 21/6 73 67

Ragdoll

„The Magic Doll's" Cendy

Ragdoll

Schon der Name – übersetzt „Stoffpuppe" – beschreibt den Charakter dieser Halb-langhaar Katze sehr überzeugend, während über den Ursprung dieser Tiere bislang leider viel Unsinn erzählt wurde. Vielmehr gehen alle genetisch einwandfreien Ragdolls auf eine weiße Langhaarkätzin namens Josefine und einen Kater namens Raggedy zurück.

Diese besonders schöne, große und gewichtige Katze ist ideal für Familien mit Kindern, anderen Katzen und Haustieren, da die Ragdoll gesellig und sehr verträg-lich ist und sich gut in der Wohnung halten läßt. Vor der Anschaffung einer Ragdoll Katze sollte man sich jedoch überlegen, ob man wirklich große Katzen möchte. Ein Ragdoll Kater kann ausgewachsen bis zu zehn Kilogramm auf die Waage bringen. Dies ist für viele Katzenliebhaber allerdings auch eine fantastische Vorstellung!

Charakter:
Außerordentlich sanft und geduldig, aber keineswegs phlegmatisch, kinderfreund-lich, menschenbezogen, lieb, anhänglich, stets gut gelaunt und zu Streichen aufgelegt.

Rasse:	Ragdoll
Zwingername:	„Lapislazuli"
Besondere Farben:	blue-colourpoint
Züchter/in:	Rainer Kossel
Adresse:	Westendorfer Straße 36
	29683 Dorfmark
Telefon:	0 51 63/69 80

Russisch Blau

Elsa „vom Hamstereck"

Chicco „Cat de Ascapha"

Russisch Blau

Man nimmt an, daß die Russisch Blau schon bei den russischen Zaren am Hof sehr beliebt war. Fest steht, daß diese Katze Mitte vorigen Jahrhunderts aus Archangelsk (Rußland) über den Seeweg nach England gelangte. Man nannte diese Katzen auch Malteser oder Spanisch Blau, was eine weitere Verbreitung vermuten läßt. Inzwischen gibt es diese Rasse auch als „Russisch Weiß" und „Russisch Schwarz", neue, sehr reizvolle Farbvarianten!

Diese Kurzhaar Katze ist gut geeignet für Menschen, die ihr keinen größeren Lebensraum als die Wohnung bieten können oder wollen. Sie fühlt sich eher zu ruhigen und ausgeglichenen Menschen hingezogen und haßt alles, was in irgendeiner Form Lärm macht. Sie ist die ideale Einzelkatze.

Charakter:
Anhänglich, gelassen, teilweise temperamentwoll, intelligent, schmusig, „spricht" mit ihrem Menschen und ist sehr gut erziehbar.

Rasse:	Russisch Blau
Zwingername:	„vom Hamstereck"
Besondere Farben:	blau
Züchter/in:	Karin Traut
Adresse:	Stepenitzer Weg 27
	12621 Berlin
Telefon:	0 30/5 66 29 64

"My Dearest Jambalaya"

Friedrich „von Sowieso"

Siam

Die Siamkatzen sollen aus Siam, dem heutigen Thailand stammen. Sie wurden zu einer sehr beliebten und vor allem für Züchter interessanten Katzenrasse. Ursprünglich stammt die Siamkatze aus Bangkok und wurde angeblich 1871 erstmalig in London ausgestellt. Dort erhielt sie den Namen: Royal Siam Cat.

Menschen, die mit einer Siamkatze zusammenleben wollen, benötigen viel Erfahrung, Feingefühl und Katzengespür. Diese Kurzhaar Katze ist keine Katze für Anfänger, da sie sehr menschenbezogen und äußerst sensibel ist. Die Tiere bauen eine starke Bindung zu einem Menschen innerhalb der Familie auf. Bei falscher Behandlung oder sogar Trennung erleidet die Siam eher seelischen Schaden als andere Katzen. Bei Unmut entwickelt sie die Stimmgewalt einer Operndiva.

Charakter:
Sehr temperamentvoll, bewegungsaktiv, intelligent, stimmgewaltig, eigenwillig, kühn, lernfähig, mitteilsam und ziemlich eifersüchtig.

Rasse:	Siam
Zwingername:	„My Dearest"
Besondere Farben:	tabby-point
Züchter/in:	Ingeborg O. Krug-Rehman
Adresse:	Georg-Büchner-Weg 4
	63069 Offenbach
Telefon:	0 69/84 54 77

Rasse:	Siam
Zwingername:	„von Rubenstein"
Besondere Farben:	schwarz, blau, braun & lilac
Züchter/in:	M. Schulze
Adresse:	Schiergrund 6
	31832 Springe
Telefon:	0 50 41/6 26 99

Rasse:	Siam
Zwingername:	„Our Pride"
Besondere Farben:	seal-, seal-tortie, red-, blue- & blue-tortie-point
Züchter/in:	Reinhilde Braun
Adresse:	St. Johanner Straße 68
	66115 Saarbrücken
Telefon:	06 81/4 51 49

Sibirische Katzen

Elliot „of the Magic Touch"
mit Tochter Amanda „Made in Paradise"

Sibirische Katzen

Ursprünglich in Sibirien beheimatet, ist diese besonders freundliche, jedoch eigenständige Halblanghaar Katze ideal für Menschen, die noch Freude an einer ursprünglichen, stets liebenswerten und ausgeglichenen Rasse haben.
Gerade für sogenannte „Katzenanfänger" ist sie aufgrund ihres besonders freundlichen und anhänglichen Wesens gut geeignet.

Sie verträgt sich ausgezeichnet mit anderen Katzen und auch anderen Haustieren, liebt Kinder und ist sehr menschenbezogen. Aufgrund ihres eizigartigen Sozialverhaltens, läßt sie sich fast immer problemlos in eine schon vorhandene Katzengemeinschaft eingliedern.

Charakter:
Besonders freundlich, jedoch auch eigenständig, sehr gesellig, schmusig, verspielt, feinfühlig, lebt nicht gern allein und liebt doch ihre Unabhängigkeit.

Rasse:	Sibirische Katzen
Zwingername:	„von der Gronau"
Besondere Farben:	alle Farben
Züchter/in:	Elke Bona
Adresse:	An der Gronau 7
	25479 Ellerau
Telefon/Fax:	0 41 06/7 16 61

Rasse:	Sibirische Katzen
Zwingername:	„Made in Paradise"
Besondere Farben:	alle Farben
Züchter/in:	Andrea König
Adresse:	Sonnenweg 12
	30173 Hannover
Telefon:	05 11/85 45 64

Zwingername:	„vom Marien-Fuchsbau"
Besondere Farben:	blue, black und silver tabby mit und ohne weiß
Züchter/in:	Jutta Ehlermann
Adresse:	Raimundstraße 6
	30173 Hannover
Telefon:	05 11/80 30 20
Fax:	05 11/80 30 28

Oksana
„von der Gronau"

Anuschka „of the Magic Touch"

Sibirische Katzen

Rasse:	Sibirische Katzen
Zwingername:	„Felis Sibirica"
Besondere Farben:	blau, creme & silber
Züchter/in:	Herbert und Eva-Maria Kranz
Adresse:	Kauler Weg 5
	53567 Buchholz
Telefon:	0 26 83/61 60

Zwingername:	„of the Sunny Sky"
Besondere Farben:	alle Farben
Züchter/in:	Gudrun Homeyer & Winfried Mischatz
Adresse:	Alte Dorfstraße 20
	38527 Meine
Telefon:	0 53 04/26 22

Zwingername:	„vom Edinbourg Castle"
Besondere Farben:	alle Farben
Züchter/in:	Traudl Möhlenbrock
Adresse:	Mariannenstraße 14
	10999 Berlin
Telefon/Fax:	0 30/6 12 26 40

Somali

Amory-Victoria „vom Marien-Fuchsbau" & Eastwood „von den Kämpen"

Somali

Somalis sind eine gezüchtete und trotzdem wildtierhaft aussehende Rasse, deren Ursprung die Abessinier sind. Durch Mutationen entstanden langhaarige Tiere dieser Rasse, die dann weitergezüchtet und als Somalikatzen bezeichnet wurden. Erst 1981 wurden diese Katzen bei uns in Europa offiziell anerkannt.

Diese bezaubernde Rasse ist geeignet für Halter, die eine temperamentvolle, aber doch ausgeglichene Katze haben möchten. Die Somali „hilft" ihrem Menschen bei allen Dingen, wie z. B. der Hausarbeit, die dann mit Sicherheit länger dauert oder entsprechend verhindert wird. Eine Somalikatze muß überall mit dabei sein. Sie denkt sich ständig neue „Spiele" aus, für die sie ihren Menschen begeistern will. Man benötigt Zeit und Ausdauer, um sie wirklich zufrieden stellen zu können. Somalikatzen können problemlos mit anderen Katzen gemeinsam gehalten werden.

Charakter:
Lebhaft, verspielt, anschmiegsam, sehr gelehrig, neugierig, anspruchsvoll, liebesbedürftig, schlau, frech und sehr zärtlich.

Rasse:	Somali
Zwingername:	„on Tiptoe"
Besondere Farben:	wildfarben & sorrel
Züchter/in:	Edda Delank
Adresse:	Waldemar-Bonsels-Weg 24
	22926 Ahrensburg
Telefon:	0 41 02/5 37 96
Fax:	0 41 02/17 91

Rasse:	Somali
Zwingername:	„vom Marien-Fuchsbau"
Besondere Farben:	wildfarben, sorell, blue, blue-silver, fawn & fawn-silver
Züchter/in:	Jutta Ehlermann
Adresse:	Raimundstraße 5
	30173 Hannover
Telefon:	05 11/80 30 20
Fax:	05 11/80 30 28

Rasse:	Somali
Zwingername:	„von Dolcevita"
Besondere Farben:	wildfarben & sorrel
Züchter/in:	Martina Ache
Adresse:	Kirschgarten 29
	48157 Münster
Telefon:	02 51/32 44 41

Somali

Cadiz „on Tiptoe"

Somali

Rasse:	Somali
Zwingername:	„Schneepfötchen's"
Besondere Farben:	wildfarben, blue, fawn & sorrel
Züchter/in:	Gudrun Rätz
Adresse:	Floraweg 7
	44229 Dortmund
Telefon:	02 31/73 56 89

Rasse:	Somali
Zwingername:	„vom Vienna Leonberg"
Besondere Farben:	wildfarben & sorrel
Züchter/in:	Gerda Ludwig-Hinrichsen
Adresse:	Mendelsohnsstraße 40
	30173 Hannover
Telefon:	05 1/8 09 30 39

Rasse:	Somali
Zwingername:	„vom Zigeunerboden"
Besondere Farben:	alle Farben
Züchter/in:	Hartmut Schulla
Adresse:	Grub 133
	A–2392 Wienerwald
Telefon:	049-22 58/82 47

Rasse:	Somali
Zwingername:	„of Kazpirk"
Besondere Farben:	wildfarben, sorrel & sorrel-silver
Züchter/in:	Renate Kripzak
Adresse:	Hans-Sachs-Weg 1
	30519 Hannover
Telefon:	05 11/8 43 69 43

Somali

„Schneepfötchen's" Fawn

Somali

Rasse:	Somali
Zwingername:	„von den Kämpen"
Besondere Farben:	wildfarben & sorrel
Züchter/in:	Barbara Triechelt
Adresse:	Von dem Graben 10
	30916 Isernhagen
Telefon:	05 11/77 68 16

Rasse:	Somali
Zwingername:	„Satukissan"
Besondere Farben:	black-silver & sorrel-silver
Züchter/in:	Seija Suojakari
Adresse:	Filmimäentie 10
	SF–05100 Röykkä
Telefon:	0 03 58-0-2 76 54 43

Rasse:	Somali
Zwingername:	„vom Jordantal"
Besondere Farben:	sorrel, sorrel-silver
Züchter/in:	Carmen Gernun-Bröckel
Adresse:	Jordanstraße 2
	30173 Hannover
Telefon:	05 11/88 57 01
Fax:	05 11/88 57 94

Türkisch Angora

Veraschja „von Mudanya"

Rhami „of Kiraz Vadi"

Türkisch Angora

Die Türkisch Angora ist eine halblanghaarige Schönheit von sehr alter Rasse, die in der Türkei ihren natürlichen Ursprung hat. Benannt wurde sie nach der Stadt Angora (heute: Ankara). Für viele Katzenliebhaber gilt auch heute noch ausschließlich die weiße Angora als die einzig wahre und das, obwohl diese Katzen in der Türkei in vielen Farben vorkommen.

Die Türkisch Angora versteht sich als Ursprung der Perserkatzen und ist geeignet für Menschen, die sich eine elegante, orientalisch wirkende Katze mit anmutigen Bewegungen wünschen. Sie ist kein Luxusgeschöpf, sondern eine natürlich gebliebene Rasse. Die Türkisch Angora kann problemlos in der Wohnung gehalten werden. Sie liebt die Gemeinschaft mit ihresgleichen und „ihren" Menschen.

Charakter:
Freundliches Wesen, anhänglich, intelligent, lebhaft und verspielt, kinderfreundlich und nicht so „redefreudig" wie die übrigen Orientalen.

Rasse:	Türkisch Angora
Zwingername:	„of Kiraz Vadi"
Besondere Farben:	alle Farben
Züchter/in:	Doris Gies
Adresse:	Kirschtalweg 5
	56299 Ochtendung
Telefon:	0 26 25/65 28

Sibirische Katzenkinder Aldokan-Vasilevco, Avalon-Valadim, Aswyn-Vincenzo & Alexej-Vladimir „vom Marien-Fuchsbau"

Tierschutzverbände

Deutscher Tierschutzbund e.V.
Bundesgeschäftsstelle
53115 Bonn
Baumschulallee 15
Tel.: (02 28) 63 10 05
Fax (02 28) 63 12 64

Bundesverband Tierschutz
Arbeitsgemeinschaft Deutscher Tierschutz e.V.
Hauptgeschäftsstelle
47447 Moers
Dr.-Boschheidgen-Straße 20
Tel.: (0 28 41) 2 52 44-46
Fax (0 28 41) 2 62 36

Bund gegen Mißbrauch der Tiere e.V.
Hauptgeschäftsstelle
80803 München
Viktor-Scheffel-Straße 15
Tel.: (0 89) 39 71 59

Verein gegen tierquälerische Massentierhaltung e.V.
24226 Heikendorf bei Kiel
Teichtor 10
Telefon (04 31) 24 15 50 oder 23 10 95

Bundesverband der Tierversuchsgegner
– Menschen für Tierrechte e.V. –
53027 Bonn
Postfach 17 01 10
Bundesgeschäftsstelle
52072 Aachen
Roermonder Straße 4 a
Tel.: (02 41) 15 72 14
Fax 15 56 42

Tierschutzvereine/Tierheime

(in alphabetischer Reihenfolge nach dem Vereinssitz)

AACHEN
52062 Aachen
Klappergasse 10
Tel.: (02 41) 15 46 76
Tierheim
Adresse wie oben

AHRENSBURG-GROSSHANSDORF
22926 Ahrensburg
Parkallee 52
Tel.: (0 41 02) 5 25 01
Tierheim
22927 Großhansdorf
Waldreiterweg 101
Tel.: (0 41 02) 6 41 11

ALPIRSBACH
72275 Alpirsbach
Karlstraße 10
Tel.: (0 74 44) 38 65
Tierheim
72275 Alpirsbach
Eschengraben
Telefon wie oben

ALSFELD
67577 Alsfeld/Hessen
Jahnstr. 67
Tel.: (0 66 31) 28 00
Tierheim wie oben

ALTENA
58769 Nachrodt
Dümplerleie 3
Tel.: (0 23 52) 3 01 23
Igelstation
Renate Heermann
Finkenweg 13
Tel.: (0 23 52) 5 00 22

ALTÖTTING-MÜHLDORF
Geschäftsstelle und Tierheim
84543 Winhöring
Kronenberg 80
Postfach 11 36
Tel.: (0 86 71) 22 86

AMBERG
Stadt und Landkreis
92211 Amberg
Postfach 21 33
Tel.: (0 96 21) 6 20 55
Tierheim
92289 Ursensollen
Tierheimstr. 1
Tel.: (0 69 21) 8 26 00

ANSBACH
Geschäftsstelle und Tierheim
91522 Ansbach
Haldenweg 8
Tel.: (0 98 45) 5 67
Vogelstation
91589 Aurach
Weinbergstr. 62

ASCHAFFENBURG
63791 Aschaffenburg
Postfach 11 03 34
Tel.: (0 60 21) 8 92 60
Fax (0 60 21) 8 31 08
Tierheim
63741 Aschaffenburg
Am Schönbusch Wailandstr. 21
Telefon u. Telefax wie oben

ASCHERSLEBEN
06449 Aschersleben
Hecklinger Str. 25
Tel.: (0 34 73) 34 47
Tierheim
Hinter dem Plattenwerk
V.-Tereschkowa-Straße

AUGSBURG
86152 Augsburg
Holzbachstr. 4 c
Tel.: (08 21) 3 03 79
Tierheim wie oben

AURICH
26603 Aurich
Heinrich-Reimers-Str. 1
Tel.: (0 49 41) 6 32 72
Tierheim
26607 Aurich-Sandhorst
Eheweg 24
Tel.: (0 49 41) 7 19 22

BACKNANG
71522 Sulzbach/Murr
Postfach 11 47
Tierheim
71577 Großerlach
Erlacher Höhe
Tel.: (0 71 93) 65 85

BAD HARZBURG
38667 Bad Harzburg
Hindenburgring 21
Tel.: (0 53 22) 5 29 71
Tierheim
38667 Bad Harzburg-Eckertal
Stapelburger Str. 4
Tel.: (0 53 22) 5 37 96

BAD HOMBURG
61352 Bad Homburg
Terassenstr. 2 A
Tel.: (0 61 72) 4 74 44
Tierheim
Kreistierheim Hochtaunus
61440 Oberursel
Forsthausweg
Tel.: (0 61 71) 2 30 97

BAD KISSINGEN
97672 Bad Kissingen
Postfach 22 49
Tierheim „Arche Noah"
97702 Münnerstadt-Wermerichshausen
Zur Mühle 10
Tel.: (0 97 66) 12 21

BAD KREUZNACH
55543 Kreuznach
Rheingrafenstr. 120
Tel.: (06 71) 6 74 68
Tierheim wie oben

BAD MERGENTHEIM
97968 Bad Mergentheim
Postfach 18 08
Bahnhofstr. 14
Tel.: (0 79 31) 82 55
Tierheim wie oben

BAD NAUHEIM
61231 Bad Nauheim
Schönberger Str. 1
Tel.: (0 60 32) 8 14 33
Tierheim Wetterau
61231 Bad Nauheim/Rödgen
Tel.: (0 60 32) 63 35

BAD REICHENHALL
83435 Bad Reichenhall
Gewerkenstr. 9
Tierheim wie oben
Tel.: (0 86 51) 26 65

BAD SACHSA
37441 Bad Sachsa
Wiesenstr. 2
Tel.: (0 55 23) 36 54
Tierasyl „Auf dem Bauhof"

BAD SALZUFLEN-LEMGO
32105 Bad Salzuflen
Eichendorffstr. 16
Tel.: (0 52 22) 1 30 76
Tierheim
Ziegelstr. 76
Tel.: (0 52 22) 5 82 44

BAD SALZUNGEN
36433 Bad Salzungen
Burgseestr. 4 a
Tel.: (0 36 95) 27 16
Tierheim
Immelborn, Am Sportplatz
Tel.: (0 36 95) 5 63 79-3 97

BAD SODEN/SULZBACH
Tierheim
65843 Sulzbach am Taunus
Eschborner Str. 36
Tel.: (0 61 96) 7 26 28

BAD STEBEN
Tierschutzverein Hof u. U.
95138 Bad Steben
Lichtenberger Str. 24
Tel.: (0 92 88) 13 89
Tierheim
95032 Hof/Saale
Erlalohe
Tel.: (0 92 81) 4 19 61

BAD TÖLZ
83646 Bad Tölz
Am Pfannenholz 3
Tel.: (0 80 41) 83 13
Tierheim „Maria Much"
Nähe Waldfriedhof
Anschrift und Tel. wie oben

BAD VILBEL
61118 Bad Vilbel
Emanuel-Stock-Str. 22
Tel.: (0 61 01) 6 49 79
Tierheim Wetterau
61231 Bad Nauheim
Brunnenstr. 35
Tel.: (0 60 32) 63 35

BAD WILDUNGEN
34537 Bad Wildungen
Brunnenallee 8
Tel.: (0 56 21) 7 17 68
Tierheim „Zum Dachsköppl"
Tel.: (0 56 21) 27 63

BAD WINDSHEIM
91438 Bad Windsheim
Marktgrafenplatz 3
Tel.: (0 98 41) 28 30
Tierheim Walkmühlenweg

BADEN-BADEN
76547 Sinzheim
Im Fuchsberg 1
Tierheim
Märzenbachweg 15
Tel.: (0 72 21) 76 87

BARSINGHAUSEN
30890 Barsinghausen
Egestorfer Str. 42
Tel.: (0 51 05) 6 32 42
Tierheim „Struppi Häuschen"
Unter den Eichen
Tel.: (0 51 05) 10 37

BAUTZEN
02625 Bautzen
Wilh.-von-Polentz-Str. 30
Tel.: (0 35 91) 21 01 97
Tierheim
Talstraße 1
Tel.: (0 35 91) 4 27 63

BENTHEIM
48455 Bad Bentheim
Nordring 41
Tel.: (0 59 22) 21 76
Hundeheim
48455 Bad Bentheim
Gildehaus-Westenberg
Tel.: (0 59 24) 4 87
Katzenheim
48531 Nordhorn
Haferkamp 20
Tel.: (0 59 21) 3 69 48

BERGHEIM/ERFTKREIS
50129 Bergheim-Niederaußern
Am Villerand
Tel.: (0 22 71) 5 40 20
Tierheim wie oben

BERLIN
12249 Berlin
Dessauer Str. 21-27
Tel.: (0 30) 77 99 00-0
Fax (0 30) 7 72 10 66
Tierheim Lankwitz
Anschrift und Tel. wie oben

BIBERACH
Geschäftsstelle und Kreistierheim
88400 Biberach/Riß
Hubertusweg 10
Tel.: (0 73 51) 97 68

BIELEFELD
33528 Bielefeld
Postfach 10 28 65
Tel.: (05 21) 76 36 22
Tierheim Bielefeld
Kampstr. 132
Tel.: (0 52 05) 7 02 81

BIRKENFELD
55758 Hettenrodt
Hohlstr. 10
Tel.: (0 67 81) 3 19 95
Tierheim
55743 Idar-Oberstein
Oberstmuhl
Tel.: (0 67 81) 2 72 23

BÖBLINGEN
71034 Böblingen
Herrenbergerstr. 200
Tel.: (0 70 31) 2 50 25
Fax (0 70 31) 22 18 60
Tierheim Böblingen
Herrenbergerstr. 204
Tel.: (0 70 31) 2 50 10

BONN
53119 Bonn
Lambareneweg 2
Tel.: (02 28) 63 69 95 und 63 47 00
Tierheim
„Albert Schweitzer"
Anschrift wie oben

BORKUM
26748 Nordseeheilbad Borkum
Postfach 2204
Upholmstraße am Deich
Tel.: (0 49 22) 25 95
Tierheim
Anschrift wie oben
Tel.: (0 49 22) 48 77

BORNA
04552 Borna
Mühlgasse 24
Tel.: (0 34 33) 32 12
Tierheim
04539 Öllschütz Nr. 10

BOTTROP
46240 Bottrop
Wilhelm-Tell-Straße 65
Tel.: (0 20 41) 9 38 48
Tierheim wie oben

BRAUNSCHWEIG
Geschäftsstelle und Tierheim Ölper
38114 Braunschweig
Biberweg 30
Tel.: (05 31) 50 00 06-8

BREMERVÖRDE
27432 Bremervörde
Am Steinberg 35
Tel.: (0 47 61) 7 12 83
Tierheim
Anschrift wie oben

BRILON
59929 Brilon
Steinweg 8
Tel.: (0 29 61) 81 56
Tierschutzheim für den Altkreis Brilon
59929 Brilon-Wülfte
Steinbruch Flotzberg
Tel.: (0 29 61) 18 78

BRUCHSAL
75015 Bretten
An der Salzach 20
Tel.: (0 72 51) 8 81 59
Tierheim
76646 Bruchsal
Kleines Feld 1
Tel.: (0 72 51) 20 14

BUCHHOLZ
21244 Buchholz i. d. Nordheide
Hoher Kamp 29
Tel.: (0 41 81) 3 46 11
Tierheim
Albert-Haupt-Heim
21244 Buchholz
Holzweg 25
Tel.: (0 41 81) 3 26 73

BUCHLOE
86807 Buchloe
Sonnenstr. 7
Postfach 1 47
Tel.: (0 82 41) 45 85
Tierheim
86653 Weilheim
Gut Waitzacker
Altenheim für Pferde

BÜCKEBURG-RINTELN
31675 Bückeburg
Lange Str. 57
Tel.: (0 57 22) 38 00
Tierheim
Bückeburg
Am Hasengarten 4
Tel.: (0 57 22) 52 20

BURGAU
89331 Burgau
Hüttinger Str. 10
Tel.: (0 82 22) 63 88
Tierheim
Katzenhaus Unterknöringen
(siehe oben)

BURGHAUSEN
84489 Burghausen
Robert-Koch-Str. 69
Tierunterkunft „Arche Noah"
84489 Burghausen
Raitenhaslach 45
Tel.: (0 86 77) 53 52

CASTROP-RAUXEL
44577 Castrop-Rauxel
Postfach 024625
Tierheim
Deininghauser Weg 45
Tel.: (0 23 05) 1 25 26

CELLE
29223 Celle
Dörnbergstr. 38
Tel.: (0 51 41) 3 27 12
Tierheim
„Friedrich-Plesse-Tierheim"
29229 Celle-Vorwerk
Garßener Weg 10
Tel.: (0 51 41) 3 37 30

CHAM
93413 Cham
Steinmarkt 6
Tel.: (0 99 71) 75 22
Tierheim
Am Sandelhölzl 27
Tel.: (0 99 71) 3 21 55

COBURG
95450 Coburg
Judengasse 27
Tel.: (0 95 61) 9 51 31
Tierheim
Heckenweg 81
Tel.: (0 95 61) 3 03 30

CUXHAVEN
27472 Cuxhaven
Altenwalder Chaussee 217
Tel.: (0 47 21) 2 78 61
Tierheim
Tel.: (0 47 21) 2 36 55

DACHAU
Franz-von-Assisi-Tierheim
85221 Dachau
Roßwachtstr. 33
Tel.: (0 81 31) 2 11 10
Fax 2 55 01

DARMSTADT
64293 Darmstadt
Alter Griesheimer Weg 199
Tel.: (0 61 51) 89 14 70
Tierheim wie oben

DEGGENDORF
94469 Deggendorf
Postfach 19 41
Tel.: (09 91) 85 67/66 23
Tierheim Wangering
94541 Grattersdorf
Wangering 9
Tel.: (0 99 01) 70 39

DETMOLD
32756 Detmold
Hans-Hinrichs-Straße 40
Tel.: (0 53 21) 3 27 63
Lippisches Tierheim
32758 Detmold.-Hakedahl
Zum dicken Holz 19
Tel.: (0 52 31) 2 44 68

DIEPHOLZ
49356 Diepholz
Heeder Gartenstr. 31
Tel.: (0 54 41) 76 62
Fax über Smets 41 59
Tierschutzhof
49453 Dickel
Strothestr. 30
Tel.: (0 54 45) 7 61

DIEZ
65582 Diez
Emser Str. 37
Tel.: (0 64 32) 8 28 03
Tierheim Am Hammerberg
Tel.: (0 64 32) 66 38

DILLENBURG
35683 Dillenburg
Walramstr. 3
Tierheim
35683 Dillenburg
Dillfeld
Tel.: (0 27 71) 3 22 22

DILLINGEN
89407 Hochstädt
Dillingenstr. 17
Tel.: (0 90 74) 20 44
Tierheim
89407 Hochstädt
Wertingenstr. 27
Tel.: (0 90 74) 31 45

DINSLAKEN
46535 Dinslaken
Wallstr. 6
Städtisches Tierheim
Ziegeleiweg 56
Tel.: (0 20 64) 9 43 64 oder 9 51 41

DITHMARSCHEN
25746 Heide
Timm-Kröger-Straße 25
Tel.: (04 81) 6 44 98

Tier- und Vereinsheim
25767 Tensbüttel-Röst
Dellbrückweg 4
Tel.: (0 48 35) 87 25
Hundepension Wagner
25712 Hochdonn
Tele.: (0 48 25) 13 05

DONAUWÖRTH
86609 Donauwörth
Schlehdornweg 4
Tel.: (09 06) 65 61
Tierheim
Tel.: (09 06) 2 21 38

DORMAGEN
Tierheim
41540 Dormagen-Hackenbroich
Bergiusstraße 1
Tel.: (0 21 33) 6 18 48

BEZIRK DRESDEN
01277 Dresden
Berggartenstr. 2
Tel.: (02 33) 41 52
Katzenheim Luga
01259 Dresden
Lugturmstr. 4

DRESDEN
01099 Dresden
Bachstraße 2
Tel.: (0 55 27) 57 11 20
Katzenheim Dresden-Reick
01237 Dresden
Oskar-Röder-Straße 6

DUDERSTADT
37115 Duderstadt
Marktstraße 87
Tel.: (0 55 27) 24 36
Tierheim
37115 Duderstadt
Am Siebigsberg
Tel.: (0 55 27) 46 77
Öffnungszeiten. 9 bis 12
und 15 bis 18 Uhr

DUISBURG
47057 Duisburg
Gneisenaustraße 263
Tel.: (02 03) 37 06 15
Tierheim
„Helmut Endler"
Lehmstraße Tel.: (02 03) 31 07 83

DÜLMEN
48653 Coesfeld-Lette
Stripperhook 51
Tel.: (0 25 46) 70 60
Fax 15 75
Tierheim
wie oben

DÜREN
52355 Düren
Am Tierheim 2
Tel.: (0 24 21) 6 25 75
Tierheim
Niederau/Burgau
Adresse und Telefon wie oben

DÜSSELDORF
40212 Düsseldorf
Berliner Allee 40
Tel.: (02 11) 13 19 28
Tierheim „Clara-Vahrenholz-Tierheim"
40427 Düsseldorf
Rüdigerstraße 1
Tel.: (02 11) 65 18 50

EBERBACH
69412 Eberbach
Friedrichsdörfer Landstr. 69
Tierheim
Elztal-Dailau
66625 Mosbach
Tel.: (0 62 61) 89 32 37

EBERSBERG
85567 Grafing
Birkenstraße 27
Tel.: (0 80 92) 46 09
Tierasyl
85567 Straußdorf
Moosstraße 30
Tel.: (0 80 92) 46 09

ELMSHORN
25312 Elmshorn
Postfach 12 27
Tierheim
24335 Elmshorn
Justusvon-Liebig-Str. 1
Tel.: (0 41 21) 8 49 21
Notdienst
Tel.: (0 41 21) 8 44 36 oder 7 69 89

EMDEN
26725 Emden
Samlandstraße 9
Tel.: (0 49 21) 2 36 82
Tierheim
26723 Emden
Nesserlander Str. 107
Tel.: (0 49 21) 2 86 76

EMMENDINGEN
Geschäftsstelle und Tierheim
79312 Emmendingen
Elzstraße 35
Tel.: (0 76 41) 29 81

EMMERICH-REES
46446 Emmerich
Postfach 10 03 45
Tel.: (0 28 22) 44 44
Albert-Schweitzer Tierheim
47559 Kranenburg-Mehr
Keekener Straße 40
Tel.: (0 28 26) 50 51

ENNEPE-RUHR-KREIS
58332 Schwelm
Bahnhofstraße 11
Tel.: (0 23 36) 35 95

Tierheim
58256 Ennepetal-Milspe
Strückerbergstraße 100 a
Tel.: (0 23 33) 7 20 68

ENNEPETAL
45554 Sprockhövel
Zum Sackschacht 1
Tierheim
58256 Ennepetal
Strückerbergstraße 100
Tel.: (0 22 39) 56 92

ERLANGEN
91054 Erlangen
Bayreuther Staße 70
Tel.: (0 91 31) 20 77 88
Tierheim wie oben

ESCHWEGE
37269 Eschwege
Kuhtrifft
Tel.: (0 56 51) 17 33
Tierheim Adresse wie oben

ESSEN
45141 Essen
Grillostraße 24
Tel.: (02 01) 32 62 62
„Albert-Schweitzer-Tierheim"
Adresse wie oben

ESSLINGEN
73701 Esslingen am Neckar
Postfach 004
Tel.: (07 11) 37 89 86
Fax 3 70 41 02
Tierheim
73701 Esslingen a. N.
An der Dieter-Roser-Brücke
Tel.: (07 11) 31 17 33

EUTIN
23701 Eutin
Riemannstraße 108
Tel.: (0 45 21) 7 36 44
Katzenhaus wie oben

FALLINGBOSTEL
29693 Hodenhagen
Am Beberbach 4
Tel.: (0 51 64) 16 26
Tierheim wie oben

FLENSBURG
24943 Flensburg
Bohlberg 15
Tel.: (04 61) 3 56 84
Tierheim
Westerallee 138
Tel.: (04 61) 5 15 98

FÖHR
25938 Wyk/Föhr
Hafenstraße 21
Postfach 12 40
Tel.: (0 46 81) 27 12
Tierheim
Tierasyl-Abnahme-Vertrag
mit Tierheim Flensburg
25938 Wyk/Föhr
Am Hafendeich
Telefon Ordnungsamt Wyk (0 46 18) 30 34

FORCHHEIM
85104 Forchheim
Am Weingartensteig 19 g
Tel.: (0 91 91) 3 17 44 oder 3 24 45
Tierheim
An der Staustufe Tel.: (0 91 91) 6 63 68

FRANKFURT
Tier Rettungsdienst
60368 Frankfurt/Main
Alt-Fechenheim 77
Tel.: (0 69) 41 16 45
Tierheim
Tierherberge Egelsbach
Außerhalb 30
Tel.: (0 61 03) 4 93 36

FRANKFURT AM MAIN
60386 Frankfurt/Main
Ferdinand-Porsche-Straße 2-4
Tel.: (0 69) 42 30 05
Tierheim wie oben

KALLETAL-„FRANZISKUSHOF"
32689 Kalletal
Echternhagen 13
Tel.: (0 52 46) 53 74
Tierheim wie oben

FREIBURG
Hilfswerk Tier und Natur e.V.
Tierschutz-Zentrum
79238 Freiburg-Ehrenkirchen
OT Scherzingen
Tel.: (0 76 64) 70 96
Tierheim, Tierklinik, Tierhotel,
Quarantänestation, Gnadenhof,
Geflügelhof, Tierschutz-Info-Zentrale

FREILASSING
83395 Freilassing
Aurikelstraße 11
Tel.: (0 86 54) 13 43
Tierheim
Saalachwehr 17
Tel.: (0 86 54) 22 12

FREUDENSTADT
72250 Freudenstadt
Herzog-Eugen-Straße 12
Postfach 9 01
Tel.: (0 74 41) 46 97
Tierheim
Kreistierheim Freudenstadt
Am Erlenweg
Tel.: (0 74 41) 33 31

FRIEDBERG
61231 Nauheim/Rödgen
Rathausstraße 5
Tel.: (0 60 32) 59 95
Tierheim Wetterau
Brunnenstraße 35

FRIESOYTHE
26169 Friesoythe
Postfach 13 46
Tel.: (0 44 91) 13 68
Tierheim
26683 Sedelsberg
Friesoyther Straße 19

FÜRSTENFELDBRUCK
Tierheim
Roentgenstraße 2
Tel.: (0 81 41) 1 79 10

FÜSSEN
87629 Füssen
Mariahilfer Straße 19
Tel.: (0 83 62) 72 53
Tierheim Ostallgäu
87669 Rieden
Bachtalstraße 32
Tel.: (0 83 62) 33 90

GARMISCH-PARTENKIRCHEN
82467 Garmisch-Partenkirchen
Rathausplatz 9
Tel.: (0 88 21) 7 20 48
Tierheim Werdenfels
Schmalenau 2
Tel.: (0 88 21) 5 59 67

GEESTHACHT
21502 Geesthacht
Lichterfelder Straße 10
Tel.: (0 41 52) 7 43 11
Tierheim wie oben

GELDERN
47608 Geldern
Walbecker Straße 182
Tel.: (0 28 31) 58 52

Tierheim
Hundepension Weyna
47608 Geldern
Heideweg 50
Tel.: (0 28 31) 55 21

GELSENKIRCHEN
45892 Gelsenkirchen-Erle
Balkenstraße 449
Tel.: (02 09) 77 74 11
Tierheim und Tierpension
Adresse wie oben
Tel.: (02 09) 7 22 41

GERA
07549 Gera
Lusaner Straße 20
Tel.: (03 65) 3 51 13
Fax 3 26 16
Tierheim siehe Leipzig

GERNSHEIM/RHEIN
64579 Gernsheim/Rhein
Eichendorffstraße 10
Tel.: (0 62 58) 48 32
Tierheim
Gernsheim/Kleinrohrheim
Tel.: (0 62 58) 31 84

GEVELSBERG
58285 Gevelsberg
Vyhlinghauser Straße 2
Tierheim
58256 Ennepetal
Strückerbergstraße 100
zusammen mit den Tierschutzvereinen
Schwelm und Ennepetal
Tel.: (0 23 33) 7 20 38

GIESSEN
35396 Gießen
Vixröderstraße 16
Tel.: (0 64 12) 5 22 51
Tierheim
„Franziskushütte"
Tel.: (06 41) 5 22 51

313

GIFHORN
38518 Gifhorn
Postfach 14 23
Tierheim
38551 Ribbesbüttel
Peiner Landstraße 12
Tel.: (0 53 74) 44 34

GOSLAR
38644 Goslar
Hildesheimer Str. 40
Tel.: (0 53 21) 8 12 34
Tierheim Goslar
Clausthaler Straße 34
Tel.: (0 53 21) 4 00 44

GOTHA
99867 Gotha IV
Tüttleberweg 13
Tel.: (0 36 21) 5 46 73
Tierheim „Arche Noah"
99869 Velleben bei Gotha
Boilstedter Straße

GÖPPINGEN
73035 Göppingen
Am Ödewald
Tel.: (07 11 61) 7 98 69
Fax 1 44 20
Tierheim „Ulrich Schol"
wie oben

GÖTTINGEN
37073 Göttingen
Wendenstraße 7
Tel.: (05 51) 5 71 93
Tierheim
Auf der Hufe 4
Tel.: (05 51) 6 15 75

GREIZ
07973 Greiz-Sackswitz
Zwischen den Sandgruben 12
Tel.: (0 36 61) 64 43
Tierheim „Ostthüringen"
wie oben

GUNZENHAUSEN
91710 Gunzenhausen (Mfr)
Wassergasse 10
Tel.: (0 98 31) 8 02 87
Tierschutzheim „Im Hollerfeld"

GÜTERSLOH
Initiative Tierfreunde e. V.
33250 Gütersloh
Postfach 20 44
Tierheim und Büro
33790 Halle-Künsebeck
Landweg 11
Tel.: (0 52 01) 74 14
Fax (0 52 01) 79 29

HAGEN
58135 Hagen
Sachsenstraße 4
Tel.: (0 23 31) 2 54 54
Tierheim
Städt. Tierheim Hagen
58095 Hagen
Natorpstraße 40
Tel.: (0 23 31) 2 54 54

HALBERSTADT
38820 Halberstadt
Rudolf-Diesel-Straße 75
Tel.: (0 39 41) 2 35 61
Tierheim
Schützenstraße 9
Tel.: 2 36 60

HALLE
06108 Halle a. d. Saale
Große Klausstraße 11
(Reformhaus)
Tel.: (03 45) 2 41 01

Tierheim
Steffenstraße
Tel.: (03 45) 2 38 18
(untersteht dem Zoo Halle)

HALVER-SCHALKSMÜHLE
58553 Schalksmühle
Volmestraße 2
Tel.: (0 23 55) 60 49
Katzenheim
58553 Halver
Hagebüchen 2
Tel.: (0 23 53) 1 23 79
Hundehof
58553 Halver
Gesenberg 1
Tel.: (0 23 53) 37 04

HAMBURG
20537 Hamburg
Süderstraße 3 99
Postfach 26 14 54
Tel.: (0 40) 21 11 06-0
Tierheim
wie oben
Gnadenhof für alte Pferde
Gnadenhof „Zwei Eichen"
Ellerhoop
Hemdinger Weg 3

HAMELN-PYRMONT
Tierheim
31787 Hameln
Klütstraße 127
Tel.: (0 51 51) 6 15 50

HANNOVER
30853 Langenhagen
Kopernikusstraße 26
Tel.: (05 11) 73 08 56
Tierheim
30855 Langenh./Krähenwinkel
Eversthorster Straße 80
Tel.: (05 11) 72 17 14

HANNOVER
Deutscher Tierschutzbund
Ortsverein Hannover
30627 Hannover
Rotekreuzstaße 13
Tel.: (05 11) 57 45 64
Tierheim
31303 Burgdorf
Friedrikenstraße 6
Tel.: (0 51 36) 33 45

HASSFURT
Tierheim
und Geschäftsstelle
97437 Hassfurt
Zeilerstraße 75
Tel.: (0 95 21) 16 15

HATTERSHEIM
Tierheim
und Geschäftsstelle
65795 Hattersheim a. M.
Liederbacher Straße 8
Tel.: (0 61 90) 82 26 oder 23 82

HEIDELBERG
69124 Heidelberg
Speyerer Schnauz 3
Tel.: (0 62 21) 2 09 43
Tierheim
Adresse wie oben
Tel.: (0 62 21) 2 45 02

HEIDENHEIM/BRENZ
89518 Heidenheim a. d. Brenz
Goethestraße 25
Tierheim
Kreistierheim am Rehberg
89518 Heidenheim
Wilhelmstraße 300 (Richtung Steinheim)
Tel.: (0 73 21) 4 17 00

HEILBRONN
Tierheim und Geschäftsstelle
74078 Neckargariach
Wimpfener Straße 118
Tel.: (0 71 31) 2 28 22

HEILIGENHAFEN-FEHMARN
23774 Heiligenhafen
Fischerstraße 22-24
Tel.: (0 43 62) 77 57 oder 61 15
Tierpension
23774 Heiligenhafen
Sundweg-Altes Klärwerk
Tel.: (0 43 62) 77 57

HEINSBERG
41836 Hückelhoven
Wassenberger Straße 18
Tel.: (0 24 33) 20 29
Tierheim
52525 Heinberg-Kirchhoven
Stapper Straße 85
Tel.: (0 24 52) 77 73

HELMSTEDT
38350 Helmstedt
Raabestraße 4
Tel.: (0 53 51) 3 31 60
Tierheim
Pastorenweg (Kläranlage)
Tel.: (0 53 51) 35 80

HEPPENHEIM
Tierheim
und Geschäftsstelle
64646 Heppenheim
Außerhalb 65
Tel.: (0 62 52) 7 26 37

HERNE-WANNE
44651 Herne
Hofstraße 51
Tel.: (0 23 25) 6 24 13
Tierheim
wie oben

HERNE
44628 Herne
Postfach 17 12
Vinckestraße 94
(Geschäftsstelle)
Tel.: (0 23 23) 49 03 06

Katzenstation
44625 Herne
Overwegstraße 3
Tel.: (0 23 23) 49 03 06

HILDEN
40721 Hilden
Im Hock 7
Tel.: (0 21 03) 5 45 74
Tierheim
„Meta-Kappel-Tierheim"
Adresse und Telefon
wie oben

HILDESHEIM
31137 Hildesheim
Mastbergstraße 11
Tel.: (0 51 21) 5 27 34
Tierheim
wie oben

HOCHSAUERLANDKREIS
59872 Meschede
Uferweg 21
Tel.: (02 91) 64 15
Tierheim
Meschede
Auf'm Brinke 13 a
Tel.: (02 91) 17 76

HOF
95032 Hof/Saale
Christiansreuther Straße 86
Tel.: (0 92 81) 9 46 15
Tierheim
95032 Hof/Saale
Erlalohe 1
Tel.: (0 92 81) 4 19 61

HOFHEIM AM TAUNUS
65719 Hofheim-Lorsbach
Hainerweg 12
Tel.: (0 61 92) 2 82 83
Katzenheim
wie oben

HOHENSTEIN-ERNSTTHAL
09337 Hohenstein-Ernstthal
Schlackenweg 4
Tel.: (0 37 23) 26 94
Tierheim
im Aufbau

HOLZMINDEN-HÖXTER
37603 Holzminden
Nordstraße 59
Tierheim
wie oben

HOMBURG/SAAR
66424 Homburg/Saar
Erbacher Bahnhaus 3
Tel.: (0 68 41) 7 94 88
Tierheim
„Ria-Nickel-Tierheim"
wie oben

HÖCHSTÄDT
89420 Höchstädt
Dillinger Straße 17
Tel.: (0 90 74) 20 44
Tierheim
Wertinger Straße 28 c

HÜNFELD
36081 Hünfeld
Postfach 1 98
Tel.: (0 66 53) 3 76 oder (0 66 52) 17 88
Tierheim
Fulda-Hünfeld
36039 Fulda
Geißhecke 6
Tel.: (06 61) 6 74 13

HUSUM
25813 Husum
Rungholtstraße 65
Tierheim
für Groß-, Klein- und Wassertiere
in „Mausebergen"
700 m bis Hauptbahnhof
Tel.: (0 48 41) 7 22 16

IMMENSTADT und OBERSTAUFEN
87509 Immenstadt/Allgäu
Postfach 14 25
Akarns 18
Tel.: (0 83 23) 49 11
Tierheim
Unterzollbrücke 2
Tel.: (0 83 23) 78 08

INGOLSTADT
Tierheim
und Geschäftsstelle
85053 Ingolstadt
Alfred-Brehm-Straße 12
Tel.: (08 41) 6 42 62

ISERLOHN
58636 Iserlohn
Immermannstraße 52
Tel.: (0 23 71) 49 73
Tierheim
„Walter Jost"
Hugo-Schultz-Straße 15
Tel.: (0 23 71) 4 12 93

ISNY
88316 Isny-Neutrauchburg
Panoramastraße 3
Tel.: (0 75 62) 82 10
Tierheim
Kreistierheim Karbach
Amtzell-Karbach
Tel.: (0 75 22) 62 13

ITZEHOE und Kreis Steinburg
25510 Itzehoe
Postfach 20 32
Tel.: (0 48 21) 9 42 00
Tieraufffangstation
Kastanienallee
Tel.: (0 48 21) 9 42 00

KAISERSLAUTERN
Geschäftsstelle
und Tierheim
67661 Kaiserslautern-Einsiedlerhof
Altes Forsthaus 11
Tel.: (06 31) 5 55 07

KALLETAL
TSV Franziskushof
Echternhagen 13
32689 Kalletal
Tel.: (0 52 64) 53 74

KAMP-LINTFORT
47475 Kamp-Lintfort
Mühlenstraße 60 a
Tel.: (0 28 41) 1 60 62
Tierheim
47441 Moers-Hülsdonk
Am Peschkenhof 34
Tel.: (0 28 41) 2 12 02

KAPPELN
24376 Kappeln
Grumarkt
Tel.: (0 46 42) 36 24
Auffangstation
wie oben

KARLSRUHE
76187 Karlsruhe
Herrmann-Schneider-Allee 20
Tel.: (07 21) 57 21 52
Tierheim
wie oben

KEHL-HANAUERLAND
77964 Kehl-Kork
Rohrfelderstraße 33
Tel.: (0 78 51) 41 73
Grenztierheim Kohl
Landesstraße 90
Tel.: (0 78 51) 17 55

KELKHEIM
65779 Kelkheim
Breslauer Straße 11
Tel.: (0 61 95) 53 95 oder 6 12 14
Aufnahme von Findlingen
Tierschutzgelände
Zeilsheimer Weg

KELSTERBACH
65451 Kelsterbach
Burgstraße 5
Tel.: (0 61 07) 15 01
Tierheim
55120 Mainz
Zwerchallee
Tel.: (0 61 31) 68 70 66

KIEL
Geschäftsstelle
und Tierheim
24109 Kiel
Uhlenkrog 190
Tel.: (04 31) 52 54 64

KINZIG-MANN
63571 Gelnhausen
Im Galgenfeld
Tel.: (0 60 51) 25 50
Tierheim
wie oben

KINZIGTAL
77716 Haslach
Buchenstraße 20
Tel.: (0 78 32) 25 87
Tierheim
keines, jedoch Schutzhütte und 2 Zwinger
zur vorrübergehenden Unterbringung,
Vermittlung von Ferienhütedienst

KIRN
55606 Kirn
Kallenfelser Straße 72
Tel.: (0 67 52) 26 29
Tierheim
55606 Kirn
Binger Landstraße 103
Tel.: (0 67 52) 7 18 18

KITZINGEN
97318 Kitzingen
Ritterstaße 22
Tel.: (0 93 21) 46 80
Tierheim
Kaltensondheimer Straße 52
Tel.: (0 93 21) 50 63

KLEVE
47533 Kleve
Postfach 20 10
Am Opschlag 10
Tel.: (0 28 21) 8 09 80
Tierheim
„Albert-Schweitzer-Tierheim"
47559 Kranenburg
Keckener Straße 40
Tel.: (0 28 26) 50 51
Tierrettungsgelände
47551 Bedburg-Hau
Fahnenkamp 15
Tel.: (0 28 21) 6 97 33

KOBLENZ
56073 Koblenz-Moselweiß
In der Hohl 26
Tel.: (02 61) 40 86 44
Tierheim
wie oben

KÖLN
50969 Köln-Zollstock
Vorgebirgsstraße
(Sportanlage Süd)
Tel.: (02 21) 38 18 58
Tierheim
„Konrad-Adenauer-Tierheim"
wie oben

KORBACH
34487 Korbach
Postfach 17 06
Tel.: (056 31) 45 97
Tierheim
34497 Korbach
Mönchepfad 7
Tel.: (056 31) 78 47

KREFELD
47802 Krefeld
Flünnertzdyk 90
Tel.: (0 21 51) 56 21 37
Tierheim
Tierschutzzentrum Krefeld
Adresse wie oben

KRONACH
96317 Kronach
Lorenz-Kaim-Straße 8
Tel.: (0 92 61) 4 04 58
Tierheim
96364 Marktvodach-Ottenhof
Kreuzberg
Tel.: (0 92 61) 2 01 11

KULMBACH
95326 Kulmbach
Untere Buchgasse 3
Tel.: (0 92 21) 14 10
Tierheim
95361 Ködnitz
Heinersreuth 30
Tel.: (0 92 21) 51 18

LAHR
77912 Lahr
Postfach 22 06
Tierheim
Lahr-Offenburg
Flugplatzstraße 111
Tel.: (0 78 21) 4 35 97

LAMPERTHEIM
68623 Lampertheim
Saarstraße 23
Tel.: (0 62 06) 5 44 11

Tierheim
68623 Lampertheim
In den Böllenruthen 40 A
Tel.: (0 62 06) 37 32

LANDSBERG
86899 Landsberg am Lech
Postfach 17 24
Tel.: (0 81 91) 5 01 10
Tierheim
Alt-Friedrichheim
Tel.: (0 81 91) 50 91 10

LANDSHUT
81010 Landshut
Freyung 618
Postfach 26 43
Tel.: (08 71) 2 14 64
Tierheim Heinzelwinkl
84174 Eching
Tel.: (0 87 09) 17 23

LAUTERBACH
36341 Lauterbach
Am Hainich 25
Tel.: (0 66 41) 6 18 63
Tierheim
Vaitsbergstraße 25
Tel.: (0 66 41) 15 16

LEER
26789 Leer
Postfach 19 65
Tel.: (04 91) 6 56 46 oder 7 30 38
Tierheim
26670 Uplengen-Remels
OT Jübberde
August-Fehner Straße 5
Tel.: (04 91) 44 31

LEIPZIG
04107 Leipzig
Schwägrichenstraße 3
Tierheim
04157 Leipzig
Max-Liebermann-Straße 89
Tel.: (03 41) 59 14 16

LENGERICH
49516 Lengerich
Postfach 16 04
Martin-Luther-Straße 14
Tel.: (0 54 81) 44 06
Tierheim
„Tecklenburger Land"
49525 Lengerich
Setteler Damm 75
Tel.: (0 54 81) 41 46

LEVERKUSEN
51373 Leverkusen
Alte Landstraße 221
Tel.: (02 14) 6 62 61
Tierheim
wie oben

LICHTENFELS
96215 Lichtenfels
Zur Heide 6
Tel.: (0 95 71) 7 07 52
Tierheim
96215 Lichtenfels
Eichenweg 1 a
Tel.: (0 95 71) 38 75

LINDAU/BODENSEE
88131 Lindau/B.
Heuriedweg 1
Tel.: (0 83 82) 7 44 55
Tierheim
Lindau/B.-Zech
Fraunhoferstraße 40
Tel.: (0 83 82) 7 23 65

LINGEN
49809 Lingen/Ems
Westfalenstraße 16
Tel.: (05 91) 6 25 04
Tierheim
Am Horstweg
Telefon wie oben

LIPPSTADT
59558 Lippstadt
Margaretenweg 80
Tel.: (0 29 41) 6 51 79
Tierheim
Am Tiergarten
Tel.: (0 29 41) 42 53

LOHR AM MAIN
97816 Lohr am Main
Rehweg 12
Tel.: (0 93 52) 96 90
Tierheim
Am Heegweg

LÖRRACH
79576 Weil-Haltingen
Locherer Weg 11
Tel.: (0 76 21) 6 21 69
Tierheim
des TSV Hochrhein/Marktgräfler Land e. V.
79541 Lörrach-Hauingen
Heilisau 3
Tel.: (0 67 21) 5 14 11

LUDWIGSBURG
71642 Ludwigsburg-Hoheneck
Kugelberg 20
Tel.: (0 71 41) 5 14 63
Tierheim
„Franz von Assisi"
Anschrift und Telefon
wie oben

LÜBBECKE
32312 Lübbecke
Ernst-Wiegmann Straße 1
Tel.: (0 57 41) 2 05 65
Tierheim
Zur Rauen Horst 21
Tel.: (0 57 41) 74 72

LÜBECK
23569 Lübeck-Kücknitz
Resebergweg 10
Tel.: (04 51) 30 69 11
Tierheim
wie oben

LÜDENSCHEID
58511 Lüdenscheid
Werdohler Straße 5
Tel.: (0 23 51) 2 87 00
Tierheim
Dornbusch 1
58579 Schalksmühle
Tel.: (0 23 55) 63 16

LÜNEBURG
21337 Lüneburg
Bockelmannstraße 3
Tel.: (0 41 31) 8 24 24
Tierheim
wie oben

MAINZ
55120 Mainz
Zwerchallee 13-15
Tel.: (0 61 31) 68 70 66
Tierheim
wie oben

MANNHEIM
68119 Mannheim
Freiheitsplatz 15
Tierheim
„Oskar-Rieske-Tierheim"
68169 Mannheim
Max-Planck-Straße 101
Tel.: (06 21) 31 11 51

MARBURG
35039 Marburg/Lahn
Am Schützenplatz 2
Tel.: (0 64 21) 6 37 55
Tierheim
Dr. Rambeau-Tierheim
35043 Marburg-Cappel
Lintzingsweg 7
Tel.: (0 64 21) 4 67 92

MARKGRÄFLERLAND
79379 Müllheim-Hügelheim
Basler Straße 19
Tel.: (0 76 31) 38 14
Katzenstation
wie oben

MARL
45772 Marl
Knappenstraße 81
Tel.: (0 23 65) 2 19 42
Tierheim
wie oben

MAYEN
56727 Mayen
Postfach 20 21
Tierheim Mayen
Am Plunsbach
Tel.: (0 26 51) 7 74 38

MEERSBURG
88718 Daisendorf bei Meersburg/B.
Mühldorfer Straße 12
Tel.: (0 75 32) 66 53 o. 70 88
Tierauffangstation
88709 Meersburg-Haltnau
Uferpromenade 107
Tel.: (0 75 32) 66 53

MEMMINGEN
87700 Memmingen
Am Vogelsbrunnen 15
Tel.: (0 83 31) 8 10 76
Tierheim
wie oben

MILTENBERG
64658 Erlenbach
Am Hang 30
Tel.: (0 93 71) 86 52
Tierheim
63897 Miltenberg
Rüdenauer Straße

MINDEN
32389 Minden/Westf.
Postfach 32 62
Tel.: (05 71) 4 11 09
Tierheim
Werftstraße 36 b
Telefon wie oben

MOERS
47441 Moers
Am Peschkenhof 34
Tel.: (0 28 41) 2 12 02 und 1 60 62
Tierheim
wie oben

MOSBACH
74821 Mosbach
Gartenweg 7
Tel.: (0 62 61) 24 90
Tierheim
74834 Eltztal-Dallau
Talstraße 15
Tel.: (0 62 61) 89 32 37

MÖLLN
23879 Mölln
Zeppelinweg 13
Tel.: (0 45 42) 36 83
Tierheim
wie oben

MÖNCHENGLADBACH
RHEYDT-VIERSEN
41065 Mönchengladbach
Hülserkamp 74
Tel.: (0 21 61) 60 22 14
Tierheim Lürrip
wie oben

MÜHLHAUSEN
08626 Mühlhausen
Margaretenstraße 5
Tierheim
Industriestraße

MÜHLHEIM AN DER RUHR
45475 Mühlheim/Ruhr
Mellinghoferstaße 256
Tel.: (02 08) 7 28 52
Tierheim
Städtisches Tierheim Mühlheim
Horbeckstraße 35
Tel.: (02 08) 37 22 11

MÜNCHEN
81829 München
Riemer Straße 270
Tel.: (0 89) 9 21 00 00
Fax (0 89) 90 73 20
Tierheim
Ignatz-Perner-Tierheim
Adresse wie oben

MÜNSTER
64832 Babenhausen
Frankfurter Straße 17
Tel.: (0 60 73) 39 90
Tierheime
Kreistierheim Münster
Munastraße
Tel.: (0 60 71) 3 61 54
Tierheim Babenhausen
Tel.: (0 60 73) 6 42 99

MÜNSTER/WESTF.
48155 Münster
Dingstiege 71
Tel.: (02 51) 32 49 04
Tierheim
wie oben
Tel.: (02 51) 32 62 80

NEU-ISENBURG
PRO-KATZ-TSV
63263 Neu-Isenburg
Theodor-Heuss-Straße 4

Tel.: (0 61 02) 8 09 88
Fax (0 61 02) 8 09 69
Tierheim
wie oben

NEUBURG-SCHROBENHAUSEN
86633 Neuburg/Donau
Nördliche Grünau
Tel.: (0 84 54) 23 79
Tierheim
Grünauerstraße 63
Tel.: (0 84 31) 4 42 88

NEUMARKT
92318 Neumarkt/Opf.
Almstraße 31
Tel.: (0 91 81) 4 27 06
Tierheim
Dr.-Kurz-Straße
Telefon wie oben

NEUMÜNSTER
24517 Neumünster
Postfach 27 26
Tierheim
Tierauffangstelle
24537 Neumünster
Geerdtstraße
Tel.: (0 43 21) 5 37 79

NEUNKIRCHEN/SAAR
Geschäftsstelle
66557 Illingen/Saar
Hermannstraße 27
Tel.: (0 68 25) 4 43 05
Tierheim
Hunde
„Rübenköpfchen"
66539 Neunkirchen-Wellesweiler
Fabrikstraße 100
Tel.: (0 68 21) 4 73 42
Katzen und Kleintiere
wie Geschäftsstelle

NEUSS Kreis
41363 Jüchen
Odenkirchner Straße 30 a
Tel.: (0 21 65) 74 53
Tierheim
41569 Rommerskirchen-Oekoven
Am alten Bahnhof
Tel.: (0 21 83) 75 92

NEUSS Stadt
41470 Neuss
Im Kamp 16
Tel.: (0 21 01) 66 72
Tierheim
Stadt Neuss
wie oben

NEUSTADT/AISCH
91413 Neustadt
Adolf-Scherzer-Straße 7
Tel.: (0 91 61) 53 65
Tierheim
Unternesselbach 64
Tel.: (0 91 64) 3 17

NEUSTADT a.d. WEINSTRASSE
67433 Neustadt/Weinstraße
Stadthaus 1
Tierheim
Adolf-Kolping-Straße 25
Tel.: (0 63 21) 85 53 46

NEUWIED
Katzenhilfe
56567 Neuwied
Adlerweg 3
Tel.: (0 26 31) 7 41 31
Katzenschutzheim
56564 Neuwied
Landratsgarten 21
Tel.: (0 26 31) 5 21 76

NEUWIED
56517 Neuwied
Postfach 27 26
Tel.: (0 26 31) 5 33 77

Tierheim Jakobshof
56567 Neustadt
Hüllenberg
Tel.: (0 26 31) 7 48 80

NIEDERBARNIM
16321 Bernau
Schönfelder Weg 10
Tel.: (0 33 38) 89 37
Tierheim Ladeburg
An der Lanker Chaussee

NIENBURG
31628 Landesbergen
Brokeloh 82
Tel.: (0 50 27) 16 33
Tierheim
Nienburg-Schessinghausen
31582 Nienburg
Schessinghauser Weg 121
Tel.: (0 50 27) 7 24

NIERS
41066 Mönchengladbach
Am Kanalhaus 29
Tel.: (0 21 56) 66 26
Tierheim
47877 Neersen
Cloerbruchallee 1 a
Telefon wie oben

NORDFRIESLAND
25813 Husum
Klaus-Groth-Straße 38
Tel.: (0 48 41) 7 29 47
Tierheim
24972 Steinberg-Ahrenshöft
Tel.: (0 48 46) 61 27

NORTHEIM
Geschätsstelle
und Tierheim
37154 Northeim
Am Auerwäldchen
Tel.: (0 55 51) 5 24 37

NÖRDLINGEN
86745 Hohenaltheim
Schulstraße 5
Tel: (0 90 88) 7 70
Tierheim
„Fürstin-Delia-Tierheim"
86720 Nördlingen
Schwallmühlstraße 4
Tel.: (0 90 81) 13 88

NÜRNBERG/FÜRTH
Geschäftsstelle
und Tierheim
90491 Nürnberg
Stadenstraße 90
Tel.: (09 11) 59 70 99 und 59 20 77

OBERLAND
06774 Schlaitz
Windmühlenweg 12
Tierheim
„Am Sonnenbad"
Tel.: 21 29

OBERURSEL/TAUNUS
61408 Oberursel
Postfach 18 26
Kinzigstaße 2
Tel.: (0 61 71) 2 27 65
Tierheim
65760 Eschborn
Hauptstraße 291
Tel.: (0 61 73) 6 23 47
Fax (0 61 73) 64 07 77

OFFENBACH
63071 Offenbach/Main
Rheinstraße 2 A
Tel.: (0 69) 85 81 79

Tierheim
Rudolf-Dohn-Tierheim
Adresse und Telefon
wie oben

OLDENBURG
26121 Oldenburg
Schulweg 66
Tel.: (04 41) 88 39 87
Städtisches Tierheim
Nordmoslesfehner Straße 412
Tel.: (04 41) 50 42 93

OLDENBURG/HOLSTEIN
23758 Oldenburg/Holst.
Göhler Straße 52
Tel.: (0 43 61) 70 32
Tierheim
23758 Oldenburg
Lübbersdorfer Weg
Tel.: (0 43 61) 38 84

OLPE
57482 Wenden-Rothenmühle
Benzenbergstraße 39
Tel.: (0 27 62) 76 10
Tierheim
57462 Olpe
Brackenweg 3
Tel.: (0 27 61) 46 00

OSNABRÜCK
49078 Osnabrück
Zum Flugplatz 3
Tel.: (05 41) 44 21 02
und 44 12 32
Tierheim
wie obem

OSTALB
73550 Waldstetten
Stuifenstaße 2
Tel.: (0 71 71) 4 24 33
Tierheim
des Ostalbkreises
73434 Aalen
Dreherhof 2
Tel.: (0 73 66) 58 86

PADERBORN
Geschäftsstelle
und Tierheim
33104 Paderborn
Hermann-Löns-Straße 72
Tel.: (0 52 54) 1 23 55

PASSAU
94036 Passau
Hunostraße 14
Tel.: (08 51) 8 99 95
Tierheim
94113 Tiefenbach
Buch 4
Tel.: (0 85 46) 5 20

PEINE
31224 Peine
Werderstraße 55
Tel.: (0 51 71) 4 80 11/13
Tierheim
wie oben

PFORZHEIM
75177 Pforzheim
Hinter der Warte 37
Tel.: (0 72 31) 5 20 98
Zentraltierheim
wie oben

PFUNGSTADT
64319 Pfungstadt
Sudetenstraße 18
Tel.: (0 61 57) 25 77
Tierheim
Pfungstadt
Zwingenberger Straße
Tel.: (0 61 57) 43 22

PIRMASENS
66953 Pirmasens
Am Sommerwald 255
Tel.: (0 63 31) 6 59 77
Tierheim
Adresse und Telefon wie oben

PLAUEN
08532 Plauen
Mommsenstraße 21
Tel.: (0 37 41) 3 13 51
Tierheim
Krebes

PLÖN
24306 Plön/Holstein
Ulmenstraße 65
Tel.: (0 45 22) 85 33
Tierheim
07422 Kossau

POTSDAM
14469 Potsdam
Am Wildpark 1
Tel.: (0 37 33) 9 30 33
Tierheim
wie oben

PRITZWALK
17509 Pritzwalk
Joh.-Seb.-Bach-Straße 4
Tel.: (0 33 95) 61 55
Tierheim
wie oben

RADOLFZELL
78315 Radolfzell
Tegginger Straße 23
Tel.: (0 77 32) 38 01

Gnadenhof für Pferde
Mindelseestraße 16
Tel.: (0 77 32) 1 37 35
Igelstation
Markelfingen 22
Tel.: (0 77 32) 71 92

RASTATT
76413 Rastatt
Postfach 23 05
Kaiserstraße 32
Tel.: (0 72 22) 3 31 03
Tierheim
76400 Rastatt
Klärwerksstraße 2
Tel.: (0 72 22) 2 14 24

RAVENSBURG-WEINGARTEN
88250 Weingarten
Hoyer Straße 57
Tel.: (07 51) 55 19 54
Tierheim Kernen
88276 Berg-Ettishofen,
Kernen 2
Tel.: (07 51) 4 17 78

RECKLINGHAUSEN
45675 Recklinghausen
Rathausplatz 3
Tel.: (0 23 61) 58 71
Tierheim
Waldstraße 2 a
Tel.: (0 23 61) 6 75 93

REGENSBURG
93047 Regensburg
Engelburgergasse 6
Tel.: (09 41) 56 01 02
Tierheim
Pettendorferstraße 10
Tel.: (09 41) 8 52 71

REMAGEN
53424 Remagen
Marktstaße 71
Tel.: (0 26 42) 2 29 24
Tierheim Remagen
Blankertshohlweg
Tel.: (0 26 24) 2 16 00

REMSCHEID
42897 Remscheid
Hackenberg 23
Tel.: (0 21 91) 6 40 80
Tierheim
Schwelmer Straße 85
Tel.: (0 21 91) 6 42 52

RENDSBURG
24768 Rendsburg
Nobiskrüger Allee 13
Tel.: (0 43 31) 2 56 56
Katzenheim
wie oben
Zwingeranlage
24782 Rickert
Borgstedter Weg 31 a
Tel.: (0 43 31) 7 26 45

REUTLINGEN
Geschäftsstelle
und „Felix-Götze-Tierheim"
72766 Reutlingen (Sondelfingen)
Im Stettert 1-3
Tel.: (0 71 21) 4 22 10
Tier-Notdienst rund um die Uhr:
Tel.: (0 71 21) 4 60 62

RHEIDERLAND
26826 Weener
Weidenstraße 25
Tel.: (0 49 51) 24 59
Tierheim
wie oben

RHEINE
48431 Rheine/Westf.
Salzbergener Straße 71 c
Tel.: (0 59 71) 5 47 90
Tierheim
„Rote Erde"
48485 Neuenkirchen bei Rheine
St. Arnold 64
Tel.: (0 59 73) 8 49

RHEINISCH BERGISCHER KREIS
51515 Kürten
Oberblissenbach 22 b
Tel.: (0 22 07) 14 41
Tierheim Petersberg
51515 Kürten
Petersberg 21
Tel.: (0 22 68) 62 92

RHEIN-SIEG-KREIS
Geschäftsstelle
und Tierheim
53840 Troisdorf
Siebengebirgsallee 105
Tel.: (0 22 41) 7 62 20

RHÖN-GRABFELD
97616 Bad Neustadt/Saale
Hedwig-Fichtel-Straße 35
Tel.: (0 97 71) 25 53
Tierheim
97702 Münnerstadt-Wermerichshausen
Zur Mühle 10
Tel.: (0 97 66) 12 21

RIBNITZ
Tierhof
18311 Ribnitz
Am See 16
Tel.: (0 38 21) 25 68

ROCHLITZ-GEITHAIN
09306 Stollsdorf
Postfach 02 14
Notaufnahme
04643 Geithain
Frankenhainerstraße 3

ROSENHEIM/BAD AIBLING
83059 Kolbermoor
Am Gangsteig 54
Tel.: (0 80 31) 9 60 68-69
Fax (0 80 31) 9 80 64
Paul-Präusche-Tierheim
wie oben

ROSTOCK
Tierheim und Tierklinik
18059 Rostock
Thierfelder Straße 18/19
Tel.: (08 31) 3 76 21

ROTTAL-INN
84347 Pfarrkirchen
Passauer Straße 42
Tel.: (0 85 61) 49 61
Tierheim
Benk bei Pfarrkirchen
Tel.: (0 85 61) 49 61

ROTTWEIL
78628 Rottweil
Scheffelstraße 21
Tel.: (07 41) 79 00
Tierheim
„Tierasyl Prof. Konrad Mayer"
78628 Rottweil
Eckhof
Tel.: (07 41) 1 32 49

SAALE-UNSTRUT
06618 Naumburg
Sperlingsberg 7
Katzenheim
Panoramaweg 5
Hundezwinger
Vogelwiese
Tel.: (0 34 45) 22 15

SAARBRÜCKEN
66117 Saarbrücken
Am Folsterweg
Tel.: (06 18) 5 35 30
Bertha-Bruch-Tierheim
wie oben

SALZGITTER
Geschäftsstelle und Tierheim
38226 Salzgitter
Neißestraße 152
Tel.: (0 53 41) 4 78 86

SANGERHAUSEN
06526 Sangerhausen
Lengefelder Straße 2
Tel.: (0 34 64) 61 39 96
Fax (0 34 64) 61 39 97
Tierheim Eschental
Karl-Bosse-Straße
Tel.: (0 34 64) 30 26

SCHLESWIG-FLENSBURG
24837 Schleswig
Brockdorf-Rantzau-Straße 9
Tel.: (0 46 21) 3 26 81
Fax (0 46 21) 3 62 11
Tierheim Schleswig
Am Ratsteich 25
Tel.: (0 46 21) 5 13 22

SCHMIDTHEIM/EIFEL
53947 Marmagen
Jagdhaus
Tel.: (0 24 86) 10 73 oder (0 24 47) 2 12
Tierheim
nur kleine Unterkünfte

SCHOPFHEIM
Kleines und Hinteres Wiesental
79650 Schopfheim
Attigweg 2
Tierheim Hauingen
79541 Lörrach/Hauingen
Heilisau 3
Tel.: (0 76 21) 5 14 11

SCHORNDORF
73606 Schorndorf
Postfach 16 33
Tel.: (0 71 81) 6 60 07
Tierauffangstation
73614 Schorndorf
Hegnauhofweg 105
Tel.: (0 71 81) 6 85 73

SCHÖNINGEN
38364 Schöningen
Heinrich-Wassermann-Straße 7
Tel.: (0 53 52) 22 06
Tierheim
An der Kläranlage

SCHWALBACH/ESCHBORN
65824 Schwalbach
Adolf-Damaschke-Straße 13
tel.: (0 61 96) 12 06
Tierschutzanlage Nied
Tel.: (0 69) 39 91 11

SCHWANDORF
92421 Schwandorf
Geranienweg 22
Tel.: (0 94 31) 2 17 48
Tierheim Nattermoos
Tel.: (0 94 31) 6 16 06

SCHWARZENBEK
21493 Sahms
Auf der Katenkoppel 15
Tel.: (0 41 51) 42 10
Tierheim
Feldstraße
Tel.: (0 41 51) 77 98

SCHWÄBISCH HALL
74523 Schwäbisch Hall
Schweickerweg 70
Tel.: (07 91) 4 28 50
Tierheim
„Biedermann"
74545 Michelfeld-Landturm
Tel.: (0 79 03) 22 42

SCHWÄBISCH HALL
VEREIN PONY IN NOT
74523 Schwäbisch Hall
Postfach 5 61
Tel.: (07 91) 8 47 96
Stalladresse
74423 Obersontheim
Rappoltshofen 25

SCHWEINFURT
97404 Schweinfurt
Postfach 14 05
Tierheim
97525 Schwebheim
Alfred-Gärtner-Platz 3
Tel.: (0 97 27) 56 79

SCHWERTE
58239 Schwerte-Westhofen
Am Gartenbad
Tel.: (0 23 04) 6 12 49
Tierheim Schwerte
Am Gartenbad
Tel.: (0 23 04) 61 12 49

SEGEBERB
24558 Henstedt-Ulsburg
Eschenweg 61
Tel.: (0 41 93) 9 18 33
Tierheim
Tel.: (0 41 93) 9 26 71

SELB
95100 Selb
Am Reuthberg 7
Tel.: (0 92 87) 37 47
Tierheim
Hafendecke 2
Telefon wie oben

SIEGEN
57072 Siegen
Heidenbergstraße 80
Tel.: (02 71) 31 06 40
Tierheim
Heidenbergstraße 91
Tel.: (02 71) 31 06 20

SIEGMARINGEN
72488 Siegmaringen
Karl-Anton-Platz 3
Tel.: (0 75 71) 1 35 31
Städt. Tierheim
Badstraße 26

SINGEN
78224 Singen
Libellenweg 9
Tel.: (0 77 31) 4 31 74
Tierheim
Schmiedstraße 10
Tel.: (0 77 31) 6 55 14

SOESTER BÖRDE
59482 Soest
Postfach 22 34
Am Birkenweg 10
Tel.: (0 29 21) 1 52 41
Tierheim
Birkenweg 10
Tel.: (0 29 21) 1 52 41

SOLINGEN
42603 Solingen
Postfach 10 13 79
Tierheim Glüder
Strohner Hof 3
Tel.: (02 12) 4 20 66
Fax (02 12) 4 56 45

SOM
Schwarzenbach/S.-Oberkotzau
Münchberg
95145 Oberkotzau
Tierunterkunft Pfaffengrün
Tel.: (0 92 84) 40 50

SONTHOFEN
87527 Sonthofen
Zörstraße 1
Tel.: (0 83 21) 34 11
Tierheim
87509 Immenstadt
Unterzollbrücke
Tel.: (0 83 23) 78 08

SPEYER
67346 Speyer
Heinrich-Heine-Straße 11
Tel.: (0 62 32) 7 54 80
Tierheim Speyer
Mäuseweg 9
Tel.: (0 62 32) 3 33 39

STADTALLENDORF
35260 Stadtallendorf
Albert-Schweitzer-Straße 10
Tel.: (0 64 28) 38 64
Tierheim
Finkenweg 2-6
Tel.: (0 64 28) 37 27

STADTHAGEN
31655 Stadthagen
Eisenbahnstraße 1
Tel.: (0 57 21) 7 66 83
Tierheim
31655 Stadthagen
Herminenstraße
Tel.: (0 57 21) 33 41

STARNBERG
Geschäftsstelle und Tierheim
82319 Starnberg
Franziskusweg 20
Tel.: (0 81 51) 87 82

STASSFURT
39419 Staßfurt
Birkenweg 13
Tel.: (0 39 25) 62 55 81
Tierheim
Neumarkt 2
Tel.: (0 39 25) 62 30 62

STENDAL
39576 Stendal
Postfach 60
Fritz-Heckert-Ring 40
Tel.: (0 39 31) 41 13 45
Tierheim
„Edith Vogel"
Stendal-Borstal
Am Nelkenweg 1
Tel.: 21 63 63

STUTTGART
70071 Stuttgart
Postfach 14 01 08
Tel.: (07 11) 69 66 09
Fax (07 11) 69 02 60

Tierheim
Furtwänglerstraße 150
Tel.: (07 11) 69 40 13 und 69 40 14

SÜDERBRARUP
24376 Kappeln
Grummarkt
Tel.: (0 46 42) 36 24
Tierheim
Auffangstation
Adresse wie oben

SYLT
25999 Kampen/Sylt
Möwenweg
Tel.: (0 46 51) 4 41 59
Tierheim
25980 Keitum/Sylt
Keitumer Landstraße 106
Tel.: (0 46 51) 3 35 33

TEGERNSEER TAL
83700 Rottach-Egern
Weissachaustraße 46
Tel.: (0 80 22) 54 66
Tierheim
Adresse wie oben

TIRSCHENREUTH
95643 Tirschenreuth
Mooslohe 2
Tierheim
Tel.: (0 96 31) 23 55

TRAUNSTEIN
Geschäftsstelle und Tierheim
83359 Hufschlag
Trenkmoos 8
Tel.: (0 86 41) 6 11 03

TRIEBERG
78098 Trieberg
Schulstraße 11
Tel.: (0 77 22) 42 45
Tierheim
In der Retsche

TRIER
54295 Trier
Gartenfeldstraße 21
Tel.: (06 51) 4 40 01
Tierheim
54294 Trier-Zewen
Am Heidenberg
Tel.: (06 51) 8 61 56

TUTTLINGEN
78532 Tuttlingen
Postfach 168
Tierheim
Beim Tierheim 1
Tel.: (0 74 61) 37 72

TÜBINGEN
72116 Mössingen
Stephanstraße 35
Tel.: (0 70 71) 36 29
Tierheim
Tübingen
Alchach 1
Tel.: (0 70 71) 3 18 31

UELZEN
29525 Uelzen
Neu-Ripdorf 54
Tierheim und Geschäftsstelle
Kuhteichweg 4
Tel.: (05 81) 1 51 70

ULM
Geschäftsstelle und Tierheim
89081 Ulm
Örlingertalweg 40
Tel.: (07 31) 6 59 06

UNKEL
53572 Unkel
Siebengebirgsstraße 3 a
Tel.: (0 22 24) 52 24
Tierabteilung
Werner Richter
Bahnhofstraße 12
Tel.: (0 22 24) 7 28 13

UNNA
59425 Unna
Sperberstraße 4
Tel.: (0 23 03) 6 27 65
Tierheim
Hammerstraße 117
Tel.: (0 23 03) 6 95 05

UNTERE SAAR
66763 Dillingen
Im Bruch 55
Tel.: (0 68 31) 7 15 52
Tierheim
Adresse und Telefon
wie oben

UNTERER BAYERISCHER WALD
94065 Waldkirchen
Marktplatz 26
Tel.: (0 85 81) 80 14
Fax (0 85 81) 89 09
Geschäftsstelle
94481 Grafenau
Rathausgasse 1
Tel.: (0 85 52) 4 27 29
Tierheim
„Bayerwald"
94107 Untergriesbach
Graphitweg 11
Tel.: (0 85 86) 21 97

ÜBERLINGEN
78224 Überlingen
Unterschiffle 10
Tel.: (0 75 51) 6 38 17
Tierheim
Adresse wie oben

VELBERT-HEILIGENHAUS
42489 Wülfrath
Zwingenberger Weg 33 h
Tierheim Brangenberg
42551 Velbert
Langenbergerstraße 92/94
Tel.: (0 20 51) 2 33 28
Tierheim
wie oben

VERDEN
27283 Verden/Aller
Waterloo-Straße 1
Tel.: (0 42 31) 8 28 28
Tierheim
wie oben

VIERNHEIM
68519 Viernheim
Postfach 18 49
Tierheim
Alte Mannheimer Straße 4
Tel.: (0 62 04) 21 05

WALDKRAIBURG
84469 Waldkraiburg
Postfach 16 04
Tel.: (0 86 38) 41 89

Tierherberge
84478 Waldkraiburg
Pürten 45 a
Tel.: (0 86 38) 14 60

WANGEN IM ALLGÄU
88239 Wangen
Haslacher Weg 10
Tel.: (0 75 22) 67 29
Tierheim
88279 Amtzell-Karlbach
Tel.: (0 75 22) 62 13 oder 67 29

WATTENSCHEID
44849 Bochum-Wattenscheid
Postfach 63 01 08
Tel.: (0 23 27) 7 42 62
Tierheim Wattenscheid
Blücherstraße 20 a
Tel.: (0 23 27) 2 36 04

WEIDA
08517 Weida
Platz der Freiheit 13
Tel.: (0 36 63) 22 14
Tierfundstelle
Karl-Marx-Straße 11
Telefon wie oben

WEIDEN
92637 Weiden i. d. Opf.
Schweigerstraße 11
Tel.: (09 61) 2 52 04
Tierheim Weiden
Schustermooslohe 28

WEIL AM RHEIN
79576 Weil am Rhein/Baden
Meigerweg 1
Tel.: (0 76 21) 7 23 18
Tierheim
79541 Lörrach-Hauingen
Tel.: (0 76 21) 5 14 11

WEILHEIM-Schongau
82327 Tutzing
Starnberger Straße 24
Tel.: (0 88 09) 7 14
Tierheim
86956 Schongau
Wielenbachstraße 15
Tel.: (0 88 61) 98 54

WEIMAR
99425 Weimar
Berkaer Straße 6
Tierheim
wird vom Magistrat der Stadt Weimar
betrieben

WEINHEIM
69469 Weinheim
Tullastraße 3
Tel.: (0 62 01) 6 22 24
Tierheim
wie oben

WEISSENBURG-Treuchtlingen
91757 Treuchtlingen
Uhlenbergstraße 24
Tel.: (0 91 42) 24 64
Tierheim
zwei städtische Fundtieranlagen

WERMELSKIRCHEN
42499 Hückeswagen
Nelkenweg 21
Tel.: (0 21 92) 21 02
Tierheim
Schmidt Tierheim
42929 Wermelskirchen
Am Aschenberg 1
Tel.: (0 21 96) 56 72

WERTHEIM
97877 Wertheim
Neue Steige 129
Tel.: (0 93 42) 14 35
Tierheim
Adresse und Telefon wie oben

WESERMARSCH
Geschäftsstelle und Tierheim
26939 Ovelgönne
Winterbahn 18
Tel.: (0 44 80) 14 68

WESERMÜNDE
27628 Driftsethe
Im Ruschort 2
Tel.: (0 47 46) 50 80
Tierheim
wie oben

WETZLAR
Geschäftsstelle und Tierheim
35578 Wetzlar
Magdalenenhäuserweg 34
Tel.: (0 64 41) 22 4 51
Telefon in Notfällen:
(0 64 41) 2 74 37

WIESBADEN
Geschäftsstelle und Tierheim
65187 Wiesbaden
Spelzmühlweg 1
Tel.: (06 11) 7 45 16
Fax (06 11) 71 29 15

WIESLOCH
69168 Wiesloch
Frauenweilerweg 22
Tel.: (0 62 22) 8 17 01
Tierheim
69168 Wiesloch
Max-Schacht
Tel.: (0 62 22) 5 49 90

WILHELMSHAVEN
26389 Wilhelmshaven
Ladestraße 6
Tel.: (0 44 21) 7 21 72
Tierheim
Adresse und Telefon
wie oben

WINSEN/Luhe
Geschäftsstelle und Tierheim
21423 Winsen/Luhe
Bürgerweide 51
Tel.: (0 41 71) 42 22
Fax (0 41 71) 63 20

WIPPERFÜRTH
51688 Wipperfürth
Gaulstraße 36
Tel.: (0 22 67) 39 39
Tierheim
Oberberg-Nord
Kaplansherweg 1
Tel.: (0 22 67) 37 70

WISMAR
23966 Wismar
Spiegelberg 21
Tel.: (0 38 41) 61 16 35
Tierheim
Mecklenburg-Dorf
Maidensteiner Weg 1

WITTEN
58453 Witten
Wetterstraße 77
Tel.: (0 23 02) 6 44 50
Tierheim
wie oben

WOLFENBÜTTEL
38302 Wolfenbüttel
Grüssauer Straße 41
Tel.: (0 53 31) 7 66 06
Tierheim
Teichgarten 3
Tel.: (0 53 31) 6 20 22

WORMS
Geschäftsstelle und Tierheim
Im Stadtpark (Ludwigslust 2)
Tel.: (0 62 41) 7 55 19

WUNSIEDEL/Marktredwitz
95632 Alexandersbad bei Wunsiedel
Gartenweg 2
Tel.: (0 92 32) 23 82
Tierheim
Wunsiedel-Breitenbrunn
Tel.: (0 93 32) 22 99

WUNSTORF
30826 Garbsen
Arndtstraße 1
Tel.: (0 51 31) 5 39 01
Tierheim Wunstorf
31515 Wunstorf
Marktstraße 43
Tel.: (0 50 31) 7 71 25

WUNSTORF
Pflege und Auswilderungsstation
Gut Duendorf
31515 Wunstorf
Tel.: (0 50 31) 85 86

WUPPERTAL
42327 Wuppertal
Zur Waldkampfbahn 40
Tel.: (02 02) 73 51 36
Tierheim
Adresse wie oben

WÜLFRATH
42489 Wülfrath
Weststraße 40
Tel.: (0 20 58) 7 15 75
Tierauffangstation
wie oben

WÜRZBURG
Geschäftsstelle
und Tierheim
97074 Würzburg
Elferweg
Tel.: (09 31) 8 43 24
Tierheim wie oben

ZOLLERNALBKREIS
72393 Burladingen
Mörikeweg 13
Tel.: (0 74 75) 61 75
Tierheim Schalkental
Albstadt-Tailfingen
Tel.: (0 74 32) 75 33

ZWEIBRÜCKEN
72461 Zweibrücken
Hengstbacher Straße 2
Tel.: (0 63 32) 34 48
Tierheim
Ernstweilertalstraße 97
Tel.: (0 63 32) 7 64 60

ZWIESEL
94209 Regen
Gartenstraße 4
Tel.: (0 99 21) 62 00
Tierheim
94209 Regen
Dometsau 2
Tel.: (0 99 21) 22 36

Tierschutzorganisationen

AKTIONSGEMEINSCHAFT GEGEN
TIERVERSUCHE
und Sektion „Aktionsgemeinschaft gegen
Schildkrötenrennen"
65779 Kelkheim/Münster
Hattersheimer Straße 25

ANIMAL 2000 – TIERVERSUCHS-
GEGNER BAYERN E.V.
85506 Ottobrunn
Postfach 14 11
Telefon (0 89) 5 46 90 50
TeleFax (0 81 57) 45 69

ARBEITSGRUPPE GEGEN
TIERVERSUCHE KARLSRUHE E.V.
76002 Karlsruhe
Postfach 12 42
Telefon (07 21) 48 15 38

ARBEITSKREIS FÜR HUMANEN
TIERSCHUTZ UND GEGEN
TIERVERSUCHE E.V.
97490 Poppenhausen-Kützberg
Telefon (0 97 26) 4 34

ATTIS-AKTIONSGEMEINSCHAFT
DER TIERVERSUCHSGEGNER UND
TIERFREUNDE IN SCHWABEN E.V.
86156 Augsburg
Hirschstraße 135
Telefon (08 21) 45 10 79

BONNER KATZENSCHUTZ-INITIA-
TIVE E.V.
53129 Bonn
Harleßstraße 7
Telefon (02 28) 54 96 57

BUND DER KATZENFREUNDE
MÜNCHEN E.V.
82008 Unterhaching
Bürgermeister-Prenn-Straße 21

BÜRGER GEGEN TIER-
MISSBRAUCH OSNABRÜCK E.V.
49003 Osnabrück
Postfach 13 32
Telefon (0 54 01) 3 08 94

BÜRGER GEGEN TIERVERSUCHE
HAMBURG E.V.
20357 Hamburg
Bartelsstraße 11
Telefon (0 40) 4 39 11 11

DACHORGANISATION DER
KATZENSCHUTZVERBÄNDE (DKV)
Geschäftsstelle
40237 Düsseldorf
Grafenberger Allee 147
Telefon (02 11) 66 32 06

DORTMUNDER KATZENSCHUTZ-
VEREIN E.V.
44021 Dortmund
Postfach 10 21 24
Telefon (02 31) 17 37 97

FRANKFURTER KATZENSCHUTZ-
VEREIN E.V.
60599 Frankfurt/Main
Speckweg 4
Telefon (0 59) 65 16 41

INITIATIVE GEGEN TIERFOLTER
E.V.
90431 Nürnberg
Höfenerstraße 150
Postfach 18 02 72
Telefon (0 91 71) 10 80

INITIATIVE GEGEN
TIERVERSUCHE E.V.
85551 Kirchheim bei München
Ludwig-Ganghofer-Straße 21
Telefon (0 89) 9 03 77 70 (ab 18.00 Uhr)

337

INTERNATIONALER HERSTELLER-
VERBAND GEGEN TIERVERSUCHE
IN DER KOSMETIK (IHTK) E.V.
70001 Stuttgart
Postfach 7 00 20

KATZEN- UND TIERHILFE HEIDEN-
HEIM E.V.
89522 Heidenheim
Erbisbergstraße 31
Telefon (0 73 21) 5 27 41

KATZENHILFE AACHEN E.V.
52062 Aachen
Beeckstraße 16 a
Telefon (02 41) 2 55 53

KATZENHILFE HANNOVER E.V.
30419 Hannover
An der oberen Marsch 9

KATZENHILFE KREFELD E.V.
47800 Krefeld
Germaniastraße 221
Telefon (0 21 51) 59 24 49

KATZENHILFE NEUWIED E.V.
56567 Neuwied
Adlerweg 3
Telefon (0 26 31) 7 41 31
Katzenschutzheim
56564 Neuwied
Landratsgarten 21
Telefon (0 26 31) 5 21 76

KATZENHILFE ZWEIBRÜCKEN E.V.
66482 Zweibrücken
Richard-Wagner-Straße 17 A
Telefon (0 63 32) 4 45 83

KATZENSCHUTZBUND
DÜSSELDORF E.V.
40237 Düsseldorf
Grafenberger Allee 147
Telefon (02 11) 66 32 06

KATZENSCHUTZBUND ESSEN E.V.
45307 Essen
Gantenbergstraße 13
Telefon (02 01) 59 30 81

KATZENSCHUTZINITIATIVE
STRAUBING E.V.
94315 Straubing
Kreuzbreite 10 b
Telefon (0 94 21) 3 15 00

LIGA GEGEN TIERVERSUCH
UND TIERQUÄLEREI E.V.
83124 Prutting
Bamham 40 A
Telefon (0 80 36) 33 05

MENSCHEN FÜR TIERRECHTE/
TIERVERSUCHSGEGNER
BADEN-WÜRTTEMBERG E.V.
70569 Stuttgart
Hummelswiesenweg 44
Telefon (07 11) 68 39 73

OBERALLGÄUER ARBEITSGRUPPE
GEGEN MISSBRAUCH
DER TIERE E.V.
87509 Immenstadt
Rieder Steige 9
Telefon (0 83 23) 48 70

STUTTGARTER BÜRGERINITIATIVE
GEGEN TIERVERSUCHE
70599 Stuttgart-Hohenheim
Paracelsusstraße 77
Telefon (07 11) 45 39 09

TASSO HAUSTIERZENTRAL-
REGISTER E.V.
65795 Hattersheim
Postfach 14 23
Telefon (0 61 90) 40 88
Telefax (0 61 90) 59 67

TIERHILFE OBERLAND E.V.
82386 Huglfing
Grasleitenerstraße 3
Telefon (0 88 02) 17 50
Katzenstation Rottenbuch
82401 Rottenbuch
Wildsteiger Weg 2
Telefon (0 88 67) 16 30

TIERVERSUCHSGEGNER BAYERN
siehe „ANIMAL 2000"

TIERVERSUCHSGEGNER
BERLIN E.V.
10592 Berlin
Postfach 12 58 43
Telefon (0 30) 3 41 80 43

TIERVERSUCHSGEGNER
BREMEN E.V.
28207 Bremen
Hastedter Heerstraße 81
Telefon (04 21) 49 35 10

TIERVERSUCHSGEGNER
HESSEN E.V.
64291 Darmstadt
Emil-Voltz-Straße 35
Telefon (0 61 51) 37 66 37
Telefax (0 61 51) 37 35 89

TIERVERSUCHSGEGNER
LÜNEBURG E.V.
Telefon (0 41 53) 67 31

TIERVERSUCHSGEGNER
MÜNCHEN E.V.
80939 München
Floriansmühlstraße 11
c/o Hans und Barbara Steyer
Telefon (0 89) 3 23 28 35
und 2 71 72 00 (Anrufbeantworter)

TIERVERSUCHSGEGNER
NORDDEUTSCHLAND E.V.
21755 Hechthausen
Moorstraße 6
Telefon (0 47 74) 16 40

TIERVERSUCHSGEGNER
NORDRHEIN-WESTFALEN E.V.
51467 Bergisch-Gladbach
Kempener Straße 205
Telefon (0 22 02) 8 36 13

TIERVERSUCHSGEGNER
PULHEIM E.V.
50259 Pulheim-Brauweiler
Konrad-Adenauer-Platz 2
Telefon (0 22 34) 8 36 29

TIERVERSUCHSGEGNER
REGENSBURG E.V.
93059 Regensburg
An der Weichser Breiten 2
Telefon (09 41) 4 04 84 oder 8 27 07
oder (0 94 01) 32 64

TIERVERSUCHSGEGNER
SCHLESWIG-HOLSTEIN E.V.
23506 Lübeck
Postfach 18 25
Telefon (04 51) 15 17 66
Telefax (04 51) 15 19 64

TIERVERSUCHSGEGNER ULM/
NEU ULM E.V.
89032 Ulm
Postfach 42 30
Telefon (07 31) 8 10 03
Telefax (07 31) 6 02 19 82

TÜBINGER BÜRGERINITIATIVE
GEGEN TIERVERSUCHE
72072 Deltenhausen
Uhlandstraße 20
Telefon (0 71 57) 6 13 41

VEREIN DER TIERFREUNDE E.V.
KASSEL
34130 Kassel
Baumgartenstraße 62
Telefon (05 61) 6 84 42 Igelstation
Telefax (05 61) 40 75 39

VEREIN DER TIERSCHÜTZER
UND TIERVERSUCHSGEGNER E.V.
75118 Pforzheim
Postfach 18 63
Telefon (0 72 31) 68 02 68

VEREIN ZUM SCHUTZE DER KATZE
E.V. NEUWIED
56637 Plaidt
Morangiser Straße 6
Telefon (0 26 54) 68 14

VEREINIGUNG „ÄRZTE GEGEN
TIERVERSUCHE" E.V.
60433 Frankfurt
Nußzeil 50
Telefon (0 69) 51 94 11

VEREINIGUNG DER KATZEN-
FREUNDE DEUTSCHLANDS

DEUTSCHER KATZENSCHUTZ-
BUND E.V.
10719 Berlin
Knesebeckstraße 38-48
Telefon (0 30) 8 83 86 21
Telefax (0 30) 8 83 55 30

Tierheim
12307 Berlin
Goldschmidtweg 50 a
Telefon (0 30) 7 45 50 82

VEREINIGUNG FÜR KATZEN-
SCHUTZ NÜRNBERG-FÜRTH E.V.
91058 Erlangen
Gerhart-Hauptmann-Straße 11
Telefon (0 91 31) 30 13 20
Tierheim
Katzenheim
90607 Rückerdorf
Strengenbergstraße 9
Telefon (09 11) 57 87 83

VEREINIGUNG ZUM SCHUTZE
DER HAUSKATZE E.V. BONN
53229 Augustin
Am Wolfsbach 47
Telefon (0 22 41) 2 89 85
und (02 28) 65 27 12

„WIR HELFEN TIEREN" E.V.
79211 Denzlingen
Bahnhofstraße 26
Telefon (0 76 66) 48 63
Tierheim
Katzenstation

Foto rechte Seite:
Amory-Victoria „vom Marien-Fuchsbau" & Feh „von der Gronau"

Die Autorin Gerda Ludwig-Hinrichsen:

Aufgewachsen in Südamerika.
Hannoveranerin aus Neigung.
Tierfreundin aus Liebe.
Sie lebt in ihrer Stadt ein Leben wie sie es auch leben.
Mit Höhen und Tiefen. Freude und Spaß.

Ihr Motto:
Nicht wie oft wir fallen ist wichtig.
Sondern, daß wir aufstehen.

Katzen sind für die Autorin gute Lehrmeister.
Sie geben Trost. Sie geben Wärme.
Und manchmal ein mutiges Herz.